阿爾樸德撒拉斯
內華達山脈
2.
1.
利雅雷梭
6.

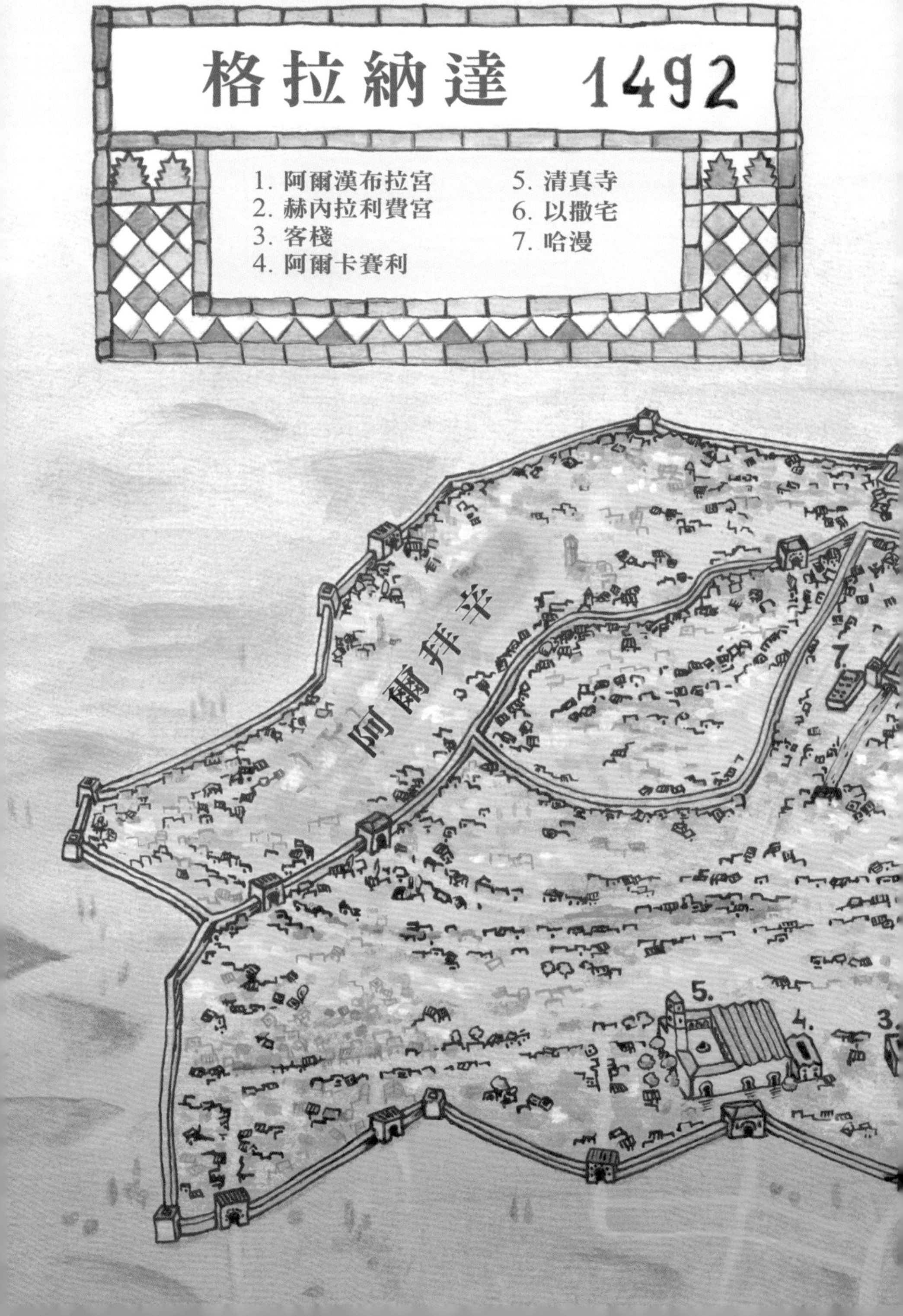
格拉納達 1492
1. 阿爾漢布拉宮
2. 赫內拉利費宮
3. 客棧
4. 阿爾卡賽利
5. 清真寺
6. 以撒宅
7. 哈漫
阿爾拜辛
7.
5.
4.
3.

Alhambra

阿爾漢布拉宮

基爾絲汀・波伊Kirsten Boie 著

賴雅靜 譯

我的意見是這樣的：你們就
完全接受事情現在的模樣，
你們每個人都從父親得到了一枚戒指：
每個人都相信自己的戒指
是眞的。（……）來吧！（……）
你們相互競賽，
將自己戒指上寶石的力量呈現出來！
以溫厚、以眞摯的豁達、以行善、
以對上帝最熱忱的奉獻
協助這力量！當寶石的力量在
你們子女、子女的子女身上顯現：
千萬年後我將再度傳喚他們來到席前。
屆時席上會坐著
一名比我睿智的人裁決。去吧！
——謙虛的法官如此說。

高特荷德・埃夫拉姆・萊辛（Gotthold Ephraim Lessing）

——《智者納旦》（*Nathan der Weise*）

序幕

格拉納達❶，現代

格拉納達天乾少雨。

但只要天上的雨鬧一開（其他說法都不足以貼切形容那天上午當地的天候），這座位於山腳下的城市立刻幡然一變。

大教堂前凹凸不平的花崗石板地、及利雅雷梭❷黑白間雜的石塊路面上水窪遍布，歷經數百年沖蝕形成的細溝匯聚成河，沿著摩爾人❸區阿爾拜辛❹的狹窄巷弄急洩而下；而阿爾拜辛這處夾峙在畢巴蘭布拉廣場❺與古客棧❻之間的東方市集，通道上的商販們也急忙支起塑膠遮雨棚，爲鳥嘴鞋、皮坐墊、黃銅燈具和水煙管等貨品擋雨。天主教雙王大道❼上一名非洲商販短短上午數小時內賣掉廉價摺傘所賺的錢，就比他一年裡其他時間賺到的還多；那些從寒冷多雨的歐洲北部前來此地，滿心以爲這次旅程目的地肯定陽光普照的觀光客，全都急著向他搶購雨傘。

身穿黑服的矮小老婦們鞋子都溼透了，卻仍踩著細碎的步伐在山坡上來來回回購買麵包或魚，對這種天氣彷彿渾然不覺。街道上空蕩蕩的，老婦們打開家門，朝灰濛濛的雨景望了最後一眼就轉身進屋去了。

他們很清楚，明天，陽光會再度將繽紛的色彩歸還給這座城市。水窪會變乾，內華達山脈❽下也會展現旅遊書上所描述的美景——快的話，說不定下午就可以了。

老婦們將買來的魚擺進廚房冰箱裡，麵包放到桌上。唯有冬天，才是雨吐真言，而陽光撒謊的時節。有一天，這些人從睡夢中甦醒，會發現與阿爾漢布拉宮❾遙遙相對的山頭上，最後一批積雪亦已消融，夏日也將從內華達山脈繽紛絢麗的一路延伸到城裡。從古至今向來如此，今年也將不變。

---

❶格拉納達：安達魯西亞自治區的城市，位於西班牙南方內華達山脈腳下，距地中海約八十公里。

❷利雅雷梭：格拉納達城的猶太區。

❸摩爾人：是源自北非與小亞細亞的穆斯林，在八世紀至十五世紀時統治西班牙，當中約有三百年統治了整個西班牙地區，後來被信奉天主教的君王逼得節節敗退，最後僅剩格拉納達王國；而一四九二年，就連格拉納達也被伊莎貝拉和費迪南攻占了。

❹阿爾拜辛：格拉納達的摩爾人區。

❺畢巴蘭布拉廣場：位於格拉納達舊城區中心的大廣場，與阿爾卡賽利市集區相鄰。

❻客棧：摩爾時期供商旅投宿的地方，阿拉伯語稱為「funduq」，格拉納達與阿爾卡賽利市集區相望的客棧至今仍然保存。

❼天主教雙王大道：今日格拉納達市的大道。

❽內華達山脈：（西班牙語，字面的意思是：積雪覆蓋的山脈）位於格拉納達北部的山脈。

❾阿爾漢布拉宮：摩爾人建造的城堡，位於昔日格拉納達城前方（今日則位於格拉納達市內）一座丘陵上。一四九二年時阿爾漢布拉宮包括碉堡（請參見註59，三一〇頁）與座擁獅苑、使節廳等的納斯里德王宮。今日所謂的阿爾漢布拉宮，也將查理五世（伊莎貝拉外孫、胡安娜之子）命人建造的宮殿納入。

第一章

格拉納達，四月，現代

飛機準備降落，機身在雲間穿梭、開始搖晃，波士頓⑩再次拉了拉安全帶的搭扣，確定已經扣緊了。看到鄰座的卡迪爾和走道另一側的圖侃也悄悄做了同樣的動作，讓他放心不少。先前在機場櫃台報到時，他們兩人還因爲座位不在一起鬧了一頓脾氣呢。

「爲什麼我得跟他坐？」卡迪爾高聲抗議：「我才不要！我爲什麼不能跟圖侃一起坐？」

「你們不過隔了一條走道，」希爾貝特老師安撫他：「這樣也算坐在圖侃旁邊呀！卡迪爾，別再碎碎念了。」

「坐好，請大家坐好！」靦腆的西班牙文實習老師邊喊邊緊張的在走道上走動，好像怕有人改變主意。

「哼，倒楣死了，哼！」說著，卡迪爾在希爾貝特老師背後扮了個鬼臉。經過這番爭論後，波士頓盡可能低調，避免惹人注意，爲了怕卡迪爾又會抱怨，整個飛行途中，他甚至連腳邊背包裡的書都不敢拿出來——雖然佛羅多（註：小說《魔戒》裡的主要角色）正面臨山窮水盡的險境。波士頓呆望著窗外一朵朵從上往下看、有如超大棉花球的雲。雲層上方陽光普照，望不盡的陽光、陽光。

當然，他們一行人都安全降落了。馬拉加⑪機場仍然籠罩在一片暗灰中，雨水霹霹啪啪打在跑道上。

機上的旅客在座位間狹窄的走道上左推右擠，等待機艙門開啓。這時，瑟吉忍不住咕噥：「這下可好，這種鬼天氣，還不如待在家裡。」

一名臉色潮紅，上了年紀的男人教訓他：「你就沒別的話可說嗎？」整個飛行途中，機上的旅客都假裝這三十二名少男、少女組成的團體沒吵到自己，假裝自己沒有察覺他們的存在。波士頓倒覺得，這段旅途中他們都滿守規矩的，甚至沒有大聲喧鬧。酒只有成年人才能喝，而黃湯下肚後，他們也越來越覺得輕鬆快活。喝酒對抗飛行恐懼症，是眾所皆知的辦法，但酒他們這些學生喝不得，一來是空姐根本不會給他們酒；再者，出發前，每個人的父母都得簽下切結書，同意他們的子女如果敢碰酒，父母就得自費讓他們自行飛回德國。波士頓心想：等著瞧吧，看我們老師到時敢不敢執行。

「終於到了！」卡迪爾說。走道上的隊伍開始緩緩向前移動。波士頓坐著靜候，等不那麼擠時再起身都還來得及。

昏暗的店裡，在靠門的地方，馬努埃爾．寇拉松唉聲歎氣的在一把小凳子上坐下。到目前為止，他已經用掃帚柄將巷裡貨品上方的塑膠布頂高了兩次，以免雨水在透明塑膠布上形成的水坑太深，壓得太重。雨要再持續這麼嘩啦啦的下，要不了幾分鐘，他就得再拿著掃帚柄出去了。

「真衰！」他嘟噥了一聲。阿爾卡賽利⑫市集區商販靠的是陽光，唯有天氣晴朗時，海灘一帶的觀光客才會過來。先參觀阿爾漢布拉宮，接著才搭乘巴士順道下山前往格拉納達，在這些彎彎曲曲的巷弄裡，參觀過大教堂之後，再由熱心的導遊帶到市集上，領略即使在摩爾人撤離五百年後，依然飄散在這些巷弄裡的東方氣息。馬努埃爾不以為然的想著，自從歐洲北部來的觀光客日益增多後，這裡的東方氣息甚至一年比一年濃烈了。遊客們發出驚喜的輕呼，手中把玩著吹玻璃藝品，用手指頭滑掠過黃銅燭台檢視，擺出專家的派頭品評綴有阿拉伯文句的菸灰缸，彷彿在閱讀電子郵件。他們細細檢查銀飾、滑石雕刻品或駱駝凳——台灣製的。當地的商販總是面帶微笑，朝人點頭並耐心等候。不管怎樣，最後觀光客一定會買點東西，沒有人會空手離開阿爾卡賽利市集區的。而悠哉悠哉在廣場上享用一杯咖啡，靜候自己客人的導遊，也會從商販手中獲得歐元或美金的謝禮。

雨天就不同了，遊客們都待在海灘旅館大玩賓果或觀看衛星電視，做著跟沒出國在家中一模一樣的事。雨天時，只有直布羅陀與阿爾梅里亞兩地間旅館裡的酒吧賺得到錢，那裡顧客會點杯加了蘭姆酒的熱咖啡或熱可可，他們把這種飲料叫做「盧蒙巴」。而畢巴蘭布拉廣場一帶的店家即使在桌子上方撐起巨大的陽傘，窗前也裝了遮篷，預備在傾盆大雨時好好遮護，店裡依舊冷冷清清的。

馬努埃爾鬆了一口氣，心想：這下子每天清晨，他自己都會先考慮「開店划算嗎」的時候總算過去了。但不開店又能怎樣?只要他鄰近的店家照常開店,把鳥嘴鞋、小鉤花桌巾和鑰匙圈堆放在巷弄櫥窗前,他就會有樣學樣。收入雖然少得可笑,大夥兒卻越來越常聚在一起聊八卦,喝杯科塔多⓭咖啡、抽根菸,鬥可羅雀的時候,甚至吸口水煙。

這次他又沒有好好利用冬季時光,下定決心處理該處理的事了。

馬努埃爾自己嚇了一跳,東張西望,還好沒有人特別注意他。

幾星期前他就再度見到「它」了。當天他在店面後頭陰暗的地方(他把那裡叫做「倉庫」)巡視貨架。那是冬天才有空做的事,冬天才不會老有顧客煩他,逼他出去到店門前的巷子裡,露出狡獪的笑容,想把絲巾或馬克杯殺到低得可笑的價錢,最後卻往往以可笑的高價成交。

馬努埃爾嘆了一口氣。每年秋天他都打算好好檢視倉庫後頭的架子,把徒占地方的貨挑出來清理掉,可能還賣得出去的搬到前頭。每年秋天前幾個雨天,他總是開始整理貨架,直到他煩了,寧可和其他商販站在巷子裡閒聊,那是一種心煩意亂的感覺。

他轉身朝店面黑暗的深處張望。經過這麼多年,去年秋天他冷不防再次撞見「它」,當時他並不慌張。在他小心翼翼的掀開塵埃滿布的箱蓋,想瞧瞧裡頭裝了些什麼時,「它」幾乎是第一個映入眼簾的。「它」——這片瓷磚表面寫著阿拉伯文,而它被人從牆上撬下時邊角就破裂了。「wa-la ghaliba illa'llah⓮」(註:阿拉伯文,意爲:唯真主爲勝利者),格拉納達再也沒有人說阿拉伯語了——幾百年來都沒人說了。

他實在想不透,「它」怎麼又莫名其妙出現了,而且恰好就在今年冬天,在他已經好幾年沒見到它，幾乎忘了它的存在；在他幾乎開始相信，它從來不曾存在過的時候。馬努埃爾很清楚，某些回憶就像伴隨著這些回憶的傳說，全是一派謊言。

他真希望能忘掉它，他真希望能繼續裝作它根本不存在的樣子——雖然另一方面，他也很好奇。

馬努埃爾站起身來。現在還不需要將塑膠布篷上的水頂掉。他踩著遲疑的步伐往倉庫走。已經四月了，他卻還沒下定決心。

「你當然也要去呀，波士頓！」懇親會結束的當天晚上，媽媽走進波士頓的房間想幫他關燈，卻發現他手上拿著書，躺在床上還沒睡。媽媽說：「這麼好的機會千萬別錯過！」

波士頓賭氣說：「那很貴！」話才說完，他馬上就感到愧疚了。媽媽老說，別談錢的事；還有，如果有人說，錢是人生最重要的，也千萬別相信。

波士頓非常清楚，媽媽這麼說，是因爲她自己根本沒錢。媽媽才剛上大學，就到美國一年，在那裡認識了一個很棒的美國年輕人。當她回到德國時，已經懷孕了，後來就在德國生下了波士頓，而波士頓這個名字就是根據他爹地住的城市取的。經過這番波折，媽媽便輟學了。

波士頓經常質疑：「既然爹地那麼有錢，你爲什麼不告訴他生下我了呢？」

媽媽支支吾吾的說，如果她說了，情況一定會變得非常複雜，而當時她根本不知道，自己是否願意面對這種煩惱。

波士頓自己倒是百分百確定，這種煩惱他願意面對，也想見見爹地。媽媽說，他在美國的家族歷史可以追溯到四百多年前，在美國，這至少跟德國的貴族頭銜同等珍貴呢。誰要能證明自己的祖先在將近四百多年前搭乘「五月花號」移民到美國，就幾乎等於擁有男爵封號了。

波士頓查詢資料了解「五月花號」的事蹟，之後決定，不管情況多複雜他都不怕，等將來存夠了錢，一定要到美國找爹地。

可是現在，他連去西班牙的錢都不夠。能到格拉納達旅行當然也是他選修西班牙文而沒選經濟學或體育的一個原因。學西班牙文的學生每年都有機會到西班牙待上兩個星期，而課程一開始，每個月他們就會把錢存到戶頭上，好湊足這麼多錢。在他們學校裡，西班牙遊學之旅可是鼎鼎有名的，一些高年級又有錢參加的，已經去過兩、三次了，想來應該挺屌的。

「錢的問題一定可以解決的！」媽媽對他打氣：「你打工送信的目的是為了什麼？嘿，波士頓，想想看，西班牙欸！我自己都還沒去過呢！」

波士頓心想：你沒去過又怎樣？你除了一千年前去過美國之外，有哪個地方去過了？

「而且去的還不是馬略卡島、太陽海岸⑮這些平凡的地方，而是格拉納達耶！這可是個很棒的城市，聽你們希爾貝特老師說，那裡有城堡、大教堂，還有……」

波士頓頂了她一句：「這些我又不特別愛。」其實這並不是他的真心話，他早就知道格拉納達有哪些值得參觀的，他早就在視聽室上網搜尋過，還在谷歌地圖上查過了。不過這些事他一輩子都不能洩漏，連自己的媽媽也不行。萬一讓她知道了，誰曉得她會對誰猛誇自己兒子有多聰明、多好奇、多優秀，搞得全班都知道，害他惹人厭。「還有服飾店嗎？還有酒吧嗎？」

媽媽先是愣了一下望著他，接著笑了起來，說：「應該也會有吧。總之，我已經替你報名了。」事情就這麼敲定了。

坐在從馬拉加機場前往格拉納達的巴士（因為這比坐飛機便宜）上，望著窗外沿著玻璃流淌的雨水，波士頓開始考慮，自己是不是該放棄這次旅行。他們那個年級只有卡迪爾、圖侃、瑟吉和他四個人參加，比他們高一年級的來了三個女生和六個男生，三個女生其中一個叫西薇雅，一個叫葉馨，另一個他不認識。其他年級更高的對他來講年紀都太大了。也許他可以跟那些女生一起走，卡迪爾和圖侃絕對不想理他，而瑟吉又老想跟他們一夥，這一點，早在機場就很明顯了。

雨水斷斷續續擊打在窗玻璃上，留下一條條水痕。沉重的雨滴畫出幾近水平的震顫痕跡：先是從前往後，接著呈微微彎曲的弧線，老大不情願的往下流，匯聚在窗玻璃下緣橡膠密封條上，最後在巴士車鈑上消失。偶爾會有一顆雨滴暫時停頓，彷彿猶豫著何去何從，之後才匆匆跟著其他雨滴繼續走。

車窗外是西班牙的太陽海岸：放眼望去，盡是同一副模樣的住宅區、市郊，永無止境。緊臨著高速公路矗立著一座海灣酒店，在一座巨大的看板上以西班牙文、德文和英文自誇地點絕無僅有。波士頓心想，果然絕無僅有！他覺得自己似乎開心些了。在兩座山丘間高密度的房屋群後方，有時會閃現短短一線冷灰，但瞬間就消逝：那就是地中海。

「媽呀，真慘！」鄰座的瑟吉嘀咕了一聲，問：「要不要來個口香糖？」

波士頓嚇了一跳，急忙點頭。座位在他們前方的圖侃和卡迪爾當然睡著了。卡迪爾的頭靠在圖侃肩膀上，一名高年級女生把這一幕拍了下來。好多人都睡著了，他們搭的是清晨最早一班的飛機，因爲那是最便宜的。不過，瑟吉如果不想理他，大可不必跟他說話，更不必請他吃口香糖。

「幸好我老爸、老媽看不到！」瑟吉邊發牢騷，邊把一包撕得亂七八糟的口香糖遞給波士頓，說：「我老爸拚命加班，欸，這次旅費貴得要命，結果天氣卻這樣！」

波士頓點點頭，說：「這個季節這裡天氣總是很不穩定，我讀到過……」

「你又教授上身啦！」瑟吉不以爲然的搖搖頭。波士頓倒是鬆了一口氣，因爲瑟吉的語氣並不像真的惱火。「啊，反正天氣不是變好就是維持原狀，根本不需要看什麼資料，看了事實也不會改變。」

「是不會，」波士頓乖乖回答。

「我也睡一下下，」瑟吉說：「外面反正沒什麼看頭。還有你呀，如果我靠到你身上，可別把我叫醒，只要把我推開就行了。」

「好！」說著，波士頓就挪得離瑟吉遠些，盡量貼著窗口。

玻璃窗上的雨水痕跡越來越少，變得時斷時續。天空開始放晴，波士頓也合起了眼睛。

馬努埃爾·寇拉松將塑膠布篷上的雨水頂掉，接著俐落的將布篷捲起來。讓塑膠布篷攤開一陣子等乾了再收本來較好，但此刻太陽再度高掛在藍天上綻放光芒，巷子裡第一批觀光客也已現身，手裡仍拿著溼答答的傘，看到天氣又恢復旅遊資料上介紹的晴朗，每個人都顯得開心又和氣。

根據以往的經驗，他知道最先作成的幾筆交易應該是涼鞋了。帆布鞋[16]這種樸素、少有精巧壓花的阿拉伯式鞋款，旅客最愛買來換掉雨中漫步格拉納達高低起伏的街道，被雨水淋得溼透的鞋子了，這會兒就有兩名女性客人站在他的店前，手裡拿著人字塑膠拖鞋轉來轉去仔細打量。

馬努埃爾笑了笑，將捲好的塑膠布篷拿到店面後方，推到駱駝凳和枕套之間。晚上，等最後一名觀光客都離開時，他會再將「它」拿出來擺到地板上。已經有人付錢給他，把涼鞋套到小朋友被雨淋溼的腳上了。他給一名婦女一個袋子，讓她裝溼掉的鞋。

在他的櫥窗前有兩戶人家的小孩笑鬧著，他們高舉鳥嘴鞋，互相朝菸灰缸和手鐲指指點點給對方看。他們也許是一起從歐洲北部來的，也可能是在這裡的沙灘上或飯店餐廳裡才認識的。根據經驗，馬努埃爾知道，那些從北部來的客人需要一點時間才能決定，要爲家鄉的友人或自己買些什麼。他朝店裡退回一步，他和市集上其他商販都知道，不要在一旁勸他們買，這樣他們決定起來會比較快；但另一方面，時機一到就得把握，面帶笑容，讓他們買或不買的猶豫變成一筆交易。他不需要盯住他們，這些人很少會偷東西，更不會偷珍貴的物品——而他的店裡反正沒什麼珍貴物品。

馬努埃爾轉身望著掀開蓋子的箱子，他打算把「它」跟其他綴有摩爾風紋飾，卻是在東亞某個地方窯燒好的瓷磚擺在一塊。這些瓷磚背面貼著氈布，客人喜歡買去當杯墊用。如果有人問起，這一片看起來爲什麼這麼差、這麼老舊、殘破，他就可以答說：這正是它的價值所在，最後僅存的這一片才是真的、才真正古老；至於有多古老，已經沒有人知道了。

他心跳加速。馬努埃爾心想：這不算說謊。再說，我又何必跟他們多解釋呢？反正說了，他們也會當成迷信，而說不定這原本就是迷信。我可以將它脫手，而買它的人只花點小錢就買到好貨了。仔細想想，這確實是我這裡買得到的，唯一一件帶出國是違禁的物品。

他把箱子抬到前頭。一名男童把手上一隻在脖子和腳裝了彈簧的絨布鳥伸過去給他，另一隻手拿著一張小鈔。馬努埃爾朝他微笑，找了零錢，並摸了摸男童的腦袋。他知道，北方佬總是誇讚西班牙人對兒童特別友好，既然如此能滿足他們的期待，他又何樂不爲？再說，這還會讓他們更加樂意購買他的東西呢。

馬努埃爾說：「哈囉，施伊口！」（註：chico，西班牙語，在此意思是「小朋友」、「年輕人」），男童頭一縮就跑去找媽媽，鑽到她腿下。在坐車返回旅館途中，鳥兒的頭和腳就會和彈簧脫離，畢竟一點小錢只能買到短暫的快樂。

「那個麻煩也給我！」一名男子拿起玻璃醒酒器，問：「多少錢？」

馬努埃爾把裝著那片古瓷磚的箱子擺到其他瓷磚之間，仔細想想爲什麼他還是不敢碰那片瓷磚？誰相信那則他爸爸說給他聽，而爸爸的爸爸以及更早以前許多祖先相繼流傳，一直追溯到那個時代的故事確曾發生過呢？不管這一帶商販中最年長的那些人怎麼說，而且是壓低了嗓門說的，人是不會平白無故消失的。當時他之所以會相信，是因爲他年紀還小；而他也告訴過自己不下千次了：孩提時代相信的事，不管理性怎麼說，後來仍然難以擺脫。就算這種事確實曾發生過，也好久沒再發生了。

馬努埃爾心想，可是人永遠無法百分百確定。他匆匆在胸前比劃了個十字。既然這則故事在阿爾卡賽利市集區流傳好幾代了，如果沒有人能提出反證，如果那扇門依然開著，可能性就存在。

最後，總會有顧客買到這片瓷磚的，而誰也料想不到，那裡頭究竟藏著什麼玄機？

---

⑩波士頓：美國東岸新英格蘭地區最大的城市，由一六三〇年從英國移民的清教徒建立，也是本書主角的名字。

⑪馬拉加：西班牙南部安達魯西亞境內位於地中海濱的港都。

⑫阿爾卡賽利：昔日格拉納達的絲市，今日則是市集型態的觀光市場。

⑬科塔多：（西班牙語）科塔多咖啡是一種非常小杯的濃咖啡，上頭有奶泡。

⑭wa-la ghaliba illa'llah：（阿拉伯文）唯真主為勝利者，阿拉以外，別無勝利者，摘錄自古蘭經經文，這段文字在阿爾漢布拉宮的納斯里德宮牆面上隨處可見。

⑮太陽海岸：位於西班牙地中海岸南端，是一處已完全開發的觀光勝地。

⑯帆布鞋：此處指西班牙語所稱的「alpargatas」，又名「espadrilles」，鞋身以棉布製成，鞋底以植物纖維編成。

第二章

早餐爛透了。

「是不是呢？」琵吉望著自己杯裡稀稀淡淡的牛奶咖啡說：「為了這個，我老爸、老媽花了大把大把的鈔票！我還以為，既然我住的是飯店，一定會有自助式早餐呢。」

「施伊口，我們住的是歐思達耳（註：hostal，西班牙語，意為青年旅舍）！」希爾貝特老師說：「何況，昨天我們在這附近走了一圈認識環境，當時你應該也注意到了，再沒有比我們住的旅舍離市中心更近的了。難道你希望我們可以享受夢幻早餐，卻得坐上一個小時的巴士和火車進城嗎？」

「琵吉他便利的地點和夢幻早餐都要！」卡迪爾調侃他。卡迪爾和圖侃、琵吉、波士頓在同一張鋪著膠合板的早餐桌旁相對而坐。昨天波士頓走進他們的四人房，什麼都沒問就悄悄將旅行袋擱到最後一張空床上，當時沒有任何人表示不爽。當然，也沒有人為此歡呼。「我覺得所有的商店都在這一帶，這樣挺酷的。」

「你老是這樣，」希爾貝特老師說：「對大教堂你沒好話說了嗎？」

「唉！」卡迪爾哀嘆了一聲，身體也作勢顫動，但看起來卻相當開心。波士頓心想，每個人看起來都非常開心，就連琵吉也是。不管是不是有人特別重視早餐，這裡陽光普照，而他們住的青年旅舍就在市中心，離格蘭維亞大道⑰很近；雖然這裡破破舊舊的，而且說不定不太乾淨，大家並不特別在意。發發牢騷表示不滿總是免不了的，這本來就是學校旅行時少不了的節目。旅舍距離商店區不過只有扔個石頭的距離；離大教堂、阿爾拜辛或阿爾卡賽利市集區也都這麼近，就連位在他們上方高處，因為視角太小看不見的阿爾漢布拉宮，也不過才兩倍的距離。只是大夥兒一旦知道商店聚集在哪裡，就沒有人對阿爾漢布拉宮有興趣了。

希爾貝特老師和三名高年級生，昨天已經帶著大家認識這一帶的環境了。那三名學長來了不止一次，帶隊時擺出一副對什麼都看膩，彷彿自己是格拉納達本地人的模樣。

「這樣自由活動時，你們才不會有人走丟。」希爾貝特老師說：「你們應該也想自由活動吧？」

「耶！」瑟吉高聲歡呼。

波士頓也說了句：「全部自由活動好了！」聲音也許不是那麼大，但也夠讓圖侃把他當成同一國的，朝他腰側輕輕打了一拳。

但既然是西班牙遊學之旅，可不能馬上自由活動，希爾貝特老師宣布：「所以，今天早上我們立刻出發前往阿爾漢布拉宮。」

「哦！」一名十年級生哀叫了一聲，說：「不會馬上去吧？我想，我們也會去海邊一趟吧？」

兩名剛洗好頭髮的女生，頂著一頭還沒吹乾的溼髮踏進早餐室，東張西望的想找個空位；她們的臉妝倒已經化好了。

希爾貝特老師回說：「『也會去一趟』意思就是『也會去一趟，不是第一天就去』。爲了今天的行程我已經拿到阿爾漢布拉宮的票了，那是我三個月前就上網訂購的。你們該不會真以爲，我們隨隨便便就可以進去了吧？」

「誰在乎？」圖侃低聲說，波士頓笑得誇張的大聲，惹得希爾貝特老師朝他們的方向望過來，波士頓還加了句：「太好了！」波士頓幾乎百分百確定，希爾貝特老師很清楚他非常期待這次的參觀；也許他是唯一想去的，也許另外只有幾名高年級生甚至十年級生跟他有志一同。

「波士頓，」希爾貝特老師問：「有何高見？」

「沒事，一切OK」。說完，波士頓硬逼著自己咧嘴朝老師傻笑。希爾貝特老師嘆了一口氣，無奈的搖搖頭。這一次沒有任何人朝他腰側打上一拳表示贊同，但波士頓很清楚，自己在這張餐桌邊、在四人房的地位又升了一級了。

希爾貝特老師宣布：「二十分鐘後大家在旅舍前面集合，我們徒步上去。」

哀嘆聲非常響亮，而這正是聽到老師的宣布後一定會有的反應。從眾人臉上的表情，波士頓知道，來到這裡，大家都好開心。

安達魯斯⑱，一四九二年四月

女王望著陽光照耀下的獅苑，中間白色的噴泉池汩汩輕吐水柱：從池中以及十二頭背馱著噴泉盆的獅子口中往上劃出曲線優美的水柱。直到這一刻，她依然無法相信，這一切的美景全歸她所有；每一天，她都深深感謝上帝的恩典。

大審判官[19]細長的身影投射在獅苑沉重的礫石地面上，說：「如果陛下就這麼放任他們，不施予懲罰，您就會遭他們訕笑——偷偷的，在不信者邪惡的祭壇前。在您國土的其他城市，比如：布爾戈斯、托雷多、哥多華與加的斯等等，不都證明了，光靠死……」

死、死、死，說來說去都是死：焚刑，身穿畫有魔鬼符號的懺悔服[20]的罪人哀號、身體蜷縮，接著一片沉寂，獨留霹霹啪啪的火焰聲。

她身強體健，生下六名兒女並且與夫君費迪南[21]合力統一兩個王國。每當戰爭露出敗象，她總是策馬奔赴戰場鼓舞士氣。若非她策馬馳往營地，今日格拉納達仍將為不信主者把持，而她也無法命人建造聖塔菲[22]這座聖十字形、坐落在阿爾漢布拉宮視野可及的平原上的城市了。她並非猶豫不決的人，如果必須做決定，她就會做出決定。

唯有在面對信仰問題時，她才會膽怯、謙卑並且遲疑。了解神的旨意，是世上最難的事，因為神從來不會直接向她下達旨意，所有的旨意都是透過祂的神職人員告諭她的。可是，有誰能告訴她，神的僕人每次都正確了解神的旨意呢？哪裡有證據證明遍布她國中的死刑，那些令人慘不忍睹的焚刑、贖罪之死確實符合神的旨意呢？

伊莎貝拉[23]說：「我們已經遵照您的要求簽署了《猶太法》，難道這樣還不夠嗎？我們難道不能等到我們向他們允諾的期限到期嗎？」

「神在天下的君王之中揀選了您，在祂的王國卡斯提爾與亞拉岡上樹立唯一正信的旗幟，」托奎馬達㉔說：「孩子，如果讓您在這塊土地上建立祂在地上的天主教王國不是祂的旨意，上帝又怎會在對抗不信者的戰爭中，賜予您一次又一次的勝利，一次又一次的成功呢？而首要之務，不正是懲罰這些異教徒的罪孽嗎？」

伊莎貝拉低聲說了句：「我們的天主告誡我們要寬恕。」神如果能明白曉諭祂的旨意，對每一個人，也對她如此，那麼一切就會簡單多了；但神卻有意讓事情不明朗。「當愛人！」祂曾藉愛子之口告誡我們：「甚至要愛你們的敵人！」但祂的神職人員說的卻非如此，而這些人不是為數眾多而且都研讀過《聖經》嗎？

「天主確實寬厚慈愛！」托奎馬達慷慨激昂的說：「甚至那些不信祂的人，只要他們皈依正信，懺悔他們的罪過，祂就會饒恕他們。但孩子，我所說的這些人不只欺騙了我們。當然，我們應該謹守主耶穌基督對我們的訓示，要赦免辜負我們的人。但他們卻欺瞞了主，他們的目的無非是毀滅聖教會呀！孩子，如果現在您眼睜睜聽任這些信仰的仇敵為他們的邪神奪回這片土地，那您雖然戰勝了這些不信者，又有什麼用呢？」

伊莎貝拉問：「十誡第五條不是說：『勿殺人』嗎？而這條誡命不是高於其他誡命嗎？」這總是把她搞得糊里糊塗：一切都如此矛盾，一個不小心就會誤解；一個不小心就會犯下無心之罪。

托奎馬達主教笑了一下，說：「孩子，超越所有誡命之上的，是第一條。」接著他說：「『我是耶和華你的神。』」還有：「『除了我以外，你不可有別的神。』您不是也親身經歷到了，如果我們為了榮耀祂的名與他們作戰，主就會賜福我們的征戰。如果必須殺人才能使不信者皈依我們神聖的正信並懲罰不知悔改的人，神豈不是會要求祂的子民，忍痛忘卻第五條的訓示嗎？」

伊莎貝拉沉吟不語。她一點也不懷疑，將格拉納達從不信者手中奪取過來，就如當年十字軍挺進聖地同等重要。可是在這裡，大審判官對她要求的這些事……

「因此，欽崇上帝才會列在十誡之首，因為遵奉祂的旨意正是每位天主教徒最重要的責任，而其他誡命，不論有多神聖，不都該退居其後嗎？」

伊莎貝拉疲憊的點點頭，說：「我會好好考慮的。」到此，這次的談話也該終止了。托奎馬達了解這一點，他欠身行禮，便告退了。

即將到達門口時他再次轉身，說：「陛下，請別猶豫太久。」他語氣裡透出一絲之前沒有的嚴厲，說：「如果您猶豫過久，可能就太遲了。今天是禮拜四，明天傍晚您就可見到您要求的證據了。耶和華的名是應當稱頌的。」

伊莎貝拉也回答：「耶和華的名是應當稱頌的。」

她心想，他催得這麼緊，因為他已經這麼老邁了。或許他擔心上帝給他在地上的歲月不多了，而在這之前，他想完成他的使命。

七十二歲！在她認識的人之中，沒有人像大審判官這般高壽的。上帝賜予他這麼多年歲，光這一點，就足以證明神將托奎馬達視為祂的執行者——不論祂的要求看來有多殘酷。

伊莎貝拉閉上雙眼。

格拉納達，四月，現代

阿爾漢布拉宮矗立在丘頂上，售票口前被守衛攔下、苦苦等候購票的參觀者形成了一列長不見尾的人龍。從這些人身邊大剌剌的走過去，感覺真是痛快極了。

圖侃作勢將頭上假想的帽子拿下，輕輕揮動，假裝跟別人打招呼般說了聲：「各位，祝你們有個愉快的一天！」接著大呼小叫的：「哇噻，為了看那幾顆LKK的石頭，居然有人願意在這裡站上好幾個小時！」

不曉得在場的觀光客有沒有人聽得懂他的話。波士頓分辨得出這裡有人說西班牙語、英語、法語、德語，另外還有一些他從沒聽過、完全不懂的語言，可能是丹麥語、荷蘭語或瑞典語。

而這些人全都甘願苦等好幾個小時，只為了參觀矗立在格拉納達高處、摩爾人建立的宮殿——阿爾漢布拉宮。在歐洲這片土地上居然冒出了一座阿拉伯宮殿，實在太詭異了。出發前的說明會上，一名高年級生在他們班上用「Powerpoint」和「Beamer」向大家介紹過阿爾漢布拉宮，他非常仔細聆聽，只是實在難以想像，這裡一度由阿拉伯人統治，而且長達七百年。信奉伊斯蘭教的摩爾人在此地建立了一座遍布著清真寺的城市。那些住宿在距離這裡只有一小時車程的海邊觀光客，知道這一點的人肯定不到一半。

「別走散了！各位先生、各位小姐，沒跟著我你們是進不去的！」希爾貝特老師高聲叮嚀，靦腆的西班牙文實習老師儘管管不動這群學生，卻仍揮舞著手臂，彷彿希望這麼做，至少能證明他來也能有點貢獻。

「那就直接下山好了！」瑟吉朝圖侃猛眨眼，說：「去喝個塞了微颯（註：cerveza，西班牙語，意為：啤酒）吧，要一起來嗎？」

話才說完，入口的查票員已經揮手要他們通過了。「真衰，」卡迪爾說：「為了參觀這個，害我鞋跟都踩扁了。」

再來卡迪爾說了什麼，波士頓已經沒有注意聽了。狹窄的路徑兩側遍植柏樹，這些樹木如此高大，陽光根本照射不到路面上由黑白兩色卵石精巧鋪設，有如剛剛完成的馬賽克圖案。

波士頓忍不住懷疑，這些卵石果真如此古老，果真是當年流傳下來的嗎？那麼在比五百多年還更早以前，當時的人真有這種能耐嗎？還有，他們怎麼有辦法找到這麼多大小相等的卵石呢？難不成這些石子已經經過琢磨或是其他方式處理過了？

「欸，你根本沒在聽嘛！」圖侃說：「卡迪爾問你，有沒有帶喝的？」

波士頓把手伸進背包裡，裡頭手機就在錢包旁邊，昨晚他替手機充好電了。在他們下榻的旅舍房間裡居然有插座，實在是個奇蹟。

「沒，沒帶呢。」他答。

「慘了，我會渴死的！」卡迪爾哀嘆：「真衰。」

「大家別走散了！」希爾貝特老師囑咐：「羅伯特，幫我算算有多少人！好，我們要參觀的第一個目標已經到了。赫內拉利費宮㉕是摩爾君主的夏宮……」

波士頓心想，他們幹嘛還需要夏宮？在他們下方丘陵側邊樹叢間掩映著阿爾漢布拉宮的幾座建築、綿延的宮牆，還有有著砲孔的塔樓，某些塔上加有秀麗的塔頂。那裡的一切當時難道還不夠用嗎？

「……全世界最美的庭園，」希爾貝特老師繼續介紹：「請大家注意這裡四處遍布的流水！這是他們千辛萬苦從內華達山脈用系統龐大的高架渠接引過來的。西薇雅，高架渠是什麼？」

「啊？」西薇雅正忙著打手機，她嚇了一跳，抬起頭來，嘴裡嚼著口香糖，說：「我剛沒注意聽。」

「從現在起，我說的話你最好都注意聽，」希爾貝特老師說：「今天晚上我會再問你同樣的問題，必要的話，你還得乖乖待在房間裡背我的旅遊指南，好讓你可以從我們這次旅行之中學到一些東西。高架渠是什麼？」

波士頓兩條手臂緊貼著腰際，千萬別在這節骨眼上招惹他的室友呀。一名高年級生開始解釋摩爾人的渠道系統，語氣彷彿這是一件無聊透頂的事，上了高年級的人就是有資格用這種語氣說話。解釋完了以後，他馬上順便說明阿爾漢布拉山丘上整個地下管道與水池系統。上了高年級的人，就是可以知道一些事，並且承認你知道這些事，也不必感到難為情。

「因此長池庭……」希爾貝特老師接口說。她來過這麼多次，說不定這些她全都背起來了。長方形的水池旁砌著紅瓷磚，水池狹而長，嵌入地面，長邊左右兩側有許多噴泉，水柱恍如由上千水珠組成，以勻稱的弧線向上噴出，在水池中央即將墜落水面時，幾乎快相互碰觸了。牆上攀爬著深紫羅蘭色的九重葛。波士頓之所以知道「九重葛」這個名稱，是因為每一年媽媽都會想方設法，要讓陽台上一棵看來要死不活的植物活下去。

「……大家再好好欣賞一遍！」希爾貝特老師說：「這裡我們不會再來了，而在你們自由活動時，你們大概也不會再上來這裡。好，現在我們就出發前往阿爾漢布拉宮吧！」

波士頓努力記住眼前的美景，回家後他打算告訴媽媽九重葛的事，這可能是她最感興趣的。媽媽說過，他得好好記住這裡的見聞，好仔仔細細說給她聽。到時他會說，夏宮那裡九重葛不會枯死，你絕對想像不到，它們長得多高大，花開得有多茂盛。

他想得有點恍神，其他人已經消失在階梯那裡，只剩三名高年級生跟他一樣殿後；但他猜，他們其實是想好好抽根菸。

「幹嘛？」其中一人問，語氣不怎麼友善。

波士頓匆匆點個頭就從他們身邊跑過去了。如果帶著相機的話，他一定會將這一切都拍下來，回家給媽媽看。不過就算有，也許他最好別這麼做，千萬別在其他人圍著他望著他的時候。

安達魯斯，一四九二年四月

托奎馬達大審判官離去後，伊莎貝拉隨即出門，來到中庭。這個時節，夕陽只照得到東側外牆，染紅了雙柱拱廊與門拱上方的阿拉伯紋飾[26]，這是黑暗降臨前最後的餘暉：「**Kala al-**

Hambra」，意思是紅堡。她只懂些許阿拉伯語，而阿拉伯語早就不需要了。

在她背後，姊妹廳已經沒入陰影中。姊妹廳有著星形屋頂，數不盡的鐘乳石㉗點綴著黃金與天青石。如此豐富的美麗景致，上帝何以偏偏透過不信者之手創造呢？每當她讚賞著一座座優美的清真寺、讚賞它們的輕盈，讚嘆著精緻如細雕花邊的石面，她總會向自己提出這個問題。即使天主教統治者後來在他們統轄的卡斯提爾與亞拉岡仿摩爾宮殿，由摩爾工匠建造而成的那些殿堂也比不上。

如果上帝要讓這些精美絕倫的事物毀滅，爲什麼祂還要經由不信者的手讓它們誕生呢？也許上帝要求他們皈依正信，伊莎貝拉心想，這可能才是上帝的要求，而托奎馬達要求的也無非如此：皈依正信。可是他們如此頑強，不論摩爾人或猶太人，只要我們要求，他們就會裝出接受我們信仰的模樣：做彌撒、慶祝聖週四主的晚餐並且在十字架前下跪，向童貞瑪麗亞祈禱，但關起家門後，他們卻在家中譏諷聖教會，並繼續奉行他們的異教儀式譏諷天主。不論「恐畏而縮」（註：converso，西班牙語，意爲改信天主教的猶太人）或「謨禮思叩」（註：morisco，西班牙語，意爲改信天主教的穆斯林）在西班牙各地全都陽奉陰違，在格拉納達又哪會不同呢？而我，只要知道這麼做的人，就無法容許，否則我就跟他們同樣有罪，甚至罪加一等，因爲我與他們不同，從孩提時代起我就確知，唯一的正信是什麼。

托奎馬達說的沒錯，主揀選了我，要我將正信的天主教信仰帶給不信主的人，犧牲是無可避免的。

她屈膝跪拜，綴有阿爾梅里亞銀線刺繡、安達魯斯塔夫綢縫製成的層層硬裙窣窣作響。伊莎貝拉禱唸著：「童貞聖母瑪麗亞，天主之母。」

她是卡斯提爾的統治者，她與夫婿，亞拉岡王國的統治者費迪南聯手，攻破不信者最後的堡壘。內華達山城之花、美麗的格拉納達淪陷數百年之後，終於再度由正信者收復。只是，每當她想找他討論自己的疑慮，討論將這些冥頑不靈的人驅離、施以酷刑或處以死刑、討論她擔心自己是否誤解天主旨意時，她的夫婿總是不以爲然的撇撇嘴。

「我們戰勝了，我們擁有馬拉加、阿爾梅里亞，如今更有格拉納達錦上添花，我們的財力不是比之前更加雄厚了嗎？我虔誠的寶貝，對你來說，這難道不是天主旨意的證據嗎？」他說。這向來就是他的目的，唯一的目的。有時她都要替他擔心，不知他靈魂能否獲得永生了。

這些話他不公開說，說得也不大聲。說這話時，他也同她一樣跪拜。

想解開自己的疑惑，想了解天主對她的要求，除了她的主教，她再也無人可以商量了。

「童貞聖母瑪麗亞，天主之母，」伊莎貝拉低聲祈請：「求您憐憫我！」明天，她就要從阿爾漢布拉宮俯瞰，視察猶太區[18]之中，哪些屋頂上有炊煙升起，哪些屋頂上天空清朗無煙。

「求您助我。」

爲了當上女王她奮鬥了許多年，卻從沒料到，這個職位賦予她何等任務。

「求您憐憫我。」

---

⑰格蘭維亞大道：格蘭維亞直譯的意思就是大道、大街，位於格拉納達市中心。

⑱安達魯斯：（阿拉伯語），指西班牙境內摩爾人統治的地區，範圍和今日的安達魯西亞並不完全一致。

依據時代的不同，有時大於，有時小於安達魯西亞。一四九二年安達魯斯被天主教雙王占領時，其範圍僅止於格拉納達王國。

⑲大審判官：宗教審判（請參考註㊴，六五頁）的主審，一四九二年時大審判官為托奎馬達（請參考註㉔，本頁）。

⑳懺悔服：宗教法庭讓受害的罪人身穿懺悔服送往焚刑柱。

㉑費迪南（一四五二—一五一六）：亞拉岡國王費迪南，同時也是西西里國王。與卡斯提爾女王伊莎貝拉結婚後這兩個王國合而為一，後世認為他是個精明又狡猾的政治人物。

㉒聖塔菲：（西班牙語，字面意思是：神聖信仰）一四九一年包圍格拉納達時，西班牙營地起火，營帳組成的營區付之一炬，伊莎貝拉於是命人以石材建造了一座十字形的城市，因為她將從摩爾人手中奪回格拉納達的收復失地行動視為十字軍的聖戰。一四九二年四月十七日「聖塔菲協議」也在這裡簽訂，協議中伊莎貝拉同意哥倫布出航前往印度，並對他作出大幅讓步，因此這項協議又稱為「聖塔菲降約」。

㉓伊莎貝拉（一四五一—一五〇四）：卡斯提爾女王伊莎貝拉，與亞拉岡國王費迪南聯姻，兩人獲教宗賜封為「天主教雙王」，聯手統治統一的西班牙。

㉔托奎馬達（一四二〇—一四九八）：自一四八四年起即擔任全西班牙的大審判官，對伊莎貝拉和費迪南兩名君王影響極大，他重組宗教法庭（請參考註㊻，七四頁），手段凶殘。

㉕赫內拉利費宮：摩爾君主的夏宮，位於阿爾漢布拉宮上方，庭園極美。

㉖阿拉伯紋飾：又稱為「阿拉貝斯克」，指源於伊斯蘭藝術的裝飾圖案，主要以石膏製作，由纏繞交錯的線條、阿拉伯文文句或風格化的植物捲鬚構成。

㉗鐘乳石：指在鐘乳石洞中從洞頂往下垂掛的「柱子」，摩爾式建築中錯綜分隔的天花板往往可見類似裝飾。

㉘猶太區：猶太人聚集生活的地區，格拉納達的猶太區是利雅雷梭。

第三章

格拉納達，四月，現代

在西班牙文稱爲「sala de los embajadores」的使節廳[29]，希爾貝特老師正想向學生解說牆上的帶狀緣飾時，發現她的旅遊指南不見了。

「剛才在上頭時，明明還在我袋子裡的！」說著，她彎下身瞧了瞧一直背在肩上的袋子：是敞開的。也許她把西班牙扒手多的傳聞當成偏見了吧。

先是一串鑰匙叮噹作響，接著她將眼鏡盒、一個大錢包和一小罐薄荷喉糖一一取出，頭幾乎都快埋進袋底了。「不可能的！我到底把它忘在哪裡了？」

波士頓發現圖侃用手肘捅了捅瑟吉，豎起兩根拇指來。不過，希爾貝特老師既然來過這裡不下百次了，大部分的解說她都背得起來。看來這兩人高興得太早了。

「羅伯特，你有沒有呢？」

靦腆的西班牙文實習老師嚇了一跳，急急搖頭，連這種事他都幫不上忙。

希爾貝特老師嘆了口氣，說：「好吧，沒有就沒有。現在，還是請大家仔細看看這裡的牆上，你們看到了什麼？」

西薇雅哀嘆了一聲，把口水吐在食指尖上，用力想將短裙上冰淇淋留下的一塊汗漬揉掉；葉馨右手拇指飛快的在手機上打簡訊，好像國際電信是免費服務。一名十年級女生邊將一頭金髮甩到腦後，邊和一名十二年級的男生低聲說話。

「怎麼樣？」希爾貝特老師問：「沒有？你們什麼都沒看到？」

「這是在石頭上刻出來的，」一名十年級女生開口解圍，而其他人也沒有故意跺腳嘲笑或假惺惺的高喊「好棒」。從希爾貝特老師的語氣裡，大家都聽出她的心情已經盪到谷底了。

「很好，」希爾貝特老師說：「謝謝你，艾薇拉。能不能再說得詳細一點呢？艾爾康做報告的時候，都沒有人注意聽嗎？」

艾爾康豎起五指想回答，希爾貝特老師卻不買帳，反而轉問：「圖侃？卡迪爾？于彌特？」

「爲什麼指定我們，啊？」圖侃質問：「您對我們又有什麼不滿意的嗎？」

「週末你不是都會上《古蘭經》課嗎？我聽說是這樣的啊！」希爾貝特老師說：「能不能請你將牆上的阿拉伯文唸給我們聽？那不是《古蘭經》的經文嗎？你不會嗎？」

「我死定了！」圖侃說。

「**唯真主為勝利者，阿拉以外，別無勝利者。**」艾爾康指著緣飾說：「全是同一段話，整圈都是。」

「沒錯，」希爾貝特老師說：「圖侃，如果你什麼都記不住，乾脆去踢足球算了。」說完，她沒等其他人有沒有跟上來，便自顧自往外走到中庭裡去了。

「我死定了！」圖侃又哀叫了一聲，似乎很難爲情。

「她看我們哪裡不順眼嗎？」卡迪爾說：「她一定看我們哪裡不順眼。」

「啊，胡扯，她不順眼的是，沒有人注意聽。」瑟吉說：「她很不爽，因爲她的書被人偷了，所以她才不爽。」

「才不會有人偷她袋子裡的旅遊指南，卻不偷她的錢，」圖侃說：「這一點也不合邏輯，她應該是放到哪裡忘了，畢竟人老記性差了嘛。」

九年級的三個女生站在一面牆的前方拍照，拍團體照的話也許比較不難爲情吧。

至少我還帶著手機。啊，之前那些花我怎麼沒想到呢？波士頓心想：照片可能拍得很爛，但總比什麼都沒有的好。

波士頓說：「你們站到這扇門前面來好嗎？」瑟吉在卡迪爾的後腦勺搖著兩根手指頭，看起來好像卡迪爾長了一對兔耳朵；圖侃則用兩根大拇指撐住嘴角，將嘴角往兩側耳朵的方向拉寬，還故意擺出鬥雞眼。

接著他又伸出拇指，嚷著：「來，快拍！我撐不了那麼久。」

波士頓哈哈大笑，說：「這張照片太屌了！」不知從什麼時候起，這幾個同學跟他都成了同一國的了。

安達魯斯，一四九二年四月

「我的小鴿子！」說著，費迪南便從後方趨近女王，兩根手指頭夾住她的脖子，大拇指輕柔的上下撫觸，直到她的汗毛豎起來。這時候，即使他對著她的髮絲親吻，她也不會察覺。

他剛剛才從另一個女人那裡回來，每一次她都知道，但並不在意。只要他裝出沒這回事，而她也裝作不知情，這件事就無關緊要，他大可隨自己高興找女玩伴，只要他自己小心處理，別讓她成為別人的笑柄就行了。

這一點也不影響兩人信守不渝的愛；這一點她知，他知。他們兩人之間的紐帶極為強韌、堅不可摧，因為他們擁有共同的夢想：西班牙！一個包納所有地區的天主教國度、一個榮耀主的王國。

「我聽說，到現在你還沒把那個江湖騙子趕走？」

「你是指那個熱那亞佬㉚？」她將他擱在她脖子上的手推開，頭朝四面八方轉動了一下，說：「我們不是有共識，要讓他試試看的嗎？」

費迪南在她對面的一把椅子上坐下。征服格拉納達後，他們馬上就把摩爾人慣用的墊子換掉了。她依然深愛他的笑容——即使那笑容像現在同樣帶著嘲諷的意味。

「你知道的，我從一開始就不想這麼做，」他的聲調突然嚴肅起來，而這更讓她加倍愛他。「一月時我們給了可隆㉛（指哥倫布）錯誤的希望，親愛的伊莎貝拉，豈不是因為勝利的激情猶在，我們仍然陶醉在征服最後一座摩爾堡壘的喜悅之中，因此才相信他這鬼計畫的？我的小鴿子，審查委員會豈不是演算過兩遍給我們看，並斷定他的計畫必敗無疑了？這個委員會難道不是你自己設立，並願意遵照他們的裁決行事的嗎？」

伊莎貝拉點點頭。這段時間，偶爾她也自問，何以自己一直無法放棄，卻仍舊和可隆協商？他是個吹牛大王，那些他四處吹噓的遊方冒險事蹟早已證明全都是虛構的謊言，但他這個人依舊有點什麼，不知什麼……

伊莎貝拉說：「別忘了，他答應要帶給我們契丹（註：當時西班牙文中，「契丹」指的是中國）與日本國的財富！」結縭二十三年，她很清楚自己夫婿的想法：「你不是老愛抱怨我們的錢不夠實現我們計畫的嗎？一旦他找到了前往印度的路……」

「前往印度的路根本不必找，」費迪南不悅的反駁：「這條路我們早就知道，而我們的商販知道這條路也有好幾百年了。前往印度的路必須通過地中海。」

「你忘了還有鄂圖曼帝國㉜的蘇丹，」伊莎貝拉提醒他：「你忘了時代已經改變，想通過土耳其帝國前往其他地方越來越難了；何況，他們的國土還越來越遼闊。」

費迪南猛然跳了起來，高呼：「那我們就得……」他來回踱步，說：「聽我說，伊莎貝拉，我不相信這個可隆。我們國家最聰明的那群數學家已經證明，他必須在海上航行三年，至少三年！用他建議的航道需要這麼久才到得了印度。他的演算全都錯了，如果向西航行，任誰都休想在有生之年抵達廣大的印度！這裡與印度之間只是一片遼闊的海洋，所有隊員中途就會餓死、死於敗血症還有渴死！這一點你應該非常清楚！」

伊莎貝拉點點頭，說：「我的想法是，需要的花費並不大，只要兩百萬馬拉維特㉝，區區五千個金幣就足夠備置他的船了！就算我們損失了這筆錢也就罷了，在其他一些事上面，我們損失的錢還更多。而話說回來，費迪南，如果他的話是對的，想想那些黃金，想想大海彼岸那些國家所有我們能夠、我們必須拯救的不信者的靈魂！費迪南，使他們皈依正信，難道不正是我們神聖的任務嗎？」

「如果他們的靈魂對你而言這麼重要，那麼採用東向的道路前往印度我們也辦得到。」費迪南不耐的說：「從東邊讓人皈依正信，從西邊讓人皈依正信，究竟有什麼差別呢？能說服我的是這些國家的寶藏，純粹只是這些——如果他對的話——不需與東方的伊斯蘭教徒正面交鋒就能取得的寶藏。只是，我的小鴿子，這些非得在此時此刻進行嗎？我們難道不是在短時間內，就能再度擁有堆積如山的黃金了嗎？」

伊莎貝拉凝視著他。也許她根本不想了解他的意思。

「等期限到了，」費迪南說：「等格拉納達這些頑強的猶太人離開這片土地，留下他們的財產給我們，我最最親愛的妻子，到時我們擁有的黃金，就能把這個房間堆得又高又滿了。而我的良知告訴我，之後我們對摩爾人也可如法炮製。我的小鴿子，到那時我們根本不需要契丹和日本國的寶藏了。」

「我還沒有同意，用這麼殘忍的方式對待他們。」伊莎貝拉低聲說：「我要的不是他們的黃金，我要的是他們的靈魂。」

費迪南淡淡笑了一下，說：「只是一般來說，要得到靈魂比較難。恐怕，你也只好將就將就，收下他們的黃金了。」

格拉納達，四月，現代

雖然少了旅遊指南，他們仍然在山丘上待了將近兩個小時，之後希爾貝特老師便讓大家自由活動，晚餐時間再集合。

「中間如果你們想吃點什麼的話！」希爾貝特老師高聲說明，但已經沒有人注意聽了。

「漢堡？」瑟吉問。不知不覺中兩名九年級女生就和他們同行了，真稀奇。「大麥克怎麼樣？離飯店不遠。」

「難道我來西班牙就爲了吃漢堡？」卡迪爾雖然這麼說，卻仍乖乖跟著大家走，波士頓也夾在他們中間，心情大好。

店裡大排長龍，一發現有張桌子空了，兩名女生馬上過去坐下占位子。「給我沙拉就夠了！」西薇雅朝人群裡高喊：「你們聽清楚了嗎？還有，我要玫瑰色的醬料。」

波士頓跑了三趟，才把需要的東西都拿齊。六個人三把椅子，顯然不夠，還好西薇雅和葉馨擠在一把椅子上，瑟吉和圖侃也一樣。波士頓毫不在意要站著吃，吃漢堡就是有這個好處。

西薇雅很嫵媚的把最後一片生菜葉送進嘴裡，說：「味道跟在德國一模一樣，」接著把指尖舔乾淨，在鑲著小金屬片的袋子裡翻翻找找。「在這裡！」

她並不是想找手帕把手擦乾淨。果真這樣就夠怪的了，因爲每個托盤上，在塑膠刀叉和一小袋一小袋密封的番茄醬旁邊都擺著一堆餐巾紙。啪的一聲，西薇雅將一本旅遊指南朝這些物品中間一摔。

「你瘋了，」圖侃呆呆的望著她，問：「這是哪裡來的？」

西薇雅笑了笑，從袋子裡拿出一面有蓋子的迷你化妝鏡，開始補起眼妝。

「你們該不會以爲，我打算今天晚上乖乖坐著讀這本旅遊指南吧？」她說：「而你們大家卻四處找樂子。我有那麼蠢嗎？」

卡迪爾說：「哇噻，這可是偷竊呢，是你從她那裡偷來的！」波士頓分辨不出他的語氣究竟是崇拜還是驚嚇。

西薇雅歪了歪腦袋，一根手指頭在眼睛附近塗塗抹抹，說：「那就把它收到你的袋子裡，等回到德國再還給她呀。」她說：「小鬼，如果你那麼乖，就這麼做呀。現在這本書就擺在你眼前。」

卡迪爾高聲叫嚷：「我有那麼呆嗎？」惹得幾名觀光客轉頭看他。

「如果有人把這個還給她，她絕對會問，這是哪裡來的！」圖侃說：「你根本騙不了她的，我看你真的瘋了。」

瑟吉問：「葉馨，由你交給她好嗎？如果是你，她死也不會認爲是你偷的。你就跟她說，是你在山上城堡的地上撿到的，旅遊指南是從她的包包裡掉出來的，只是當時你沒發現那是她搞丟的，直到現在才發現。」

葉馨戳了戳自己的額頭，說：「我才不幹。」

圖侃嘆了口氣，問：「有誰要一起逛市集的？」

一直等到其他人開始走向出口，波士頓才匆匆將那本旅遊指南塞進自己的背包裡。原本他只想帶走一包番茄醬的，留著不帶未免太可惜了。再說，他也不知道該怎麼把旅遊指南還給希爾貝特老師。也許可以趁她不在時，偷偷把書放進她房間，或是擺在早餐室她的座位上，甚至擺在隨便一張桌子上都行。

安達魯斯，一四九二年四月

「豈有此理！」一名士兵口齒不清的說。一條疤痕橫過他臉龐，還泛著紅色，得再等上好一段時間，疤痕才會變淡、變得不那麼醒目，說不定好幾年後疤痕仍然不會完全消退。

黃湯下肚，讓他的聲音飄飄忽忽的。黑暗中，大夥兒在使節廳前的庭院裡紮營，彷彿這裡還需要守衛。雖然格拉納達早就平靜無事了，門前還是有人站崗。如今軍備大減，但士兵們依然手持戟、劍和長矛。阿爾漢布拉宮已經被他們征服，末代埃米爾和他的軍隊也已撤離，兩位天主教君王甚至許諾將蠻荒的阿普哈拉斯山脈[34]賜為他的領地。但這其實是荒天下之大謬，因為摩爾人的末代蘇丹博阿布帝爾再也不可能構成任何危險了。

「如果這是兩位陛下的心意呢？」另一名士兵問。他正解開綁腿，在庭院中的噴泉池裡讓兩腳涼快一下。他說：「總不會有人想說，女王的信仰不堅定吧！如果她願意容忍，如果她在自己的宮殿裡……」

兩位君王早已在宮廷裡就寢了。「豈有此理！」疤臉士兵又嘀咕著：「『Wa-la ghaliba illa'llah！』《古蘭經》裡的一句經文居然在我們天主教的宮牆上出現了上千次！我們將不信者趕出去，爲的難道就是這個？」「說的好像你真有能耐從一數到一千的樣子！」第三名士兵邊說邊拿起酒壺高呼：「天佑女王、天佑吾皇！天佑沒有穆斯林、沒有猶太人，大一統的西班牙！」

第二名士兵遲疑了一下。

第三名士兵問：「怎麼了，帕布羅？你不同意嗎？」

第二名士兵舉起酒壺，說：「天佑大一統的西班牙！」說完，就喝了一口，再次把腳伸進水池裡。

疤臉士兵吃力的站起身來，口齒不清的唸著：「Wa-la ghaliba illa'llah！」邊揮舞長矛，搖搖晃晃的走進使節廳裡，發著牢騷說：「下次告解的時候我該怎麼對神父說呢？說我看守異教徒的經文！說我看守《古蘭經》經文！說我……」

「住手！」帕布羅高聲制止，但疤臉士兵已經開始擊打飾帶上的阿拉伯文，敲了又敲，彷彿發瘋了。「住手！」帕布羅高喊。

一片瓷磚掉落下來。

現在連第三名士兵也跳了起來，從背後抱住暴怒的疤臉同伴。

「你被魔鬼附身了嗎！」他怒喝：「看你幹了什麼好事！明天兩位陛下如果發現這裡遭人破壞，他們會怎麼說呢？」

疤臉士兵掙扎著想脫身，一邊咆哮著：「這些全都要拆掉，都要拆掉！」要制止他並不難，那麼多的黃湯下肚，現在他連站都站不穩了。當他彎下身，得意洋洋的想撿起瓷磚塞到腰帶裡時，差點就摔倒了。

「這裡到底怎麼回事？」百夫長問。他從帕布羅身邊的桃金娘中庭入口步入，無聲無息的走過來，右手握住劍把，身上的裝備就跟平時一樣，總是一絲不苟。

「這位夥伴似乎多喝了幾口酒，百夫長。」第三名士兵恭敬的回答。他想行禮，無奈疤臉夥伴不斷掙扎，實在騰不出手來。「我們正想將他帶回營區，可是正如您見到的，他手腳並用，拚命反抗。」

百夫長目光掃過庭院：一切都平靜如常。

接著他說：「問題不在於他醉成這樣可能會吵醒兩位陛下。大家都知道，我對你們向來非常寬厚，在對抗不信者的戰爭中，你們每個人都立下了大功，也都忍受了許多辛勞。可是，這並不表示站崗的時候你們可以喝酒……」

他當然很清楚到處都有人偷喝酒。如果沒酒喝，這些士兵如何忍受一天又一天、一週又一週、一月又一月遠離妻子兒女、遠離家鄉、遠離父母與朋友，每天站崗，即使空閒時也只能偷偷玩玩骰子的生活呢？就連骰子也因爲是魔鬼之物而遭禁止。百夫長當然清楚，他得假裝自己什麼都沒看到、什麼都沒聽到、什麼都不知情。但有時又得施以懲罰，好殺雞儆猴。他心裡琢磨著，眼下時機是否到了。

「長官，我帶他回營房了。」第三名士兵緊緊抱住喝醉的夥伴，說：「我保證，這種事不會再發生了。」

百夫長心想：這樣最好。這一點我的手下也知道。

帕布羅光著腳跑過來行禮，接著從另一側揪住醉酒的夥伴。萬一百夫長在這個步履蹣跚的同伴腰際裡發現了那片瓷磚，誰曉得，他會如何懲罰他呢？

㉙使節廳：阿爾漢布拉宮中接見使節的大廳。
㉚熱那亞佬：哥倫布是熱那亞人。
㉛可隆：西班牙語中稱克里斯多福．哥倫布為克里斯托瓦爾．可隆（Cristóbal Colón）。
㉜鄂圖曼帝國：又稱鄂圖曼土耳其帝國，當時大力擴展領土，致使向東經由地中海前往印度的道路險阻難通，因此西班牙等國對西向航道的興趣日濃。
㉝馬拉維特：天主教雙王時期西班牙的貨幣單位，一金幣大約等於四百馬拉維特。
㉞阿普哈拉斯山脈（西班牙語）或阿爾樸德撒拉斯（阿拉伯語）：連綿於格拉納達與地中海岸之間的山脈，是摩爾人在西班牙最後一塊偏安退守之地。

第四章

「又是那個熱那亞佬啦？」費迪南邊問邊將一顆椰棗核朝院子裡吐。在中午豔陽照耀下，噴泉的水珠閃爍著各種虹彩。

伊莎貝拉點點頭，將摺起來的信函交給一名僕役，說：「他永不罷休。這個可隆一再請求接見，好像除了他那個會惹禍的印度，我們沒有任何更緊急的問題似的！再者，他的要求也太過分了。」

下一顆椰棗核擊中了噴泉獅的頭部，費迪南哈哈大笑，說：「我的小鴿子，那就讓他等吧，你才是女王。」這一次，椰棗核沒有擊中目標，無聲無息的沒入噴泉池裡。「負責定奪的人是你，不是他。打從一開始他那態度我就看不順眼。」

他示意僕役再送來一缽椰棗乾。

接著他問：「沒有任何關於王子的消息嗎？看到你在讀這封信的時候，我差點以為那是他派人送來的呢！胡安娜㉟怎麼樣？」

伊莎貝拉說：「別忘了她也是你的女兒！」費迪南卻只是揮揮手略過這個批評。身為父親，可不表示非得跟自己的女兒很親不可，只要他好好為她考慮未來的婚姻就夠了。

「她還是那麼固執嗎？」費迪南說：「她已經十三歲，該了解必須確保國家福祉的，這一點如果她自己無法了解，就沒轍了。」

伊莎貝拉起身，來到他身邊坐下，從缽中拿起一顆椰棗，輕輕咬了一口，接著摸著費迪南的手臂，說：「命運並不會總是像當年對待我們那樣，讓兩個人能幸福共同生活。」說著，她稍微彎身往夫婿身上靠，卻察覺他的肌肉繃得緊緊的。或許她該留意他的新情人是誰，之前再怎麼說他都還留有餘地給她的。

「胡安娜一定能學會愛他的，因爲她一定得學會愛他才行。」她面帶微笑，同時不露聲色的從他身邊稍微挪開，說：「她是我們的女兒。但願菲利浦㊱很快就會現身了。」

椰棗核在噴泉池上漂了漂，接著輕柔的沉入水中。等這對皇家夫妻一離開這座庭院，馬上就會有僕役將它們撈起。

費迪南表示：「統一這個國家實在不容易，但願確保世代相傳會簡單些。」

格拉納達，四月，現代

阿爾卡賽利市集區的觀光客人擠人。

到處可見各式各樣的燈罩、繡著瑩亮絲線的枕頭套、印花的印度棉布巾和首飾。原本狹窄的巷弄，左右兩側店家門口地上都擺滿放置貨物的籃子、盆子，把巷道擠得更窄了。橫過巷道的電線上，在高過人頭的地方張掛著一張張的毯子，生鐵製的鏡框倚靠著牆，一塊招牌上標示著「東方市集」這幾個字，中間還有德國、英國國旗貼紙黏貼在門框柱子上，昭告著可以接受哪種信用卡。

「酷斃了！」西薇雅說：「你看，葉馨，這副耳環！」

「好可愛哦！」葉馨興奮的喊著，邊轉動手上的泰迪熊布偶，說：「這個我要帶回去送我妹妹！」

「女人！」圖侃擺了個白眼。

「為什麼這麼說，難道你不喜歡這裡？」瑟吉說：「你應該覺得自己回到老家啦，這裡不是跟土耳其很像嗎？」

「你有完沒完啊？」卡迪爾問：「你腦筋有毛病呀？」

圖侃建議：「讓女生繼續血拼，我們呢就坐在這個名稱怪裡怪氣的廣場戶外，喝個『塞了微颯』吧！」

「這個廣場叫——畢巴蘭布拉廣場。」才說完，波士頓就恨不得咬斷自己的舌頭。

「沒錯，一大堆怪裡怪氣的名稱。」圖侃說：「不過，喝西班牙的塞了微颯也算是鄉土研究，希爾貝特老師不是老要我們做鄉土研究嗎？我乾脆準備一篇報告，題目叫「西班牙的塞了微颯有沒有比德國啤酒讚」。

瑟吉哈哈大笑，說：「少胡扯了。」

波士頓故意落後一步，一方面他希望他們會注意到，並且轉頭問他：「欸，小鬼，怎麼啦？你到底要不要一起來？」另一方面他又希望他們不會注意到。他不喜歡啤酒，他從沒喝過啤酒。

「欸，小鬼，怎麼啦？」圖侃問。

波士頓滿臉通紅。果然是同一國的！

他急忙找個藉口：「我找找看有什麼可以送我媽媽的，她生日快到了。」其實跟媽媽的生日無關，可是可以平白無故就送東西給媽媽嗎？送給自己的妹妹是沒問題的，可是自己的媽媽呢？他自己也不清楚。

圖侃已經轉過身，什麼都沒說，只是揮揮手表示「拜拜！」他們畢竟還是問他了。今天晚上也許他會跟他們一起喝個啤酒。

街道上五公尺高的地方有著一盞盞阿拉伯風的燈。這裡住宅二樓的窗口有著馬蹄鐵形的窗拱，白色牆面則點綴著阿拉伯風的紅砂岩飾件。就觀光客來看，光市集本身東方風情就夠濃厚了，但只有少數觀光客才會抬頭往上看，眼前的景象帶給波士頓難以言喻的喜悅。

這些當然都不是真的。在課堂上舉辦的行前說明時，米爾雅介紹過這座古城，談到真正的市集早在一百五十年前就付之一炬了。回到德國後，媽媽可能會跟他說，這些全都俗麗透了，而他也不會特別辯解。媽媽永遠不會知道，這一刻他好喜歡好喜歡這裡，他開心到整個人都醉了，彷彿喝下了一整瓶西班牙的塞了微颯。

巷子盡頭忽然出現了兩道入口：第一道入口上方有著高聳且帶有阿拉伯風的馬蹄鐵形門拱，後頭第二道的入口則低矮又簡樸，上頭開有兩扇窗，這就是昔日的客棧，千真萬確的「古客棧」，阿拉伯語叫做「funduq」。中世紀，商旅們前來格拉納達經商時，就住在這樣的地方。他們在這裡讓牲口飲水、在這裡進行第一場晨禱。

波士頓踟躕了一下，決定不進去，還是先購物好了。在一扇櫥窗前他停下腳步。給媽媽的很容易打發，不管你送她們什麼，她們都會很開心的。另一方面，要取悅媽媽又很難：沒有人能理解，一個快四十歲的女人究竟喜歡什麼。

波士頓轉動著陳列飾品的架子。媽媽的年紀也許大得不適合戴長耳環了，寶石的顏色她可能也不喜歡，但媽媽還是會親他一下，緊緊摟著他，用讚嘆的眼神望著那副耳環，說：「哇，真的好漂亮哦！」從此以後，他就再也不會見到她戴那副耳環了。

錢這麼花掉，實在太可惜了。

買衣服，風險也太大了。媽媽萬萬不可能穿上印有「They went to Granada and all I got was this lousy T-shirt」的T恤見人的；萬一印上去的句子更可笑，她就更不會穿了。至於燈啦、抱枕啦、毯子的又太貴，媽媽也可能會覺得太俗氣了。

波士頓正準備走開，卻在這時發現一個裝著瓷磚的箱子：有的是灰底配上藍色圖案，有的點綴著糾結纏繞、蔓生的葉片，另外還有花卉、棕櫚扇葉或幾何圖形等各種圖案。圖案複雜卻又清晰可辨，不會過於繁縟。媽媽不愛繁縟、愛簡潔，這些她可能會喜歡吧！

他拿起一片瓷磚，瞧了瞧價錢。瓷磚背面貼有氈布，如果一次買四片，媽媽就可以當杯墊用，而今天晚上也有藉口不喝塞了微颯，可以推說媽媽的生日禮物太貴了。

波士頓把最漂亮的瓷磚挑出來，繼續翻找。雖然每片都非常類似，但仍有些微的差別。他只要買最漂亮的。

正當他認爲該找的都找齊了時，卻發現一旁還有另一個箱子。那個箱子幾乎空空如也，裡頭只擺著一片瓷磚。難怪這一片會被人挑出來，它的邊角已經破損，表面的圖案也蒙上了一層灰塵，顯得灰撲撲的。波士頓心想，這其實不是真正的瓷磚，反而較像山頭上阿爾漢布拉宮的阿拉伯風紋飾或是此地環繞著窗拱的花飾。

他朝箱子彎下腰，忍不住打了幾個噴嚏，塵埃捲起、飄舞，接著再度落下。是誰居然連這樣的玩意兒都敢賣？

另一方面又覺得很可惜，這片瓷磚如果完好無損，應該是相當特別的東西吧。瓷磚表面的圖飾看來像阿拉伯文。如果這真是古物，應該會比新的更讓媽媽開心的。可是，萬一這種古老是僞造出來的，媽媽反而會覺得俗不可耐。有辦法分辨這是新或是古嗎？

波士頓把手伸進箱子裡。

安達魯斯，一四九二年四月

「我的寶貝小鹿！」保姆跪在長沙發前爲公主按摩雙腳，請求她：「我這光輝明亮的月兒寶貝，起來吧！」

「你說話的調調兒已經變得跟摩爾人一樣了！」胡安娜沒好氣的說，一邊將膝蓋回縮頂住下巴，嚇得保姆趕緊拉下她的絲質長裙替她遮住雙腳。

「你一定得見他！」保姆說：「你父母已經決定把你嫁給他了。這是個絕佳的聯姻，聰明透頂了：你嫁給他，而你哥哥娶他妹妹！再也沒有比你們卡斯提爾和亞拉岡王朝與統領勃艮地和維也納的哈布斯堡王朝更緊密的連結了！到時我們的國家還怕誰呢！」

「我本來就誰也不怕，」胡安娜說：「唯一怕的就是這個王子！年輕的時候，有人命令你得跟誰結婚嗎，保姆？老實跟我說吧！」

保姆憐愛的輕撫她的臉頰，胡安娜卻別過臉對著牆面。保姆說：「我的月兒寶貝，我又不是公主，我對國與國之間是否和平相處沒有絲毫影響，可是你和你哥哥不同……」

「那就讓約翰和那個哈布斯堡公主結婚好了！」胡安娜對著牆壁說：「畢竟他是要成為國王的人。而我呢，他們就別管了。我才十三歲，時間還多得很！」

「據說這位菲利浦很帥，」保姆用討好的語氣說：「他有著一頭泛著紅色的金髮、碧眼，只比你大一歲。」

「這些我都不在乎！」胡安娜轉過身，瞪著保姆的臉怒氣沖沖的說：「當他老的時候，他的金髮會變禿，藍色的眼珠也會變濁，到時我該怎麼辦？我寧可進修道院。」

「啊，我的小鴿子，我的小鹿！」保姆不知如何是好，只能安慰她：「事情不會那麼糟的。」

「如果我進修道院，」胡安娜執拗的說：「我媽媽應該會很高興的！她不是整天都在跪拜主，覺得其他人都不夠虔誠嗎？去找她，保姆！告訴她，我要去修道院，我不想跟哈布斯堡王子結婚！」

「啊，我的小胡安娜，我的心肝寶貝！」保姆勸她：「別這麼固執了！他人都還沒到呢，你就先等一等吧。等你見到他了，說不定你愛他就會如同你愛著一塊甜滋滋的白杏仁餅那樣深呢！」

胡安娜氣呼呼的瞪著她，說：「我希望，半路上會有強盜襲擊他！我希望，他會被土匪刺死、錢財被搶光光，還會被他們射死，把頭砍掉！我希望，他死得非常淒慘，淒慘到連我父親都不再強迫我成為他的妻子。」

「啊，我的月兒寶貝！」保姆喃喃唸著：「我可憐的月兒寶貝！」

格拉納達，四月，現代

馬努埃爾．寇拉松站在店面深處，緊盯著那名少年。

這一整天，天氣都好得很，儘管旅遊旺季還沒到，遊客們已經蜂擁擠進巷弄裡了。他忙著替坐墊補新貨，台灣製的首飾今年春天人氣似乎也特別旺。一名女性觀光客手上的冰棒融化，滴落到一雙絲質鳥嘴鞋上，但事後她卻不願意買下那雙鞋。她辯稱，這裡的巷道這麼窄，幾乎無法讓兩個人並行通過，錯本來就不在她。

馬努埃爾忍不住開罵，甚至對著她的背影咆哮。想避免遊客拿著冰淇淋、飲料逛市集，避免孩童們用黏答答的手指頭觸摸容易受損的商品幾乎是不可能的。當然，這些潛在的損失早就算在價格裡了。

那名少年站在那裡已有好一會兒了，那是個安靜、靦腆的少年，實際的年齡絕對比外表還大，不是那種會順手牽羊或破壞物品後再消失在人群裡的人。

馬努埃爾向前跨出一步，少年拿起當杯墊用的瓷磚仔細挑選，這表示他錢不多。也許馬努埃爾會給他一點小折扣吧，反正這些瓷磚他開的價格本來就高得離譜。

馬努埃爾張嘴想出聲叫住他。

但馬上頓住。這難道是他的錯嗎？他到底知道個屁？就當成是上帝的審判吧。

他轉身進入商店深處，眼睛盯著屋壁數到一百。

接著他忐忑的走到前頭，那四個杯墊依然留在原地。

從箱子裡取出的瓷磚不見了。

少年也消失了。

㉟胡安娜（一四七九—一五五五）：後來被稱為「瘋女胡安娜」，是卡斯提爾女王伊莎貝拉與亞拉岡國王費迪南的女兒，十四歲時與哈布斯堡王朝（請參考註㊱，本頁）勃艮地的「美男子菲利浦」訂婚，兩人於一四九六年結婚。

㊱菲利浦（一四七八—一五〇六）：哈布斯堡王朝勃艮地的「美男子菲利浦」，馬克西米利安一世之子，一四九六年與伊莎貝拉及費迪南之女胡安娜結婚。

第五章

安達魯斯，一四九二年四月

波士頓的第一個感覺是熱氣，接著他發現瓷磚已經不在他手上了。瓷磚難道掉下去了？並沒有聽到噹啷聲呀！霎時變得明亮多了。

波士頓抬頭張望。他們開路燈了嗎？這是怎麼回事？

在他見到眼前的景象之前，他其實沒有時間思考。在他意識到——或者該說是沒有意識到——究竟怎麼回事時，不過才過了短短一瞬間。

巷弄消失了。他還維持在市集上那家小店門前朝箱子彎身的姿勢，人卻站在兩側松柏夾峙，蜿蜒向上的白砂道路上。這條路相當寬，足夠讓陽光灑落下來。

接下來他的感覺是噁心，覺得快吐了，腦子裡思緒卻亂紛紛的，那種一切亂糟糟的感覺不斷轉動著。

不、不、不！波士頓緊緊抓住這個最先從腦袋的暈眩狀態中冒出來的字眼不放。不、不、不！他察覺這個辦法確實有效果，這有如真實世界的一絲半縷，讓他在四周一切都瓦解時有個東西可以抓。不、不、不！這就是此刻他腦袋裡想的，因爲當其他一切都在他腦海裡旋轉、失控、脫離他，除了混亂，只有混亂和紛亂時，這正是他刻意要想的。

不、不、不！他在路邊、在樹下跌跌撞撞，激烈嘔吐。不、不、不！

之後他躺在一層厚厚的松針落葉上，在他上方陽光穿過稀疏的枝椏灑落下來，他呼吸劇烈又急促，每一次心臟的跳動似乎都想快過上一次的心跳。不、不、不！還有：太陽、太陽、太陽。松樹。

「松樹」，波士頓心想：平靜下來，平靜下來。松樹！這裡是樹林。

他又感到自己得吐，但與此同時，心跳卻逐漸緩和。

松樹！這裡是樹林。

他開始嘔吐，他得乾嘔。他朝天躺臥下來，呼吸逐漸和緩。這裡是樹林。

他硬逼自己打量周遭環境：陽光透射的樹梢、松針的香氣，幾乎是一種夏日的氣息。「情況會好轉的」，波士頓心想：情況會好轉的。我什麼都看得見也能判斷，只要腦子裡不再嗡嗡作響就行了。一切都很正常——這是一座樹林，我躺在地上，我什麼都看得見也能判斷，只要腦子裡不再嗡嗡作響。

他呼吸變得比較和緩。這是一座樹林——可是不久前我明明還在巷子裡。

不、不、不！抓緊了。太陽、太陽、太陽！

腦子裡不再嗡嗡作響，心臟仍然迅速跳動，呼吸急促。慢慢呼吸，慢慢呼吸！還好腦子不再嗡嗡作響了。這是一座樹林，而他也能判斷這是一座樹林；而只要他還知道自己置身何處，只要他的腦袋摸起來還像有能力思考，一切就沒問題，一切都沒問題。

波士頓合上雙眼，深呼吸。背部底下，地面沒有搖晃，而彷如夏日的氣息也依舊在。如果睜開眼睛，他依然躺臥在這座小松林裡。

遠處傳來了聲響，聽起來像金屬撞擊金屬的聲音。接著傳來了呼叫聲，距離遙遠，是一頭驢子的叫聲。

他閉上雙眼，聽任思緒自由活動，紛亂的感覺不再出現。此刻他終於發現這些聲響到底哪裡不對勁了：不對勁的地方在於少了一些聲音。

沒有汽車的噪音。這麼一想，波士頓感到既詫異又開心，開心的是他畢竟領會了一些事，並且能在腦海裡描述；他開心自己的腦子又能運作、能感知、能理解。一座林子必須多深，才聽不到車子的噪音呢？雖然這樣，空氣中依然籠罩著由各種吵雜聲、動物聲、車輪顛簸的格吱格吱聲組成的音幕，真陌生。

好。他又能思考了，這是好事。只要他又回復成自己，其他就不再那麼恐怖了。

波士頓張開眼睛。陽光依舊從松樹梢上灑落下來。

格拉納達，四月，現代

這絕不是什麼特別的事，畢竟他從一數到了一百。有多少次他不過在店面深處稍稍停留，出來時顧客就不見了。並非每個駐留在櫥窗前搜尋、檢視貨品的遊客，最後都會買。

馬努埃爾試想：這個小騙子居然還順手摸走了那片瓷磚。只要如此多想幾次，整樁事就會變得煞有其事。這小鬼看來那麼乖，結果呢，居然是個小偷。

他拿起空箱，撕開邊角攤平了摺起來，雙手往褲腳一抹，抹掉手上的灰塵。

有時候你就是料想不到，看來那麼乖的，結果卻是個小偷。只要你一再想著同一個想法，想得夠頻繁了，這想法就會成真。那小子拿走那片古瓷磚，到底想幹嘛？

一個女人臭著臉拿起一條披肩問他價格，接著就氣呼呼的放回去了。

這個想法他得想上多少次，自己才會相信呢？

他原本可以出聲叫喊的，他大可警告那名少年。

他怎麼會輕信那則可笑的古老傳說呢？

那少年是個不折不扣的小偷。

安達魯斯，一四九二年四月

波士頓靜靜等候。

他並沒有多想自己在等候什麼。等待自己再度回到巷子裡嗎？等待醒來，發現一切只是一場夢嗎？

他肚子開始咕嚕咕嚕叫，但一想到吃，噁心的感覺就再度湧上來。一切只是一場夢。

在他昔日的夢境裡，可曾浮現過松樹香？他一點也記不得了。夢裡聞得到氣味嗎？夢裡你能想到這些念頭嗎？

波士頓心想：夢裡確實能思考，也能自問，自己究竟是做夢或醒著。他想起那場惡夢，夢中一輛卡布里歐敞篷車在背後朝他飆趕，而坐在車裡的不是別人，正是體育老師；他在校園裡一路追著他，不斷繞著圈子。敞篷車逐漸接近，越來越近，學校裡半數以上的人都站在體育館前鬼嚷鬼叫。爲了活命他不斷奔跑，滿腦子想的都是：「這只是一場夢，這只是一場夢！」但自己卻不信。這種恐懼絕對不是夢，而敞篷車也逐漸趕上，接著他驚醒過來，到浴室裡喝了滿滿一漱口杯的水，卻輾轉反側，久久無法再入眠。

波士頓心想：可是這一次的感受截然不同，我既沒有在奔跑，也沒有人追我，感覺就像平日的生活。此時此刻，我的心臟又回復了往日的正常跳動，但情況卻不尋常，有事情不對勁。但到底是什麼？我得保持冷靜，我不能失去理智，這是最重要的。

偶爾有人沿著這條路走上坡。這些人還在下頭距離他很遠的地方，他就聽見了。這時他馬上蜷縮起身子，彷彿只要他沒見到他們，他們也就見不到他了。他聽得到他們的聲音，偶爾還傳來一陣笑聲。暮色降臨了。

如果這不是夢，又是什麼？

波士頓心想，是瞬間移動，是量子遙傳吧！他曾經在電視上看過，一名物理學家（跟爹地一樣也是美國人）曾經表示，他相信，有朝一日瞬間移動確實能夠實現。雖然不像科幻片裡那樣，但可能確有其事，甚至在不遠的將來就有可能實現。如果我們仔細探究物理的基礎……

當時他馬上就把電視關掉了。他經歷到的，是否就是瞬間移動呢？他是不是第一個被量子遙傳的人？難道科學的成就要比公諸於眾的還更加前進？

波士頓心想：胡扯！千萬要保持冷靜。想來一定發生了什麼跟科技有關的意外，人是不會平白無故就被人量子遙傳的。這或許不是一場夢，但也絕非瞬間移動，真可惜。

或者是他瘋了？他突然瘋掉了？可是怎麼會呢？在他的想像中，瘋狂和這次的情況是兩碼子事。他其實從沒想像過發瘋是怎麼回事，但這一刻假使他確實發瘋了，而假使他想像過發瘋的情況，他的經歷就和他自己所想像的不同。啊，真是胡言亂語。

不過，現在倒還好。波士頓心想：我沒有發瘋，我覺得自己就跟平時一樣，是這個世界瘋了，突然瘋了。

可是，這如果不是夢，不是瞬間移動也不是發瘋，那這到底是什麼？

一定有符合邏輯的解釋，向來總會有的，我只需非常冷靜思考就行了。只要我知道自己發生了什麼事，我就能找出該做什麼，最後一切都會沒事的。

月亮在樹梢上方現身，又大又圓，彷如一顆橙子。這座樹林也位在南方，而在這之前，他人在格拉納達，在一條巷子裡；現在他卻置身在一座西班牙林子裡——應該是吧，從這些松樹看來確實像是這麼回事。雖然已是黃昏了，氣溫還不冷。唯一的問題是，他怎麼會從巷子來到林子裡，卻絲毫沒有察覺這一段路途？還好，這條路不會太遠，讓人稍微放心。

波士頓背倚著一棵松樹幹。原來的緊張幾乎變成愉快，答案已經不遠了。

比如：他可能昏厥過去，被某個人從巷子裡送到樹林裡了。至於那個人「為何」這麼做，這個問題他大可不必回答。這個解釋很有道理，也符合他的經歷。比如：腦子裡的嗡嗡聲！兩年前盲腸手術後他從麻醉狀態醒過來時，不正是一模一樣的感覺嗎？一切都明白了，他在市集人群裡昏了過去，後來被某個不知名的人士送到樹林裡來了。

他怎麼那麼慌張呢！凡事總有個合乎邏輯的解釋。之前他要能冷靜思考的話，早就想到這一點了。他得立刻通知大家，希爾貝特老師一定開始爲他擔心，說不定她已經報警，甚至更可怕：已經通知媽媽了。

她會不會擔心得要命呢？他得傳個簡訊給她，讓她知道，他一切都沒問題；馬上就寫。

波士頓從背包裡拿出手機。他的手指頭不再顫抖，一切都沒事。

解開鎖碼功能，螢幕立刻亮了起來。他一眼就看到電池幾乎滿格。幸虧昨天晚上他還充電了。

簡訊打好了：「一切順利，請勿擔心！」接著，他按了「送出」。

螢幕顯示無法收訊。

「氣死人了！」波士頓低聲咒罵了一句。他不可能離市中心那麼遠的。現在，他得快點趕回去才行。

離開林子來到路上時，有那麼一剎那他感受到：這裡的一切如此美好、如此寧靜，好像被施了魔法一般。

施魔法！波士頓自嘲的想了一下。不會吧？

他考慮該沿著路往上或往下走才好，同時暗自希望，帶他到這裡的人沒把他帶離市中心太遠，免得得走上好幾個小時——尤其這裡又無法收訊。

他再次拿出手機關機，關機的細微旋律響起，接著螢幕一片黑暗。

他可不能隨便浪費電力。

第六章

伊莎貝拉仰望天空，星星還沒出現。

費迪南已經告別離去了，她料想得到他會去哪裡。幾名信差來過，他們捎帶了消息、請求和問題過來。她詢問過負責守衛城堡的百夫長，此人確實頗有頭腦。托奎馬達也派人送來消息，提醒她昨日兩人談過的事和今晚的事，因為下午已經過了，屋頂上方月亮已經出現，又圓又大，彷彿一顆橙子。

這一切多美呀！她心裡如此想著，邊在一把僕役搬到庭院裡的沙發椅上坐下。我主上帝，為了感謝您，我願行使我的權勢，使所有的不信者皈依正信，讓他們讚美您如同我讚美您一般；這一點，我向所有我以為聖的發願。

「伊莎貝拉？」響起熟悉的聲音。都這個時候了，是誰，守衛居然會讓他過來？

「孩子，我發現你還沒睡。想來也是，這麼多的煩惱都必須由你的靈魂承受，你怎麼睡得著呢！我說的對嗎？」

「大主教！」伊莎貝拉輕呼一聲。守衛原本已經待命，只要女王有一絲不悅，就要將訪客帶離，這時又悄悄退回一步，沒入拱廊陰影處。女王的聲音夾帶著一絲驚喜。

來客說：「我和大審判官談過了。伊莎貝拉，孩子——陛下，雖然我不再是陛下的告解神父了，請容我斗膽繼續這麼稱呼你。我來，是因爲我認爲你或許需要我的支持。」

伊莎貝拉遲疑了一下，心想：啊，塔拉維拉㊲！我多常在告解椅的朦朧氣氛與告解保密的護持下坦然向他傾吐心聲，就連對夫君我都不曾如此呢。或許，就算除了他以外，再沒有任何人能更睿智的完成大主教的任務，我也不該任命他爲格拉納達大主教的。我好想念他呀，對個女王而言，能比睿智的告解神父更重要的人物實在不多。

「塔拉維拉！」她露出笑容，說：「來，過來我這裡坐。您說的沒錯，大審判官請我依照《猶太法》行事，也發現我有疑慮。不過最後我依然了解，他要求的事我不得不做，畢竟這牽涉到我們國家的福祉，還有不信者的靈魂哪！」

「是嗎，是嗎？」塔拉維拉道：「孩子，你沒有徵詢我的看法，所以我就擅自向你表達我的意見了。你的疑慮未嘗不是件好事，大審判官是個剛正不阿的人，他總是努力善盡職守。只是，難道他是唯一一個能宣稱確知天主旨意，毫無疑問的聖人嗎？」

伊莎貝拉靜候下文。塔拉維拉與托奎馬達向來不合，是眾所皆知的。

「我從不諱言，在許多方面我與大審判官的看法並不一致。」塔拉維拉說：「你在三月最後一日簽下的驅逐猶太人的諭令㊳，無論托奎馬達怎麼說，都不符合基督的精神；而伊莎貝拉，這一點你很清楚。孩子，這一點，你是知道的。」

「那並不是驅逐猶太人的諭令！」伊莎貝拉心想，也許她不該賦予他這麼大的自由？即使是大主教，在女王面前也必須謹守分際。她說：「那是拯救他們靈魂的諭令！我要求的只是他們轉而崇奉基督正信，而您，大主教，也將與我以及所有正信的信徒成爲見證，見證唯有如此，他們的靈魂才能獲得救贖！大主教閣下，我們要的無非是讓他們成為正信的信徒。」

「我了解，」塔拉維拉輕輕摸著下巴說：「我了解。不過，我並不確定，天主從唯一一個自願皈信者的靈魂獲得的喜悅是否比不上數千名被迫捨棄猶太信仰、表示皈信者帶來的喜悅。你的看法如何？伊莎貝拉，人的信仰是能逼迫的嗎？我要問的是：人的信仰是可以被逼迫的嗎？」

伊莎貝拉望著他，說：「據說，您在這座城市裡與摩爾人的神職人員公開論辯？據說，您允許在禮拜儀式中演奏阿拉伯樂器？據說，您派人將《聖經》經文翻譯成阿拉伯文，好讓摩爾人也能看得懂？」

塔拉維拉點點頭，說：「我相信文字的力量。如果他們讀懂了，就會領會；如果沒有也罷。我不認為，我們在天上的父會小氣到不肯接納那些向祂祈禱的人，讓他們入祂的天堂。伊莎貝拉，摩爾人不也向祂祈禱嗎？猶太人不也這麼做嗎？我們不都崇敬同一位上帝嗎？他們只是不相信上帝之子帶來的救贖。難道只因為他們不了解祂賜給世人的並且不願接受，上帝就該讓他們下地獄嗎？」

伊莎貝拉轉身背對著他，低聲說：「主揀選了我。」每次和塔拉維拉商談事情，一切似乎就變了。怎麼會這樣呢？神的兩名僕人對神的旨意說法居然南轅北轍！最後她堅持：「讓這個國家皈依正信，是我的責任。」

「孩子，確實如此。」塔拉維拉又說了一次，「確實如此。」他嘆了口氣，說：「但我依然要再次提出我的問題：人的信仰是可以被逼迫的嗎？」

伊莎貝拉默然不語，心想：鑽牛角尖！托奎馬達如果在的話，這時候就會說：鑽牛角尖。

「怎麼樣？」塔拉維拉問。

伊莎貝拉挺起上半身面向他，說：「我們沒有逼迫任何人，大主教！諭令的內容您是知道的，諭令裡沒有逼迫任何猶太人拋棄自己的信仰，要求的只是：凡是想在我們格拉納達生活的人，必須改奉我們的信仰，但不願意的人仍然可以在七月前離開我們西班牙國土，不會有人阻撓。」

塔拉維拉接口說：「並且要留下他們的房屋和所有財物，而這些都會歸屬王室。」他音量忽然放低，這幾乎是種侮辱了。

「他們總不能把自己的房子扛在背上吧！」伊莎貝拉說：「諭令容許他們出售家產。」

「卻不許他們將金銀首飾和其他珍貴物品帶離這片土地，」塔拉維拉仍然輕聲說：「因此，他們不得不將出售資產、物品獲得的錢財留在此地給王室，不是嗎？」

伊莎貝拉看著自己的膝蓋。塔拉維拉曾經是她的告解神父，但即便如此，他也不該這麼放肆對她說話。

塔拉維拉問她：「賣掉房子，對他們又有什麼好處呢？除了身上穿的，他們什麼都不能帶出這裡；這樣，他們怎麼有辦法在另一個地方開始新生活呢？陛下，這一點你能解釋給我了解嗎？而你呢，卻堅稱他們沒有被迫拋棄信仰，成為恐畏而縮？除了這條路以外，他們還有別的選擇嗎？」

這番話和她對托奎馬達說的一模一樣。格拉納達的猶太人在他們德高望重的稅丞阿布拉瓦內爾率領下登上阿爾漢布拉宮，將三萬面杜卡特金幣上繳給他們，並保證：只要允許猶太人繼續在格拉納達居住並保有原來的信仰，他們將嚴格遵守規範猶太人的律法時，費迪南也在場。只要能繼續留在這裡，入夜以後他們不會離開猶太區，甚至願意佩戴羞辱他們的黃色標誌。格拉納達難道不是他們的家園嗎？在摩爾人的統治下，他們不是在這裡安居樂業了數百年嗎？

「如果陛下能獲得他們所有的資產，對這區區三萬面杜卡特金幣又何必感到滿意呢？」當時托奎馬達說了這麼一句話，而她發現夫婿的眼睛裡閃現了一下光采。托奎馬達表示：「我們的主耶穌被猶太人釘上了十字架，這樣主會樂見猶太人在您的土地上過著富裕的生活嗎？」

「只要他們成為基督徒，就可以留下來。」伊莎貝拉努力讓自己的聲音表現該有的堅定，說：「也可以保有所有的財物。」

「這個，你叫做自願，」塔拉維拉說：「姑且不論皈依天主教以後，他們是否能過一天安心的日子！誰會相信一個恐畏而縮或一個謨禮思叩，能夠真心對我們唯一正信的教會悔改呢？每天在我們土地上舉行的宗教審判判決宣告式㊴不正好證明了，皈依天主信仰無論對摩爾人或是對猶太人幾乎等同於宣判死刑呢？在你的土地上，他們不是到處被鄰人、神職人員、教會團體的成員暗中偵查，想找到他們一直信守舊有信仰的證據嗎？而即使沒有確鑿的證據，這些指控不就足以讓他們逃不過焚刑之死了嗎？只要有忌妒他們、渴望得到他們財物的鄰人控告他們，只要……」

「夠了！」伊莎貝拉起身來回踱步。水柱從群獅口中噴湧而出。接著她說：「大主教閣下，您的意思該不會是，在我的國土上有不該被焚死的人遭焚死吧？您很清楚大審判官說過的話：如果他們譏諷上帝，那麼受焚刑而死正是他們贖罪、靈魂獲得救贖的唯一希望！我們是在拯救他們免於永無止息的懲罰呀！他們在我們這裡被火焚身的時間很短暫，要不是我們透過焚刑宣判讓他們有機會使自身的罪愆在人世上獲得救贖，他們得在煉獄裡忍受烈火焚身多久呢？」

「啊，孩子，」塔拉維拉疲憊的說：「陛下，你統治著幅員廣闊的國土，而我認識你也夠久了，久到我確知，你向來總是依據良知行事。更重要的是，千萬別過早自滿，伊莎貝拉！請跪求主爲你指引道路並切記：我們的上帝不是殘酷的上帝，祂的愛子甚至也爲不信祂的人而死。」

伊莎貝拉點點頭沉吟不語。早先她已向大審判官允諾，再不久就要讓他證明那些皈依基督教的猶太人撒謊並欺瞞了她。此刻她大可請塔拉維拉留下來見證的，但她知道，塔拉維拉會打亂一切，而她需要的是定局。如果她讓大主教發表意見，她的良心就不會讓她下決定；而這個決策非下不可。

塔拉維拉等了又等，最後嘆了口氣，說：

「你要我離去。但願我對你所說的話能在你內心裡發揮作用。我將懇求主爲你指引道路。這不一定非得是神蹟不可，祂會有其他方式的。」

伊莎貝拉像往常一樣屈膝行禮，塔拉維拉淡淡笑了笑，說：「我見到你已準備將《古蘭經》經文從你的宮殿裡移除了？」他幾乎用聊天的語氣說：「『Wa-la ghaliba illa'llah』，我看不出這句話有任何不妥之處。請代我向大審判官致上友好的問候並轉達我的看法。即使你的宮牆上有著『唯真主爲勝利者』，他也沒什麼好反對的——就算這句話來自《古蘭經》。」

「我們不知道是誰把瓷磚拿掉的，」伊莎貝拉努力讓自己的聲音聽起來冷靜。她說：「只要一找到那片瓷磚，就會將它安置上去，而犯法的這個人也得接受懲處。」

「這旋律真怪！」一名少年小心翼翼的在樹身之間穿梭，朝波士頓走過來，邊說：「這叫得比鳥兒好聽多了！」一片雲遮蔽了月亮，在暗夜籠罩下，只能依稀辨識他的輪廓。少年說：「願你平安！可是實在不必派你過來。桑坦傑爾[40]沒轉告你們嗎？」

「啊？」波士頓一頭霧水。從聲音他聽出這名少年年紀並沒比他大多少，體格也和自己差不多，這讓他放心不少。但另一方面他又感到恐慌逐漸回來了：爲什麼他這麼輕鬆就聽得懂少年的話？爲什麼西班牙語會忽然變得像他自小就使用的語言？

「路怎麼走桑坦傑爾反正都跟我說了，」少年低聲說，同時將波士頓拉往林子深處。「我不需要人帶路，一點也沒必要。」他示意波士頓在地上坐下，輕笑著說：「神與你同在！你怎麼穿成這副模樣？你以爲這麼一來，別人就會把你當成吃豬肉的嗎？」

波士頓可一點也無意爲自己的衣著道歉。他的牛仔褲當然不是特別的名牌，他的T恤也不是，可是就算夜色吞噬了服飾的色彩，再也沒有任何人的穿著比這名少年更怪的了。

「首先我們得搞清楚，他願意付多少錢。」少年又壓低了嗓門兒說：「起義要成功，武器是最重要的。那些吃豬肉的傢伙可是有火砲的！我們雙方合作，對大家都有利，感謝阿拉！」

波士頓想都沒想就點頭。少年頭上纏著頭巾，讓他看起來比實際高大。他身上穿的白色寬袍在夜色中閃爍著光芒，彷彿他要參加嘉年華會。不過在他們的年紀，當然沒有人會參加這種活動。

「你不必走在前頭！」少年低聲說：「桑坦傑爾很爲你們擔心，非常非常擔心！如你所知，現在許多人都去求他，可是他該怎麼做，才能避免自己陷入危險又能幫上忙呢？哦，阿拉！」

沒有任何地方有攝影機，這根本太荒謬了。

「你們的人打算付多少？」少年又壓低了嗓門兒，說：「船長表示，爲了避免被人察覺，如果還有其他足夠裝船的貨品，他可以裝滿一整艘，甚至用兩、三艘三桅帆船㊶載運。雖然據我聽到的消息，基督徒買家願意付給你們的並不多，不可能會有太多黃金的。桑坦傑爾說，他們用低得可笑的價格購買房子，他們付的錢連房屋價值的一半，甚至三分之一都不到！他們的慈悲心都跑到哪裡去了呢？他說，他們宣稱這種行爲是購買，實際上卻是強取豪奪。他們用付出去的一點點錢，求自己的心安，還妄想連這麼一點點錢還要再收回去，因爲所有的黃金財寶都得留下不准帶走。哦，看到他們打錯如意算盤了，真讓我開心！就讓這些吃豬肉的傢伙死亡、沉淪吧！願阿拉懲罰這些人。」

雖然聽起來很誇張，這卻不是電影。這個少年在說什麼？他到底把自己當成誰了？

「你想，你們的人是否願意將船長爲你們載運出海的一半貨品給他呢？」少年低聲說：「如果他幫你們規避《猶太法》，他應該會要求你們爲他所冒的風險這麼做吧！光是你們的感謝用處不大，感謝是買不到武器的。雖然桑坦傑爾保證，你們所有的人都會在你們的會堂裡為我們祈禱，但猶太人的上帝到底管不管用，我也不清楚。」

如果此刻昏過去，甦醒以後也許他就會發現自己又重回阿爾卡賽利市集區了；也許這兩個方向都行得通。波士頓又感到一股噁心的感覺湧了上來。

「我們得快一點！」少年說：「不能讓人發現我夜裡出現在猶太區！啊，阿拉，一切都變了！」

波士頓心想：確實如此呀，只是我們所想的絕對不是同一件事。

他抬頭仰望天空。月亮的位置已經改變，並且變得較小，只是有氣無力的照著大地。只要能出現任何動靜，不管現在做什麼，他都無所謂。他實在非常幸運，發現他的恰好是個少年，而且居然在等他，真怪。雖然他無法想像少年到底把他當成誰了，但最後他總會知道的。

「那，我們就前往利雅雷梭吧！」少年說。

波士頓放下心，點點頭。不論少年去那裡有何目的，只要到了利雅雷梭，他就可以自己找到回旅舍的路，謝天謝地。昨天出去認識環境時，那些愛吹牛的高年級生已經把昔日的猶太區指給他們看了。

「我們最好小聲點，」少年又壓低了嗓門兒說：「我們得加倍小心，就像先知穆罕默德說的，相信阿拉，但要先拴好你的駱駝。」

波士頓心想：連駱駝都搬出來了，這下可好。慢慢的，除了驚恐他還感到好奇，而這好奇越來越強烈了。

㊲塔拉維拉（一四二八—一五〇七）：埃爾南多．德．塔拉維拉，伊莎貝拉女王的告解神父與親信，占領格拉納達後，伊莎貝拉更任命他為大主教。他命人將聖經翻譯為阿拉伯文，允許在禮拜儀式中採用阿拉伯樂器，並極力透過和穆斯林神職人員的辯論傳播基督信仰。一四八六至一四九〇年間他也是伊莎貝拉授命成立，由學者組成的委員會的主席，據說該委員會負責審核哥倫布的計畫。委員會認為哥倫布的計算有誤，因此否決他的計畫。

㊳猶太諭令：一四九二年三月三十一日西班牙雙王伊莎貝拉與費迪南頒佈猶太諭令，勒令西班牙境內所有的猶太人若不改奉天主教就得離開西班牙，並將所有財物留下，造成大規模的移民潮。

㊴宗教審判判決宣告式：（葡萄牙語稱為auto da fé）多為焚刑。史書記載托奎馬達擔任大審判官時執行的判決從四百到八千次都有。

㊵桑坦傑爾：路易斯．德．桑坦傑爾，亞拉岡國王費迪南的財政大臣，是個「恐畏而縮」。直到今日，我們依然無法得知他為什麼投入所有資產，幫助哥倫布展開印度之旅。若不是桑坦傑爾大力勸說，哥倫布尋找印度航線的計畫絕對無法獲得天主教雙王許可。

㊶帆船：歐洲最早能逆風行駛的帆船，雙桅或三桅。十五世紀時在葡萄牙更發展為大帆船，哥倫布的三艘帆船中，有兩艘卡拉維爾帆船（尼娜號、平塔號），第三艘為克拉克帆船（聖瑪麗號）。

第七章

街道上一片寂靜，夜色深沉，波士頓必須緊盯著少年的白袍才不會跟丟。當然，之前在阿爾卡賽利市集區時他內心裡曾經想過，他喜歡這裡的一切，全都經過重建，古意盎然，又帶著摩爾風情，還認定回到德國時倘若有誰批評這些全都俗氣透頂，他也不受任何影響。

但他們真有必要爲了討好觀光客做得這麼徹底嗎？不見任何一盞街燈亮著，甚至連一盞街燈都看不到，幾乎要令人相信，這處老街區裡確實連一盞路燈都沒有了。這裡一切都修復得那麼逼真，幾乎令人驚慌，波士頓也開始感到暈眩了。

怪不得少年的衣著也如此古怪！但生活在這裡的居民，應該感到相當不便吧，因爲實在太古怪、太不尋常了：不見哪扇窗有燈火照明，不論哪裡都沒有電視的螢光閃爍。難道這裡連電力都沒有？搬來這裡的人租金有折扣嗎？或者，這些屋子裡根本沒有人居住？

「就在這附近嗎？」少年壓低了聲音，用詢問的眼神望著波士頓，問：「目的地是不是就快到了？」

還有，這裡沒有車輛，街道上連一輛車也沒有。當然，這些街道確實太窄了，但至少總會有輛輕型機車、迷你車什麼的，最低限度總該有輛腳踏車吧！昨天下午他太粗心了，居然沒發覺這些怪現象。

波士頓心想，來這裡的人，幾乎得付參觀費了。這種寂靜幾乎無法穿透，甚至在他耳中嗡嗡作響。希爾貝特老師該事先警告我們的。

「就是這裡沒錯了。」白袍少年用手指節骨以一種奇特的節奏敲著一扇深深嵌入牆面的木門。一次、兩次，靜候。當倉庫，這裡並非最合適的地方——白袍少年不是提到了什麼倉庫嗎？白天，這裡貨車該如何通行呢？該不會有人徒步在這些狹窄的巷弄裡來回拖運貨物吧？

門開啓了一條縫，一位年輕的婦女手上擎著一盞油燈，她身上的黑色服裝就跟波士頓的同伴一樣古色古香。

她細聲說：「主人已經在等候兩位了。」接著轉身在他們前方帶路。

伊莎貝拉靜靜等候。

在她後頭的老者氣喘吁吁，之前她就試圖勸他打消這個念頭。

「非得在貝拉塔不可嗎？」她帶著祈求的語氣說：「非得在我的阿爾漢布拉宮最高的塔上不可嗎？您要讓我看的，肯定也能……」

他不發一語，只是用凌厲的目光阻止她繼續說。

此刻她倚著護牆顫抖。塔頂上晚風寒涼，她該派名僕役下去幫她拿條披肩來的。兩把椅子已經擺好，在他們抵達前，就由守衛帶過來了。

「到了！」說著，大審判官步上平台，氣喘吁吁，她真擔心他的心臟負荷不了。

接著他準備坐下，一名僕役趨前托扶他的手肘，卻被他不悅的甩開了。

「陛下，現在請您看看。」呼吸才稍微和緩，他立即開口這麼說。

伊莎貝拉目光一掠而過。她喜愛白天從這座瞭望塔所見的景象：在她下方是格拉納達千門萬戶的屋頂，這城如今成了她的城，這麼小，她幾乎要暈眩起來了；後方是遼闊而肥沃的河谷平原[42]，而這一切，奉主之名，如今都歸屬於我、歸屬於我們。

此刻只是一片黑暗：樹顛下，屋影、巷弄躺臥在丘陵一側，在月光下隱約浮現輪廓，彷彿一處處的暗影。格拉納達正在沉睡。

「這座城市正在沉睡。」她喃喃說道。

「此刻還沒，陛下。」托奎馬達冷冷回答。他的呼吸已經變得和緩了。「好好看個仔細。我們到這塔上，目的就是爲了這個，好好看個仔細。」

在她下方左側一片黑暗寧靜，那裡是利雅雷梭；較遠方右側是阿爾拜辛，風兒將當地夜間輕微的聲息隱約吹送上來，巷弄裡依稀可見微弱的光。

「怎麼樣？」托奎馬達問。他手杖末端的銀球把手以急促的節奏用力敲打鋪著石塊的地面：咄、咄、咄，滿心不耐。

「並非所有的人都在睡，」伊莎貝拉有點困惑，這和他要求她做的，有什麼關聯呢？「在阿爾拜辛某些地方，人們似乎還在熱烈慶祝。」

大審判官點點頭，說：「星期五了，是摩爾人的聚禮日；再不久我們也會讓這些穆斯林搞清楚，上主創造萬物後是在第七天，不是在第五天休息的。」他氣喘吁吁的說：「只是時候還太早，奉上帝之名，您在摩爾人交出格拉納達時輕率答應的協議還有一段時間有效，您還不會阻止他們舉行他們的宗教儀式。我之所以辛苦爬上這道陡峭的階梯，並非爲了摩爾人的緣故。」

「大審判官閣下？」伊莎貝拉不太了解他的意思。她聽見阿爾拜辛的巷弄裡傳來了一種聲響，不知何處有人在唱歌、拍手，就連笑聲都直達塔頂這裡。在這座他們被人征服的城市裡，摩爾人還有什麼值得歡笑的呢？

拐杖末端又敲打著塔頂地面。

「不是爲了摩爾人的事，」伊莎貝拉開口。她不能讓他等太久，她很清楚之前說的話目的何在。「大審判官閣下，是有關《猶太法》的事。您認爲恐畏而縮蓄意欺瞞：禮拜天他們遵照《猶太法》的規定作彌撒，回到家中卻私下從事他們異教的猶太儀式，爲了他們好，我們必須拯救他們的靈魂，必須將他們逮捕燒死。」

手杖停止敲擊。「還有呢？」大審判官問。由於年歲的緣故，他的聲音顯得沙啞，卻依然予人嚴厲的感覺。

伊莎貝拉俯視這座屬於她的城市千家萬戶的屋頂。她幹嘛將塔拉維拉遣走？但就算大主教在場，也無法否認此刻她見到的山下景象。

「那麼在猶太區呢？那裡有日常活動的跡象嗎？」大審判官問。他從座椅上起身，一名僕役趕緊趨前攙扶。托奎馬達朝她站立的護牆走過去，倚著粗糙的石壁，問：「您可見到利雅雷梭的屋頂上方有炊煙升起？」

「已經是夜裡了。」伊莎貝拉囁嚅著說。

「阿爾拜辛難道就不是夜裡？」大審判官問：「難道對摩爾人來說還是白天，所以我們可以看到從他們屋裡透出的光，而當月亮沒有被雲層遮蔽時，甚至還見得到炊煙？」

伊莎貝拉搖搖頭。

「我要聽您親口說。」說著，托奎馬達的臉孔正面對著她，他的語氣聽起來似乎勃然大怒。誰也無法否認山下發生的事。

「利雅雷梭的猶太人正在守安息日[43]，」伊莎貝拉低聲說：「他們不可工作，不可生火，他們必須上猶太會堂……」

「在我們格拉納達這裡絕對不可！」大審判官抬高聲調。一名僕役匆匆上前，卻嚇得又退了回去。

「父親為子女祝福，他們會吃第一頓安息日餐，他們會吟唱。」

伊莎貝拉挺起身，提高聲調說：「他們吟唱，大審判官閣下！可是利雅雷梭卻一片寂靜，您難道沒聽見嗎！所以他們根本沒有在慶祝！所以這並非欺瞞呀，大審判官，否則我們應該聽得到他們讚美的歌唱呀！」

大審判官鼻孔噴著氣，說：「我真服了您，陛下！把人送往戰場您向來毫不遲疑，現在事情牽涉到謀害我們的主的人，您為什麼突然變得優柔寡斷了？您不是已親眼見到，即使是受洗的猶太人，依然還是馬邏儒[44]，是豬呀！這些虔誠的猶太人就在您眼皮子底下欺君叛教，而您卻要饒恕他們？」

伊莎貝拉默然不語。

「難道您認爲山下發生的事還不夠嗎？」大審判官問：「難道明日白天時您還想再登上這裡，再看一次今晚您已經見到的事嗎？到時您就會願意承認您眼前發生的這些事了嗎？」

伊莎貝拉心想：如果沒有親眼見到，心就不必如此憂傷。但我是隨同他登上這裡的，而塔拉維拉卻被我遣回家了。

「我不希望現在就大開殺戒，」她說：「大審判官，您聽見了嗎？《猶太法》給他們的時間到七月，期限過了之後他們才必須成爲天主教徒。」

「包括他們之中宣稱早已拋棄原有信仰的人嗎？」托奎馬達強調：「我要的只是您能識破他們的奸計！我們會派遣聖兄弟會的成員前往利雅雷梭。他們可別以爲，試圖隱瞞我們的事，我們一無所知。」

伊莎貝拉屈膝行禮。

通道狹長又黑暗，在他們即將步入廊道盡頭的房間時，帶路的年輕婦女輕輕在門上敲了敲。

一個男子的聲音說：「進來！」說話者迎接波士頓與同伴的目光好像放下心來，又像感到疑惑。

男子問候：「沙隆姆！」（註：shalom，希伯來語，此處爲問候語，類似：你好、平安）

他身穿黑袍，看來像個神職人員。接著他立即改口：「也許不該這麼說，但我就是擺脫不了老習慣。兩位好，但願你們確實是我在等候的人。」他淡淡笑了笑，說：「但我能確定嗎？」

纏著頭巾的少年似乎了解他的意思，他先問：「您是以撒㊺，大商人以撒嗎？」接著說：「我叫塔立克，撒蘭阿萊貢（註：**salaam alaikum**，阿拉伯人的問候語，意爲：願你平安）！在格拉納達我們還允許使用這種問候語。大人，您想必了解，派我充當信差的那一位，不會給我任何寫下的文字作爲給您看的證據。」

這處昏暗的房間顯然是倉庫，架子上擺著籃子、簍子，各式大小不一、粗糙的石製器皿以及一束束用布包起來的物品，牆邊堆疊著痲袋。怪的是，房間中央還擺著一張長長的餐桌，桌底下椅子擺得漫無章法，彷彿被人匆匆推進去。桌上見不到任何刀叉，但四處散布的麵包屑，顯示不久前才有人在這裡吃過東西；桌子一端擺著一個銀製的雙燭台座，上頭兩支燒到一半的蠟燭不久前才吹熄，燭芯還冒著煙呢。桌子中央一塊沉沉的白痲布上還放著一塊吃剩的麵包，模樣像是編絞成的。除了主人以外，另有一名顯然用餐後還留在這裡尚未離去的少年正伸手抓取麵包。少年的年紀應該和波士頓及初識的同伴相仿。這會兒波士頓總算知道他的同伴叫塔立克了。

黑袍男子臉上依然掛著笑容，說：「在格拉納達，這種時候已經沒有人會要求手寫的證據了，這會揖盜入門的。話雖如此，你還是得證明你就是你自稱的那個人。」

「我該朗誦開頭幾節給您聽，」少年清了清嗓子，發著牢騷說：「哦，阿拉！如果我母親聽到我說的話，她會怎麼說呢！」他神情尷尬，接著唸道：「那麼，我該說：**哦，上帝，讚**

美，呀，讚美祢/祢，我們的神、萬有之王。我該唸這一段作為證據。」

男子笑了笑，說：「沒錯，這確實是我們的約定，但我發現這讓你感到不自在。是不是呢，摩爾人？他挑選的這兩節正好是我們猶太人──猶太人在安息日前夕，每次禱告開頭一定要唸誦的，倒真令人意外。因為派遣你來的人應該早已知道，我的家人和我早就不是猶太教信徒，我們已成了信奉天主教的兩位陛下的子民與虔誠的天主教徒了。不過，那些相傳至今的古老習俗我們當然還記得。」

有那麼一瞬間，波士頓似乎見到少年臉上一抹嘲諷的神色。少年說：「如您與四海皆知，桑坦傑爾早已是最虔誠的天主教徒了，神與你同在！」說著，他低垂著頭，臉上或許又浮現那種嘲諷的笑容了。「而他擔任亞拉岡王朝的財政大臣也有好幾年了。派我前來的人要我向您報告，船長表示願意協助您的教友──您昔日的教友！那些沒有理性，不願皈信受人愛戴的女王與國王的信仰，因此不得不離開這塊土地的人。只要他的帆船一從馬拉加出發前往君士坦丁堡，船長就會將所有您庫房裡藏在香料與絲綢間的猶太人財物偷偷載運出去，好讓您的教友，在抵達地中海彼岸時，至少還擁有他們部分的財物，那些是我們虔誠又受人愛戴的女王與國王以取之不盡、用之不竭的智慧不許他們帶走的財物。」

「那他要求多少呢？」身穿黑袍的男子問。「訂金已經準備好了，根據我聽到的消息，這筆錢不是為了讓誰變得富有，而是為了──我們就姑且說是──行善吧！」他嘆了口氣，說：「摩爾人，但願你們的夢想能實現；這個夢想──或許我永遠不會承認──甚至也是我的夢想。」

就在這一刻，外頭傳來了喧鬧聲以及用腳猛踹大門的聲音。「奉神聖的宗教法庭㊻之名！」一個低沉的聲音呼嚷著：「開門，再不開我們就要把門砸破了！」還沒有人來得及爲這不速之客開門，門框就應聲而破，六名身穿皮革緊身上衣，手裡拿著矛的漢子已經衝進屋裡了。

㊷河谷平原：本書中指格拉納達城門前肥沃的平原。

㊸安息日：根據《托拉》（摩西五經）的記載，上帝創造世界在第五天時休息，因此猶太人在這一天守安息日。猶太人的安息日從星期五日落起到星期六日落止。這段期間不得工作，與營利相關的活動更是嚴格禁止，同時不可生火。因此安息日屋頂上不見炊煙，對大審判官來說表示這些屋裡的人守安息日。安息日的第一個晚上會吃麻花狀的麵包並點燃雙燭台。

㊹馬邇儒：（marrano，西班牙語）意為：豬，是對被人懷疑繼續遵守猶太儀禮的恐畏而縮（改信天主教的猶太人）的辱稱。

㊺以撒：以撒．阿布拉瓦內（一四三七—一五〇八）猶太政治家與哲學家，曾為葡萄牙、西班牙、那不勒斯與威尼斯的統治者服務，一四八三年起擔任伊莎貝拉與費迪南兩名君王的財政大臣，並試圖阻撓一四九二年三月三十一日頒布的猶太諭令。他的努力並未成功，但他依然堅持自己的信仰，並未改信天主教，反而逃往那不那斯、西西里，最後前往威尼斯。

㊻宗教法庭：教會所設的法庭，藉以迫害、懲罰異教徒，尤其是改信天主教，但遭人懷疑私底下仍崇祀原來宗教的猶太人或穆斯林，後來矛頭也指向不忠的天主教徒。

第八章

這些人全都喝了酒，波士頓不只從他們說話的模樣發現這一點，這六人一衝進屋，屋裡立刻瀰漫著廉價烈酒的氣味，這氣味正是他在超市收銀台前排隊等付帳，偶爾站在臉孔通紅、總是帶著恍惚笑容的男男女女之間時聞到的，而這些人往往別的都不買，只買一瓶酒。

「哼，等著瞧！」第一名闖進房間的士兵臉上橫著一條大疤痕，還很新，或許就是他把門踹破的；而這次行動如果有人帶頭，或許他就是那個帶頭的人。雖然對眼前的情況一頭霧水，波士頓仍然嚇得猛發抖，而塔立克也逃往最後頭的角落。

但身著黑袍的男子依然保持平靜，他說：「各位好！」接著迎上前，說：「良善的天主教徒竟毫無預警就侵門踏戶，難道不該先招呼一聲嗎？再者，你們沒等我說聲歡迎，就直接衝進來，這又是什麼意思呢？至於被踹破的這扇門，我希望你們之中有人是木匠，否則我就不得不向你們百夫長舉發了。」

波士頓發現疤臉士兵搖晃了一下，同時緊緊抓住桌角。

「別多嘴，猶太鬼！」他說：「派我們來的正是百夫長！」說著，他意有所指的瞧了瞧自己的夥伴，指著桌面高嚷：「你們都看到了，證據在這裡！」並伸手拿燭台。燭芯早已不再冒煙，幾滴蠟淚滴落到白色的桌布上，其中一支蠟燭脫離燭台滾落到地上。

屋子的主人挺起上半身，說：「百夫長如果聽到你們在值班時喝酒，會怎麼樣！你認爲他會說什麼呢？你這爛醉的笨蛋！」他一把從士兵手中搶回燭台，說：「還有，別再叫我猶太鬼了，否則我就用這燭台敲爛你的腦袋！」

「哦，哦，哦！」帶頭的士兵嗟呼著，眼睛滴溜溜的轉，說：「嚇死我們啦！你們有什麼意見呢，各位兄弟？你們見過這麼凶的猶太人嗎？」

其他人放聲大笑。

「小子！」黑袍男子大吼一聲，波士頓見到那名少年身子倒退，直到抵住了牆；他的袍子前頭鼓得古怪，扣孔裡的鈕扣也繃得緊緊的，而桌上的麵包卻不見了。

「給我安靜，你這自稱不是猶太鬼的猶太鬼！」帶頭的士兵斥問：「你的煙囪爲什麼沒冒煙？你屋裡爲什麼沒生火？」

「你冷嗎？」黑袍男子揚起一邊的眉毛，問：「我該派人送個火盆給你嗎？」

士兵握起拳頭猛然往桌上一敲，警告：「勒好你的狗嘴！」其他五人也都按住自己的兵器。這一次，他的聲音聽起來比較堅定，憤怒似乎讓他變得冷靜了。接著他問：「還有，廚房裡呢？」

「在新的格拉納達有規定晚上一定得做飯嗎？」屋子的主人微微欠身，說：「那麼，抱歉，我一點也不知道有這種規定。」

另一名士兵跳上前，手裡握著一把匕首，問：「我是不是該將他帶走？我們該把他押去審判官面前的，這個馬邋儒！」

帶頭的士兵搖搖手。

「猶太鬼，我們會記住你家的！」他威脅說：「今天只是警告你別想要我們！下次破掉的，就不只是你的門了。」

其他人放聲大笑。

「這都得感謝你那仁慈的女王，這一次她還想饒過你們這些人！天曉得，她的寬厚會招來什麼後果，馬邋慯！」說完，他便示意其他夥伴隨他離去。

波士頓的目光一路追隨他們。屋裡一片死寂。

當他再度轉回頭時，他看到黑袍男子身體顫抖；這段時間裡都默默貼牆站立的少年身子則緩緩倒下，從他的上衣下襬滾出了一個編結的麵包，掉落到瓷磚上。

黑袍男子朝他跨出一步，低聲呼喊：「所羅門！吾兒！」

波士頓看到一滴淚水從男子的臉頰滑落，令他既驚訝又意外。

而臉上帶疤的士兵則有某件事讓他感到非常熟悉，是什麼？到底是什麼？之前他從沒見過這個人呀。

少年小心翼翼的拾起麵包，起身，把麵包遞給父親。

「你幹嘛一直跟著我？」塔立克不悅的責問。他背貼著一面塗刷成白色的牆，在他們前方是一條通往廣場的小巷。噴泉的水聲一路傳到他們耳中。「回家去吧！你的任務已經完成了！

再說，你應該也發現了，我連一分鐘都不需要你，我不是自己一個人找到路了嗎？」

在他的白袍底下，皮袋裡的硬幣相互撞擊。黑袍男子從牆洞裡取出了那個錢袋，錢袋看來沉甸甸的。雖然對這裡發生的事波士頓一無所知，但他知道，塔立克不想再讓他跟著自己。

「我不知道該去哪裡！」他囁嚅著說。

「我不知道該去哪裡！」塔立克鄙夷的說：「回去你來的地方呀，猶太人，回到那裡去！這也正是我要做的。」

波士頓愣愣望著他。在猶太人家中對士兵的恐懼讓他暫時忘卻了另一種恐懼：即使在利雅雷梭也沒有路可以回到他們下榻的旅舍，那裡一切都變樣了，連他認識的街道也變得陌生，彷彿他原來所處的真實世界已經蕩然無存了。

「在那之前，我可以問你一些事嗎？」他低聲說。

「在那之前，我可以問你一些事嗎？」塔立克跟著說了一遍，做了個鬼臉還打了個呵欠，但至少他沒說「不」。

「是這樣的，我不知怎的，」波士頓囁嚅著說。如果他解釋發生在自己身上的事，這位同伴一定會以為他瘋了。於是他改口：「我實在不清楚——我們究竟在哪裡？」

塔立克正想打第二個呵欠，這時卻睜大了眼睛瞪著波士頓，問：「在伊胥比利亞（註：Ischibiliya，摩爾人稱塞維亞為伊胥比利亞）嗎？」他揚起眉毛，彷彿在思考艱深的問題。「嗯，應該不是吧。是庫土巴（註：Kurtuba，摩爾人稱哥多華為庫土巴）嗎？嗯，嗯，應該也不是。那麼也許是馬拉加囉？嗯，嗯，嗯，絕對都不是。要不要從格拉納達試試看？或者你以爲這裡是天堂的第七座花園？」

「才不是呢！」波士頓幾乎惱怒起來，這未嘗不是好事。他說：「我也很清楚，我們人在格拉納達！我問的是別的事。」他遲疑了一下。他不想把那個問題說出口，甚至連想都不要想，那個問題是：「我們在的這裡現在是**什麼時候**？」

看來，塔立克馬上就要失去耐心了，他說：「就是**現在**，不是昨天，不是明天，至少這一點我清楚得很。現在我們在這裡，在格拉納達，在阿爾拜辛，不久我就會躺在客棧裡睡大頭覺了。這樣你滿意了嗎？」說完，他就諷刺的鞠了個躬。

波士頓心想：他反正把我當成瘋子了。換成是我，也會這麼想。「可是，現在是什麼時候？」他匆忙提出問題：「我知道是星期幾，是星期五！可是然後呢？」他在背包裡翻來翻去找他的手機，手機上顯示的一定還是德國的時間和日期。

他需要確認，不管事實有多嚇人。「現在是幾月？哪一——年？」他按了按手機按鍵，螢幕閃現了一下，在這條黑暗的巷子裡，開機的旋律聽起來非常突兀。

「至高至大的神呀！」塔立克驚呼一聲跪倒在地，說：「請饒恕我吧！」

格拉納達，四月，現代

大夥兒在返回青年旅舍途中發現少了波士頓，有那麼短短一瞬間，每個人心底都升起一股罪惡感。

「糟糕！」圖侃說：「這小子又跑到哪裡去了？」

他當然沒喝西班牙啤酒「塞了微颯」，大白天的，又是在公共場所，本來就不可能喝。卡迪爾也說，如果他喝了酒被「遣送」回家，一定會被老爸痛扁一頓的。

「我們本來就認爲喝酒不是好事！」他說：「土耳其人是不喝酒的，知道嗎？因爲我們宗教信仰的關係。」

「土耳其人不喝酒？哈哈！」瑟吉誇張的說，但每個人都看得出這下他可放心了。他總算有理由繼續喝他那個既非西班牙，也非德國，而是美國產品的可樂了。這夥人坐在畢巴蘭布拉廣場上，大剌剌的把腿伸到路面上，躲在大大的遮陽傘下，望著觀光客進進出出的阿爾卡賽利市集區的入口。老實說，這樣實在稱不上是鄉土教學。

他們並不特別想念波士頓，可是到了傍晚，他人沒現身青年旅舍，床上也見不到他那又醜又老氣的背包和他本人，這就讓他們覺得不對勁了。

「我們需不需要跟希爾貝特老師報備一下？」卡迪爾說：「他說不定出事了。」

圖侃用手指輕輕戳了戳自己的額頭，說：「那小鬼本來就愛到處亂逛，難道你還不曉得嗎？」

瑟吉把嘴裡的口香糖拉成長長一條，說：「別打小報告！」大家都知道他會偷抽菸，可是圖侃警告過，如果他們的房間裡有菸味，麻煩就大了。

「否則他麻煩就更大了。」

就這樣，事情暫時不了了之。

可是到了晚餐時，他們那一桌波士頓的位置還空著，這時希爾貝特老師當然要問了。

「波士頓呢？之前他不是跟你們三個人一起逛街嗎？」

圖侃點頭，說：「他說他累了，剛才他還在睡，我們不想把他叫醒。」

希爾貝特老師似乎還不放心，追問：「你確定沒有其他問題？確定他是太累了而不是生病了？也不是想家？」

瑟吉用食指戳了戳自己的額頭，表示「阿達阿達」，當老師的看了這種動作是不會太高興的，但此刻非得這麼做不可。他挺起胸膛，說：「波士頓才不會想家呢！」

希爾貝特老師露出笑容，之前她一直放心不下，擔心這孩子適應不良，還好一切都比她想像的順利多了。

最後她說：「可是，明天他如果沒過來吃早餐，我就會開始擔心了。」

早在靦腆的西班牙文實習老師到男生的房間巡視，向他們道晚安，順便確定是否每個人都在房間裡之前，他們就將波士頓的被子弄成一座長長的小山了。

「噓！」圖侃低聲說：「喂，小聲點，小鬼還在睡！」

「哦哦！」說著，實習老師就悄悄走出房間，把門帶上。他鬆了一口氣：這個房間也一切正常。

實習老師離開後，他們將窗戶大大敞開，各自坐在床上。瑟吉睡前沒有來根菸就覺得難受。

「萬一他真的出事了怎麼辦？」卡迪爾說：「還有，如果晚一點他才回來，他要怎麼進來呢？」

「你想，要是他這麼晚了才回來，會引起多大的麻煩？」圖侃說：「他得有非常好的理由才行。哎喲，不行，絕對不行，我們絕對不能打他的小報告。」他朝瑟吉彎下身，說：「暫時再等等！萬一明天早上他還不在，再告訴老師。」

卡迪爾身體往後仰，頭都碰到牆壁了。他低聲說：「想想看，到時他會惹來多大的麻煩！」

瑟吉在盥洗台裡將菸蒂捻熄，說：「我們的麻煩才大呢。」

安達魯斯，一四九二年

波士頓從沒想過，對一個連電話是什麼東西都不知道的人，該如何向他解釋手機是什麼。這原本一點也沒必要，電話是什麼無人不知，手機是什麼無人不曉，這少年幹嘛這麼震驚？因爲真相果真是波士頓一直害怕的。自從他看到利雅雷梭的街道一片漆黑，看到頭巾、那群士兵；自從他在猶太人家中經歷了那場古怪的事件，現在他的疑問幾乎已經有了解答。

塔立克雙手蒙住眼睛，波士頓朝塔立克彎下腰，說：

「這不過是我的手機！」他把手機放到塔立克面前，希望讓他冷靜下來。螢幕好亮，塔立克哭得好大聲，牆上高處有一扇窗開啓。

「這麼晚了，安靜！」一個男人的聲音破口大罵：「自從那些吃豬肉的傢伙到了阿爾漢布拉宮後，在格拉納達難道連好好睡個覺都不行了嗎？」

窗戶再度關上，波士頓默默示意塔立克到廣場上。

噴泉的水汩汩流著，在他們上方山頭上，是朦朧的月光照耀下，靜靜矗立的阿爾漢布拉宮。

「那只是我的手機啦！」波士頓低聲說。他手指飛快操作，想找出下午他為圖侃、卡迪爾和瑟吉拍的照片。照片上卡迪爾依舊比著兔子耳朵，圖侃扮著鬼臉，而背景則是阿爾漢布拉宮的彩繪陶片。「這裡，你看！這是山上那裡！」他手指朝上指著阿爾漢布拉宮，說：「這是之前，我還沒來到這裡的時候拍的！而壓根兒不知道我什麼時候、為什麼會來到這裡！」

塔立克吃驚的望著照片，怯怯的問：「是誰放他們進去的？進去城堡裡？」

「是我們老師在德國用網路訂的。」波士頓關掉手機，說：「這不過是一支手機！我不是一直都這麼說的嘛！」

接著他試著向塔立克說明。

可是塔立克不知道電話是什麼，聽到波士頓極力解釋，想讓他了解我們可以跟另一個地方的人講話，而且全世界都行得通，塔立克忍不住哈哈大笑。接著，他的目光又落到手機上，嚇得他趕緊閉嘴。

「我當然知道，世上沒有時光旅行這回事！」波士頓用懇求的語氣說：「我不希望時光旅行真的存在，而你絕對也不相信這種事！但這是我唯一想得到的，而且還有點合乎邏輯的解釋——雖然這種解釋其實一點也不合邏輯！這是……算了，不如請你直接告訴我，在這裡現在是幾月？還有，是哪一年？」

塔立克點點頭，波士頓了解，此時此刻對其他人而言，這種事情可能比對他自己還加倍可怕；至少他有時間適應這種觀點。

「那些吃豬肉的傢伙宣稱現在是四月，」塔立克說：「根據他們的算法，現在是一四九二年；我們的算法是八九一年。你要根據他們的，還是我們的算法？」

這次輪到波士頓得在噴泉邊緣坐下了。

「你確定嗎？」他用虛弱的聲音問：「一四九二年？」

「這是根據他們的算法，」塔立克問：「有什麼問題嗎？你會怎麼算呢？」

波士頓搖搖頭，低聲說：「我來到過去了！哦，老天！」

塔立克望著他，顯然一點也不相信波士頓的話。「為什麼是過去？」他說：「現在就是現在。剛剛我不就說了嗎？」

「現在永遠是現在，」波士頓喃喃自語：「可是現在是**什麼時候**——卻不斷在變。」

塔立克瞇起眼睛，噴泉噴出水柱，廣場另一端不知何處有圈欄裡的驢子在睡夢中發出叫聲。

波士頓說：「我解釋給你聽，」他想，也是為了說服自己相信，「你看，這支手機，我的手機——還有，也許我的服裝也算；還有，你看，這個番茄醬包——這些你都沒見過吧！」

塔立克點點頭。他注視著波士頓手上的手機，身體稍微挪開些。手機已經不亮也沒有聲音了；至於番茄醬包，他似乎不覺得有什麼特別。

「我不知道，我是怎麼來到這裡的，」波士頓說：「甚至連我爲什麼會到這裡來都一無所知。我甚至希望，這一切完全只是一場夢；但願你了解我的想法。總而言之，我絕對沒有活在現在，我活在五百年後，說不定還要更久以後；而我來這裡的目的，純粹只是爲了學西班牙語。」

「學西班牙語？」塔立克問。

隨著這些解釋，波士頓自己也越發意識到自己的遭遇有多奇特；另一方面，他也深深感到有塔立克坐在身邊聽他訴說，有這麼一個認爲此地的事事物物就跟高樓大廈和汽車對他那麼尋常的人在一旁，是多麼令人感到欣慰的事——就算塔立克聽到他說，他們是怎麼坐飛機來到西班牙時哈哈大笑也沒關係。

「一隻可以載著人飛的大鳥？」塔立克說：「神與你同在！這就像老鼠對獅子說：我相信你要娶我爲妻！」

「這是真的！」波士頓用祈求的語氣說：「真的！哦，老天，求求你，我說的全都是真話！可是你們這裡……」他停頓不語。

塔立克搖搖頭，說：「我還以爲，今天下午他們派你從猶太區來找我，好帶我到以撒那裡——時機還真巧！」

「現在輪到你了，」波士頓察覺自己的聲音在發抖。他努力克制，不讓自己太過驚慌，說：「現在我已經來到這裡了，而我又完全不知道我是怎麼來的；更不知道，要怎樣才能回去。那麼我至少得搞清楚，之前發生的所有事情。」他用懇切的目光望著塔立克，說：「關於那些士兵啦、錢啦，還有麵包等等的事。」

塔立克早就不再打呵欠了，他東張西望，似乎想確認沒有其他人在聽他們說話。接著，才細說從頭。

第九章

胡安娜坐在窗台上眺望山谷。朝陽尚未從地平線上探出頭來，她卻再也睡不著了。

她想，應該禁止喚禮員[47]一大早就在山下市區的清真寺宣禮塔[48]上四處呼喚信徒祈禱的，實在吵死人了！他們把所有的人都吵醒了，但對我們這些不是穆斯林的人有什麼用呢？真煩死人了，我要回哥多華，哥多華長久以來就是我們的屬地，而這裡卻還非常陌生。我不想四處漂泊，今天在這處宮廷，明天在另一處；現在還在哥多華，明天卻到塞維亞，後天則是格拉納達，之後甚至遠到北部寒冷的巴塞隆那，這番奔波只因我們的國土遼闊無比。我根本不要什麼王國，身爲公主，對我真是一種折磨。

她把雙腳伸到窗台外，腳後跟隨著節奏敲著牆。如果保姆現在醒來瞧見她這模樣，一定會嚇倒在地，說：「我的月兒寶貝，我的小鹿！你會從窗口摔下去的！」

她俯身向前，直到頭暈目眩爲止。有那麼一剎那她認爲只要稍有偏差，她就會墜落下去了。這種感覺既恐怖又美妙。她又把身子稍微仰拉回來，不多不少，正好讓她的心臟可以較和緩跳動。

她悻悻的想，如果我摔下去會怎樣？他們會讓誰跟那個俊美的哈布斯堡王子結婚？瑪麗亞嗎？她蠢、蠢、蠢、蠢死了，而這跟她不過十歲還是個孩子一點關係也沒有，十歲時我就比她現在聰明多了。再說，她也太聽話，乖得無聊透頂！那個金髮的討厭鬼該娶瑪麗亞的。

她再次彎身向前，就那麼一點點；現在，呼吸變得更急促了。

要不，卡塔琳娜也好！她還是個小寶寶，只要有什麼不順心的，馬上就嚎啕大哭，連我們虔誠的女王母親也受不了。瞧她望著卡塔琳娜的模樣我就知道了。那傢伙該娶卡塔琳娜的，這樣我們就可以擺脫她了。

她嘻嘻笑了出來。

「我的月兒寶貝！」保姆驚呼。你永遠永遠可以預測保姆會說什麼，這真的棒呆了。她說的無非是：「我的小鹿，你會從窗口摔下去的！」

胡安娜哈哈大笑，腳後跟用力敲擊石壁，頭也不回就高聲嚷著：「那就把我抓牢呀！要不，我會摔到山谷裡的！我絕對不會跟哈布斯堡王子結婚，永遠不會！」

保姆緊抓著她不放手。保姆是個心腸軟、圓滾滾又善良的女人。

「哦，我的小鴿子，你會跟他結婚的。」保姆的聲音聽起來好悲傷，讓胡安娜因爲嚇到她了而感到愧疚。保姆說：「你是公主，他是王子，這是天經地義的事。」

波士頓醒來後，還持續閉著眼睛一陣子。

他想，如果現在我張開眼睛，就會重回青年旅舍，躺在那張嘎吱嘎吱響的床上，在我的上鋪躺著瑟吉，對面是圖侃和卡迪爾。接下來會告訴他們我做了什麼夢——也許還是不說的好，他們才剛開始把我當成稍微正常的人。

但他自己也很清楚，即使最便宜的青年旅舍，快被睡塌了的床墊，都不會像此刻他背部感覺到的那麼硬邦邦的；而傳到耳裡的赫赫鼻息聲和噠噠聲顯示驢、騾、駱駝等動物也都醒了，客棧最外圍的地方還另有幾匹馬。

前一晚塔立克將他帶到這裡，並且將格拉納達發生的事、將被征服的摩爾人的絕望無助，以及受迫害的猶太人內心的恐懼等全都跟他說了。

「我們就在絲市正後方，離巴布阿爾蘭姆拉（註：Bab al-Ramla，阿拉伯語；西班牙人稱之為畢巴蘭布拉）不遠，」塔立克說：「你總得找個地方睡覺。」

波士頓怯生生的張開眼睛。

太陽還位在低處，但晨曦已經照進幾近正方形的內院，照亮了內院中央的水井，井邊聚集了一群身穿白袍的人。環繞著內院的磚砌拱廊底下以及上方的柱廊上，夜裡都有前來格拉納達做生意的旅人休憩，現在這些人都在內院裡走動：匆促又忙碌。

我早就料到了，波士頓心想：別驚慌，千萬別再驚慌了，這我不是早就料到了嗎！這裡是客棧，昨天我在阿爾卡賽利市集區就透過兩道門拱見到了，只是當時沒進去。此刻晨曦才剛剛怯怯的射入內院，而現在是一四九二年。唯一承受這一切不讓自己發瘋的辦法，就是把它當成一場平凡得不能再平凡的旅程。

我去了北海。

我去了馬略卡島。

波士頓，你呢？

我去了一四九二年。

他旁邊昨晚塔立克睡的位置已經沒人了。波士頓自己也不曉得，他爲什麼那麼確定塔立克一定會再回來。

可是，我是怎麼來到這裡的？爲什麼？前一秒我還在阿爾卡賽利市集區，一切完全正常；但下一秒我就在這裡了。

他悄悄將背包拉近，取出希爾貝特老師的旅遊指南。裡頭一定有關於格拉納達歷史的記載。沒有誰朝他多看一眼，沒有任何人注意他，他不過是千萬旅人中的一個。

昨晚塔立克悄悄告訴他，一四九二年一月時，「還不到一百天前！」摩爾人的埃米爾穆罕默德．阿布．阿博達拉[49]（西班牙人稱他爲波伯迪爾[50]）與西班牙商議了一份降約，隨後不戰而降，將城鑰繳交給西班牙女王伊莎貝拉及國王費迪南。降約中允許居住在格拉納達王國的摩爾人生活，如：衣著、飲食、慶祝節日與信仰等一切如常，不會受到任何阻難，總而言之，彷彿格拉納達被天主教雙王征服後依然能維持它數百年來一貫的穆斯林、摩爾人城市。

「可是，打從一開始我們就不信任他們，」塔立克低聲說：「畢竟，這些吃豬肉的人四處征服我們在半島上的領土……」

「吃豬肉的人？」波士頓問。在距離他只有幾步遠的地方有名男子在睡夢中大聲呻吟。

「天主教徒！」這是塔立克的回答，而說這話時，他的樣子彷彿要吐口水。

有那麼一刹那波士頓考慮，是否該告訴他，他才剛上了堅信禮課；但最後他決定這一點也不重要。如果這件事在德國不重要，爲什麼到了這裡就該變得重要？

「很久以前我們就知道，他們是怎麼對待被征服者的，哦，阿拉！這份協約裡當然沒有提到猶太人！」塔立克說：「他們早就想將猶太人趕走了，這種情形在西班牙比比皆是；沒有受洗的人就會被燒死；而受洗的人，也會被燒死，因爲他們不相信那些人是真心看待洗禮的。一個無法相信真有人能誠心皈依他們信仰的宗教，是一種怎樣的宗教呢？」

波士頓心想：這些恰好都是宗教問題，誰在乎呢？

「而現在，他們也可以在我們這裡把人——猶太人——燒死。」塔立克說：「就在格拉納達這裡。要不，猶太人就得出走，他們時間不多了。之後他們所有的財物就歸西班牙雙王所有。」

波士頓指了指即使在客棧，也安然躺臥在塔立克懷抱中的皮袋，問：「那，那個呢？」

塔立克笑了起來，說：「你還不懂嗎？猶太人必須離開格拉納達，好幾千名猶太人都得逃離西班牙，而除了身上穿的衣物以外，他們什麼都不能帶走，因爲誰要帶走更多的東西，就逃不過死刑的懲罰。」

波士頓驚駭的望著他。這不是強取豪奪嗎？

「他們何不趁現在還有辦法時，把他們的黃金交給我們這些還能繼續留在這裡的摩爾人呢？」塔立克說：「報酬是，一位勇敢的摩爾船長不畏死刑，偷偷將他們部分的財產運往國外。爲了他們，他得面對生命的危險：萬一他被發現了，就會被判焚刑——爲什麼他們不該付點錢呢？」

波士頓點點頭，說：「而你們摩爾人打算用這些錢購買武器，你們計畫要起義，是不是？要趕走西班牙人。」

「我們也是西班牙人！」塔立克激動的說：「我們是摩爾人，也是西班牙人，就如同塞法迪猶太人（註：指長期生活在阿拉伯化的伊比利半島上的猶太人分支，由於長期受伊斯蘭文化影響，生活習慣和其他分支有極大的差異。）也是西班牙人！西班牙人難道只能有一種嗎？在摩爾人統治下，七百多年來，這塊土地容得下這三種宗教，現在，這塊土地難道變得只容得下單一宗教了嗎？」

「這是不對的，」波士頓囁嚅的回答，他不希望塔立克這麼憤慨。波士頓說：「我也覺得這樣很怪。」

可是我忽然來到這裡，這更加倍不合理。哦，老天，我居然穿越時空到了這裡。

「七百年呀！」塔立克提高音調說：「七百多年來我們在這裡和平共處！我們摩爾人曾經趕走猶太人嗎？我們曾經要求我們土地上的天主教徒崇敬先知嗎？」

「我不知道，」波士頓囁嚅的說。

這下子，塔立克看來又非常清醒，波士頓忍不住想，他很可能會不斷說下去，直到天亮呢。

「他們確實得納稅！」他高呼一聲，在距離他們幾步遠的地方，一名男子在睡夢中翻了個身，嚇得塔立克趕緊閉上嘴。接著他說：「可是，我們有燒死他們嗎？阿拉，詛咒這些吃豬肉的人吧！」

波士頓頻頻點頭。所以，塔立克爲以撒捎來消息，告訴他船長同意將猶太人的財物運往君士坦丁堡的安全地帶；這一點波士頓早就看出來了。而塔立克拿到了第一筆準備購買武器、將格拉納達從信仰天主教的雙王手中解放出來的酬金；這一點也不難理解。

比較難理解的是，驅逐出境、受刑被燒死，這一切確實發生過；而他就置身在這風暴中。

「你該不會天真的以爲，他們會讓我們摩爾人長久過安寧的日子吧？」塔立克低聲說：「一旦他們趕走了猶太人，一旦他們沒收了猶太人所有的財產，你想，他們就會滿意了嗎？我們摩爾人將會是下一個目標，我們的財產也讓他們垂涎！他們將改變摩爾人的信仰，趕走摩爾人，把摩爾人的錢財搞到手！」

「你不是提到有一份協約嗎？」波士頓怯怯的問了這麼一句，但這句話他自己也覺得蠢死了。對那些只因爲其他人信仰不同，就把他們燒死的人，一紙協約又有什麼價値呢？

塔立克說：「唯有起義反抗才救得了我們。」月亮投影在井底。

波士頓眯起眼睛望著朝陽，心想：而我誤闖的時代，就是這樣的時代，就是一四九二年。

他翻開旅遊指南，悄悄的，避免引人注目。

還沒看到標題，他猛然想起，爲什麼他覺得這一年好熟悉。

格拉納達被征服了，這件事他毫無概念。

就在這一年，哥倫布發現了美洲。

㊼喚禮員：又稱「穆安津」，伊斯蘭教中負責呼報禮拜祈禱時刻的人，在宣禮塔上召喚穆斯林拜禱，他們

的任務類似基督教會的教堂鐘聲。

㊽宣禮塔：清真寺塔，喚禮員在宣禮塔上一日唱喚五次，召喚信眾禮拜。宣禮塔可能以近東普遍可見的天主教長方形教堂的鐘塔為本。

㊾阿布．阿博達拉：（Muhammad Abu Abdàllah）格拉納達王國末代埃米爾；另請參考波伯迪爾。

㊿波伯迪爾：是西班牙語對「阿布．阿博達拉」的誤稱。波伯迪爾是格拉納達王國的末代埃米爾，一四九二年，格拉納達長期遭到包圍，眼見勝利無望，波伯迪爾於是將自己的格拉納達王國降獻給費迪南和伊莎貝拉，他則獲得阿普哈拉斯山脈（請參考註㉞，三八頁）中一方小土地，並與前述雙王簽訂協約，協約中允諾摩爾人可繼續奉行他們的宗教並遵循傳統生活。但信奉天主教的兩名君王卻違約，一四九九年摩爾人要不是被驅出格拉納達就是被迫像一四九二年的猶太人，必須改宗天主教，而摩爾人的圖書館、澡堂等也遭焚毀，清真寺不是遭到破壞就是改為天主教堂，阿拉伯語也遭禁用。早在一四九四年波伯迪爾便離開阿普哈拉斯山區，流亡到摩洛哥的非斯，在那裡度過將近四十年的餘生。

第十章

在塔立克回來之前，波士頓專心讀著旅遊指南，裡頭對格拉納達的歷史介紹得並不特別詳盡，但對了解塔立克說過的事還是頗有幫助。一四九二年，信奉天主教的女王和國王占領了格拉納達，時間是一月；而到了三月三十一日，他們就簽訂了《猶太法》，命令格拉納達的猶太人如果不受洗，就得雙手空空離開此地。根據旅遊指南上的記載，有上萬人乘船前往北非或君士坦丁堡，逃亡的猶太人組成的悲慘行列，將西班牙的街道都擠爆了。而短短數年後，在一四九九年，同樣的命運就降臨到摩爾人身上了。塔立克說的沒錯，摩爾人也被驅離家園、被處死，他們的澡堂被拆除，圖書館也遭焚毀。

波士頓心想：不過，這些事情尚未發生，他們起義還可能成功！他飛快翻著旅遊指南，但對摩爾人是否獲勝或起義抗爭，書裡都隻字未提。

誰曉得，事情說不定還有轉機！想到這裡，他頭都開始發暈了。歷史能夠從頭來過並加以改變嗎？發生過的事，能從頭來過嗎？

胡扯，誰信呢？

可是同樣的道理，發生在他身上的事又有誰會相信呢？誰會相信他從他那個此刻忽然成了遙遠的未來的，原來的現代，莫名其妙的就回到了五百年前呢？如果時光可以這麼輕易穿越，豈非有可能？

還有，他爲什麼會穿越時空呢？

居然發生了這種事，實在令人難以承受；但最最可怕的是，你一點也不知道，這究竟是怎麼回事。

「你終於醒啦！」塔立克出現在他背後，將一個布包往地上一扔，說：「給你！我想，如果你繼續穿著這身古怪的服裝在格拉納達亂闖實在不太好。」

波士頓坐起身，把衣服攤開，那是一件袍子，一件跟塔立克穿的、跟所有內院裡的人穿的同樣的袍子。

他低聲說了句：「謝謝！」

塔立克聳聳肩，說：「我沒叫醒你作晨禱。你根本就睡死了，就跟不信真主的人一樣，太陽都出來了還在睡。先知的追隨者萬萬不會睡到晨禱還沒醒！看來你確實是猶太人，要不就是吃豬肉的……」

「我不是！」波士頓趕緊否認。

「昨天晚上你跟我說的事，我都想過了，但我還是無法相信。但若要說你騙我，你那個古怪的玩意兒又是什麼？」他直視著波士頓，說：「別讓任何人看到你那個可以顯示圖畫、演奏音樂的小盒子：那顆由兩部分組成的黑蛋！」塔立克焦急的警告：「不管那玩意兒對你有什麼用處，我都要建議你，別再帶著它！」

「別帶著我的手機？爲什麼？」波士頓不解的問。

「萬一宗教法庭的人看到了，」塔立克說：「哦，阿拉！他們就會一口咬定，那是魔鬼的邪器！他們會認定你和魔鬼結盟！你對我說過的話，對任何人都不能再提起！任何人都不行，聽到了嗎？」

「可是我說的全是真話，」波士頓說：「你不也相信了！」

塔立克哈哈大笑，說：「我只是決定不再爲那些我死也不會了解的事傷腦筋，可是對托奎馬達來說，這些全都是證據；萬一他們發現了你帶來的盒子，就會把你燒死。」

他支起上半身，說：「我要離開你了。你知道的，我還有事要做。」

那我呢？波士頓心裡這麼想。他把手伸到背包裡摸著那支手機。如果沒了這個，他該怎麼打電話回家、打電話給警察、給希爾貝特老師，好讓這些人幫助他呢？

現代和過去反正沒有電信連結。

可是誰曉得呢？

這裡連電力都沒有，實在太可笑了。

可是誰曉得呢？晚一點我再思考這個問題好了。

「你計畫做的事也很危險！」波士頓說：「萬一你被他們逮到了，他們就會把你關進牢裡，甚至燒死！」

塔立克聳聳肩，說：「快溺死的人幹嘛還怕下雨？受迫害要比任何事都痛苦。」

波士頓若有所思的說：「除此以外，這一年還會有人發現美洲。」美洲，他父親居住的地方。他爲什麼沒頭沒腦的想起這件事？這對誰有好處嗎？

塔立克笑了起來，說：「有人會發現誰了？是一位漂亮的姑娘嗎？還是一種還沒人知道的香料？一種散發香氣的植物？啊，你這個奇怪的外邦人，你自己多加保重吧！」

「帶我走！」波士頓猛然跳了起來，將袍子當頭罩上，看來簡直跟阿拉伯人沒什麼兩樣。

塔立克搖搖手，說：「現在你知道的事太多了，如果你跟著我，就會陷入更大的危險。」

波士頓用乞求的眼神望著他，他不要這少年離開，留下自己孤伶伶一個人！雖然他才剛認識他不久，少年卻是他在這個陌生世界裡唯一熟悉的人。

「我不怕！」波士頓說。

塔立克笑了起來，說：「你可能連命都會丟的！帶著你的袋子離開吧！」

「我不怕死！」波士頓高聲辯駁，同時驚駭的發現，這的確是實話。在一個他根本尚未出生的時代，他有可能死嗎？萬一他真的被箭射中、被劍刺穿，他是否會死而復生，重返他真實的人生呢？如果他想重返現代，想回家去，這是否是他無可避免，一定得走的路呢——經過死亡的一條路？

塔立克不耐的搖搖頭，說：「你幫不上我的忙。珍重再見，願阿拉保護你。」說完，他就轉身，邁開大步朝大門的方向走。

波士頓目送他的背影。不！他想：哦，不！別扔下我孤伶伶一個人！

「塔立克！」他大聲呼喚：「回來呀！」塔立克卻充耳不聞，繼續前進，最後消失在窄巷的人潮裡。

波士頓感到喉嚨裡湧上了抽噎的感覺。

他想：即使我又孤伶伶一個人了，我也不哭。不論我會遇到什麼事，一點也無所謂，反正這又不是我的人生。

快溺死的人幹嘛還怕下雨？

格拉納達，四月，現代

紙終於包不住火。

「他一直沒回來！」說著，卡迪爾就一屁股坐到自己床上。才一大早，他們的房間就熱斃了。「我的媽呀！這下我們該怎麼辦？」

瑟吉揉了揉眼睛，一大半的身子都從床上掛下來了，讓人替他捏把冷汗。他下頭的床位是空的。

他說：「這下子，一定得告訴希爾貝特老師了。真衰，哦，衰死了！這下麻煩可大囉！」

圖侃打著呵欠，說：「什麼都別說，再等等吧。」

卡迪爾用食指戳了戳自己額頭，說：「萬一他出事了呢？如果他發生意外，或是被車子輾到了？」

「那麼這時候也就太遲了，」圖侃嘴上這麼說，兩腿卻跨過床緣一躍而下，直嚷著：「我受不了了，真的。你知道嗎，這小鬼只會惹麻煩，真是的！」

瑟吉點點頭，問：「還有，昨天的事我們該怎麼解釋？坦白承認我們騙了她嗎？」

「剛剛她還大吼大叫的，」卡迪爾說：「如果這會讓她好受一點，就隨她吧。可是這件事我們一定得說。」

三人先梳洗、換好衣服。頭髮還抹了髮膠。

接著，他們才去敲希爾貝特老師的門，告訴她，打從昨天中午波士頓就失去蹤影了。

安達魯斯，一四九二年四月

太陽爬得更高，客棧的人潮也逐漸散去了。波士頓躲到拱廊下的小角落裡，他真想到井邊取水，他開始覺得渴了。但他又怕有人和他攀談，萬一對方問起他是哪裡人，來格拉納達做什麼，他該如何回答呢？他一身的白色帶帽斗篷，可能會讓人誤以為他是摩爾人——金髮碧眼的摩爾人。儘管如此，他還是假裝睡覺比較穩當。

他轉身面牆，身邊各種喧鬧聲越來越微弱。

有人扳住他肩頭，波士頓一點也不訝異，他早就等著客棧老闆請他離開，或是要求他付今晚的錢了。然而，站在他後方的並非客棧老闆。

「慘了！」波士頓低呼一聲。

一名士兵彎身俯望他的臉，後頭還站著另外兩名士兵，而這三人全都朝他微笑。他們不是昨晚在利雅雷梭的那批人，但服裝、配劍卻一模一樣。在這個有人只因以不同的方式向正確的上帝禱告，就得在焚刑架上遭烈火焚身的時代，宗教法庭的劊子手也將魔掌伸到他身上了。

三名士兵臉上依舊掛著笑容。

「殿下！」站在最前方，輕拍波士頓肩頭的士兵說：「請恕我們將您吵醒！太陽已經高掛天上，此行最後一段我們很樂意陪您同行，陛下已經在等候您了。」

波士頓愣愣的望著他。這聽起來像死亡宣判或焚刑嗎？像要將他燒死在柴堆上嗎？這段話聽起來比他在這個古怪的地方遭遇過的其他事都更瘋狂。

他坐起身，心想：有何不可。搞不懂他們在說什麼，但至少他們語氣非常友好。塔立克，我在這裡唯一認識的人已經離我而去；而我又沒錢支付客棧下一晚的住宿費，但無論如何，我總得去個地方吧——即使我不知道究竟要去哪裡，爲什麼要去。

波士頓也朝他們報以微笑，說：「早！」並且站起身來。

第十一章

阿爾漢布拉宮看來就跟前一天一樣，只是少了穿梭在中庭、廣場上的觀光客，空蕩蕩得古怪，使節廳的牆面上還露出一個醜陋的缺口。

波士頓一行人即將抵達正義門[51]時，一名城堡上的士兵跑步迎上前向波士頓鞠躬，說：「女王在獅苑等候您。」

獅苑外觀也和昨日一樣，只少了防止遊客步入內院闖到噴泉去的封鎖繩。群獅口中汩汩吐出水柱，一名身穿硬質絲綢服裝、頭戴絲帽的婦女正躺在一把長沙發上。在波士頓的印象中，這種長沙發都是擺在客廳裡，從沒見過擺放在戶外的。這隊士兵和波士頓踏入中庭時，那名婦女馬上坐起身子。

「我親愛的孩子！」她目光帶著評鑑，甚至幾近鄙視的意味，和嘴上親切的說詞大相逕庭。她露出笑容，起身說：「你可讓我們等得好苦呀！」一名宮女急忙趨前攙扶她。接著她說：「我看到了，這次旅途中，你也假扮身分了，和多年前我親愛的夫君來找我時，途中所做的一樣。」

她哈哈笑了起來，整個人也瞬間顯得有生氣了。「裝扮成趕驢人！」她高聲說：「當年費迪南扮成趕驢人橫越我們廣大的西班牙，以免被人識破，設局陷害他！第一次來找我時他扮成了趕驢人，我的孩子，老實說，這一點也不減我對他的愛！」

接著她雙手擊掌，說：「告訴胡安娜，哈布斯堡王子來了。」說這話時，她瞧也不瞧宮女一眼，但那名宮女很快就低垂著頭倒退，消失蹤影了。

「一名旅人今天早晨向我們通報，說前一天晚上客棧裡來了一名金髮少年和他的隨從住宿，兩人行蹤神祕，彷彿不想被人認出。」說著，女王開始繞著他打轉，將他從頭到腳細細打量一番，彷彿他是一頭她正盤算著是否要買下的騾子。「還說，他的隨從在晨禱過後就離開他了。」她用兩根手指托起波士頓的下巴，說：「你想必會向我們說明，昨晚你爲何在客棧過夜，還有今天你爲何在那裡遲疑不決吧？就因爲這樣，我們才派人去接你的。你比我想像的要矮些，不過，這不成問題。」

波士頓點點頭。

雖然我一點也聽不懂，但這反正無所謂。

我去了北海。

我去了馬略卡島。

我去了一四九二年。別激動，千萬別激動。我來到了阿爾漢布拉宮，我是以王子的身分來的，這有什麼不對勁嗎？他察覺雙腿快癱軟了。

再怎麼樣也沒有比時光旅行更怪的了。

「假扮成摩爾人！」女王伸手抓他的斗篷。她果真是旅遊指南上說的伊莎貝拉嗎？「哼，在這個動盪的時代，這確實是個好主意，是個很好的掩護！誰曉得，旅途中摩爾人要是認出你就是那個是你的人，會做出什麼事呢！我們得提防他們，菲利浦！這一點你越早了解，就越能在這裡安然生活。幾乎所有這裡的人我們都得提防，這一點你會學會的。要提防摩爾人、提防猶太人、提防恐畏而縮和謨禮思叩。我的小王子，在你們平靜無事的北部，這些事你是不會知道的。」她發出一聲喟嘆，問：「你不親吻我的手嗎？」

波士頓嚇得胡亂點頭。看電視時，他根本不看這一類影片的。他一點也不知道該如何親吻手背或是和女王談話，尤其是一四九二年的女王。

他執起伊莎貝拉的右手舉到唇前。她的皮膚碰觸起來又冷又乾。

女王臉色大變，低聲說了句：「北蠻子！」接著用力甩手，彷彿想將一隻蟲子甩走。

「啊，我女兒到了。胡安娜，你的未婚夫終於到了。」

格拉納達，四月，現代

聽到希爾貝特老師在電話上和警察聯絡，這些學生才發現，她的西班牙語實在非常流利。之後她又打電話到各大醫院，這一忙，幾乎忙到了中午。

靦腆的西班牙文實習老師只是怯怯望著她，卻什麼都沒問。察覺到了這一點，她說：「毫無消息。也許我該慶幸，這表示他可能只是迷路，卻不敢向人問路；要不就是他認識了某個人，跟著那人走了——雖然這不像他的作風。」她嘆了口氣，說：「這件事我們先別通知他媽媽，否則她會擔心死了；再說，也許一切都會水落石出，而如果他先溜回家的話，她也會通知我們的。」

圖侃望著瑟吉，瑟吉猛搖頭。希爾貝特老師也未免太天真了，居然以為等得到這樣的電話。

安達魯斯，一四九二年

女孩比他高出一個頭，也和女王一樣，穿著硬質、閃閃發光的袍服，裙子和馬甲上的銀絲刺繡熠熠生輝，她臉上倔強的表情是波士頓在其他女孩臉上從沒見過的。

「胡安娜！」女王跨出一步迎向她，說：「你瞧，就跟當年你父親來找我時一樣，你的未婚夫也遠從他在勃艮地的家園，假扮其他身分來找你，希望從你父親那裡接過你的手！嗯，雖然不像你父王費迪南當年假扮成趕驢人，但扮成摩爾人，這對一名必須經過這些國家、信奉天主教的王子，絕對是最明智的！把手伸給他吧，胡安娜！向他表示歡迎之意！」

你的未婚夫。

少女向前跨出一步，在她背後，一名服裝樸素的矮胖婦人在她耳畔不知低聲說了什麼，接著帶著歉意的聳聳肩，用祈求的語調說：

「陛下，她還不知該如何是好！」說話時，她一隻手試圖偷偷將少女往波士頓的位置推；這一幕，波士頓瞧得一清二楚。「事情太突然了，她根本沒想到今天殿下就到了，也難怪我的小鴿子會這樣！」說著，她面帶微笑向波士頓行了個屈膝禮。

「保姆，我們大家等候他來臨已經有好幾天了！」女王語氣嚴厲的說：「胡安娜，我希望你會恰如其分的向我們的貴客致意！」

少女悻悻的瞄了他一眼，對女王說：「保姆沒告訴您，我打算進修道院嗎？難道阻撓我把一生奉獻給主的人正是您嗎？把瑪麗亞嫁給王子吧！要不，就那個愛發牢騷的卡塔琳娜吧！」接著她轉向波士頓，眼睛瞇成了一條縫，不屑的說：「你好矮哦，對一個比我大一歲的男孩來說，你實在非常非常矮，幾乎是個矮冬瓜！我才不要一個比我還矮的丈夫。我兩個妹妹也都很矮，你想娶哪個都隨你。」

波士頓呆呆望著地面。我來到了一四九二年，別慌，千萬別慌。他們談論的人不可能是我，他們不可能把我當成他的，不可能是他：王子，哈布斯堡王子、未婚夫。

保姆牢牢抓著少女的手臂，在她耳畔低聲說了些話，但少女搖搖頭說：「這趟路你是白走了！」接著比劃了一個手勢，彷彿要趕走一隻蒼蠅：「你問我的保姆吧，這裡根本沒你的未婚妻！從以前到現在，所有想強迫我做什麼事的人，最後都會後悔。」

伊莎貝拉猛然朝她跨近一步，打了她一個耳光，提高聲調說：「我命令你……！」

就在這一刻，一名信差步入內院，深深鞠了個躬，定住。

女王深深吸了一口氣，朝他點了一下頭，問：「他想要什麼？」語氣聽來，彷彿信差若沒帶來令人愉快的消息，就要將他砍頭似的。

信差這才緩緩抬起頭，報告說：「熱那亞的克里斯托瓦爾・可隆先生派我前來向您通報，他即將抵達阿爾漢布拉宮了。」說這些話時，信差雙眼滴溜溜亂轉，一下子掃視內院，一下子瞧這裡，一下子瞧那裡，波士頓了解，信差根本不敢明說這個消息通報的對象是女王。「他想知道最後的決定，否則他就要將計畫轉呈法蘭克國王或是在北部倫敦的英格蘭國王了，他的兄弟已經和這兩位商議過了。」說完，他就驚惶的退後一步。

「這個熱那亞的笨蛋！」女王喝斥：「大膽狂徒，居然不請自來！等著瞧吧，看我們有沒有多餘的時間接見他！我們要做的事多著呢！」說著，她匆匆望了女兒一眼。

信差顯然鬆了口氣，他向女王告退，躬身匆匆倒退，速度太快，結果絆了一跤，但女王早就不理他了，她正望著波士頓和胡安娜。

「而你們兩人呢，」她語氣嚴厲的說：「現在我給你們機會彼此好好認識；看來，確實有這個必要。」說完，她擊掌示意，拱廊下侍立在陰影中的僕役、守衛立即退下；接著她示意保姆跟隨自己。「下回我來的時候，」聽她這麼說，波士頓驚駭的想，她該不會認爲自己是女王，這種事就可以用命令的吧！「你們兩人已經相處融洽了。這是我的要求，也是國王的要求，同時也是我們卡斯提爾與亞拉岡、勃艮地與哈布斯堡家族命運的要求！」

「我要進修道院！」少女嘶喊，但女王已經和其他人一樣，離開內院了。

---

51 正義門：位於阿爾漢布拉丘，是進入城堡區的出入口。

第十二章

胡安娜氣呼呼的瞪著眼前的少年。

他滿頭金髮，頭髮的紅色調不像他們講的那麼明顯，眼珠也比較近似灰色而非藍色。為她畫下王子肖像想給她好感的畫師，把他畫得比本人俊美多了。這種事本來就司空見慣，當她望著自己十二歲生日的油畫肖像時，也不免讚嘆畫中人超乎尋常的美。老實說，這種美是她在所有鏡子裡都見不到的。

為什麼她會感到如此意外呢？王子想必也對她大感失望吧？只是他這個人一聲都不吭。

「你好醜！」胡安娜一步也沒朝他走近。他比她大一歲，而他就是那個少年。如果他真想娶她為妻——既然他為了她千里迢迢，從勃艮地遠來格拉納達，他應該有這個意思吧？既然如此，他就該放膽過來擁抱她，甚至順勢親吻她呀！胡安娜定定望著他。他該放膽這麼做！哦，他該放膽這麼做呀！這麼一來，她就可以抓他、咬他、踢他、揍他，而他就會跑開向母親告狀、向父親告狀，說不定會詢問，他是否能放棄她，改娶乖巧的瑪麗亞。他該這麼做的，這樣，她就不必進修道院了。

「還有，你是個矮冬瓜！」胡安娜說：「大家都誇你英勇又俊美。哼，如果你在勃艮地算是美男子的話，那裡的人一定醜得像夜晚的雕鴞！」

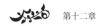

少年望著地面，身子依舊紋風不動。

她高聲諷刺：「而現在我也識破了，你還是個膽小鬼！」

她要抓他、咬他、踢他、揍他。可是，如果他根本沒向她趨近，讓她有理由的話，她怎麼有機會這麼做呢？「另外，你還是個啞巴！或者還是個聾子？」

少年搖搖頭。至少這表示他還活著。

「哦，這位年輕的先生聽懂我的話了！」胡安娜高聲說：「這位年輕的先生也會說我們的語言呢！可是你為什麼一動也不動呢，你這笨蛋？難不成你怕這個即將成為你妻子的女孩？」

她向前邁進一步。她不想朝他走過去，事情不該這樣發展的。接著，她一把揪住他的肩頭。

可是，她還來不及向他咆哮，來不及抓住他的頭髮逼他仰起頭來，好將他瞧個仔細，接著抓他、咬他、踢他、揍他，就看到一滴淚水滴落在他雙腳站立的內院白色卵石地面上了。

胡安娜知道，必須哭得很慘，淚水才會沉重得滴落地面。

格拉納達，四月，現代

阿爾卡賽利市集區就跟前一天一樣，遊客摩肩接踵。

「現在怎麼辦？」卡迪爾問。

「我們每家店都問問看。」說著，圖侃從口袋裡拿出手機：「糟糕，今天晚上沒有我電池可以用的插座！」

他迅速翻著手機裡的照片，說：「看吧，拍得不是那麼好，但勉強可以用。這是我幫卡迪爾在飛機上拍的。」

瑟吉和卡迪爾頭都朝手機湊過去。螢幕上可以看到卡迪爾朝著鏡頭作鬼臉，臉在廣角鏡頭下都變形了，而後方半遮半掩的是知道入鏡的不是自己、尷尬的看著攝影機的波士頓。

「這下你可以練習練習你的西班牙語了！」說著，圖侃在瑟吉腰側輕輕捶了一拳，說：「去吧，去吧！你不是得了個『乙』嗎？」

「哦－啦，先生！」（註：西班牙語「Hola」，用法類似英語的「Hello」）瑟吉清了清喉嚨。

他們挨家挨店的詢問，不是每個店家都願意撥空給他們詢問，也不是每個店家對他們都客客氣氣的，但還好每個商販至少都願意朝螢幕上的照片看上一眼。

他們幾乎踏遍了整條阿爾卡賽利市集區，就在他們幾乎要放棄時，一家主要販售黃銅紀念品的商店前，年輕的商販猛點頭，說：「沒錯，這人我見過！」

即使這次尋人沒有結果，他們還是意外發現，他們會的西班牙語真多，不會的當然也不少。「這個人昨天來過，就在我隔壁的那裡。他在擺出來的貨品前站了幾個小時，每件東西都拿在手裡瞧了又瞧。我猜，他錢不多，每次他一看到價錢，就把東西放回去了。」那名商販吹了短短一聲口哨，說：「馬努埃爾，客人來啦！」

但他隔壁的商家卻不記得了，他說：「這個年輕人？我沒見過。」

「昨天呢？」卡迪爾問。用西班牙語說「昨天」簡單得很，要說整個句子可就難了。

那男子猛搖頭，說：「從沒見過！抱歉。」

前一個店家攤子上有一名年輕小姐付了菸灰缸的錢，繼續往下逛。攤子的商販過來他們這裡，說：「他當然去過你那裡，馬努埃爾。」說著，他一把從圖侃手中拿過手機，說：「你再仔細瞧瞧！他看了你的墊子，我清楚得很！至於他最後有沒有買，」他聳聳肩，說：「我就不知道了，當時我這裡來了個大胖子，我的東西全都被他的狗流過口水了。」說完，他哈哈大笑。

「墊子，」那名商販摸了摸自己的下巴，就如電影裡的角色，爲了表現自己非常認真思考事情時常做的動作。接著他說：「沒有，我不記得了，**Lo siento mucho**（註：西班牙語，意爲「抱歉」）。」

「這樣啊，好吧，」圖侃說：「總之，非常謝謝兩位。如果你們想到什麼線索，再麻煩通知警察。」

「警察？」隔壁店家的年輕商販問。正好有一家人在他的貨籃裡翻翻找找，他眼睛緊盯著他們，問：「那個少年做了什麼？」

「他失蹤了，」卡迪爾說：「昨天下午，自從他來過阿爾卡賽利市集區這裡以後。」

安達魯斯，一四九二年

之前他跟著那幾名士兵登上阿爾漢布拉宮，一來是因爲他們態度友善，二來是因爲他不知道該何去何從。結果，等候他的不是焚刑柱而是一個即將成爲他妻子的公主，而她最不願意的事似乎莫過於此了。究竟哪件事較糟，波士頓自己也說不上來。

「你好醜！」她嘲笑他：「你是個矮冬瓜！」

波士頓察覺喉嚨裡一股想啜泣的感覺又湧了上來，淚水也快流出來了。

「你是個膽小鬼！」她說：「而且還是個啞巴！」

我想回家。

男子漢不能哭。

我想回家，回家，回家。

「你幹嘛一動也不動，笨蛋？」她說。男子漢不能哭。「你怕嗎？」男子漢不能哭、不能哭、不能哭。「你怕即將成爲你妻子的女孩？」

男子漢不能哭。

「你在哭！」少女說。她聲音裡原來的怒氣瞬間消失了，才一轉眼，他就聽出她的言外之意，還有她的鄙視：「你在哭呢，矮冬瓜！」

波士頓搖搖頭，淚水沿著臉頰流下來，接著，壓抑的抽噎也潰堤了。

少女牢牢揪住他肩頭，匆匆帶領他穿過拱廊，來到一處美麗無比的房間。波士頓目光穿過淚水，見到天花板上的鐘乳石和四壁的陶磚馬賽克圖案。他還記得，昨天他和同伴百無聊賴的走過這裡；至於當時希爾貝特老師對大家解說了什麼，他已經沒印象了。

即使這個地方還是原來的地方，今天在他眼裡還是變得不同了。裡面擺著幾把沒有靠背的矮沙發、一把有著黃銅桌面的小茶几，上頭擱著一個水壺。

接著波士頓身子震了一下，在淚水的遮掩下每件物品看來都模模糊糊的，千萬別太輕率了。但牆上的圖案他還記得，和他打算買來送給媽媽的瓷磚上的相同。上頭的文字不也一模一樣嗎?在這裡，這樣的文字到處都是，出現了不下數千次。

也許，波士頓心中如此想著，同時察覺自己的心跳加速。哦，也許，也許我逐漸接近這個謎團的解答了。阿爾卡賽利市集區的瓷磚和阿爾漢布拉宮這裡的瓷磚，兩者之間有關聯，一定有關聯。

少女朝他一推，讓他跌坐在一把矮沙發上。有那麼一剎那他忘了她的存在。

「好啦！」她站在他面前，彷彿打算揍他的樣子。接著她說：「現在你先平靜下來，你該不會以爲，我會想嫁個哭得像小孩的男人吧！」她用力搖著他，說：「擤擤你的鼻涕吧，別再哭哭啼啼了！我可不想聽到這座城堡上有人說我未婚夫的閒言閒語。」

波士頓還是繼續啜泣。兩者有關聯，我絕不能告訴她我的身分，塔立克已經警告過我了。我絕不能告訴她，我是哪裡來的。

「你爲什麼一聲不吭？」公主罵他：「膽小鬼！」

暫時留在城堡上當女王的賓客也許是最安全的。留在這裡，這處每片瓷磚看來都跟我在阿爾卡賽利市集區見到的那片一樣的地方，假裝自己是歐洲北部來的，顯然和自己非常相似的王子。

接下來再看吧。想著想著，波士頓深深吸了一口氣，暫時先走一步算一步了。我的遭遇如果有答案，答案就在這裡。

再說，我也不想被人燒死，這一點塔立克已經警告過我了。

「我好累，」他囁嚅著說：「坐了一整天趕路，我都沒怎麼睡。」

「坐了一整天？」胡安娜說：「你是像女人那樣坐馬車來的？你不是騎馬來的？」

波士頓望著她，心想：只要一個不小心，事情就敗露了，我得留意，免得露出口風。

「我當然是騎馬來的，」他下巴抬得高高的，說：「我當然是騎馬來的，剛才我只是說錯了。」

胡安娜用懷疑的目光打量著他，說：「一個不過騎了幾天馬就嚎啕大哭的王子，和平靜無事的勃艮地倒是挺配的。在我們安達魯斯這裡可就……」

就在這時候，她的保姆正好穿過簾子進來。她困惑的望著這兩個年輕人，問：「怎麼樣，我的小鴿子，你現在好些了嗎？」

胡安娜氣呼呼的說：「你自己瞧瞧他這模樣！」

保姆嚇了一跳，說：「情況會好轉的，情況會好轉的！」語氣卻不太確定，就連她也認爲他無藥可救。接著她傳達：「女王要我轉告，那個熱那亞人到了，在她做出最後決定前，兩位也該到場聆聽他的論調。」

她笑著對波士頓說：「兩位會培養出感情的，年輕的先生！」接著她壓低了嗓門，說：「您也會很慶幸能找到公主這種人的。」

「你在那裡嘀咕什麼！」胡安娜責備。

波士頓對保姆笑了笑。

什麼都慢慢來，一步一步來。

第十三章

伊莎貝拉身體往矮沙發一靠，她真希望夫婿能坐在她身邊，表示對這場談話有興趣，而不是靠著椅背站著。她甚至還聽到，他不耐煩的用手指敲著絲布椅套。

不過，至少他還帶了他的財政大臣桑坦傑爾過來，據說此人的個人資產高達數百萬馬拉維特。她並不在乎他的財富，但她認爲，一名對財務經驗如此老道的人，照理說，在她和那熱那亞佬的辯論中對其他事腦筋應該也夠清楚的。好多年來，她就一直看不慣這個熱那亞佬愛吹牛的個性。她希望事情能做個了斷，卻又害怕獨自承擔做最後決定的重責。

從眼角餘光她見到胡安娜也來了，一旁跟著哈布斯堡王子。他那麼矮小瘦弱，她非常了解自己的女兒何以如此遲疑。當年站在她面前的費迪南有多魁梧呀！傳聞中，年僅十七歲的他四處留情，據說還早就有個私生子了，但這些都動搖不了她。他是個能令人自豪的男人。

「傳熱那亞人進來！」她下令。

至於胡安娜和她未婚夫呢？她一眼就發現，經過了她讓他們獨處的幾分鐘後，兩人的關係依然沒有任何改變。這又如何能有改變呢？伊莎貝拉嘆了口氣。

在她的子女之中，就數胡安娜個性最倔強了，在胡安娜身上，她可以見到自己的影子。對胡安娜，她每個命令都得辛苦貫徹，不像其他子女，通常問也不問就乖乖遵從了。

「陛下！」傳來了一聲呼喚。

她一眼就看出，這個熱那亞佬身上穿的，一直還是那件嚴重磨損的外套。此人不屈不撓，爲了實現夢想可以長久等待，爲了實現夢想可以忍飢挨餓，這是令她相當敬佩的。但另一方面，他又放肆、魯莽。

訪客恭敬的跪下，親吻她的手背時，她忍不住數落：「您呀，可隆先生，這次的討論可是您自己邀請自己來的！」

他起身，說：「就我來看，此事對您非同小可，因此您不只請我，還請了您的夫婿過來。」說這話時他微微欠身行禮。又來了！他貌似謙恭，骨子裡還是那麼莽撞。

伊莎貝拉繞過這個話題，說：「如您所知，我們的皇家委員會早在兩年前就認爲您往西由海路前往印度的計畫不可行，因此否決了。儘管如此，兩週前我依然再次給您機會，讓您說明何以您如此篤定的理由。」

這熱那亞佬並不準備回話。伊莎貝拉朝一把沙發椅指了指，清楚見到他嘴角的一抹笑意。她恨不得馬上將他趕出去，再也不要見到這個人了，但她得謹慎行事。如果只因某人令你厭惡就否決他的計畫，未免太說不過去了。

「是這樣的，」可隆雙手環抱胸前，說：「首先，我們必須了解，地球——是一顆圓球。」他滿懷期待的環顧在場人士。胡安娜打了個呵欠。

「胡安娜！」女王訶斥。

「先生，地球是顆圓球，這在我們天主教國度中早已是孺子皆知的。」說著，桑坦傑爾微微朝女王欠身，說：「教宗庇護二世已經明告所有信眾：Mundi forman onmes fere consentium rotundam esse，意思是：幾乎所有的人都一致同意，地球狀如圓球。」

伊莎貝拉心想：這些恐畏而縮爲什麼老要證明，他們對聖教會的事務有多熟悉呢？不過這一次，這招倒挺管用的。

可隆的語氣突然變得相當尖銳：「請您讓我把話說完，這樣才恰當。」他坐在沙發上的身軀狠狠往前一傾，說：「一顆圓球，而且——請仔細聽著！有六大部分是陸地，只有一部分被水面覆蓋，這表示，陛下，每個人都能懂：朝西方航行，屬於您的海岸與神祕的日本國和契丹，也就是偉大的可汗的國度，距離也就不會太遠了。事實不是再明顯不過了嗎？印度那裡不是有著迦太基人曾經用來戰勝羅馬人，皮厚耳大、有著蛇一般長鼻子的大象嗎？而大象不也生活在海峽另一端的非洲嗎？我們豈不是大可推測，這些土地彼此相距不遠嗎？因爲無論這些大象有多健壯、多不屈不撓，要說牠們可以游水幾個月，從這塊土地到另一塊，豈不是——陛下，請恕我如此說——豈不是難以想像嗎？」

伊莎貝拉心想：老提他的大象。接著她說：「有關此事，我的委員會結論是，朝西邊由海路到印度，需要好幾個月，甚至幾年才能到達。這麼多個月，您與手下會在途中得敗血病、餓死、渴死的。這是我們徵詢過的所有大儒學者一致的看法；而數年前葡萄牙國王任命、審核您的計畫成功的希望有多大的委員會也抱持同樣的看法。看來您，可隆先生，您似乎是相信能向西航行到印度的唯一人士。」

「哦，不是的，我不是唯一人士！」可隆高聲抗辯，一邊跳了起來，邁著大步來回走動，彷彿在沙發椅上再也坐不住了。「怎麼偏偏是您呢，陛下，偏偏是您這位將對不信者的統治權拓展到格拉納達，並且與神聖的宗教法庭攜手努力，要將我們所尊崇，唯一能令人喜樂的信仰終能在您的土地上四處施行的陛下，怎麼偏偏是您看重學者的話勝於《聖經》經文呢？先知以斯拉不是昭告過我們了嗎？」他張開雙臂，忘情的將頭往後傾，直到碰觸到後頸。他開始顫抖。

女王看得膽戰心驚，心想：這個人瘋了，這個人完全瘋掉了。

「《以斯拉記》第四章不是說了嗎：**第五天，你告訴水所在的第七部分，讓動物、鳥類和魚類生長！**第七部分！六大部分是陸地，只有一部分是水域！」他呼吸沉重。在他背後，胡安娜也學他展開雙臂，雙眼滾動。

「胡安娜！」女王呵斥。

「六大部分是陸地，一部分是水域！」可隆再次高呼，接著衝向女王：「先知以賽亞不是昭告我們……」

「**衆海島必等候我，首先是他航行的船隻，將你的衆子連他們的金銀從遠方一同帶來，**」桑坦傑爾引用了這段經文並微微欠身，說：「以賽亞書第六十章第九節。這一段您也在委員會前朗誦過了。先生，但他們卻不了解，這能證明什麼？我們國家最傑出的一群數學家並不認爲這段經文可以照您所想的加以詮釋。」

這熱那亞人對他似乎充耳不聞，他高呼：「看哪，世界末日近了！陛下，這不正表示，我們的任務就在於在末日來臨前盡力使最多上帝的子民成爲天主教徒嗎？就連遠在日本國的、契丹的、印度的都包括在內！而我、我！陛下啊，主揀選了我，我確確實實知道，我感覺到了，這條路……」

伊莎貝拉心想，這個人果然瘋了。他做的事是在褻瀆上帝。我那睿智的塔拉維拉擔任委員會主席時就這麼說了。

「夠了！」她厲聲喝斥。

可隆身體癱軟下來，退回到他的沙發上。他低聲說：「抱歉！但這牽涉到信仰的傳播……」

伊莎貝拉做了個手勢制止他往下說。

「假設您說服我了，可隆先生，」她說：「這只是一種假設。那麼，依您之見，再來該怎麼做呢？」

這熱那亞人瞬間挺直了身子，身體還不斷顫抖，但當他開口說話時，語氣卻非常堅定。他從腰帶裡抽出一筒用絲線捆綁起來的羊皮捲。

「接下來要做的是商量我的條件，這些條件我已經向您報告過了。」說著，他解開羊皮捲，說：「您在對抗摩爾人的戰爭中消耗了許多錢財，但我卻會爲您找到讓您再度富有的國土！而陛下，爲了這些，我要求合理的酬勞。」

「他要求？」費迪南揚起眉毛，說：「我們還是從別的地方求取財富吧！」

但可隆對他瞧都不瞧，「陛下，除了我以外，再沒有第二人能爲您找到前往印度的航道，因爲唯有我才是上帝揀選出來的！因此我要提出我的要求。」接著，他開始將羊皮紙上用微小字體寫就的項目逐一唸出來：「我和我所有的後裔都享有貴族頭銜『Don』；任命我為陛下艦隊的海軍將軍並賦予我比擬海軍元帥的權利，在新取得的土地上什一的收入歸我所有，同時，我有權參與八分之一的商業活動。」

「他是否也想要求卡斯提爾加上亞拉岡國王的王位？」費迪南以輕描淡寫的語氣說：「還有娶我的女兒為妻，最好是四個全都要？另外，再加上阿爾漢布拉宮和我所有的宮殿？是不是呢，可隆先生？」

但可隆似乎沒有留意這段插進來的話，彷彿根本沒聽見，他繼續往下唸：「在所有新取得的土地上擁有裁決權；在我所發現的地區賜給我總督與地方總長的頭銜，並可自行挑選、任用當地官員。最後，以上各項權限與經濟收入均可世襲，傳予我子女。」

費迪南說了句：「阿門」。

胡安娜哈哈大笑。

「還有別的嗎？」費迪南問：「就這些嗎？」

可隆將羊皮捲捲好，用絲線縛綁妥遞給女王，說：「陛下，您只需蓋上您的璽印就行了。這樣，所有契丹的財富都將歸屬於您。」

「而他，只需拔腿快溜，」費迪南示意一名僕役過來，說：「否則，我很可能會忍不下去了，你這吹牛大王！」

「陛下！」隨著這聲呼喚，可隆在伊莎貝拉面前跪下，說：「奉聖母以及一切聖人……」

女王問：「您堅持所有這些條件嗎？您不願降低您的要求嗎？」

「主揀選了我！」可隆語調高亢，聽來相當刺耳，「您違抗了主的旨意！在睡夢中主曉諭我，爲了我的辛勞我該獲得何等報酬……」

「出去！我的朋友，出去，他休想再來這裡大言不慚。」

「陛下！」可隆高呼。

僕役一把揪住他的手臂，將他往門口拖。直到被拖出門外了，依舊傳來他的呼喚聲。

「陛下，臣樂見您的裁決！」桑坦傑爾微微欠身，說：「否則您會成爲全世界的笑柄。可隆被魔鬼附身了，他是個狂人！」

「在我看來確實如此，」伊莎貝拉輕輕嘆了口氣，心情也放鬆了。終於作出最後的決定了。日本國與契丹的財富是永不可得了，但她也無需再爲是否允許這個空想家航行而費神了。「好了，現在讓我們看看御廚爲我們準備了什麼膳食吧！勃艮地的菲利浦，該好好爲你洗塵了。」

說完，伊莎貝拉心底盤算著：至於胡安娜，我會讓你了解，誰才是這裡的女王。

第十四章

不會有人發現美洲了。波士頓幾乎忍不住要笑出來了。從這一刻起，歷史是否有了不同的發展，而他卻置身其中？假設如此，那麼塔立克與其他摩爾人的起義是否能成功？這一切都這麼令人難以置信，而這些事都和那片瓷磚有關；這一點他幾乎百分百確定，一定和那片瓷磚有關。

「勃艮地的菲利浦，坐到我女兒身邊吧，」女王說：「但先親吻大審判官的戒指！大審判官閣下，您能前來參加這次的接風餐宴，真是莫大的榮幸呀。」

那名女王以「閣下」稱呼的男人問道：「聽說，您採納了我的建議？」波士頓朝那人的手俯身，親吻他手上的戒指。男人瞧也不瞧他一眼，兀自說著：「您——您憤怒的目光投向了利雅雷梭？」

那名神情嚴肅，和哥倫布爭辯的男子身子震了一下。

女王搖搖頭，說：「再說吧！好了，菲利浦，你的座位就在你未婚妻旁邊，用餐時好好同她聊聊吧！胡安娜喜歡有智慧的對話。我的小鴿子，你說是不是呢？」

胡安娜說：「我不餓！」

但女王顯然還在想著她與那熱那亞人的對話，她說：「我惋惜的只是，海的另一頭那些可憐的靈魂！」她望著夫婿，希望他能給她支持，說：「我們永遠無法讓那些靈魂歸向正信了！我深深感到，那是我的職責！」

費迪南俯身朝向她，揶揄似的在她的便帽上輕吻了一下。

「主既然讓大海如此遼闊，使得我們無法越過，那麼如果不成功，祂應該也會寬恕我們的。」

那名之前在與哥倫布的對話中引用以賽亞書的男人，這時帶著疲憊的微笑，說：「陛下，那個狂人的計畫所依據的演算顯然完全錯了，如果您配備給他一艘三桅船，不過是讓他和他的手下去送死。不論里斯本或倫敦的學者大儒對地球有多大的看法都一致，對我們的海岸與印度海岸的距離也是。即使不需耗費數年，他也會有好幾個月置身海上，沒有人能存活下來的。」

「沒錯！」費迪南附和。

一名僕役為眾人斟酒。酒帶著酸味，但波士頓卻大口大口喝下肚。這酒並不怎麼解渴。

「沒有人會反對《聖經》上的經文！」男子再度開口：「但我們非得像那個熱那亞佬那般詮釋嗎？只有一部分是水域，真是胡扯！我們眾多的學者都知道，反過來說：一部分是陸地，六大部分是水域還較有可能。那麼，陛下，請您想想，印度會有多麼遙不可及呢！」

酒嘗起來依然帶著酸味，波士頓也依然感到口渴，但他同時也感到自己變得較為平靜，甚至有一絲絲的開心。

僕役遞給他第二杯。

「可是，如果有這可能，」說完，波士頓驚訝的發現自己正在插嘴談論這個話題，不過他已經不在乎了，他頓時覺得輕飄飄的。我是王子，我是王子啊！只不過，他的舌頭、嘴唇都變得很古怪，它們都還聽從他的指揮，但並非完全乖乖聽話。「如果在歐洲與印度之間，還有著其他什麼？比如，還另有一塊陸地呢？」

女王哈哈大笑，說：「菲利浦王子，很開心你終於清醒了。」她說：「另一塊陸地！在西方我們與印度之間？這想法可真有趣！」

波士頓察覺胡安娜瞧著自己的目光。他又喝下一口酒。

「哼，連那個熱那亞佬都沒說過這種瘋話！」費迪南向波士頓舉杯致意，說：「有能耐想出這種點子的，」他放聲大笑，說：「看來只有從勃艮地來的人！」

大審判官不疾不徐的用著餐，仔細傾聽。

女王表示：「菲利浦王子，在西班牙與印度之間，不可能另有一塊陸地。我們歐洲南方的人多年來一直在研究這個問題，我倒要請教你：地球已經存在好幾千年，而且地球上的人不斷航行各地，如此看來，怎麼可能還有一塊尚未被人發現的土地呢？如果真有，經過我們這麼多次的航行，豈不早該有人遇上了？至少是偉大的馬可．波羅？」

「是維京人，」波士頓低聲抗辯。此刻他雙唇有如兩顆吹鼓的氣球，相互干擾。接著他放聲大笑。太怪了，實在、實在太怪了。雙唇像氣球，哈哈！

「這個男孩在自言自語說些什麼？」伊莎貝拉問。

費迪南也哈哈大笑，說：「酒喝多囉！遙遠的行程，或許再加上吃得太少——小王子菲利浦，你酒是不是喝得太猛了？」

波士頓嘻嘻笑著說：「太酸了！酒太酸了！」

伊莎貝拉搖搖頭，說：「看來勃艮地人用餐時只配牛奶。好了，王子，看來接風宴還是延期吧，因為，抱歉，我不得不這麼說：你該上床了。」

「上床！」波士頓笑呵呵的說：「上床！」這真是他聽過最奇怪的話了。這一切都怪斃了，為什麼之前他卻沒察覺呢？

「他醉了！」說著，胡安娜挪動了一下身子，離他遠一點。接著來了兩名僕役，分從左右兩側輕輕架住他的手臂。

費迪南露出淡淡的笑容，說：「晚安囉，勃艮地的王子。我迫不及待想看看，明天你會帶給我們什麼驚喜。」接著他舉杯說：「桑坦傑爾，您是否……」

波士頓的腦子開始轉動，努力回想某件事，但這件事卻急急逃竄。他的思緒有如水上的異流體，不斷變換著色彩，接著流逝。兩名僕役依然緊緊撐住他。

桑坦傑爾，就是這個名字！這名字一點也不怪：桑坦傑爾！

接著他終於想起來了。然而，在這個怪誕的、十分十分怪誕，旋轉著、搖晃著、萎縮著又再度膨脹的世界裡，這一點也不重要，因為不論什麼都不重要。桑坦傑爾，這不是昨天塔立克提到的名字嗎？**如您與四海皆知，桑坦傑爾也早已是最虔誠的天主教徒了**。桑坦傑爾，他就是參與這次密謀，準備協助猶太人拯救他們部分財產的那個人。

我醉了。

他轉身回望這個矮小、對教宗事蹟如此熟悉的人，桑坦傑爾。這究竟意味著什麼呢？波士頓眼前，一切都變得模糊起來了。

我真的醉了。

接著他看到座椅底下他的背包。他伸出一隻手想抓取背包；感覺上，這條手臂也可能是另一個人的，只不過被人輕輕接到他的肩頭上罷了。

兩名僕役再次抓緊。噁心想吐的感覺湧上來又降下去，從頭部到胃部再到頭部。世界轉得更快了，他雙腳似乎沒有真的碰觸地面，要不，就是地面忽然變成了古怪、會下陷的一團物質了。

他含含糊糊的道了聲：「晚安！」連他都聽不懂自己說的是什麼。

至於兩名僕役把他放到床上這件事，他更是毫無印象了。當他們想把那個背包從他手上拿開時，他死命抓緊，惹得他們忍不住笑了起來。

其中一名僕役說：「就讓他帶著他的玩具睡吧，我們的公主可真可憐。」

另一名僕役沒吭聲，但暗地裡也同意夥伴的說法。

胡安娜竭力想看出，其他人是不是也發現了。桌邊氣氛益發熱烈，父親正圓睜雙眼模仿那個熱那亞佬，他敞開雙臂，不小心還打翻了一只放在桌上的玻璃瓶。母親哈哈大笑，就連向來嚴肅的桑坦傑爾也被這種歡樂的氣氛感染了。

哈布斯堡王子離去時，從那個他一直抱在懷裡，彷彿要隱藏全世界最大祕密的醜陋袋子裡有東西掉落出來。現在，那玩意兒就躺在他座椅旁的地上。

胡安娜迅速伸腳踩住，接著四處環顧，還好，沒有人注意到。她彎下身去。

那是個白色的長方形小包，比她的拇指大不了多少。小包的材質閃閃發亮，比絲綢更耀眼，就像有人成功將威尼斯的玻璃幻變成布料那樣。她的手指頭滑掠過那個小包，表面摸起來澀澀的，經她一壓就往裡縮了縮。上頭的文字很小，寫著「Ketchup de tomate」（番茄醬），那是她從沒聽過的語言，看起來不像摩爾人使用的文字，也不像勃艮地的。這行字下方的文字是一種她從沒見過，古裡古怪的卡斯提爾文，看來毫無意義。

胡安娜飛快將那個小包塞進衣領開口，雙峰之間在短暫的瞬間感到一陣涼意，接著就不再覺得有任何異樣了。

她望著哈布斯堡王子離去時通過的門口。雖然她不知道原因，但勃艮地的菲利浦，眾人口中的美男子藏有祕密。她頓時感到這是千真萬確的。

如果他確實是菲利浦的話。

胡安娜朝在場的人笑了笑，心不在焉的聽著他們談話。萬一有人問起她什麼，她必須能夠回答。

如果他確實是菲利浦的話。

她心跳加速。說不定那個少年根本不是他表現出來的蠢蛋。勃艮地的菲利浦——不論他是誰，他都懷有祕密，而這個祕密正等待著她揭露。

所羅門呼吸沉重，他不習慣奔跑，不過他習慣的是什麼，此刻一點也不重要。

阿爾拜辛到了，還好利雅雷梭已經被他扔在背後了。他還不安全，但此處至少沒有士兵日夜巡邏。

太陽下山後，所有城門就關閉了。想在夜裡出城一點也不可能，但他也不能一直逗留在街道上，最安全的地方或許是客棧裡——只要在那裡守夜的衛兵和燒掉屋子的不是同一批。

他敲了敲客棧的門，那裡逼仄的空間與擁擠的客人能讓他隱身。

當黃昏消失，而中庭裡包圍著他的談話聲逐漸沉寂，他的心情也逐漸平復。他早就知道父親只是自欺欺人，你不能在禮拜天作彌撒卻又在星期六偷偷守安息日。在新的格拉納達，從沒有人能安然度日的。而在前一晚那群士兵來過後，他父親怎能相信他們還能平靜度日呢？

所羅門發出一聲呻吟。一聽到士兵揮劍擊打臨時修補的門時，他拔腿就逃。逃進小巷時，他就見到火焰竄起，而他的眼睛卻像被施了魔咒般緊盯著離不開。火舌高吐，連鄰居的屋子也開始燃燒。父親下落如何他一點也不清楚，他只是一路狂奔。

他雙手掩面哭了起來。

一名水販朝他俯下身，低聲問：「水？要買過夜需要的水嗎？」

所羅門猛搖頭，水販卻作勢將沉重的陶罐遞給他。陶罐壺嘴狹長，喝水的人嘴唇可以不必碰觸陶罐，就喝得到從高處流出的水。

「我沒錢付你！」所羅門囁嚅的婉謝，同時拚命忍著不讓淚水流出來。任何人都可能是密探，沒有哪個地方是安全的。不需任何證據，光有人指控就夠了。

「渴的話就喝吧，」水販說：「我今天賺的錢已經夠了。」

所羅門忽然覺得此刻如果不馬上喝口水，他就會死。他握住陶罐，貪婪的喝著。當他把陶罐交還給水販時，發現自己又開始哭了。

水販神情疲憊的望著他，喃喃說道：「原來你也是。格拉納達的淚水太多了，這座城如果沒有化為灰燼，就會溺死在自己的淚水裡。」

格拉納達，四月，現代

夜色籠罩阿爾卡賽利市集區，馬努埃爾也將擺放在外頭的籃子一一搬回店裡，接著放下鐵捲門。

「一起喝點酒吧，馬努埃爾？」隔壁店家問。這裡有些觀光客不會去的酒吧。馬努埃爾搖搖頭往另一個方向快步離去。這個下午他生意不怎麼好。他有個大型水煙筒多年來一直賣不掉，也許是價格太高，也許是想到得用飛機載運回家，就把觀光客給嚇跑了，但這水煙筒今天卻忽然從原來的位置上消失了。打從那時起，他就逼著自己，觀光客在自己的攤子附近推擠時，至少不讓他們離開自己的視線。只是要集中精神實在很難。

那個少年失蹤了。

在五彩繽紛的燈串照耀下，觀光客們坐在畢巴蘭布拉廣場上，從大杯的陶罐裡喝著他們的桑格里亞水果調酒。服務生將口味過酸不適合單飲的葡萄酒倒進陶罐，加入過熟沒辦法吃的水果，就成了這種飲料。人們的皮膚都晒成了小麥色，婦女們的臉妝閃著亮光，男士們則戴著帽子，他們談笑著、舉杯互敬，這真是一年之中最美的時節。

其中一張桌子還有一個位子空著。

「Se puede?」（註：西班牙語，直譯的話是「可以嗎？」）馬努埃爾問，對方還沒回答他就逕自坐下了。

那對男女朝他笑了笑。他早就清楚這一點：不論何時只要他想一個人獨處，他就混進觀光客裡，這裡每個人都對他很友善，但不會有人找他搭訕。對他們而言，他就像個回家後多出來的有趣話題。

「後來來了個在地的西班牙人坐到我們這一桌，你想想看！那個人話很少，不過他有舉杯敬我們。」

馬努埃爾點了一瓶酒，說：「羅貝爾多，你知道哪一種！」服務生哈哈大笑。雖然拿不到小費，他卻很樂意為這個客人從他最後頭的架子上拿出只給朋友喝的葡萄酒。

一瓶大肚玻璃瓶的酒並不算多。那對男女起身離去，另一家店已經關燈打烊了。

「再來一瓶！」馬努埃爾說。

在他周圍還有最後幾名客人坐在繽紛的小燈底下。

他失蹤了。昨天下午，自從他來過阿爾卡賽利市集區這裡以後。

那少年是個賊，跟今天偷走他水煙筒的人同樣都是賊。

他看了你的墊子，我清楚得很！

馬努埃爾揮手向服務生示意。餐廳空了，燈串也熄了。

「再來一瓶酒！」他說。

服務生把玻璃瓶擺到他面前，問：「要不要我坐下來陪你，馬努埃爾？」

馬努埃爾搖搖頭。

他在擺出來的貨品前站了幾個小時，每件東西都拿在手裡瞧了又瞧。

這個年齡的青少年偷起東西就跟強盜沒兩樣，這個年齡的青少年可不能信任。

他失蹤了。

而那些古老的傳說不過是些古老的傳說，已經沒人相信了，全是迷信。

他失蹤了。

就連第三瓶酒都幫不了他的忙。

第十五章

安達魯斯，一四九二年

醒來時，波士頓感到頭昏腦脹，幾乎抬不起頭來。在他眼前，房間搖搖晃晃的，他覺得自己快吐了。

「王子！」他身旁一名僕役低聲呼喚。原來他並不是自己醒過來的，爲什麼他們不讓他繼續睡呢？「已經很晚了！我來不及叫醒您參加彌撒。我幫您拿茶過來舒緩頭疼！」

波士頓非常非常小心翼翼的轉轉腦袋。一杯熱騰騰的茶湊近他的唇邊，接著有人扶起他的頭，茶熱得燙嘴。

「我會陪您前往哈漫[52]的，」僕役勸他再喝口茶，說：「陪您到澡堂去。王子，請再多喝一口，酒喝太多時，喝這個挺有用的。」波士頓連反抗的力氣都沒有，沒力氣將端著茶杯的手撥開。

「之後再泡個熱呼呼的摩爾澡，」僕役低聲說：「在阿爾漢布拉宮這裡，我們保留了他們所有的哈漫；下頭格拉納達城裡的哈漫很快就要拆除了。大審判官說，摩爾人赤身露體在水中打滾，是一種罪孽，那是一種肉慾的滿足。主從純淨的靈魂獲得的喜樂要比祂從潔淨的肉體所得到的，大上千倍。再喝一口吧！」

波士頓感到整個房間似乎比較穩定了，儘管還在搖晃，但似乎晃得沒那麼厲害了。而這裡的牆面……

「可是在山頭這裡，我們會保留下來！」僕役低語：「保留他們的澡堂！女王喜歡泡澡，而就連大審判官也絕不會懷疑她的靈魂不是西班牙國土上最純淨的。如果她純淨的靈魂也能在一個潔淨的肉體裡散發光輝，主哪會反對呢？」他再次將杯子湊到波士頓唇邊，說：「行了，王子，我就要陪您前往哈漫了。」

在僕役伸手攙他起身之前，波士頓摸索著他的背包。背包還在，他小心翼翼的打開背包，發現裡頭一切完好。

在城牆陰影的遮蔽下，帕布羅在砂地上坐下。雖然不過才四月，偶爾正午的陽光就相當熾熱炙人了。

他喝了一口皮囊裡的水。摩爾人早就想到，到處都要有充裕的水，而這一點正是他喜愛這座城市的原因。

帕布羅嘆了口氣，心想：他們的城市讓我喜愛的地方這麼多，可是「噓！」千萬別聲張，否則馬上就有焚刑等著伺候你。

聽到腳步聲，他嚇得跳了起來。女王在她的山頭上到處布下守衛，可不是要他們在正午的豔陽下打盹喝水的。

來者是一名僕役和前一天被人帶上城堡的少年，據說，他是勃艮地的菲利浦。他們說，他會和第二位公主成婚。帕布羅很慶幸自己不必娶這樣的悍婦。在家鄉的小村裡他有一位少女，但願她會等候他返鄉。

路過時，那名僕役朝他點頭致意；少年看來似乎非常疲憊，臉色死灰。帕布羅見過太多他的夥伴們因爲夜裡喝多了酒，隔天早上面容憔悴的模樣，如今見了少年這模樣，馬上就知道是怎麼回事了。可以確定的是，他臉上的憂愁與恐懼絕非只因爲頭昏腦脹。

帕布羅心想，這麼富有，而婚姻還會讓他加倍富有。可是，誰想跟他易地而處呢？

王子絆了一跤，僕役趕緊攙住他的手臂。前往赫內拉利費宮的路徑幾乎都在陰影下，這一點，摩爾人也作了絕佳的安排。

帕布羅心想，總之，許多他們做的事都沒錯：這麼豐沛的水、這片涼蔭、那些種植蔬果的梯田、他們美麗無比的建築物、他們的澡堂、他們的圖書館、他們傳遞給全世界的知識！這些我絕不會向任何人提起——除非我心愛的姑娘成了我的妻子，到時也許我會對她說吧。

帕布羅心想：還有猶太人！發現自己的思緒不受控制任意漫遊，嚇了他一大跳。猶太人可曾做過對不起我們的事？在我們村子裡的大夫可曾要求我們立即皈依他信奉的猶太教？這片土地上的大夫不全都是猶太人嗎？就連學者，甚至各國皇室和王侯的幕僚中猶太人不也比比皆是嗎？爲什麼他們忽然得離開我們國家呢？

要不，就是被燒死。這不可能是上帝的旨意。

他重新調整思緒，告訴自己：帕布羅，這些你一點都不了解，總有一天你會發現，高高在上的統治者要比村夫聰明，知道的也比你多多了，這是西班牙之幸呀。

此刻年輕的王子應該已經抵達赫內拉利費宮了。一片炙熱中空氣顫動，帕布羅又坐回陰影下。

儘管如此，皮囊還是空了。

波士頓不確定女王是否比前一天更惱火。她坐在一把藤椅上身體大大往前傾，正在用金線刺繡，胡安娜就坐在她對面，陪侍在一旁的保姆似乎不太開心。正午豔陽下，柳枝籠裡一隻金絲雀正婉轉啼鳴。

沐浴後，僕役將他帶上赫內拉利費宮。他仍然頭昏腦脹，仍然感到噁心，擔心自己再也吃不下任何東西了。但至少，腳下地板不再搖晃，周遭的環境也停止收縮、膨脹，再收縮再膨脹了。

波士頓心想，昨晚我醉了。哦，老天，我醉得那麼狼狽。當時我那麼渴，應該請他們給我水喝的。只是，在酒讓我興奮之前，我根本沒那個膽。

「啊，勃艮地的王子！」女王邊招呼，邊將女紅交給女兒，說：「好了，總算又回復該有的模樣了。針腳小一點。」

胡安娜沒吭聲。接過手的女紅她也沒細看，就隨意擺在膝蓋上。

「過來跟我們一塊兒坐吧，」女王說：「今天你沒跟我們一起上教堂呢！想來這趟漫長的旅程讓你昨晚累過頭了，連酒都消受不了。菲利浦王子，我可不希望這個年紀，你就太習慣喝酒了！」

波士頓搖搖頭低聲辯解：「這一路上我吃得也太少了。」

女王緊盯著他，問：「我正想問你，之後呢？這趟旅程結束後你有什麼打算？」

胡安娜似乎不打算繼續刺繡，保姆則滿懷期待的望著他。

「前天夜裡你爲什麼在客棧過夜？爲什麼不直接登上阿爾漢布拉宮？還有，如果我們從客棧接獲的消息是正確的，從北方來到這裡，這麼漫長的旅途，除了一名裝扮成摩爾少年的隨從以外，你爲什麼沒有其他隨從呢？還有，那個少年如今又在哪裡？你爲什麼將他遣回？」

波士頓深深吸了一口氣。女王背後是遼闊的格拉納達河谷平原，而平原上方丘陵頂上，在赫內拉利費宮下方不遠處，正午陽光照耀下，則是閃爍著光芒的阿爾漢布拉宮各殿房的屋頂。水池裡噴泉噴湧，金絲雀依然婉轉啼唱。

波士頓輕聲說：「我，」

我派他們回家，因爲他們讓我心煩。

我父親在我離開勃艮地時就沒派任何隨從跟隨，因爲這樣比較不會引人注意。

隨從的妻子打手機來，要他們回家，說晚餐已經好了。

不行！

想了又想，最後，波士頓囁嚅的說：「半路上，我們遭人搶劫！之後我的隨從就失去蹤影，只剩一名少年陪伴我。他建議，往後我們兩人最好裝扮成摩爾人，這樣我們就不會那麼容易遭人襲擊了。」

「是他建議的？」公主問：「不是該由你這麼提議的嗎？你不是王子嗎？」

波士頓無奈的聳聳肩，說：「也許是我提議的。我記不清楚了，真的，不清楚是誰提議的。」

他捏了捏背包，感覺得出布料下方有他的手機、旅遊指南和錢包。

「你說話的方式真把我搞糊塗了，」女王說：「好，現在你人已經在這裡了，當年費迪南來看我的時候，半路上也遭到匪兵劫掠。這種事是有的，小王子，我相信你。」

女王露出微笑，可是公主呢？波士頓心想，她用那麼狐疑的目光望著我。我該怎麼做才能讓她也信服呢。

就在這一刻，一名僕役走進中庭，深深一鞠躬。

「陛下！」說著，他朝波士頓拋過困惑的眼神，接著才在女王面前屈膝跪禮，說：「請恕我打擾，不過有件——發生了怪事。」

「事情怪不怪，不是由你決定的！」女王的語氣像刀刃般銳利，她說：「你的任務只是，通報消息。」

僕役嚇得直點頭，雙眼垂望著地面。

「陛下請恕罪，」他說：「可是就在剛才，有人騎馬登上阿爾漢布拉宮，帶來了勃艮地的消息給您。據他說，菲利浦王子生病，無法啟程，訂婚的事必須延後，這一點王子的父親懇請您諒解。」

---

❺❷哈漫：（hamam，阿拉伯語）意為：澡堂。據說摩爾人統治時，格拉納達擁有數百座澡堂，可惜一四九九年在「清肅」格拉納達摩爾人留下的物品時遭到燒毀、拆除。

第十六章

塔立克挑了往南沿著赫尼爾河的路線，那也是埃米爾騎兵經過的路線。如果改由隘口，走起來應該相對安全，而這個季節雪也融了，只是那條路線需要騾子，而眼下時間緊迫。

他剛出城門，就有一名陌生人將一匹黑馬交給他，這黑馬跑得比他之前騎過的任何一匹馬都要快。他幾乎沒有歇息，一路騎到傍晚，幾乎就快抵達廊哈龍了。從這裡開始，他總算可以稍微放心了。阿爾樸德撒拉斯（al-Pudxarras，阿拉伯語，西班牙人稱此地為「阿普哈拉斯」：alpujarras）是摩爾人的土地，是摩爾人一路撤退後，吃豬肉的女王以一種特別開恩的可笑姿態允許埃米爾擁有的侯爵領地。這塊領地位於貧瘠的山區，有著巉岩峭壁，路徑狹窄又陡峭，正好防止他們部署軍隊。

抵達高處，趁著道路尚未沒入山脈前的矮丘，塔立克最後一次回顧格拉納達市，心想，我們卻要以這裡為根據地，奪回我們的家園。我可以向阿布・阿博達拉通報，未來我們會有足夠的資金，我會將裝滿馬拉維特的錢包交給他，而這不過是訂金而已；我還要讓他知道，在各地一心等待追隨他、和他攜手反抗信奉天主教的雙王與宗教法庭的眾多好漢。奉阿拉和所有先知之名，格拉納達王國必將重歸於我們；從西邊的塔里法到東邊的阿爾梅里亞；從靠海的馬拉加遠至格拉納達後方內華達山腳的山區。

在他背後北方，河谷平原、柑橘林、橄欖林一路伸展，大片大片的庭院中，地主們的莊園猶如用畫筆在平原上輕輕染點，棕櫚枝葉高高從屋頂上方探出；而平原後方，幾乎貼著地平線小小的一塊，就是格拉納達市。

塔立克瞇起眼睛，霧氣使視野模糊不清，他有可能看錯了，但他相信，從一座座屋頂升上天空的是煙，彷如大火產生的濃煙。

他在馬腹上踢了一下，他要趕在整座格拉納達市焚毀前讓埃米爾相信他的話。阿布・阿博達拉絕不可容忍他的城市裡發生除了孩童以外，其他人都知道一定會發生的慘劇，而這不過才是開頭。

他咂了咂舌頭，打算在廊哈龍過夜，而明天埃米爾就會知道，不只有足夠的好漢可以成軍，也有足夠購買武器的資金在等待他將女王趕出格拉納達。

女王沉吟不語，靜候從勃艮地策馬前來的信差。在這段時間裡，她朝波士頓投以諱莫如深的目光，而胡安娜公主則初次露出笑容。

波士頓試過一次，想開口對女王說話，女王卻舉手示意他別說。

「陛下……」波士頓開口祈求，但馬上又閉嘴。

他還有什麼可以對她說的？

抱歉，這一切都是有人搞錯了，其實我是不久前從二十一世紀來的。

女王壓根兒不會相信他，公主就更不用說了。

如果他無法提出對於他自己是誰的合理解釋，他們就會沒收他的背包，想從裡面找到證據。

「別讓任何人看到你那個可以顯示圖畫、演奏音樂的小盒子！」塔立克警告過，「哦，老天！他們就會咬定，那是魔鬼的邪器！他們會認定，你和魔鬼結盟！」

而哪能怪他們的反應如此呢？公主仔細觀察他。波士頓心想，她當然開心了，現在她不必和我結婚了。如果可以把我送上焚刑柱，她絕對連一秒都不會遲疑。

對托奎馬達來說，這些全都是證據；萬一他們發現了你攜帶的盒子，就會將你燒死。

「信差到了！」女王說。

步入中庭的男子似乎再也站不住了，他想必夜以繼日快馬加鞭吧。他的頭髮被汗水和塵埃弄得糾結在一起，表情疲憊不堪，雙眼不安的顫動。

他在女王面前跪下。

「陛下，請恕我在這種情況下……」他囁嚅著說：「可是您的僕人我……」

女王和藹的朝他微笑，說：「我的僕人已經向我報告你來自何處了。」金絲雀啾啾啼唱，「起來，過來我這裡坐，你一定累壞了。」

信差點點頭，感到難以置信。

「現在，我想聽你親口說，是什麼原因讓你這麼急著趕來這裡的；你的主人馬克西米利安大帝何以派你來我們這裡？」

信差呼吸稍微平復。

「大帝等了很久，」他說道：「因爲他直到最後仍然抱持希望，認爲王子終會康復，能遵照兩家王室的約定前來參加訂婚禮，然而大夫們……」他停頓不語。

「怎麼了？」女王問。

「他再度高燒不退，我們俊美的王子筋疲力盡的躺臥在床上，牙齒打顫，雖然疾病在他體內熾熱燒著，他卻覺得快凍死了！大夫們都束手無策，在高燒中他發著最沒有意義的囈語，我們陛下甚至得召請神父過來爲王子施行聖禮……」

「這可真是前所未聞的大怪事哪！」公主身體微微前傾友善的說。笑容仍然掛在她臉上，如此燦爛，是波士頓之前在她臉上從沒見到的。

他訝異的想著：她也可以很漂亮的，也許也會討人喜歡。

「公主殿下，一點也不怪！」信差朝她所在的方向欠身，說：「不怪，這病來得並不怪！王子一大早就冒著暴風雨騎馬出門，直到夜裡才回來，凍得直打冷顫！御醫早就說過，他這麼不理智，總有一天會染病發燒的。」

「一位連暴風雨都不怕的王子，」女王說：「多好，多令人開心呀！如果是個膽小鬼，」她瞄了波士頓一眼，說：「爲了我女兒著想，我可是不會太高興的。」

胡安娜瞇起眼睛，說：「我說的怪事，信差呀，指的不是我未婚夫生病這件事，」她說：「我覺得怪的是，這位王子，」這時她才首度正視波士頓，說：「來到我們這裡已經有一天啦。」

信差似乎感到萬分不解。

他高呼：「這是不可能的！這是不可能的！在我離開勃艮地時，王子殿下身體才逐漸康復，大夫們認爲，只要王子避免在沒有痊癒前過早離床，就有希望迅速並且完全康復！正是因爲這個緣故，大帝才派我前來致上他最深的惋惜之意。一旦王子完全康復了，他就會啓程前往格拉納達，牽起公主的手，即使發著高燒，」他以懇切的眼神望著胡安娜，說：「他心中依然惦念著公主！」

胡安娜爆出一陣不屑的笑聲，微微偏著頭說：「這有什麼好多說的！」

王子她也不要。波士頓吃驚的想道：我她不要，可是真正的王子她百分百也不要。老實說，這一點也不怪，誰會想要呢？她不過才十三歲又不認識他。

傳達給女王的消息她已知道了，「好，小夥子！」女王轉向他，問：「你有什麼話要說？」

波士頓非常清楚，無論他說什麼，女王都不會滿意的，但他還不能就此放棄。

「騙子，陛下，他是個騙子！」他指著信差，試圖讓聲音聽起來憤怒，這可真是諷刺呀。

「誰說這名信差確實是勃艮地國王派來的？有證據嗎？他必須證明他的身分！」

真沒想到自己居然這麼狡猾。實在太聰明了！幾乎連他自己都要相信了。

「這個點子可真聰明呀！」就連公主也這麼說。她撇撇嘴，說：「可是我們不妨倒過來問：你，這小子，如何證明，你就是哈布斯堡王子？」她指了指他的背包，說：「也許這就是打從你踏入阿爾漢布拉宮以來，你連一次都沒放下這個醜包袱的理由。難道這個包袱裡放著你想隆重送交給我的國賓禮物嗎？或者是勃艮地的璽印？想分辨你們兩人——這名信差，或是你——你們之中誰說的是真話再簡單不過了。」

女王點點頭，保姆則滿懷期待的望著這一幕。

波士頓一把踢翻他的沙發，拔腿就跑。

第十七章

從上方傳來的跑步聲、呼叫聲將帕布羅從睡夢中驚醒，他才發現自己打了個小盹。站崗時睡著，實在太不可原諒。

他抬頭朝赫內拉利費宮的方向張望，不久前一名僕役和那位據說是勃艮地王子的少年才剛剛進入那裡，已失去了蹤影；隨後又有另一名僕役帶著勃艮地國王的信差進入。

腳步聲越來越近，在卵石地面上雜沓作響；叫嚷聲也逐漸逼近。路徑轉彎處，距離大約五十步遠的地方，忽然出現了年輕的王子，他睜大了雙眼一路狂奔，腳底下的石子都滑動了；他沒命的奔跑，彷彿有惡魔在背後追趕，肩頭上還帶著那個古怪的小包袱，臉上滿是絕望和驚恐。

帕布羅知道自己的職責何在。幸好他還及時醒來，他一躍而起擋在路中央，軍刀已經出鞘了。

他聽到少年背後的叫嚷聲變響亮，呼喊的內容他倒沒留意。

攔住他！

抓住他！

把那少年捉起來！

他可以獲得一筆賞金，說不定可以早點返鄉。如果他忽然現身在她面前，他所愛的姑娘會有多意外呀。

「攔住他！」現在他終於聽懂呼喊的內容了。就跟他想的一樣。

接著，少年來到面前了。少年猛然抬起頭來，似乎這時才發現半路上遇到了阻礙。也許直到前一秒，他所有的注意力都放在背後的呼喊，一心只想擺脫；而冷不防，前方也冒出了危險。

帕布羅是士兵，他曾在戰場上殺死人，他了解少年望著他的目光，認得那種無盡的恐懼來自知道一切即將終了，再沒有任何出路的恐懼；但已經不抱一絲希望的眼神卻還在祈求饒命。帕布羅殺過的戰士在生命的最後一瞬間也曾如此望著他，那些都是曾舉劍向他的男人，但這名少年並沒有攜帶任何武器。

「求求你！」少年低聲哀求，帕布羅發現少年幾乎耗盡力氣了，在他抵達阿爾漢布拉丘之前，他反正會倒下，被其他守衛逮到。

就讓其他守衛抓他吧。

帕布羅往一旁讓出一步，大喝一聲：「哈！」他見到少年眼裡閃過一絲不信的神情。「看我饒不饒你！」

少年狂奔。帕布羅身體朝地面倒下時，他已經失去蹤影了。

「哎喲，哎喲！」帕布羅抓著自己的膝蓋呻吟。一名僕役從他身邊跑過，瞧都沒瞧他一眼。接著第二名僕役也跑過去，他們呼喊著要下頭的守衛們將少年逮捕起來。

帕布羅假裝痛得在地上打滾，哀號著「哎喲，哎喲！」隨後從赫內拉利費宮趕過來的腳步聲似乎還很遠，也較慢、較輕。他絕不能掉以輕心。「我的腿！哦，我的腿！」公主撩著裙裾經過他身邊往山下跑時，遲疑了一下。要不是道理上實在說不通的話，他幾乎要以爲，她臉上帶著笑意了。

帕布羅背倚著樹幹，抓住自己的膝蓋。雖然上方已經沒有任何聲音傳來了，他還是無法確定確實沒有人在觀察他。

他爲什麼這麼做？

這名少年並沒有帶劍。

這下你有苦頭吃了，帕布羅。一名外邦少年難道比你自己還重要嗎？

我想都沒想，有那麼一秒鐘我根本想都沒想。也許這幾年來我一直在等待這一秒吧。

他合上眼睛。這是個怎樣的世界，這是個怎樣的時代呀！聖母瑪麗亞，耶穌之母，求您赦免我的罪。

波士頓呼吸沉重。在他上方陽光透過松樹梢將暖意與光形成的細小圖案投射在他臉龐。枝椏間一隻鳥的啼鳴就像女王的金絲雀在柳枝籠裡的歌聲，微弱而乏力。一切就和他許久許久前乍到此地時一樣，只是此刻他另有不同的恐懼。

他再也跑不動了。儘管路上依然傳來腳步聲和追趕者的呼喚，還是在林子裡歇息一下吧。

歇息吧，只要一下下就好。

之後呢？

我得審慎思考，絕不能犯下任何錯誤。**對托奎馬達來說，這些全都是證據**。我可以把背包扔在這裡。

可是，萬一他們後來搜尋時發現了呢？在阿爾漢布拉宮，人人都知道這個背包是誰的。**萬一他們發現了你攜帶的盒子，就會將你燒死**。

要不，他也可以帶走背包，但是將手機留在這裡。但即使這麼做，他們也會懷疑他就是所有者。**他們就會咬定，那是魔鬼的邪器！他們會認定，你和魔鬼結盟**。再說，他根本不可能扔掉手機的：誰能百分百確定，所有的機會，任何一個機會都沒了呢？

最晚在山下大門那裡他們就會逮到我。從這裡到格拉納達城裡沒有其他通道，我哪有機會通過這扇大門呢？

他們會將你燒死。

他聽到小徑上傳來了一輛手推車的咿咿啞啞聲、輪子在卵石地面上滾動的轟轟聲，還有一頭驢子緩慢的步行聲。波士頓將背包抓得更緊。

阿爾漢布拉宮的園丁和埃米爾統治時期還是同一批，沒有人能像他們把庭院維護得那麼好，沒有人像摩爾人那麼深諳水的舞蹈。距離小徑不過才幾步而已，他別無選擇。

那名男子的行爲彷彿沒聽見他、沒看到他，但驢子速度變慢，手推車幾乎靜止不前。直等到波士頓上了手推車，淹沒在剪斷的樹枝、荊棘、枯萎的花束堆中時，驢子才又稍微加快腳步。

直到下方城門的守衛將他們攔下。

「你在幹嘛，摩爾人？」年輕的士兵質問。他另一名同伴仍然坐在地上，手裡拿著骰盅。「喂，胡安，等等，等一下我再找你。你這無賴！等我看過了才算數！」他揪住摩爾人肩頭，問：「你要把什麼東西運出城堡？」

「你沒看見嗎？」說著，摩爾人抓起一把最上頭的樹枝，說：「就是阿爾漢布拉宮的樹枝、樹葉、荊棘還有枯木啊！你該不會以為，你們那兩位全能的陛下希望我們在他們的山頭上、眼皮子底下焚燒這些垃圾吧？難不成你以為他們想吸進溼木頭的濃煙？哦，老天，你們天主教徒到底是怎樣的人啊！在你們的宮殿裡難道沒有庭院嗎？我正準備將枯木運出城堡、運出城去。士兵大人，運到城牆另一頭的焚化場去燒！」

在他絮絮叨叨的這段時間裡，站崗的士兵幾乎不斷不耐的朝同伴張望，同時高喊：「我看到你偷偷對骰子動了手腳！胡安，你這個騙子！你以為我看不到你在幹嘛嗎！」說完，他又轉向摩爾人，說：「而你，竟敢用這種語氣對我說話！」他用手上的劍冷冷挑了幾下荊棘，接著在手推車的樹枝堆裡胡亂戳了幾下。波士頓嚇得閉氣不敢呼吸，劍身從他的手臂邊刺透樹枝。「好了，看來一切都沒問題。夥伴，讓開路讓他過去吧！」話才說完，他立刻衝到沙地上第二名守衛身旁，一把抓起骰盅說：「這樣，還有這樣！現在你可以丟了，你這壞蛋！」

「你全都檢查過了嗎，夥伴？」一名在城門旁轉著手搖柄，將柵門往上移的士兵高聲問：「你知道的，有名金髮少年逃過追捕了！」

「你看這個摩爾人像金髮少年嗎？」最先的那名守衛邊答，邊用手指將骰子上的點數加在一起，說：「你萬萬料想不到，胡安，你這惡棍！」

手推車蹦蹦跳跳的出了城門，柵門在他們後方關上。波士頓的心臟這時才緊張得快跳出來了。進了城走了幾條街，摩爾人就讓驢子止步了。

「好，我的乖驢！」他嗓門兒好大，波士頓真怕驢子會嚇一跳，把整個手推車拉走。「現在我們終於離開阿爾漢布拉宮的城門了。這些吃豬肉的真蠢，居然相信我，以為城外有焚化場！我得找個地方把車上的東西卸掉，因爲現在已經不能把它們運回城堡上，在麥迪那[53]的園藝庫房那裡焚燒了。」

波士頓屏住呼吸，知道摩爾人是在說給他聽，因爲他不想直接跟波士頓交談。

「不過，我要先離開手推車一下，」他講得那麼大聲，嚇得驢子開始發出可笑的叫聲「咿—啊啊啊！咿—啊啊啊！」惹得其他人都轉身朝他們張望。「沒錯沒錯，我要離開手推車一下。」

波士頓了解他的意思。他輕輕溜下手推車，輕得連自己幾乎都聽不到任何樹枝的喀嚓聲。他的手臂都擦傷了，臉上也帶著乾掉的血痕，但卻感覺不到痛楚。他蹲伏著身子悄悄溜到另一個街角，在身影沒入巷弄之前，他再次轉身回顧，低聲說：

「謝謝！」

「我的乖驢，真好，你又恢復力氣了。」摩爾人撓著驢子的額頭說：「那麼，我們又可以上路囉。」

「怎麼樣?」百夫長問。

帕布羅低垂著頭站在他面前,喃喃說著:「我不該發生這種事。」警衛室的牆壁都塗刷成白色,予人清爽的感覺。

「怎麼會這樣?」百夫長說:「說話時看著我。怎麼會發生這種事?那少年手無寸鐵,而你可是帶著軍刀的。」

「百夫長,他手上拿著一顆大石頭,」帕布羅說:「他把石頭對著我的膝蓋扔過來,第一時間裡,幾乎以爲自己的骨頭碎了。我倒臥在地,他就從我身邊跑過去了。百夫長,實在痛死我了。」

百夫長徐徐點點頭,指著帕布羅的左腿,問:「是這個膝蓋嗎?」帕布羅拄著一把堅固的拐杖,左腿微屈。

他點點頭,說:「是的,百夫長。不過現在好像沒那麼糟了。我的夥伴幫我敷了藥膏。」

百夫長用手托著腮幫子,若有所思的說:「剛剛你進來的時候,我爲什麼覺得疼痛的是右腿?看來,大概是我看錯了。」

帕布羅高聲回答:「百夫長,是左邊,絕對是我的左腿!」

「看來,這種事很容易讓人大錯特錯,」說著,百夫長直視著帕布羅的雙眼,說:「那麼,就算是真的吧。不過其他事……」他比了個「算了」的手勢,說:「無所謂,一直以來你都是個好士兵，我不會因爲你這次的疏忽就懲罰你。」

帕布羅垂下頭。

「不過，我認爲身爲士兵卻傷了膝蓋，這段時間你是派不上什麼用場了！就讓你替代監獄的守衛吧，在那下面你不必走動。那裡門都上鎖了，你只需要站著監視，免得有人用手指甲在牆上挖洞就行了。」他哈哈大笑，說：「對受傷的士兵，那裡是個合適的地方。」

「百夫長，多謝了。」帕布羅低聲道謝，同時試著光靠一條腿行禮。離開警衛室時，他特別留意用「受傷」的那條腿一拐一拐的走路。

---

53 麥迪那：位於阿爾漢布拉宮範圍內的城市，內有僕役、各種工作人員的住所。

第十八章

客棧他回不去了，那裡的人可能會認出他來。那麼該何去何從呢？在格拉納達他誰也不認識，但至少他是自由的。

波士頓倚著一面牆。他自由了，這真像個奇蹟，因爲總共有三個人協助他脫逃。

波士頓心想，摩爾人願意幫他，這倒不怪。因爲他們痛恨女王，凡是女王的敵人，就是他們的朋友，所以，那位摩爾人把我藏在他的手推車裡是可以理解的。他這麼做不是爲了我，是爲了報復天主教徒。

但山上的士兵又怎麼說呢？那名阿爾漢布拉丘上的士兵爲什麼要往一旁跳開？他爲什麼甘冒被人發現會受處罰的風險把路讓開呢？

還有公主，公主的舉止最最古怪了。公主爲什麼幫他？她確實這麼做了，而如果沒有公主幫忙，他是絕對逃不了的。

難道那只是巧合？是愚蠢？公主看來可不像又蠢又笨拙的人，她爲什麼恰好在僕役準備逮住波士頓時擋住他呢？而在第二名僕役趕上時，她爲何又胡亂東奔西跑，逼得那名僕役只能小心翼翼的從她身邊繞過呢？

雖然公主高喊：「攔住他！」但要不是公主的話，他萬萬休想逃離赫內拉利費宮。真相早就清楚得很，他並非她得委身下嫁的菲利浦王子，對她已經不構成任何威脅了，那她爲什麼還故意放他一條生路？他原本以爲，她很期待看他被人燒死的。

一名戴著面紗的婦人從波士頓身邊經過，一手提著籃子，另一手牽著孩子。那孩子哭著抗拒，母親則訶斥著要他聽話。波士頓心想：這裡某些事情和我們那裡其實沒什麼差別。而在我還不知道如何返回現代之前，我得好好想想，該怎麼躲避女王追捕。只是，哪裡有我容身的地方呢？除了塔立克，我誰也不認識；而塔立克已經不知去向了。

一名兩鬢留著長捲髮的猶太老者佝僂著身子在巷裡行走。啊，當然有啦！在格拉納達他認識一個同他一樣，得提防女王和國王的人，也許那個猶太人願意收容他。

這裡的巷弄都好像，看來都差不多。「去利雅雷梭？」波士頓問，老者笑了笑。波士頓心想，也許他以爲我也是猶太人吧。如果是個吃豬肉的少年，他大概就不會這麼友善的指點路線吧。

到了利雅雷梭，波士頓向人詢問以撒的家在哪裡。他不懂爲什麼一聽到這個名字，每個人臉上立刻閃現一絲驚恐，直到抵達了那條巷子他才了解：以撒的屋子還瀰漫著煙火味。

波士頓低呼一聲：「哦，不！」

原來屋子所在的地方，年輕女僕曾帶領塔立克和他步入大門的屋子，如今只剩被燻得焦黑的廢墟，燒成焦炭的梁柱矗立向天，而坍塌的屋頂下也只剩受熱爆裂的石子與細灰燼。

以撒實在不該用那種語氣對那群士兵說話的，爲什麼他就不能順從一點呢？他應該清楚這種人毫無例外，一定會報復的。

巷子裡不遠處一名年輕婦女從某座屋子裡出來，正要從他身邊經過，波士頓握住她的手臂。

「這裡是以撒的房子嗎？」他明明知道，卻還是這麼問。

「這裡曾經是以撒的房子，」婦女答。她不需要撥開波士頓的手，因爲他早就鬆開她的手臂了。「現在我們終於了解，他們對我們的恫嚇我們絕對逃不掉的。謠傳……」

一名小女孩從婦人的家門現身，好奇的打量著波士頓。婦人比了個手勢，嚇得她又躲了回去。

「謠傳？」波士頓低聲問。

婦人打量著他，說：「嗯，只是個謠傳。聽說以撒計畫違反女王和國王禁止我們將金銀帶出這片土地的規定，所以他們才將他……」

她雙手掩面，喃喃說道：

「也許這是真的！在放火燒屋之前，那些士兵在院子裡搜尋了好久，把一個又一個袋子往外搬，誰曉得裡頭是什麼！」

接著她又望著波士頓，語氣堅定的說：「所以我們這裡其他人都不會觸犯兩位君王的禁令！我們已經開始收拾行囊了。」她說：「收拾行囊！一個任何東西都不准帶走的人，還有什麼好收拾的？我們所有人，所有住在這條巷子裡的人都會離開利雅雷梭、離開我們的家園。我們不要束手等著以撒和他兒子的命運降臨到我們身上。」

「他們出了什麼事？」波士頓問：「現在他們人在哪裡？」

「士兵把他們帶走了，」婦人說：「沒有人知道，他們是否還活著。而我們要收拾行囊了！」說完，她就消失在雜沓的巷弄裡。

波士頓緩緩地在一處殘存的矮牆上坐了下來，周遭依然瀰漫著煙火味。以撒的貨倉已經被士兵們搬空並且放火燒掉了，現在格拉納達的猶太人不得不赤手空拳在新的家園從頭開始了。對塔立克的起義而言，這代表著什麼呢？這麼一來，摩爾人該怎麼取得購買武器的資金呢？

這一切對波士頓都無關緊要了，這下子他在格拉納達連個熟人都沒有了。

胡安娜轉身背對著保姆。

「別煩我！」她面向著窗外說：「我愛做什麼就做什麼！再說，我根本什麼都沒做！」

「可是看來，」保姆說：「我可愛的小鹿，你母親認爲你故意讓那個騙子逃脫，而他很可能是摩爾人的密探，她可氣壞了呢。現在我們永遠不會知道，他到底是誰、他爲什麼混進我們這裡了。說不定他早已潛回派他來的人那裡，向他們報告他打探到的事了。女王是這麼想的。」

胡安娜依舊面向著窗外，說：「女王總是往最糟糕的情況想！」午後將盡，天空漸漸染上了各種色彩，「那少年有什麼好報告的？他哪會看到什麼？他一整晚都醉死了！」

「這可能是僞裝！」保姆說：「你也該正眼看我了吧，我的月兒寶貝！這樣他就可以趁著黑夜從他的房間溜出去，免得守衛小心提防了！你母親是這麼想的。」

「啊，胡扯！」這一次她終於轉身面對保姆了。「他又笨又膽小，還笨手笨腳的，摩爾人絕對不會派這麼笨拙的糊塗蟲當密探的！」

「他長得跟你的未婚夫很像，」保姆說：「所以他們才選他當密探的。我們在等候王子，這是大家都知道的，而想找到其他少年，可以像他那樣直闖阿爾漢布拉宮最核心的地方，連王室最緊密的圈子都混得進來可沒那麼容易。你母親認……」

「我母親！」胡安娜提高了嗓門。她感覺到了胸口上那個白色的小袋子。袋子邊角相當銳利。

保姆點點頭，說：「現在女王很擔心摩爾人正在策劃一場叛亂。誰曉得呢？她擔心很快城堡這裡就不再安全了。」

「隨她愛怎麼想就怎麼想！」胡安娜說：「那又關我什麼事？我的未婚夫遠在勃艮地，至於另外這個不知是誰的傢伙，和我一點關係也沒有。」

「可是看來好像你……」保姆再次提起。

「事情並不總是像它們外表看起來的模樣！」胡安娜說：「我還以為你會夠聰明呢，保姆。夠了！你倒說說看，我幹嘛那麼做呢？」

保姆不悅的聳了聳肩退下，胡安娜再次將身子探出窗外。

現在他正在山下不知哪個地方亂闖。他又矮又膽小，幸虧他不是她的未婚夫，這一點她非常感謝母親經常下跪禮拜的童貞聖母。但他身懷祕密，而且可以百分百確定，這個祕密和摩爾人的叛亂絕無關聯。

胡安娜小心翼翼的從領口裡拿出那個白色的小袋子凝視。這到底是從哪裡來的？是由什麼材料做成的？有什麼用處呢？那個少年身懷祕密，而現在，在沒有任何人知情的情況下，她與他有了關聯，成了極度神祕、未知事物的一部分。

身爲公主令她厭煩。現在她只需靜靜等候，有朝一日她一定會發現祕密何在的。在那一刻來臨前，她是不會對任何人提起這件事的。

留在利雅雷梭實在不明智，如今格拉納達的猶太區已經成了最危險的地方了。既然波士頓不知哪裡有他容身之處，那麼該逃到哪裡躲藏也就無所謂了，重要的是：離開利雅雷梭。

他在巷弄裡漫無目標的東奔西跑，最後來到了巴布阿爾拉姆拉的絲市。爲了給自己一個目標，他開始找尋未來阿爾卡賽利市集區所在的巷弄。他在鞋匠巷亂逛，又穿過了織工巷。到處人潮洶湧，忙著交易、講價。雖然是星期天，摩爾人才不在乎呢！他們有自己的安息日。他們的安息日是哪一天？他從沒問過圖侃、卡迪爾或其他人。如果能多知道些，此刻也許派得上用場。

波士頓心想，摩爾人對我並不危險，四處搜捕我的是格拉納達的女王，她的守衛早就潛伏在各處城門守候我，守候一名身著最華麗的皇家衣衫，灰眼金髮的少年了。想離開這座城，我一定得找套不一樣的衣服，可是我哪有錢買呢？

再說：我真的想離開格拉納達嗎？雖然我說不出事情的前因後果，但所有這一切都是從阿爾卡賽利市集區那片瓷磚開始的，我得找出原因，才能找到回去的路。

他的肚子咕嚕咕嚕叫。他缺的不只是購買衣物的錢。

你已經別無選擇了，波士頓！你的命運女王早就替你決定了，她的差役一旦逮到你，你想，你的下場會怎樣呢？

波士頓停下腳步，廣場上視野遼闊，仰頭可以一路直望到山頭上的阿爾漢布拉宮。他在廣場邊緣一座通往城區下方的階梯上坐了下來，同時摸出背包裡的旅遊指南。

我非離開格拉納達不可，但在那之前，我必須先知道不久後會發生什麼事。

他才瞧了一眼，就發現書裡的市區地圖絲毫派不上用場，格拉納達已經改變了——也難怪，都過了五百年了。不過書裡還有幾頁介紹了格拉納達的歷史，他得弄清楚，未來會發生什麼事。

有一整章的篇幅介紹一四九二年這一年：猶太人被驅逐出境，不想皈依天主教的人數以千計，一列又一列境遇悲慘的猶太人，除了身上所穿的衣物什麼都不能帶走。這件事果真發生了。

後來，猶太難民的船隻又在海上遭遇海盜劫掠，海盜們發現這些應該非常富有的猶太難民船上居然找不到任何珍寶，盛怒之下將他們開腸剖肚，想在他們內臟裡搜出金和銀。海盜們無法相信這些難民居然沒有想出任何辦法將部分財物帶走。

波士頓合上書，他覺得噁心想吐。有些事是絕對不該發生，是生命所不容許的。

阿爾漢布拉宮上空染成了彤彩。

也許這一切還有機會改變，雖然他親眼見證女王拒絕了哥倫布的提議，但在旅遊指南裡仍然提到，這一年稍晚發現了美洲大陸。

事情的發展可能和書上記載的不同嗎？發生過的不就發生過了嗎？

波士頓心想，在這裡正是一四九二年，而到目前為止這些事都還沒發生。

第十九章

埃米爾請他等候。

塔立克坐著的廣場位在像燕巢般緊貼著山坡，層層疊疊錯落，看來雜亂無章的白色小屋之間。屋頂上覆蓋著一層沉重的黑土，即使在炎熱的夏日，屋內依然能保持涼爽。屋宇之間是錯綜複雜的巷弄，在整個安達魯斯，再沒有比這裡更合適的藏身之處了。

塔立克心想，但這卻不是適合統治者居住的地方，絕對配不上格拉納達的埃米爾阿布・阿博達拉！他離開阿爾漢布拉宮的宮殿委身這處淒涼山村的小屋群裡，而他們，卻宣稱這座山是侯爵領地，世上再沒有比這更大的恥辱了！吃豬肉的女王和國王，爲什麼不能在他昔日的領土上至少留給他一座位於城區的宮殿呢？因爲他們怕他。

「不過這種視野，」塔立克背後傳來了平和的聲音，接著有人伸出一隻手在塔立克的肩頭上輕拍了一下，說：「是其他地方比不上的，你不這麼認爲嗎？」

塔立克大吃一驚，轉過身去。住在格拉納達時，他從沒見過埃米爾本人，只從遠處遙望過。他知道埃米爾還很年輕、健壯，作戰時英明睿智；正因爲如此，他們所有人都還抱持著希望。只是他萬萬沒料到，埃米爾居然這麼年輕。

「我也曾喜愛過從阿爾漢布拉宮眺望出去的視野，」埃米爾面帶淺笑，說：「但如今，在某些日子裡我會思忖：這裡的視野豈不是遠遠勝過阿爾漢布拉宮的嗎？年輕人，你比較喜歡哪一個？你喜歡眺望河谷平原的遼闊視野，還是此地俯瞰阿爾樸德撒拉斯山谷、仰望內華達山脈巔峰，冬日白雪覆蓋，夏天草木稀疏露出褐色土壤，夕照紅如火的景致呢？」

塔立克察覺一股怒氣從他體內升起。他可不是為了聊這裡的美景而來的，眼下並不是沉醉讚嘆的時候。「穆萊[54]，我為您帶來了一件好消息，」他欠身行禮，說：「我為您帶來了籌備軍隊需要的黃金。」他握住皮袋，說：「這不過才是個開頭！如您所知，兩位君主已經開始驅逐猶太人了，我們將協助以色列的子民，將他們的財產經由海路偷運出去，而他們會支付我們豐厚的酬勞。製造武器的資金已經到手了，埃米爾！整個格拉納達，我們的人都已準備好，就等您一聲令下了。」

埃米爾根本無意接過那個皮袋，他說：「你和我談話時對我的稱呼，是我早已不配的；而猶太人的悲慘遭遇我也聽聞了。老實說，我確實大感意外，我沒想到這種事這麼快就發生了。」

「穆萊！」塔立克說：「黃金在這裡！」

阿布·阿博達拉在隔開廣場與河谷一側的矮牆上坐下。在他們下方，山坡斜面上伸展出片片梯田，上頭種植著橄欖樹和柑橘。在一塊田地上有兩名年輕人正忙著撿拾石塊堆疊在田邊。

「整個格拉納達就等您的號令了！」塔立克激動的說：「整個格拉納達都將希望寄託在您身上呀，穆萊！只要您登高一呼，誰能攔得住我們？」

「距離我將格拉納達轉交給雙王不過才三個月，」埃米爾緩緩轉身面對塔立克，很慢很慢，彷彿要將目光從山谷中祥和的園圃移開是件非常吃力的事。「經過這幾個星期，情況有任何改變嗎？你認爲這段時間裡這兩名君主勢力變弱了嗎？或者你認爲冬天時他們原本就兵力薄弱呢？或者認爲當時還擋得住他們，而我只是因爲過於怯懦，才不戰就拱手將格拉納達奉送給他們？」

塔立克沉吟不語。這正是在格拉納達眾人猜測並且在阿爾拜辛的摩爾人之間耳語相傳的：阿布．阿博達拉膽子太小，不敢爲自己的王國而戰；還有，他只想平靜度日，根本不在乎自己的國土。

「失去了格拉納達，再沒有比我更心痛的人了，小夥子，」埃米爾說：「長久以來我用盡了所有的辦法，可是他們擁有武器，那些我永遠無……」他打住沒再說。

塔立克感到體內的怒火逐漸高漲。儘管清楚事情的危險性，他和他的友人們依然在兩名君王的眼皮子底下籌劃起義，籌錢購買武器。他們原以爲，埃米爾會感激他們、會高聲歡呼，連一天也不猶豫的。

「當他們在阿爾漢布拉丘腳下建造他們的城市，」埃米爾說：「也就是十字形的軍事營地聖塔菲時，我就知道，舊格拉納達的末日來臨了。你們沒看過他們的武器嗎？數百年來，我們揮刀舞劍，以騎士的精神在十字與半月徽下的國度征戰，以人力對抗人力。我們以刀劍、長矛，在弓箭手的掩護下奮戰；而兩名君王呢？小夥子，」他提高音量，說：「卻擁有足以轟破城牆的火炮！難道你們沒見到他們的……大炮嗎？」

塔立克凝視著他。當然，當然看過那些大炮。

「以我們的刀和劍，你們打算怎麼迎戰他們呢？」埃米爾激動的說：「冬季時，我們如何迎戰這麼可怕的敵人呢？空有最堅固的堡壘對我們又有什麼用！好幾個夜晚我輾轉難眠，研究格拉納達的地圖苦苦思索：他們的炮彈會轟擊哪些地方，摧毀一切？我們還能保住什麼？」他冷不防的跳了起來，說：「小夥子，你想聽聽答案嗎？什麼都不行，我們什麼都保不住！首先，他們會炸毀我們的城牆，接著用大炮將房屋夷為平地。還有，這樣的炮彈一旦朝人發射，你想後果會如何？」

他來回踱步，往復踱步，呼吸沉重，「好像我對自己家國的愛不如你們，不願像你們那樣守護它，只想保住自己的性命！」他高聲呼喊：「可是代價呢？少年人，代價會如何？數以千計的人會喪命，被他們的炮彈轟得粉身碎骨，最後這座城市依然會落入他們手中，而我們摩爾人將被一舉殲滅。」埃米爾喟嘆：「協商條件，讓我的子民將來在格拉納達依然能遵循古蘭經的規範生活，豈不是更明智嗎？」

「現在我們也可以購買大炮了！」塔立克高聲說；握著皮袋的手依然伸向埃米爾。「我們從猶太人那裡拿到了錢，我們的武力可以和兩位君主旗鼓相當。」

「我該將這些大炮對準我自己的城市嗎？」阿布．阿博達拉問：「到時我該毀滅我的格拉納達，轟射房屋，讓它們起火燃燒，把居民炸得粉身碎骨嗎？小夥子，難道這就是你想要的？」

塔立克搖搖頭，說：「穆萊，可是我們有這麼多人願意挺身作戰，而且很快我們就有足夠的錢了！我們一定會有辦法的！」

埃米爾淡淡笑了笑，說：「年輕人說的就是年輕人的話，但男子漢做事就得像個男子漢。小夥子，生命裡不一定總會有機會，我的格拉納達再也沒有任何機會，內華達山脈之珠的光華已經消逝不再了。」

「穆萊！」塔立克高呼一聲。他寧可相信，埃米爾是出於膽怯才說出這番話的；但他心知肚明，事實還要絕望得多。

這一整天，所羅門都在城區中心晃蕩，在巷弄裡亂闖，在不同的廣場上閒晃，聽著別人的談話，在人家的窗邊竊聽，想找出可以向哪裡求助。

很快他就發現，凡事都躁動不安，但原因並非處處相同。摩爾人滿腔怒火，他們抬頭挺胸在城裡行走，一舉一動都在昭示，在他們內心裡格拉納達一直都是他們的。他們對士兵們投以充滿蔑視的目光。雖然大家都知道他們的卡斯提爾語說得跟任何一名天主教徒一樣好，他們卻不只限於彼此之間，連對他族人也說阿拉伯語；而只要喚禮員一呼喚，立刻下跪膜拜。摩爾人以每個眼神、每個舉動無聲的呼喚：我們的格拉納達，我們的格拉納達！他們永遠休想將我們的格拉納達變成一座屬於十字架的城市。

反之，猶太人則低調、彎著腰匆匆行走，在房屋的陰影下緊貼著牆面躡手躡腳的行動，彷彿希望別人看不到自己。利雅雷梭那場大火昭告了他們未來的命運，也讓他們了解從此刻起，他們只有兩條路可走。

所羅門試著想和那些跟自己父親一樣，每個星期守兩個安息日的人談話，但那些人都有事要忙，認不得他了，甚至威脅要叫士兵來。

「我們是天主教徒！」那些恐畏而縮說：「我們深深感謝主，是他終於將我們領上了正路！我們深深感謝童貞聖母，是她讓我們終於擺脫了我們猶太的謬信！猶太少年，跟你，我們還有什麼關聯呢？你這馬邇懦，你想拖我們下水嗎？難不成你以為我們想上焚刑柱受死？」

只有一個人和他說話——倉促緊張，在一家摩爾人開的蔬菜店簾子後頭。那人問：「你父親為什麼這麼做？」他扳著所羅門的肩膀，低聲說：「難道他不知道，由於他的作為，這幾個星期來我們在格拉納達日子都快過不下去了嗎？難道他不知道，這下子他們會到每戶人家翻箱倒櫃，懷疑我們每個人都跟他一樣觸犯了兩位君主的規定嗎？他怎麼能那麼篤定，以為他的貨倉不會被人發現呢！現在利雅雷梭瀰漫著恐懼的氣氛，到處都是士兵！所羅門，你得離開格拉納達，就算你想改信天主教也沒用了，他們永遠不會相信你是真心的。離開這座城市，離開這片土地吧！我們的命運將會非常悲慘。」

但即使那些堅守信仰的人也不願跟他交談。猶太難民聚集在各處城門，被咒罵著、嘲笑著的守衛們粗暴的搜身，孩童們哭哭啼啼的。而城門另一頭，則是在河谷平原上的街道蹣跚行走、蜿蜒無止盡的行列，他們行經整個王國：有的前往馬拉加，有的前往阿爾梅里亞，朝各處港口而去。「別煩我們，小夥子！」他們說：「你以為我們想讓士兵見到我們跟你在一起嗎？你以為，我們希望他們以為我們想像你父親，違反諭令嗎？你以為，我們希望被人燒死在焚刑柱上嗎？」

這天早上，所羅門還希望會有一戶人家——一戶像他父親那樣，在禮拜天唸誦主禱文，而在安息日唸誦聖禱文的人家——願意接納他，把他當作他們的兒子。

到了中午，他只求可以跟隨那些為了信仰選擇離開家園的人潮同行。

而到了晚上，他終於了解，他只能自求多福了。

這一整天他什麼都沒吃，飢腸轆轆。趁著黃昏農夫趕驢步出城門準備返家時，他在城牆邊守候，像其他多得數不清的乞丐，默默朝他們伸出手，討到了一些乾得皺巴巴、賣不掉的無花果，還有果肉跟裡頭的核一樣硬的橄欖。此外，還有一名農婦施捨他一小塊麵包。當夜色籠罩時，他徹底了解，這座城市他是待不下去了。

現在，城門都關閉了。明天，所羅門心想，等明天吧。

就在這一刻，他發現那名少年正朝自己走過來。

波士頓最先搞到手的是一條毯子。當時有兩名摩爾人從坐騎上下來，在絲市外圍站定，用一種彷彿從咽喉深處發出的奇特語言交談。有名士兵特別留意他們，在他們周圍來回走動。波士頓發現，在格拉納達，兩位君王的士兵們隨時活在恐懼之中。

那兩名摩爾男子縮短韁繩拉著馬匹，馬兒蹦蹦跳跳，躁動不安，沒有人注意到他。

他很清楚，士兵是不會追捕向摩爾人行竊的人，於是他猛然一扯，將其中一匹馬背上的毯子扯了下來，拔腿就跑。

長這麼大了，波士頓還沒偷過東西，但他沒錢買衣服，很需要這條毯子。他將毯子甩過肩頭，在胸前抓攏。這條毯子在他背上一路遮到膝蓋以下，從前方則遮住他的絲質背心。濃烈的馬汗味直衝入鼻，讓他忍不住打了個噴嚏，但至少乍看之下，他已經不像他們在追捕的那個人了。

就在這時，他發現了那名少年。啊，在格拉納達他畢竟還是有熟人的！看來這少年逃過了那場火劫，也沒有被他們逮到——那名藏起扭編的麵包，後來暈倒，跟他自己一樣膽小的少年！

從那一刻起，他就開始跟蹤少年，盼望跟著他，就能找到少年的父親。既然少年成功逃走，或許他父親也能逃過一劫。但很快他就發現，少年也跟他一樣孤苦伶仃；還有，少年根本幫不上他的忙，因爲沒有任何人向少年伸出援手。

雖然如此，波士頓還是感到稍微放心。這名少年也得逃避兩名君主的追捕，但他熟悉格拉納達、熟悉這個時代。波士頓決定跟定他了。

直等到天色快黑了，波士頓才開口對他打招呼，低喚了一聲：「嗨！」

少年原本已經在城牆邊蹲下準備睡覺，現在他身子瑟縮了一下，眼睛盯著波士頓，背緊貼著石壁，接著東張西望，彷彿怕有人追捕。

「別怕！」波士頓壓低了聲音，在他身邊沿著牆面慢慢坐到地上。雖然已是夜晚，地面仍然保留著白天的餘溫。「你不認得我了嗎？我知道你是誰，所羅門！真高興能找到你！」他朝少年微笑，少年卻嚇得發抖。「我也知道，你們家出了什麼事。」

「安靜！」少年低聲警告。有那麼一瞬間，他似乎想一躍而起、拔腿逃命。「拜託，安靜！」

波士頓望著他，壓低了嗓門說：「我得離開格拉納達，越快越好！你不也是嗎？如果你不是跟我一樣，打算在天一亮就離開格拉納達，那你幹嘛睡在距離城門只有幾步遠的地方呢？」

聽他這麼一說，少年垂縮著頭，沒有答腔。

波士頓低聲說：「我叫波士頓！」接著他恍然大悟，是什麼讓這少年那麼怕他的。他將馬毯攏得更緊，遮住身上的絲質背心，說：「我保證，不論我的服裝看來怎樣，我跟他們都不是一夥的。」

他發現少年的目光閃爍了一下。

「我在躲避他們追捕！」波士頓低聲說：「就和你一樣！讓我們一起逃亡吧！兩個人一起就不會那麼孤單了，兩個人一起也比較強壯。」

少年依然沒吭聲。

「這裡我不熟，」波士頓低聲說：「你懂嗎，所羅門？我不是格拉納達本地人，求求你，幫幫我吧！」

少年的肩膀慢慢鬆懈下來，看來似乎在考慮。

接著，他用冷淡的語氣說：「我什麼也改變不了。」他狐疑的打量著波士頓的金髮、他那用銀線織成的阿爾梅里亞絲袍、絲褲還有腳下那雙有搭扣的鞋，說：「既然你人都在這裡了，你想告密就去告密吧。」

「我可以證明我並不想告密！」波士頓說：「你聽著，如果我想告密，何必等到明天一早？我何必等到你逃出城門？趁著現在城門關閉，城裡還有人活動，你逃不過他們追捕的時候告密，不是最聰明的辦法嗎？根本不和你交談，直接去告密，不是更聰明嗎？如果想把你交給兩名君主的士兵，我又何必多等呢？」

少年不置可否的聳聳肩，說：「也許你認爲，我可以帶你逃到某個地方？也許我知道哪裡有個埋藏珠寶、藏著猶太難民財物的地方？」

波士頓在地上找了個舒服的姿勢躺下，拉上馬毯蒙住腦袋，直到連頭髮都遮住了，這才說：「現在我想睡了，你有足夠的時間從我這裡逃開——如果你還認定我想告密的話。」

他發現，自己忽然好累好累。昨晚的睡眠，那頓在天旋地轉的床上頭昏腦脹的睡眠就跟沒睡一樣。

他從沒想過，在這種情況下：在一個不屬於他自己的時代、一塊他不熟悉的土地上，背後有士兵追捕，並且對明天的命運一無所知，自己居然還睡得著。沉重的眼皮合攏起來。

---

54 穆萊：對君王的尊稱。

第二十章

喚禮員開始呼喚時，他們離開了格拉納達，從眾多的宣禮塔上傳來的誦歌聲籠罩整座城，喚醒了所有不在沉睡狀態中的人，不論是天主教徒、猶太人或穆斯林。摩爾人攤開他們的禱告毯，朝東方地平線上曙光乍現的方向，遵循先知的指示朝向麥加跪拜敬禱。天主教徒則再次將被子往下巴上拉，身體轉向另一側，慶幸自己的宗教沒有要求他們在這麼早的時候禮拜。猶太人醒來後就再也睡不著了，從不安穩的睡夢中驚醒，呆望著上頭的天花板，對即將來臨的一日所要面對的充滿了恐懼。

夜裡，所羅門並沒有逃走，這一點，波士頓剛醒過來就發現了。所羅門躺在他旁邊，身上沒有被蓋，經過無眠的一夜後在清晨的寒氣裡打顫。

最後的喚禮聲也沉寂下來了，波士頓問：「他們不是在開城門了嗎？那麼，你會跟我走吧？」背包他放到一顆大石頭後方去了，背包再怎麼藏也藏不住，最後他們一定會找到，這是避免不了的，但他可以想辦法讓他們晚一點才發現。如果背著這個背包，他就休想逃出格拉納達，那可是魔鬼的邪器啊。

所羅門點了點頭，似乎不管會發生什麼事，他都準備接受命運擺布了。他失去了親人，他的家被人燒毀，未來不是逃往外地就是遭受焚刑，那他何不跟這名陌生少年同行呢？

城門守衛睡眼惺忪的打著呵欠，其中一名邊問：「兩個馬邋儒準備要回豬圈了嗎？」邊舉起軍刀想將波士頓緊緊裹在身上的馬毯挑開，問：「老兄，你沒聞到猶太豬的臭味嗎？把你們的珍寶拿出來讓大爺們瞧瞧！」

波士頓當然知道在城門口他們會被人搜身，少了嚴格的檢查，那諭令還有什麼意義？正是爲了這個緣故，他才把背包連同他的錢、手機和旅遊指南留在原地沒帶走。他屏住呼吸。

搜查所羅門的衣服花不了多少時間，他也沒帶任何包袱。

「很乖嘛，你這猶太小子！」說著，第一名守衛就推了一下所羅門，推得他踉踉蹌蹌的跌出城門。「好，讓你出去！現在你得賺你自己的麵包了，或者你會捨不得這雙又白又嫩的手呢？把我們的救世主釘上十字架，你這雙手可一點也不會捨不得呢！」

千萬別打架呀！波士頓驚恐萬分，但所羅門絲毫沒有準備反抗，只是低垂著頭站著。

「再來輪到你了，你這個小猶太豬！」也許這些笑話終於讓他們清醒了，守衛接著說：「你不想學豬叫給大爺聽嗎，馬邋儒？像你那些豬兄弟、豬姊妹那樣，學學豬叫給本大爺聽吧，你們這些殺害基督的凶手！」

他們會拿開他的毯子尋找藏在身上的硬幣、金幣、珠寶的，這是他們的任務，他們終究會發現他的絲質衣衫的。身穿皇家衣袍的金髮少年，他們馬上就會發現他是誰的。

「哼哼哼！」波士頓學起豬叫聲，他同時將空氣從口鼻吸入，一頓一頓的，舌頭抵住上顎，發出豬叫聲，「哼哼哼！哼哼哼！」

守衛笑得猛拍大腿，大喊：「真乖，真乖呀，猶太豬！終於又可以講你的豬言豬語了，你是不是很開心呀？」

另一名守衛也湊過來跟著笑。那士兵又高喊：「再叫吧，你這頭小豬！」說著，硬將波士頓的毯子從肩頭上扯下來。

波士頓嚇得發抖，「哼哼哼！哼哼哼！」已經無路可逃了。

「你瞧！」那守衛驚呼：「這猶太豬居然穿著最精緻的絲衫，而我的兄弟姊妹最漂亮的節慶服不過是劣質的麻布做的！難道這就是我們上帝的旨意嗎？」他正想將波士頓的背心一把扯下，卻被另一名守衛拉住了。

「我們接到的指令是，讓他們帶著身上所穿的離去，」守衛說：「你沒聽到嗎？雖然他們想出這種辦法規避諭令，但女王是仁慈的！他們穿上最昂貴的絲布，穿上五重袍子，希望抵達目的地時可以出售！銀絲刺繡！馬邋儒，當你到了西西里或是君士坦丁堡的時候，這可以讓你吃頓晚餐，其他就休想了！之後，他們又會再把你趕走！」

他舉起佩刀，用刀背往波士頓背上一敲，說：「再學一次豬叫給我們聽，好乖呀！接著就滾蛋吧！夥伴們，少了他們兩個，格拉納達的空氣不是清新多了嗎？」

所羅門在距離城門只有幾步遠的地方等他。波士頓出來後，他伸手攬住波士頓肩頭。

「絕對不能哭，波士頓！」他低聲說：「別讓他們稱心如意！他們想看的就是這種結果，他們想羞辱我們！波士頓，別哭！我們終於逃離他們了！」

波士頓用顫抖的手指將馬毯重新打了個結。

他們講的人並不是我，我不是馬邋儒，他們不知道，我跟他們一樣都是天主教徒。

這時，他再也壓抑不住，開始啜泣，但那些守衛早就忙著搜查下一批難民的衣物，根本沒有注意他了。

格拉納達，四月，現代

馬努埃爾四處打聽，並且盡可能低調進行，結果一無所獲。他甚至連那名少年的長相都記不清楚了，唯一記得的是他的金髮。

「如果他偷了你的東西，你爲什麼不報警？」四周其他店家都這麼問：「他偷走的東西很珍貴嗎？這是第一次有人偷你東西嗎？幹嘛這麼大驚小怪的，馬努埃爾？」

後來警方主動來到阿爾卡賽利市集區，詢問少年的下落。那裡的商販只是聳聳肩，有些則揚起眉毛瞅著馬努埃爾。

他早就不相信自己可以找到那個少年了。但他如果真像古老的傳說所講的消失了，至少也該有人發現這一幕的呀！好端端的一個人怎麼可能瞬間人間蒸發，卻沒任何人看到呢！

馬努埃爾，可是你自己也什麼都沒見到呀！

我轉身背對著他，我是個膽小鬼。我覺得看到這一幕我會受不了；而現在，我卻受不了什麼都不知道。

「馬努埃爾！」隔壁的商販叫喚他：「你不是看到了嗎？當時你還跑遍了整個阿爾卡賽利

市集區四處詢問，有沒有人見到小偷，結果你卻讓他們不時從你眼前摸走東西，你到底夢遊到哪裡去了，馬努埃爾？」

馬努埃爾走進他的店面深處，從架子上拿下一瓶酒喝了一口。再這麼繼續下去，往後每一天他都會醉醺醺的。但這至少說明了他舉止那麼古怪的理由，而至少隔壁的人也會停止追問，馬努埃爾對抓竊賊爲什麼這麼無所謂了。

只有一名商販例外。

「馬努埃爾！」他隔壁的商販高喊：「客人來了！」

馬努埃爾喝下最後一口酒，一股暖流從喉嚨往下流淌，他腦袋輕鬆不少，他腳步還沒不穩。

那些北邊來的人喜歡什麼就拿走什麼吧！馬努埃爾一心只想知道，那個少年人究竟在哪裡。

安達魯斯，一四九二年

兩人前進的速度非常緩慢，所羅門似乎累壞了，但他至少還能指示該走的方向。

「往南！」他腳步踉蹌了一下，說：「根據太陽的位置很容易知道。」

波士頓努力回想書上的地圖，問：「往海邊去嗎？」

所羅門搖搖頭。一戶又一戶人家從他們身邊經過。父親肩頭上扛著子女、母親懷裡抱著孩子、老奶奶吃力的拄著拐杖，而拐杖上的銀球把手已經被士兵沒收了。眾人都要前往海邊，前往馬拉加，離開這片土地。

所羅門喃喃說道：「我們只跟他們走一段路，接著我們就要往上進入山區！」走著走著，他的眼皮幾乎快合上了。

「進入山區？」波士頓大感意外，問：「我們要在山區做什麼？」

有一家人後頭拉著一輛小車，車上坐著一名老人和兩名小孩。

所羅門喃喃唸著：「我需要休息一下。」波士頓發現，他走著走著幾乎快睡著了。所羅門說：「那裡，到橄欖樹下，那裡太陽不那麼炙熱。等我醒來，我們可以……」

他癱軟在地。

樹叢投射顫動的陰影，形成類似織花頭紗的圖案。波士頓把毯子輕輕蓋在所羅門背上，自己倚靠著所羅門旁邊的樹幹。所羅門的呼吸均勻，這一刻他也許忘卻恐懼了吧。

波士頓心想，我並沒有忘卻我的恐懼。現在，他們應該已經在國內四處搜捕我，尋找那名騙了女王，又逃過她守衛追捕的少年了；不論我逃到哪裡，他們都在搜找那名身穿絲質袍服的金髮少年……

接著他忽然坐直了身子。啊，我笨死了！不久以後他們當然會在國境裡大肆搜索，但還不是現在！女王該如何傳遞這個消息呢？沒電話、沒手機、沒網路，連無線電或電報都沒有。這裡是十五世紀，想傳播消息，就得派信差。

「信差當然可以騎馬，」波士頓自言自語說：「唯有這樣，他們才能比我快。」

在格拉納達城裡，到了晚上，當然人人都知道女王正在命人搜捕一名少年。如果他還在城裡，他們可能已經發現他的蹤跡了，但這消息究竟深入國境多遠了呢？

波士頓心想，冒充難民我相當安全，也許冒充穿戴著昂貴衣物、希望抵達目的地後能出售的猶太難民，我還可以安然度過一陣子。

波士頓抬頭仰望橄欖樹梢。如今他相當確定，一切都是從那片瓷磚，那片在阿爾卡賽利市集區的瓷磚開始的。他才剛碰觸到了那片古怪的瓷磚，就莫名其妙的置身在這個時代；而來到這裡以後，他到處都看得到同樣的一行字，看得到數以千百計一模一樣的瓷磚，這些絕非巧合。市集上那片瓷磚和阿爾漢布拉宮的瓷磚一定有著某種關聯，只要他破解這種關聯……

睡夢中，所羅門挪動了一下身子發出呻吟聲，接著從睡夢中驚醒，喃喃說了句：「我做夢了！」接著又合上雙眼。

如果他能找到阿爾卡賽利市集區的那片瓷磚，如果他能像在原來的人生裡在市集上碰觸那片瓷磚那樣，再次觸摸到那片瓷磚，或許他就能重返現代了。

波士頓心想：這是我唯一的線索，我唯一想得到的解決辦法，所以我一定得找到那片瓷磚。

所羅門在睡夢中發出一聲喟嘆，接著忽然笑了起來。

「繼續做夢吧！」波士頓低聲說。他訝異的發現，看到所羅門這模樣，自己居然忍不住笑了。「如果你的夢能給你一點安慰！」

可是，要到哪裡找那片瓷磚呢？當他莫名其妙置身松林裡時，瓷磚已經不在他手上了。如今它究竟在哪裡？還在阿爾卡賽利市集區嗎？果真這樣，再怎麼找都沒希望了。阿爾卡賽利市集區是未來，而想回去那裡，他得先拿到那片瓷磚。

波士頓心想：不可能這樣吧！如果穿越時光的路把我帶到過去，就一定有辦法，讓它再將我帶回未來。或許我該留在格拉納達，格拉納達滿是這種瓷磚，滿是這行文字。但我又萬萬不能留在格拉納達，目前到底哪一個比較重要：逃離兩名君王的追捕？或是尋找瓷磚？萬一在尋找的時候被他們逮到，我就會在焚刑柱上被人燒死。

逃離格拉納達才比較重要，他已經沒有其他辦法了，至少目前沒有。

在睡夢中，所羅門身子又動了動，臉上的微笑消失了。波士頓輕輕拍了拍他的肩膀，低聲問：「你認爲，現在我們可以繼續上路了嗎？」街道上一戶又一戶人家從他們身邊經過。不過才現在，老年人就開始跟不上，必須靠人背或是坐在小車裡了。如果不想被人發覺，他就得跟著這些人趕路。

「我想，現在又行了。」所羅門揉了揉眼睛，伸了伸懶腰說：「我只是太久沒睡了。」真是神奇呀，只要一點點睡眠，就能讓他變成另一個人了。「我們登上山區，前往阿普哈拉斯山脈找那些起義人士。」

雖然旁邊沒人，不怕有人會聽到他們的對話，波士頓還是壓低了嗓門，問：「阿普哈拉斯？」籠罩在紅土地面上方的樹蔭有了變化，變得較小，緊緊聚攏在樹幹周圍。波士頓問：「你怎麼知道，準備起義的人士藏身在哪裡？」

所羅門聳了聳肩，說：「我並不知道，只是這麼想。再說，埃米爾就住在阿普哈拉斯，而他不正是他們的領袖嗎？」

波士頓緩緩點頭。他不確定自己比較喜歡哪一個：是像數以千計的猶太人那樣離開這片土地，或者加入史書上隻字未提，對抗兩名君王的行列。

「再說，天曉得我們是否能在船上找到位置，」所羅門說。他們又折回路上了，數不盡的難民腳下塵沙飛揚。「看看他們！港口上得有多少船隻才能載運所有這些人！還有，我們要用什麼付船費？」

波士頓環顧四周。

這些還只是今天上午要離城的人，而在一座又一座的港口裡，那些早幾天前就逃到這裡的人早就在等候了。一件絲質背心是不夠讓兩名乘客渡海的。

就算我上得了船，波士頓心想，就算我跟著他們前往君士坦丁堡、拿坡里或西西里，該怎麼樣我才能找到那片瓷磚呢？我不得不離開格拉納達，我別無選擇，但距離最好不要太遠。

他下定決心，說：「我們登上阿普哈拉斯！」

說著，他忍不住笑了起來。所有這些事可真古怪呀！對他的驚險經歷，圖侃和卡迪爾一定羨慕死了，而瑟吉打死也不會相信，遇上這些事的，居然是他這個愛黏媽媽的乖寶寶。

「我們登上阿普哈拉斯！」他壓根兒不需要擔心。他人都還沒出生，幹嘛怕什麼死不死的。

路旁站著一群孩童，他們打著赤腳，衣衫襤褸，臉孔髒兮兮的，正朝他們揮手。波士頓心想：小孩子不懂人間疾苦，不論哪裡，不論哪個時代都一樣。死，他一點也不怕——也許吧。但他怕死亡的過程，怕焚刑、怕酷刑。

第二十一章

女王在梅蘇亞爾廳55裡來回踱步，說：「我一整晚沒合眼！」

費迪南倚著一根柱子，說：「喝杯摩卡吧！在穆斯林的宮殿就過得像個穆斯林！一杯摩卡能提振你的精神！」

女王不悅的揮揮手。

「費迪南，你有沒有想過，這個少年會是誰呢？」她說：「從一開始就呆頭呆腦的，而我們找到他的時候，」她在他面前站定，說：「他身上穿的是摩爾人的袍子！」

費迪南答：「你也知道的，在格拉納達不到兩個人裡，就有一個人穿著這種服裝。喝杯摩卡吧，我的小鴿子，別那麼激動。」

「而且還是金髮！」女王又開始踱步，說：「跟哈布斯堡王子同樣的金髮，跟哈布斯堡王子同樣的年紀！費迪南，難道你以為，這一切全都是巧合嗎？」

費迪南聳聳肩，說：「巧合或者不是巧合，我哪知道？你就別這麼激動了，伊莎貝拉，這對你淨白如牛奶的皮膚不好。」

伊莎貝拉手上的扇子敲了他一記，問：「誰需要在阿爾漢布拉宮安置密探？誰希望我們這裡說的他都知道？而他來到這裡時，身上穿的還是摩爾人的衣衫！」

「如果他真是摩爾人的密探，」費迪南在一把有著筆直雕花椅背的木椅上坐下，說：「那麼從他那裡他們知道的並不多，你幹嘛這麼激動呢？」

「他們需要密探做什麼呢，費迪南？」女王問。她又開始來回踱步：向前二十步再退後二十步。「整個晚上我都苦苦思索！他們在計畫一場攻擊、一場暴動！費迪南，摩爾人想奪回他們的城市！」

費迪南嘆了口氣，說：「他們當然想。曾經擁有過格拉納達這座城市的人，誰不想呢？可是他們辦得到嗎？他們要怎麼進行？在哪裡聚集？從哪裡得到軍隊的經費？」

「猶太人！」伊莎貝拉低聲說：「難道你忘了，士兵們從利雅雷梭那座貨倉傳來的消息嗎？我告訴你，費迪南：一定有人替他們把所有財物運出境的；而這個人可以拿到多少錢呢？」她直直望著他，說：「摩爾人早就有了作戰需要的經費了，絕對沒錯！至於領袖，」她冷笑著說：「他們也有。」

「那個膽小鬼？」費迪南問。聽她這麼說，他還不相信。伊莎貝拉是個聰明人，有時他甚至認爲，她還有預言的本領；有好幾次都證實她之前所預見的是正確的。「波伯迪爾？好不容易可以過清靜的日子，他高興都還來不及呢！」

「你說他是膽小鬼，」伊莎貝拉說：「我卻要說，他是個聰明人。知道自己何時會戰敗的統帥，難道不算睿智嗎？再說，誰說他現在不是重整力量，準備東山再起呢？」

一名僕役來到，欠身說：「陛下，百夫長來了！」

伊莎貝拉點點頭，說：「宣他進來！」

說完，她再次對夫君說：「我們準備派兵前往阿普哈拉斯！答應埃米爾在那裡給他一處完全由他治理的侯爵領地，不論那塊地多小，我們太輕率了。在那山區，他可以聚集丁勇，而我們卻不知不覺；他可以在那裡儲存武器，要放多少就放多少，直到他準備好要開戰。」

「胡扯！」費迪南嘴上這麼說，語氣卻不再那麼堅定了。

「在他準備好之前，我們必須攔阻他！」伊莎貝拉說：「讓他的計畫胎死腹中！一旦我們等太久，就太晚了！」

費迪南用懷疑的表情望著她，說：「我們已經簽訂協議了！**Pacta sunt servanda**！（註：拉丁語，意思是：協議必須遵守）向來堅持一字一句都得遵守的人，不正是你嗎？」

伊莎貝拉身子一軟，喃喃說道：「我知道，我知道！我們不該答應給他侯爵領地的，他大可前往摩洛哥的非斯、前往位於大海彼岸的馬格里布（註：阿拉伯語，意思是「日落之地」，指非洲西北部的一個地區）！偏偏，我們卻在自己的土地上養虎爲患。」

她抬起頭來，百夫長正垂頭敬立在她面前，問：「您派人找我，陛下？」

「我有一件任務要派你前往阿普哈拉斯，」伊莎貝拉說。

在抵達廊哈龍之前他們便脫隊離開難民行列了，從此地開始，路徑沿著山坡蜿蜒，松樹間長出了春天的綠草。他們兩人很少交談，第二天終於到了奧爾西瓦，所羅門向一名農夫問路。從現在起，陡峭的蛇紋岩路徑就一路向上了。

發現所羅門開始斜眼偷覷他，但只要兩人的目光無意中交會，就窘得別過臉去，於是波士頓知道，過不了多久，所羅門就會談起一些問題了。

「你是從哪裡來的？你爲什麼要逃亡？你是誰，爲什麼穿著這麼名貴的衣衫？」

之前他們在平原上行走，後來開始往上進入山區時，波士頓就開始考慮，他可以向所羅門透露多少事。走路時身邊不時傳來潺潺的溪流聲，讓他可以好好思考。所羅門絕對不會向托奎馬達的手下舉發他，因爲他太痛恨宗教法庭了；他也不會認爲波士頓和魔鬼勾結；但另一方面波士頓越來越清楚，就算他說出實情，所羅門也不會相信他的話，沒有哪個人會相信的。

波士頓心想，在我們那裡如果有人告訴我這樣的事，我會有什麼反應？我不是會認爲，那個人瘋了嗎；要不，就是認爲他撒謊。

所羅門會認爲他撒謊，兩人彼此間就會存在著一絲不信任。所羅門會想，基於什麼理由，才讓波士頓對他隱瞞自己的真實出身？而從此以後，所羅門就不會信任他了。

要不，他就會認爲波士頓瘋了，腦筋有毛病，才會幻想出那番話來，而他的背包裡雖然有他僅有的證據，卻放在城牆邊了。不管誰發現了那個背包，都會大感驚奇，嚇一大跳。但那個人永遠不會知道，背包裡那些神祕的物品屬於一個女王派人搜遍整個國度要追拿的金髮少年。

背包如果還在他這裡，也許他就會給所羅門瞧瞧裡面的東西，就像第一天，他對這個國家、這個時代幾乎一無所知時，給塔立克看那樣。如果有證據，或許他就會把實情告訴所羅門。可惜證據不在，而他又需要朋友。

波士頓說：「我是北方人，來自法蘭克王國。」萬一所羅門問，他來格拉納達要做什麼？

他該怎麼回答呢？「半路上我遇到了塔立克，就是我跟著他去找你們的那個摩爾少年，可是在客棧那裡，有幾個男人見到我，誤以為我是另一個人。他們以為我是勃艮地的王子，因為我跟他一樣有著金髮，而他又早該抵達阿爾漢布拉宮。就這樣，他們把我帶到了城堡上……」

「你為什麼沒向他們解釋，說他們搞錯了？」所羅門問。對這番說詞他仍然覺得疑點重重。

「因為我怕！」波士頓：「換成是你，你不怕嗎？萬一前天夜裡在利雅雷梭你們家見過我的某個士兵認出我呢？再說一找到機會，我不也立刻逃脫了嗎？」

所羅門若有所思的點點頭，疲憊的說：「這可能是實話，也可能是謊言。在這個時代，不管是誰你都無法相信，沒有什麼是確定不疑的。但話說回來，你又何必騙我呢？」

「所羅門，你大可相信我！」波士頓說：「他們在追捕我！」

所羅門指了指在他們上方緊沿山坡興建的白色屋宇，那些白屋看來就像巨人朝岩壁扔出的骰子。所羅門說：「應該就是那裡了。」

從路徑左右兩側的矮樹叢裡跳出兩名穿著摩爾衣衫的男子，他們舉起刀來擋住去路，問也沒問他們前來的目的，就一把揪住他們。

「哦，太好了，」所羅門朝波士頓笑笑，說：「這下他們會把我們帶去他那裡了。」

一名農夫在尋找陰涼的地方。晨禱還沒開始，村子裡第一隻鳥開始啼唱時，他就開始上路了；當黎明的陽光慢吞吞從地平線上爬出來時，他已經將布巾鋪在地上開始晨禱，之後又繼續上路準備進城。格拉納達路途遙遠，他的背簍不重。他沒有多少可以賣的，而他也知道，自己可以前往格拉納達的時日已經不多了。對一個像他這樣的摩爾人，這座城市已經快要變得太危險了。

越接近城牆，街道上的人群就越密集。在他們村子裡他聽說猶太人不得不離去，但他沒想到究竟有多少人。阿爾漢布拉宮在平原之上泛著紅光，從前每次進城時，他都會暫時停下腳步，欣賞片刻由人類的手創造出來的美景。而現在，貝拉塔上飄著十字圖案的旗幟，他忍不住移開視線。

有戶人家迎面而來，男人搖著一名不願繼續前進、賴倒在地面塵土上的小男孩。男孩又吼又叫，雙腳亂踢亂蹬；母親懷裡抱著一個小女孩，女孩頭倚靠在母親肩頭上，雙眼緊閉。

農夫心想，當然他們也可以變成吃豬肉的，這樣就可以留在格拉納達了，可是真主阿拉啊，誰想當吃豬肉的呢！

他給小男孩一大把晒乾的無花果，男孩停止哭鬧，訝異的望著他。那位父親朝他微笑，農夫也友善的點點頭。

他又完成一件戒律了：善待窮人並給予他們布施。雖然他從沒前往麥加朝覲[56]過，因為他生活窮困，一天也不能離開田地，但他卻是先知們忠誠的追隨者。而先知曾經指示過，遵行真主阿拉旨意的其他方式。

直到喚禮員開始呼喚午禱時，他才抵達城門。就算在睡夢中他也知道前往菜市場的路該怎麼走，不過在去之前，他需要稍事休息。

他在城牆邊找到了一處陰涼的地方，之前有幾次他也在這裡歇腳，但時間都不長，不過幾分鐘，之後他就起身上路了。晚上他可不能空手回家，他娶了第二個妻子，而她也懷孕了，他得養活好幾口人。

直到他終於勉強自己再度上路時，他才發現了那個奇特的東西。當時他正彎下腰，準備背起背簍。那個東西在一塊大石頭後方閃閃發亮。

那個袋子並不特別大，而打從第一眼，農夫就知道，這個袋子已經被人背很久了，布料磨損，皮帶褪色，而且某幾處都變硬、變形了。農夫心想，這玩意兒看起來像個用布做成的背簍，一個小小的布背簍，之前他從沒見過這樣的袋子。

袋子的蓋子可以用個木頭鈕扣關上，扣孔外圈還加了皮革補強。他感到袋子裡沉甸甸的有東西。

農夫將鈕扣從扣孔裡解開，掀開蓋子把手伸進袋子裡。當他把手抽出來時，他的心跳都快停止了。

55 梅蘇亞爾廳：位於阿爾漢布拉宮納斯里德宮的一座大廳，主要供司法裁判與公眾事務用。

56 朝覲：指伊斯蘭教徒前往麥加朝聖，只要情況（如經濟或個人情況）許可，每位虔誠的穆斯林一生中至少都該朝聖一次。朝覲為伊斯蘭教五功之一，其餘四功為：證言、拜功、齋戒與天課。

第二十二章

「而我卻不願相信！」塔立克呼喊著：「哦，我真蠢呀，我真蠢呀！」

他在山區已經過了兩天了，還一直試圖說服埃米爾，但阿布·阿博達拉一點也不爲所動。

「我征戰的次數比你的歲數還多，」他疲憊的說：「那麼我們兩人之中，誰才知道貿然反抗，我們會有怎樣的下場？」

「我真蠢呀，哦，我真蠢！」塔立克又呼喊了一遍。「整個格拉納達的人都盛傳——那些吃豬肉的是高談闊論，穆斯林則用手掩著嘴說：格拉納達的末代埃米爾是個膽小鬼！他犧牲了自己的城市、自己的王國，只求安靜度日！我不願意相信，我被他們嘲笑。他們說，**證明給我們看他願意奮戰，我們隨時待命！**我和那些跟我一樣信任你的友人，好不容易才在馬拉加找到願意不顧諭令的船長；現在，您可以擁有比我們戰鬥所需還更多的錢財，但您卻不願反抗！埃米爾是個膽小鬼！」他用拳頭敲著矮牆，接著他大吃一驚，問：「也許您寧可用這筆錢在這裡爲自己蓋一座新宮殿？也許就是因爲這樣您才……」

「你在說什麼，小夥子！」埃米爾說：「多年來他們一直挾持我兒子當人質，雖然這樣，我仍然沒有放棄戰鬥！但一直以來我都很清楚：一旦阿爾梅里亞陷落，格拉納達就會陷落！難道你想將明智說成膽小嗎？」

「穆萊！」塔立克高呼：「求求您！」

「我們來下棋吧，」埃米爾說：「我會命僕役將棋巾送來。木工幫我刻了新的棋子。」

「如果我贏過你呢？」塔立克說：「穆萊，讓這盤棋決定吧！如果您贏了，我就不再逼您；要是我贏了，您就得挺身反抗女王。」

「白子是你的，」埃米爾說：「你先下。」

他先東張西望、左顧右盼，看看是否有人注意到他。接著農夫就仔細察看撿到的東西。第一樣是一本書，光這本書就夠嚇人了。書的最外頭不是皮革，不是羊皮紙也不是布料。書裡圖片色彩鮮豔，阿爾漢布拉宮散發著陌生的光彩，下頭的文字五彩繽紛、擁擠，令人感到不可思議。這種文字他沒見過，小而精密，不是阿拉伯文，阿拉伯文他經常看到。再來又是彩色圖片，但農夫一點也看不懂。他心臟狂跳，趕緊把書放回袋子裡。

第二樣是個小包包，皮革做的，一點也不可怕，但卻打不開，四周緊閉，沒有扣子，也沒有用布帶子綁住，只是一個三面都有細金屬帶，緊閉的包包，金屬帶邊緣懸吊著一個小小的、三角形的金屬。透過皮質表面，農夫可以感覺到裡面有扁平、硬硬的物體，相互摩擦起來就像硬幣那樣。

他越來越激動，他在這裡發現的東西，是他從沒聽說過的，是不可思議又陌生的。接著他把袋子裡的第三件物品也拿出來。

那是個黑色、扁平的蛋形物，由閃亮的古怪材質製成，比他的手掌略小些，側邊上有個凹槽，從寬的一邊延伸到較窄的一邊，接著又從另一側繞回去。他用大拇指的指甲摳那個凹槽，蛋就掀開了，一邊如玻璃般反射，另一邊有凸出的小點，上頭有著數字和圖案。

農夫將蛋合上，毫無疑問：他發現的東西不屬於塵世，就連那些吃豬肉的也沒有這樣的器械，猶太人也沒有。他發現的東西，來自另一個世界。

農夫跪了下來躬起背，直到額頭碰到塵沙滿布的地面。他想祈求阿拉、祈求先知，可是他該祈求什麼呢？祈求這不是他的末日，祈求他們保護他嗎？真主至大！他想到現在該做什麼才對了。

要不是那名士兵恰好在這一刻來到，農夫就會將背包放回石頭後方藏起來，並且試著忘掉背包和背包裡的物品。也許隔天他會用手掩著嘴，低聲將這件事告訴他兩名妻子。

但現在他別無選擇，在士兵開口問話以前，他那拿著背包的手就朝士兵伸了出去。農夫高聲說：「瞧，我找到什麼了！真主至大！您看，我找到什麼奇特的東西了！」

從遠處看像個由眾多小屋組成的可憐村落，從近處看卻散發著一股奇特的魅力。這裡沒有宮殿，在一處朝河谷敞開的廣場附近，是埃米爾的建築物，這裡視野非常美麗。

到處都有工匠忙著將這個地方變身成貴族的駐地：壁面鋪上一層阿蘇雷侯（西班牙語為「azulejo」，指以彩色陶瓷片貼成的馬賽克），畫工們站在木梯上以阿拉伯文書法裝飾著牆面。入口前方，埃米爾坐在一塊毯子上，毯子的圖案糾結纏繞，正如阿爾漢布拉宮上的阿拉伯風紋飾。埃米爾注視著棋巾。

塔立克低聲說：「看來對您不利呢，穆萊！」他一隻手在棋子上方拂過，說：「將！（註：下棋時下一步便可將對方國王將死時，必須先喊這麼一聲）我看不出您該如何脫身。」

埃米爾回說：「小夥子，下棋不語真君子。」他神情嚴肅，彷彿不只為了輸棋而憂心。

「塔立克！」波士頓高聲呼喚。守衛原本將他兩手反剪在背後，此刻稍微鬆了鬆，但馬上又抓得緊緊的。「真高興你在這裡！」

究竟為什麼呢？波士頓自己也不了解。他並不是我的老朋友，我和他認識、在一起還不到一天，感覺上卻很熟稔。

他不是我的朋友，卻對我伸出援手。我對他說的事、給他看的東西，一定都把他嚇壞了，但他並沒有向任何人告密，還給了我一套摩爾人的服裝，免得我暴露身分。

塔立克抬起頭，不悅的問：「誰這麼大膽，竟敢打擾埃米爾下棋？」接著他嚇了一跳，目光從波士頓移到所羅門。這一刻，也許他已經發現大事不妙，解放格拉納達的機會已經毀滅了。

埃米爾一隻手擱在棋巾邊，望著塔立克，問：「這兩人你認識？」

塔立克點點頭，埃米爾示意士兵鬆手。波士頓揉了揉自己的手腕，心想：他們可以如此押解手無寸鐵的人，對他們反正不會造成絲毫危險。如果來的不是我們，而是女王的士兵，他們會怎麼處理？

那兩名士兵仍然手握軍刀站在他們背後。

塔立克答說：「穆萊，這是所羅門，我們談過他父親的事。」波士頓看得出他還搞不清楚狀況。

埃米爾點點頭，說：「所羅門，歡迎。」

所羅門怯怯的跨近一步。他不敢坐下。

「而這一個，」塔立克停了一下。波士頓知道他正試圖釐清眼前的情況，「是——我一個朋友。我想，他算是我的朋友。至於現在他爲什麼穿著這身絲質服裝出現……」他狐疑的打量著波士頓。

「我知道你一定相當驚訝，」波士頓說：「這一切都是一場錯認造成的！我被人帶上了阿爾漢布拉宮；塔立克，就在你剛離開以後，因爲他們把我當成他們在等候的一名王子。」

埃米爾說：「勃艮地的菲利浦。」他目光落在棋巾上，他的黑子王孤伶伶的，被白子的馬和象同時進逼，而馬和象後頭更有白子后虎視眈眈。「可是你不是王子？兩名君主希望透過子女的婚姻鞏固他們的國土，並透過婚姻拓展疆土。也好，這總比戰爭來得好，或許除了，」他笑了笑，說：「締結婚姻的兩人以外。」

接著他又回復嚴肅的神情，問：「你確實不是王子嗎？據說哈布斯堡王子有著金髮——跟你一樣，是年約十四歲的少年——但你並不是？」

波士頓搖搖頭，說：「純粹是他們認錯人了，所以我才逃跑，我怕留在阿爾漢布拉宮！」他腦筋轉動，考慮自己有什麼證據，可以證明自己不是勃艮地王子，不是兩名君王的同黨。

「塔立克，你應該還記得，我在格拉納達給你看過的東西！」

塔立克臉色一片死灰。

波士頓說：「你催我，要將背包連同裡面的東西都埋起來，而我也照做了；你該不會認爲，這個勃艮地的菲利浦……」

塔立克沒吭聲。

埃米爾面露不解的神色，看看波士頓，又看看塔立克。

最後，塔立克終於點點頭，說：「不會，他怎麼可能會有那些……」他遲疑了一下。波士頓知道，他不想提背包的事。「這是不可能的。」他朝埃米爾點點頭，說：「我們應該可以相信他說的話，是認錯人了！」

一名侍女默默端來了一個銀盤，放在地上。小小的玻璃杯裡茶又燙又甜。

埃米爾定定的望著波士頓。也許他的結論是，眼前這名少年無論裝束如何，從舉止來看確實一點也不像個王子。他擱下手中的杯子，轉向所羅門，問：「你呢？你爲什麼來到這裡？是你父親要你捎信息給我嗎？你是帶黃金來給我的嗎？」

最後這三天所羅門神情呆滯，幾乎沒有開口說話，只是不斷趕路，彷彿已忘卻家中的變故。而現在，這些事又浮現出來了。

他開始泣訴：「他們放火燒了我們的房子！」他低聲說：「所有的東西都燒光了！他們還將我父親帶走……」

「燒光？」塔立克問：「什麼燒光了？貨倉怎樣了？」

所羅門抽抽噎噎的，激動到手都發抖，茶也潑灑出來了。

波士頓小心翼翼的拿起玻璃杯，說：「他們把他的家園燒毀了！」不知道哪來的勇氣，他繼續說：「他不知道，那些人會對他父親做什麼，而你卻先問貨倉怎樣了！」

塔立克似乎沒聽見，繼續追問：「所有的東西都燒光了嗎？或者至少還救出了一部分，可以交給船長？快說呀，所羅門！」

所羅門搖搖頭，激動得無法開口。

「塔立克！」埃米爾說：「這位少年說的沒錯，你的朋友現在擔心的是別的事。」

「可是我們不是！」塔立克提高聲調，跳了起來。黑子王歪倒下來，在棋巾上滾動。「如果猶太人沒辦法在我們的協助下將他們的財物帶出這片土地，我們就得不到黃金當報酬了！而沒有黃金，我們就……」

「那我們就無法反抗了，」埃米爾再次望著棋局。他輸了王，不管怎麼走都救不了他了。「你不斷提到的那成千上萬名男子，如果沒有武器，他們該如何籌劃呢？沒有黃金就沒有武器，沒有武器就休想作戰。你幾乎快成功說服我，那是我的責任了。」他笑了笑，將棋巾拎高，棋子滾得東倒西歪。「但阿拉使我免於一場可怕的愚行。」

「穆萊！」塔立克高喊：「讓我返回城裡！讓我親眼瞧瞧，他說的是不是實情！讓我找桑坦傑爾商量，看他有沒有別的辦法！」

「國王的財政大臣？」埃米爾語帶嘲諷的說：「他幹嘛協助我們籌劃反他主子的抗爭呢？」

塔立克來回踱著步，說：「他根本不知道起義的事，他關心的是他自己的猶太兄弟！他自己也是個恐畏而縮。穆萊！他只想幫他們忙！他會跟我商量出一個在猶太人的財物搬上船以前，可以存放財物的地方！我們的計畫還是可以執行的！」

埃米爾擊掌，一名僕役現身。

「帶這兩名少年到哈漫去，給他們潔淨的衣服，之後讓他們好好歇息，別叫醒他們作禱告。」他朝所羅門點點頭，說：「到了吃晚餐時，你一定會覺得舒服多了。睡眠最能撫慰人心了。」

第二十三章

三名士兵押著他，彷彿把他當成了罪犯。

他們呼喊著：「帶去見大審判官，這得讓大審判官看看！」他們讓他背那個袋子，農夫知道，他們不想碰魔鬼的妖物。

農夫高聲辯解：「我什麼壞事都沒做！這個袋子是我撿到的，不是我的！要不是我，你們永遠不會發現這個袋子的！」

三名士兵不理會，只是推著他向前走。

大審判官的府邸位在阿爾漢布拉宮下方一處寬闊的廣場附近，據說眾人敬畏的大審判官生活簡樸，在小小的居室裡過著遠離俗世的隱士生活。

農夫心想：他臉部線條嚴峻，目光不帶絲毫笑意，雙唇不見任何歡容，數以千計的歡愉泉源在這個人體內早就枯竭了。

托奎馬達的反應與士兵們不同，他一點也不懼怕。他在胸前比劃了個十字，接著親手從袋子裡取出那三件物品擱放在沉重的橄欖木桌上，久久凝視，接著先打開那本書翻閱。他望著書裡的圖片，以食指摩挲書上的文字，還將發亮、富有韌性的書封折彎。

接著他雙手拿起那個打不開的小皮包，翻來覆去，拿到耳邊，接著搖搖頭。

他觀察最久的是那顆蛋，他將它掀開又合上，手指頭滑掠過那些凸起的點。玻璃面冷不防的亮了起來，接著響起一陣輕柔的音樂旋律，那些凸起的點後方似乎也開始閃爍。

「阿拉呀！」農夫發出一聲驚呼。

大審判官手一鬆，手上的蛋立刻掉落，接著他倒退一步。那片玻璃還亮了一會兒，接著亮光隱退，但暗灰色的表面後方文字依然隱約可見。

「這你是在哪裡發現的？」托奎馬達問，聲音乾啞。

農夫欠身鞠躬，說：

「大人開恩，在一顆大石頭後面，就在城牆的內側。發現了以後我立刻交給大人您的士兵，這一定是魔鬼的妖物，大人開恩哪，我實在不想跟這種東西有任何瓜葛。」

大審判官若有所思的望著他，說：「摩爾人，你說的可能沒錯。」他小心翼翼的再次將蛋拿在手上。房間裡，時間似乎定住了，士兵們大氣也不敢喘一聲。從此以後，他們將會到處宣揚，說大審判官什麼都不怕，說他有多勇敢，連魔鬼的邪器也不畏懼。「這個袋子我好像見過，可是不是在你那裡。」

大審判官彷彿在檢視什麼，手指頭再次掠過那些凸起的點；一名士兵湊上前，身體盡可能向前傾，想瞧個仔細。

玻璃又亮了一下，文字清晰可見，同時響起洪亮的聲音。接著那顆蛋又靜了下來，畫面也回復黑暗。

大審判官若有所思的摸著那個袋子，喃喃說著：「這個東西我見過，至於是在哪裡見到的，我一定會想起來的。」

接著他示意士兵：「讓這個摩爾人走，他受到的驚嚇已經夠多了，這個魔鬼的邪器只是他撿到的，我認爲，魔鬼帶領一名不信者，而不是良善的天主教徒發現他的謎團，這絕非巧合。這個摩爾人可以離開了。」

農夫雙膝跪地，說：「多謝您啊，多謝大人開恩！願阿拉保佑您！」

大審判官說：「摩爾人，這一點我可不需要你替我說好話。快走吧，免得我改變主意了。」

農夫拔腿就跑。大審判官因爲拚命回想事情，臉孔都扭曲了。

托奎馬達到底會想起什麼，農夫可一點都不在乎，現在前往菜市場還不晚。他重獲自由了，他知道，絕對不能向任何人提起撿到的東西。他一心只想把無花果賣掉，並且在今天晚上回到家裡。將來也許他可以到另一個市集賣貨。

阿普哈拉斯的這頓晚餐幾乎是在寂靜中進行的。所羅門仍然極力克制不讓眼淚流出來；而塔立克似乎絞盡腦汁，還想著該如何勸說埃米爾。他的心情，波士頓相當理解。

這頓飯的口味真新奇：小羊肉用紅胡椒和蒜頭調味，吃起來辣辣的，搭配米飯和酥餅麵團做成的餃子——多汁的餃子餡辣得喉嚨都快冒火了；只有生菜沙拉讓他想起家常吃的料理。埃米爾說：「吃吧！」接著他拿起一節甘蔗，在玫瑰水裡浸泡了一下，說：「經過這番長途跋涉，你們一定餓壞了。」

女僕將餐具收走時，所羅門的盤子幾乎碰都沒碰。接著廚子送上水果盤。波士頓根本沒想到，自己居然吃得下這麼多東西。

「我已經請人爲你們準備好房間了，」說著，埃米爾從地上的坐墊起身，說：「席子已經鋪好了。」

波士頓輕輕在自己的席子上躺下時，心想：幾乎就跟青年旅舍一樣，只是那裡我們有四個人，而這裡只有三個；還有當時的事似乎已是千年前的往事了，同時卻又還沒發生。

「你睡不著嗎？」所羅門低聲問。他是第一個蓋上毯子的。「你應該跟我一樣累了，說不定還更累，畢竟幾個星期前，你就開始穿越法蘭克王國和我們的王國了！」

波士頓望著窗外的天空，月亮高掛在夜空上，房間浸潤在一片寒光中。月色明亮，幾乎可以看書了。

所羅門在鋪位上翻來覆去。塔立克靜靜躺著。

所羅門低聲問：「你還沒告訴我，你爲什麼長途跋涉，從北方來到這裡？如果你不是他們錯認的那個王子，那你究竟是誰？我們一起穿越山區，我也知道你的名字，可是，波士頓，除此之外我對你一無所知。」

「沒必要壓低了嗓門說話，」塔立克在他的鋪位上這麼說。他手肘撐著身體，說：「我不睡了，左思右想，想來想去，想的都是我們怎樣才能把那些吃豬肉的趕出阿爾漢布拉宮。我一想再想，直到一大堆的念頭都把我搞糊塗了。」

所羅門又呼喚了一聲：「波士頓？」這次音量較大了。「如果你跟我們一樣還睡不著，那你願不願意說給我聽呢？這樣也許能幫我轉移注意力，不再老想那些盤旋不散的可怕經歷。」

「以撒的兒子，你最好別問他了！」塔立克說：「他會胡扯一個你絕不會相信，聽過以後又忘不掉的故事！你會不斷考慮，他說的也許是真的，結果並不會讓你更好受。」

波士頓默默不語。他想，我對這個時代了解的太少了，根本沒辦法說謊。我該怎麼捏造可信的說法，向所羅門說明我從北方到這裡的理由，還有這一路上的經歷呢？他肯定會馬上發現，我說的全是瞎掰。至於塔立克，他反正知道是怎麼回事。

「波士頓，說說你的事情給我聽吧！」所羅門又央求了一次。「再怎麼樣，你的經歷也不會比兩名君王統治後，我們在格拉納達經歷的更悲慘。既然這樣，我怎會不信你的話呢？」

波士頓喃喃說道：「我身邊已經沒有證據了，我聽從了塔立克的建議，把證據藏起來了。」

「證據？」所羅門問：「什麼證據？」

波士頓望了望塔立克。塔立克已經躺下，面對著牆，彷彿睡著了。但波士頓很清楚，他們說的話，他都一字不漏的聽著。

「我是穿越時光來的，」他囁嚅的說。

她思潮起伏，這已經不是第一次她在和那個熱那亞佬談過話後這樣了。少年逃走，以及少年假扮王子究竟是誰授命的憂慮等，讓她稍微轉移了注意力；但現在，一想到契丹和日本國眾多尚未皈依正信的靈魂，她連夜裡都會從睡夢中驚醒。

什麼證據都沒有。伊莎貝拉心想，而這是最不幸的一點。只要沒有人試過向西航行，我們就永遠無法得知，這個狂妄的可隆和我的委員會究竟哪一方才對。禮拜六的討論，委員會主席塔拉維拉不在場實在大錯特錯，畢竟委員會最後判定可隆的計畫是無稽之談，拒絕了他的要求。但話說回來，這個可隆就這麼依他向來一貫的作風，不請自來，現身在她面前，她哪有辦法這麼快就宣召大主教呢？當然，當時桑坦傑爾替代了塔拉維拉的角色，針對這項議題提出了科學的解釋，但她依然覺得這些都還不足以供她作出最後的定奪。

因此，她又在使節廳召集眾人，準備作出最後決定。她盯著壁面瓷磚上的缺口，「Wa-la ghaliba illa'llah」，看來真醜，醜死了，得找工匠補上一片新瓷磚才行。「唯真主為勝利者」，儘管這是阿拉伯文，她並不反對她的宮殿四處有這句話點綴。

伊莎貝拉說：「大主教閣下！謝謝您這麼快就應我的邀請前來。」這是自從她與大主教在星期五晚上的談話後，她首次再見到他。身為女王，她必須能忘卻和自己不同的論調；反之，大主教也必須能忘卻和他不同的觀點。

塔拉維拉微微欠身。

「陛下，不論何時只要您召喚，」他的回答有點過於正式。「我都樂意前來，況且我希望……」

伊莎貝拉打斷他的話，說：「如您所見，這場會議我也邀請了我夫君的財政大臣桑坦傑爾先生，而我夫君隨後也將到來。」她朝門口望了一眼，補了一句：「但願如此。」

塔拉維拉意識到，這次要討論的事與他所盼望的無關，對三月時所下的諭令，女王的看法並未改變。

「胡安娜！」他和藹的說：「公主，真高興再見到你！聽說你的未婚夫無法前來，希望你不會太難過。」說著，他向她使了個眼色。

胡安娜噘著嘴，說：「我想，談這種事不太得體吧。」

大主教微微一笑，說：「確實如此。胡安娜，抱歉。」接著他問：「那麼，陛下，您召喚我來究竟爲了什麼事？」

「還是爲了那個熱那亞佬的事，」說著，伊莎貝拉惱怒的朝門口張望。費迪南放蕩的行爲越來越令人惱怒了。如果他連妻子希望和他共商大事時，都無法從他那堆情婦中脫身，那她就得好好和他說個明白了。

「大主教閣下，我想了解，您由學者大儒組成的委員會何以拒絕了可隆的計畫。請您最後一次向我說明——雖然桑坦傑爾先生，」她朝桑坦傑爾點點頭，說：「在我們和可隆的會談中已經清楚說明您的理由了。只是，大主教閣下，我仍然有疑慮：如果還有一絲絲拯救這些靈魂的機會，我們該如此輕率就將大海另一端的靈魂交付給煉獄嗎？」

塔拉維拉嘆了口氣，他真希望討論的是另一件事。

這個穿著破舊外套的熱那亞矮小男子是個狂人，這一點，委員會裡不只他這麼想。他認爲自己蒙上帝授命，這一點，倒也不無可能，但他豈不該稍微謙卑些嗎？耶穌基督貴爲上帝之子，但他在人世時表現也不會如此傲慢。

「陛下，他提出的計畫是不可行的，」說著，塔拉維拉再次微微欠身行禮：「請以您的心靈之眼觀看地球吧！從西班牙到印度，向西行的航道……」

一名僕役幾乎悄然無聲的將一扇門打開，女王盯著門口。雖然費迪南總是遲到，而眾人也都清楚他遲到的原因，他依然面無愧色。這對她實在是一大羞辱，確實該跟他好好談談了。

但踩著沉重步伐進來的，並不是費迪南。

「大審判官！」伊莎貝拉驚呼：「閣下！」托奎馬達和前往印度的西行航線有什麼關聯？她並沒有召喚他呀。但接著她就見到他左手緊緊抱住的東西了。「您逮捕到那名少年啦？」

大審判官露出訝異的表情，問：「少年？」

僕役將一把沙發推過去給他，托奎馬達重重坐到椅墊上，說：「少年？啊，當然是他啦！」他將袋子高舉到眼前，說：「打從那名農夫把這個交給我，我就一直在想，我到底在哪裡見過這個東西？」

「怎樣？」女王問：「現在他人在哪裡？」

大審判官搖搖頭，他是坐轎子上阿爾漢布拉宮的，但最後這段步行的路途就夠吃力了。他呼吸沉重又不規則，他想，如果主要我在這樣的高齡依舊擔任這個職位，就該賜我需要的體力，但有時我自己都不相信。

「我帶來的不是那名少年，」他說：「我不知道他逃往何處，陛下，但我得向您提出警告，找到他並揭穿他的詭計，是萬分緊急的事。」他停頓了一下，目光掃過大廳裡所有的人，似乎有意提升緊張的氣氛。接著說：「他果真——與魔鬼結盟！」

塔拉維拉不以為然的說：「托奎馬達，您想必也知道，對於與魔鬼結盟這樣的事，我的看法和您的並不全然相同。」他跨近一步，說：「這下我更想看看，您要如何證明您的說法。」

大審判官面露微笑，小心翼翼的打開如今擱在他膝蓋上，已經走樣塌癟的袋子。掀開蓋子時他雙手顫抖。一件手掌大小的皮革製品掉落到地上，胡安娜屈膝撿了起來。

「不是這個！」大審判官不耐的擺擺手。接著他說：「瞧，我給各位看的這個！」

他高舉一本書。

塔拉維拉伸手接過，說：「我承認，這東西看來確實古怪。」接著他翻了幾下，說：「而文字……」

「這是一種我們沒有人認識的語言！」托奎馬達高聲說：「各位看看，仔細研究研究！哪位修士能寫出如此精緻又整齊劃一的文字？而這種文字即使我手下學識最淵博的人也無法解讀。就連這種新的印刷術，在我所知道的印刷術裡，幾乎沒有一種能達到這種地步的！還有，瞧瞧這些異教的圖片！」

胡安娜彎身，目光越過塔拉維拉肩頭。這些圖片五彩繽紛、色澤鮮豔，畫的是她不懂的物體，裡頭還有古怪的房屋和奇裝異服的人物；其間不時出現一個她認得的字：格拉納達。

托奎馬達抬高音量，說：「即使能製作最精緻的印刷書的修士，又有誰做得出這些圖片？哪位刻工能將它們刻到印刷板上呢？還有，陛下，」托奎馬達一把將塔拉維拉手上的書搶過來，說：「這本詭異的書裡還不時提到您，不斷提到您哪！」

這下子，就連伊莎貝拉也湊過去了。大審判官手指顫抖的指著一個字，高聲唸著：「伊莎貝拉！」他繼續翻找。「伊莎貝拉！還有這裡：伊莎貝拉！伊莎貝拉！而這裡：費迪南！就算我們看不懂其他內容，您還有什麼好懷疑的？」

伊莎貝拉望著那本書，喃喃自語：「我們的名字！」她伸出一根手指在文字上滑掠而過，接著嚇得急忙縮手，彷彿擔心這麼做會和魔鬼太過接近。

「甚至您的肖像！」大審判官說：「這不正是邁克爾．西托夫以您為模特兒的聖母像嗎？即使用最纖細的畫筆，又有哪個人類的手能在這本書裡畫出如此細緻、微小的圖像呢？」伊莎貝拉往沙發上重重坐了下去，她身體顫抖，喃喃說道：「大審判官，您嚇壞我了！」托奎馬達一個不留神，書就掉落在地上了，塔拉維拉好奇的撿起來。桑坦傑爾的目光也越過他的肩頭張望。

「但這個！」大審判官厲聲說：「還不算什麼！大家看，除了這個，那名少年還帶著什麼！」

說著，他以年邁而顫巍巍的手指將那顆蛋從袋子裡取出來，用左手穩住右手，免得右手抖動得太厲害。他手背上的皮膚像羊皮紙般透明，上頭布滿了細如髮絲的紋路和褐色斑點。「大家注意了！」

他讓蛋開啓，現出古怪的內部。才剛開啓，裡頭的玻璃就亮了起來，接著響起一小段旋律，高亢又陌生。

「怎樣？」大審判官激動的問：「怎樣？」

詭異的光閃現時，塔拉維拉和胡安娜、桑坦傑爾全都嚇得往後退。聽到托奎馬達這麼問，塔拉維拉才又小心翼翼的靠近托奎馬達的座椅；這時，光也熄了。

「又是這種異教的文字！」大審判官高聲說：「這如果不是撒旦的信息，又會是什麼呢？」說著，他在胸前比劃了個十字。

「是呀，是什麼？」桑坦傑爾也走近大審判官的座椅，站在塔拉維拉一旁。

「閣下，善良的天主教徒恐怕無法回答您這個問題！」說著，大審判官露出嫌惡的眼神望了望財政大臣。他的手指頭在那顆蛋的內部游移，直到光又短暫亮了起來，同時響起音樂的旋律。「善良的天主教徒怎認得魔鬼的邪器？但這個——蛋，絕非人間的物品；這一點難道您還懷疑嗎？」

塔拉維拉緩緩搖頭，遲疑的問：「或許是來自遙遠的契丹？他們擁有一些我們完全不知道的東西！偉大的馬可波羅旅行回來後就曾提到過。還有，各位不妨想想羅盤吧！誰說在遙遠的契丹不會有其他器械……」

托奎馬達嗤之以鼻，問：「那裡的人怎麼會知道我們女王的御名？怎麼會知道我們城市的名稱？還有這裡，」他朝塔拉維拉揮手，直到塔拉維拉把書交還給他。他翻了翻書，說：「甚至這裡，」他手指抖動得比之前更加厲害，花了好一番工夫才找到要找的地方。「這裡，您自己看：他們又是從哪裡知道這個的？」他意味深長的停了一下，說：「知道埃米爾的姓名？」

「埃米爾的姓名？」伊莎貝拉問。

大審判官迅速翻了翻，高呼：「阿布．阿博達拉！還有這裡：阿普哈拉斯！受人尊崇的大主教閣下，您認為這本書來自遙遠的契丹嗎？這本書以及這個器械——都是魔鬼的！」

塔拉維拉沉吟不語。

伊莎貝拉看了看那本書，接著又看了看那個令人不寒而慄的器械。此刻玻璃面已經轉暗了。「絕對不是別的……」她喃喃唸著：「一定是……」

「魔鬼與摩爾人結盟了！」托奎馬達高聲說：「除此之外，這些文字哪還有別的意思呢？撒旦在這本書裡寫下了關於您、關於您的城市以及關於遷居到山區的埃米爾的事！我們無法破解，撒旦以他惡魔的語言寫下了什麼，但除了交付波伯迪爾戰鬥的指示以外，還會有什麼呢？」

「大審判官！」塔拉維拉說：「可佩可佩！」

「魔鬼最重視的莫過於，莫過於阻止我們的聖教會拯救更多靈魂了！」托奎馬達高呼。他漲紅了臉，紅得幾乎泛著青紫色，他確實已經非常非常老了。「莫過於此，莫過於此呀！而除了摩爾人以外，他還有更好的工具嗎？好讓他們將陛下您這信仰的守護者趕出這些土地，好讓他們……」

「大審判官！」塔拉維拉說：「摩爾人哪有辦法成功呢？摩爾人早就積弱不振了！」

「如果撒旦親自接管他們的事就不同了！」托奎馬達激昂呼喊。由於太過激動，他雙手胡亂揮擺，上氣不接下氣。「如果撒旦親自……」

就在這一刻，有個東西喀喀喀掉落地面，在瓷磚地板上滾動。

「胡安娜！」女王呼喚了一聲。

在這之前胡安娜只是在一旁傾聽，像個乖孩子，保持沉默。她心想，終於有不一樣的事了！哦，在我的生命裡終於發生一些令人興奮的事了！而所有這些都和我的未婚夫有關！我的未婚夫——雖然他並不是我真正的未婚夫。

她並沒有仔細瞧那個古怪的皮質小包包，就隨手把玩。又是一個小包包，這個不也跟她胸前一直感受得到的那個小玩意兒同樣都是小包包嗎？這個小包包比她胸前的大多了，而它的皮質外層感覺也沒那麼陌生，但卻充滿了神祕感。在裡頭喀喀、沙沙響的是什麼？側邊上鋸齒狀、奇特的金屬條又是什麼？而懸吊在它末端的怪東西又是什麼？

她將這個物品湊近眼前。大審判官和大主教正在唇槍舌戰，而最後贏的總是大審判官。她小心翼翼的搖了搖那個懸吊物並且拉扯：往上、往下。接著那個金屬條忽然分開來，小皮包也打開了。

「童貞聖母，基督之母！」胡安娜驚呼。

幾個硬幣在地板上滾動。

「上帝垂憐我們！」女王驚呼一聲，在胸前劃了個十字。

這些硬幣就跟書中的語言、文字以及那顆令人生畏的蛋；跟那條環繞著小皮包，古怪、可分開的金屬條，跟那些銅製、黃銅製、銀製，甚至某些雙色（有著銀邊的黃銅幣、中間點綴著黃銅的銀幣等等）的硬幣同樣陌生。「童貞聖母，請爲我們祈求！」

大審判官滿意的點點頭，問：「您還想要什麼證據？」說這話時，他眼睛只盯著塔拉維拉一人。「現在撒旦甚至把黃金送給摩爾人作戰用了！」

「哼，真要這樣的話，他還得再多送一點！」塔拉維拉語帶諷刺的說：「我倒覺得這些硬幣比較像是……」

大審判官打斷他的話，說：「陛下，這回您相信了吧？那名少年正是──撒旦的密使。」

胡安娜心想：多有趣呀！哦，這一切可真是有趣呀！

伊莎貝拉說：「我已經派兵前往阿普哈拉斯監督埃米爾，防止他召集人馬了。」

大審判官點點頭，臉色逐漸恢復正常。接著他說：「但最重要的是那名少年。請派出騎馬的信差，我們一定得找到那個少年，一定要把那個少年燒死，殺死撒旦的走狗！」

一名僕役輕輕把門打開。

「費迪南！」女王說。

國王面帶微笑，看看這個人，又看看那個人，問：「這麼嚴肅？我該沒錯過什麼吧？在我看來，那個熱那亞佬的事反正早就清楚了。」

伊莎貝拉整個人都愣住了，心想，沒有哪個人看不出來的，這裡每個人都很清楚，剛剛他是從哪裡過來的。這件事必須解決。

「請派騎馬的信差，」大審判官裝作沒發現費迪南的模樣，說：「我們非得找到那個少年，殺死撒旦的走狗不可！」

胡安娜心想：多有趣呀！哦，這一切實在有趣極了。

第二十四章

聽完波士頓述說自己的經歷，所羅門直起上半身坐在席子上，眼中的疲憊已經消失殆盡了。「你說，你是穿越時光來的？」所羅門激動的說：「真是鬼扯！」

「我不是告訴過你，你不會相信我的話，」波士頓淡淡的說：「這下，你自己也不反對了吧。」

所羅門皺起眉頭，說：「波士頓，你說的沒錯，我很難相信你的話。」他手肘撐著身體，說：「除非你有你提到過的證據。對了，那種證據長什麼樣子？」

「跟一顆蛋一樣大小，」塔立克說。波士頓差點以為他已經睡著了。波士頓述說自己經歷時，塔立克一直面朝牆壁，一動也不動。「還有，那顆蛋會發出古怪的旋律、會發亮，會顯示裡面的圖片，連阿爾漢布拉宮都在裡面。」說完，他頭轉向所羅門，說：「那就是他的證據。所羅門，我不知道你能不能相信他的話，但你大可相信我，他擁有的器械是這個世界上的人從沒見過的。那些器械，就像是──魔鬼的。」

屋裡某處廚房裡有物品掉落地上碎裂的聲音，接著響起一名女孩的驚呼。所羅門看了看塔立克，又看了看波士頓。「這些東西他為什麼得扔掉？這些如果是魔鬼的東西，就會具有強大的威力，它們可以保護他避免任何危險！為什麼他得捨棄這些東西？」

「因為是我建議的，」塔立克說：「宗教法庭——你知道的。萬一他們在他身上發現了那顆蛋和其他東西，就會毫不遲疑的把他送上焚刑柱。」

所羅門若有所思的吐了一口大氣，說：「我不相信有魔鬼存在，可是像你這種相信有魔鬼的人，豈不是會認為，魔鬼的力量要比宗教法庭更強大嗎？靠著這些魔鬼的邪器，魔鬼的僕人波士頓輕易就可以保護自己嗎，幹嘛扔掉呢？」

塔立克擺擺手說：「我哪知道個屁！我哪知道他什麼可以信，什麼不可以信？你問我，我哪知道我可以相信他什麼？也許他說的真是實情，有可能。可是你認為他的實情會比說給他這些東西的是魔鬼更加可信嗎？」

所羅門默默不語，接著他露出懷疑的神色望著波士頓，問：「而你說，這都是一片瓷磚引起的？你認為，是一片瓷磚讓你穿越時光來到這裡的？」

「這是唯一的解釋！」波士頓說：「是我唯一想得到的。所羅門，我想了好久，想得頭都快破了！正巧在我碰觸瓷磚的一瞬間，我忽然就在這裡，在你們這裡、在阿爾漢布拉丘、在你們的時代。後來在城堡上我到處都見到同樣的圖案，我就……」

所羅門點點頭，說：「確實有可能，」他喃喃說道：「如果真有其事，如果你講的關於時光之旅的話是實情。」

「你一定要相信我！」波士頓說：「求求你，所羅門！除了你們兩人，這裡再沒有人……」他抽泣著說：「現在連女王都要捉拿我了，因為她發現我是個騙子，我不是勃艮地的王子。而我卻以為……」

廚房裡傳來了一陣聲響，是刀叉之類的餐具彼此碰撞的喀喀聲，接著傳來了一名婦女的笑聲。

所羅門仔細傾聽，接著說：「還有別的辦法可以證明！塔立克，如果他說的是實情，他就知道將來發生的事，那他就可以告訴我們：我們的格拉納達下場會怎樣；你們摩爾人最後是不是戰勝了兩名君主！還有，我的族人是否能得救。所有這些他應該都知道的。」

塔立克哈哈大笑，說：「這辦法可真棒哪！他大可說得天花亂墜，既然這些事都還沒發生，你要怎麼檢驗他說的是不是實話？」

波士頓心想，上歷史課時我應該專心一點的，我自己發言的次數本來就少得丟臉；因爲這樣，我更不該在完成課堂作業以後，就忘了學過的東西。要能這樣的話，對他們我就有話可說，而他們說不定就會相信我了。我真的很需要他們，我需要朋友，我不想在這裡孤單一人！可是我唯一能告訴他們的，就是我從希爾貝特老師的旅遊指南裡看到的，而這些並不多。

「埃米爾會怎樣？」所羅門彷彿沒聽見塔立克的話，好奇詢問：「他有勇氣反抗嗎？他會打敗兩名君主嗎？」

波士頓搖搖頭，遲疑的說：「我並不知道什麼反抗活動，」他努力回想，卻什麼也想不出來。「格拉納達一直掌握在兩名君主手中，而塔立克，他們在趕走猶太人幾年以後，果真開始趕走摩爾人，根本不顧他們在協議裡對波伯迪爾的承諾。他們會摧毀你們的圖書館、拆毀清真寺和澡堂，焚毀所有阿拉伯文的書。格拉納達會變成一座天主教的城市，任何人都不得再說阿拉伯語。而後來在我那個時代，」他懇切的望著所羅門，說：「在新的千禧年，幾乎再也沒有人記得曾經歸屬蘇丹的格拉納達了。」

「你聽聽，」塔立克高聲說：「鬼話連篇！誰會想燒毀我們的書呢？這些書裡不是包羅了全世界的知識嗎？所有的大夫，不管他是摩爾人、猶太人或天主教徒，又有誰不是從我們的書上汲取知識呢？數學家、天文學家，又有誰例外呢？」

「那我們呢？」所羅門追問，彷彿塔立克中間根本沒有插嘴。他滿心期盼的望著波士頓，問：「那我們呢？」

波士頓搖搖頭，他開不了口將真相告訴所羅門：有多少恐畏而縮死在宗教法庭的焚刑柱上，還有後來逃亡路上他們的遭遇，以及後來幾個世紀裡，世界各地因爲被驅離出境、被謀害而死的猶太人。

「兩名君主並沒有被驅離，」他說：「宗教審判一直持續，甚至好幾百年後都依然存在。」

所羅門點點頭。也許他不想再多知道了。他的悲慘遭遇已經夠多了，他只想知道在他承受範圍裡的事。

何必呢？波士頓心想，我又何必告訴他，好幾好幾世紀後，在我們那裡發生的事呢？那些我們在學校裡一提再提，再沒有人想聽的事呢？何必讓所羅門知道，兩名君主、宗教法庭都不是最後一個，也不是最可怕的，最可怕的要可怕多了。

「你真相信他的話？」塔立克問：「你相信他說的？」

所羅門聳聳肩。

波士頓說：「還有，」他很高興自己終於又想起一些他說了不會嚇到所羅門的事了，「就在這一年，會有人發現美洲！所以在我的時代，每個人都知道一四九二這一年。十月時，哥倫布率領的三艘船抵達了古巴東岸。」

「美洲！」塔立克高聲說：「美洲！這件事在客棧時你就跟我說過了！奉先知之名，我倒要問你，美洲到底是什麼？」

「如果夏天時哥倫布出海準備前往印度，」波士頓說：「那麼他到達的卻會是……」

「你說的是可隆？」所羅門問：「那個幾乎踏遍地球上所有國家，希望能找到一名相信他前往印度的西方航道這種鬼話的國王的可隆？」

「我親眼見到他了！」話才說完，波士頓忽然醒悟這件事有多可怕。「就在他覲見女王時，而她拒絕了他的請求。」

「在她之前葡萄牙國王也拒絕了，」所羅門說：「到目前為止，每個君主都拒絕了。他的夢想全是一派胡言，他的計畫連個小娃兒都能反駁。」

「桑坦傑爾也這麼做了，」話才說完，波士頓自己就大吃一驚。之前他怎麼沒發現，這意味著什麼？

不會有人發現美洲。

「桑坦傑爾？」所羅門問。

「桑坦傑爾！」塔立克說：「晨禱一結束我就要上路找桑坦傑爾商量對策！既然埃米爾仍然沒膽量，既然吃豬肉的兩名君主連以撒的貨倉都燒了！一定還有辦法的，我們摩爾人從不任人宰割！」

「但我們來自未來的朋友並不知道什麼摩爾人反抗勝利的事蹟。」說著，所羅門朝波士頓微微一笑。

不會有人發現美洲！

「我們來自未來的朋友也許根本不是來自未來！」塔立克厲聲反駁：「也許他是個騙子！再說，」他跳了起來。村裡不知何處有人唱起歌來，是個男人的聲音，接著第二個聲音也加入。「今日永遠是今日，而現在永遠是現在！難道你們想說，我們未來的命運早就註定了，因爲，這些就像他說的，實際上都已經發生過了？難道你們想說，我一生中所作的任何決定，根本不是什麼決定，因爲這是早就註定的？這麼說來，實際上我們過的根本不是我們自己的生活？我們做的事全都無所謂，因爲這些反正都是在他那個遙遠的未來他的書裡早就告訴他的？阿拉呀，所有的先知呀，誰會相信這種話？誰想相信這種話？」

所羅門很慢很慢的搖搖頭，說：「我不曉得。」

「可是美洲，」波士頓低聲唸著，慢慢的，連他自己也不清楚他該相信什麼了。「連美洲也不會有人發現了！女王把哥倫布打發走了，因爲他需索無度，她不會爲他準備任何船隻的。」接著，他望著塔立克，說：「塔立克，事情如果真是這樣：如果美洲不像我們那裡每個學生都知道的那樣，被人發現；如果歷史真的能改變，那麼雖然我們的時代對你們的起義一無所知，起義爲什麼就不能成功呢？」

塔立克若有所思的望著波士頓，喃喃自語：「那我們的起義爲什麼就不能成功呢，阿拉。」

波士頓懇求：「塔立克，你得相信我的話。」但他自己還相信嗎？「求你相信我！我該怎麼離開這裡呢？憑我一個人是辦不到的！我對你們的時代一點也不了解。還有，難道你不了解嗎：如果我能找到那片瓷磚，如果我能像在阿爾卡賽利市集區那樣觸摸到它——我相信，它就會像把我帶到這裡一樣，帶我回去。」

可是，美洲不會被人發現了。

所羅門若有所思的望著他。塔立克撇撇嘴。

「如果我的想法是對的，」波士頓掄起拳頭這麼說。他們得相信他，他們得相信他！而他也得相信自己。「那麼只要我找到那片瓷磚可能就行了！你們還不懂嗎？」

「那你幹嘛不握牢一點？」塔立克鄙夷的說：「當時啊，就是你在那個本來是你的當代的那個未來碰觸到它的時候！那麼現在你仍然擁有它，從一開始就有了，那麼你馬上就可以回去了。」

「但它已經不在了，」波士頓囁嚅的說：「就這麼憑空不見了。」

所羅門問：「波士頓，那你想去哪裡找呢？」他語氣非常懇切，就像對一個你不想嚇到他的小朋友說話。「別忘了，格拉納達好大！假設塔立克和我，我們都相信你並且幫你尋找，我們該從哪裡著手？你要去哪裡找它？」

波士頓無奈的聳聳肩。所羅門說的當然沒錯，他總不能摸遍阿爾漢布拉宮的每片瓷磚！再說，他的瓷磚也只是單獨一片、鬆脫的，並不是裝飾著阿爾漢布拉宮壁面的那些。

「可是，如果你們幫我找，」他怯怯的說：「也許我們就可以一起……」

格拉納達好大。

塔立克放聲大笑，問：「我們得做的、得想的難道還不夠多嗎？『可能來自未來的波士頓』？我們的生活豈不是已經一塌糊塗了嗎？現在還要加上你的瓷磚？」他鼻息沉重的說：「我要回格拉納達，我要找桑坦傑爾協商，我們需要新的計畫，我們需要新的倉庫，我們必須避開女王的耳目。你的瓷磚干我什麼屁事？我幹嘛理會你那些關於未來的鬼話？不管你想怎麼誤導我們，我們一定能打敗兩名君主。」

波士頓沉吟不語。我不可以哭。

所羅門把手擱在他的肩頭上，低聲說：「波士頓，你得體諒我們，你告訴我們的事我們實在無法相信。換成是你，你會相信你自己說的那些事嗎？再說，在聽過你講的——如果你的話是真的——我們未來的命運以後，也許我們內心裡根本就不願意相信。」

波士頓一躍而起，說：「可是我也說了，這一切說不定可以完全扭轉！」他請求：「求求你，所羅門！求求你，塔立克！如果沒有人發現美洲——而看來確實會這樣，因爲女王駁回哥倫布的計畫了！如果未來可能不是註定不變的，如果一切都可以變得截然不同，那你們就能……」

他嚇了一大跳。爲什麼，哦，這一點他爲什麼沒有早點想到，沒有在可隆登上阿爾漢布拉宮時就想到呢？

美洲。

波士頓心想，如果歷史的發展能和書中記載的不同就好了。沒錯，我終於了解了，這樣對摩爾人就好多了，對猶太人當然也是，就連對天主教徒都是，因爲就連他們都深受宗教法庭的折磨。可是對我……他一躍而起。

「我得好好想想，」波士頓喃喃說道，接著他一把抓起頭巾走向門口。他感到一陣暈眩，瓷磚的事似乎一下子變得無所謂了。

「波士頓？」所羅門呼喚他：「波士頓，你要去哪裡？」

這件事絕不能發生。

第二十五章

山區夜色如夢似幻。在淡淡的月光下，山腳下蜿蜒向上的山路依稀可見；波士頓腳步落地時，踩到的砂粒和尖銳的石子發出嚓嚓聲，在一片靜寂中聲音大得突兀。這裡有人力鋪成的平坦岩板，行走起來比較不那麼吃力；偶爾也會出現一片台地，讓他可以歇歇腳。這條路徑上方，非常遙遠的高處穿過內華達山脈隘口，所羅門告訴過他，沿著那條路，他們也能走到阿普哈拉斯，只是直到入春，隘口都覆蓋著積雪，而之後很長一段時間，融雪匯成的冰水會沿著侵蝕得很深的槽溝流淌，阻絕道路。

山峰對面躺著格拉納達。他們兩人沿著赫尼爾河一路走來，居然走得這麼遠，實在令人難以置信。波士頓在一塊朝外凸出的岩石上坐了下來，俯視著下方的村落。月光下，村子裡的白色屋宇在山脈藍灰色澤的背景前相當醒目。村落下方，河谷梯田上生長著巴旦杏和橄欖樹；河谷末端連接另一處更開闊的河谷，最後則是廊哈龍以及回返格拉納達的道路。

村人還沒有入睡，在夜晚的靜謐中各種聲息：琉特琴的樂音、笑語聲、歌唱聲以及一匹驢子在睡夢中發出的呻吟聲等都傳得很遠。

我去了一四九二年。

如果我只是來這裡旅行的，該有多棒呢？這裡的風景真是美呀！但就算我回得了格拉納達，我也離不開這片土地，因爲這是另一個時代。再說，問題或許早就不在那片瓷磚或是用什麼方法我可以回去，而是到底是否有路可回，未來究竟有沒有我這個人了。

怎麼這個時候他才醒悟呢？

波士頓倚靠著背後粗糙的岩石。他得好好想想。

女王將哥倫布打發掉了，不會有人發現美洲了。

而如果沒有人發現美洲……

下頭村子裡開始有人合唱，並且隨著節奏拍著手掌，也許是在跳舞吧。摩爾人有什麼理由好跳舞的？

如果沒有人發現美洲，從這一刻起，歷史的發展就會和教科書裡說的不同，截然不同。他深深吸了一口氣。

當然，有朝一日一定會有某個人抵達美洲海岸；實在難以想像美洲就這麼沒人發現，總會有某個人在某個時候向西航行，而且這個時間不會等太久的。該發現的，就會有人發現，只不過爲時較晚而已。

果真如此，到時第一個抵達美洲的，會是西班牙人嗎？波士頓心想，會是那些掠奪美洲的金銀，靠軍隊致富的西班牙人嗎？有沒有可能是葡萄牙人或英國人這些和兩名君主的國民相同的水手呢？到時歷史會有什麼不同？何時、何地會發生什麼事呢？

歷史整體會有不同的演變；而如果歷史開頭就不同，那後來又怎會變得像書上所說的那樣呢？如果科爾特斯沒有將阿茲特克人徹底滅絕，清教徒沒有搭乘「五月花號」在美洲東北岸上岸會怎樣?那片他父親家園的土地是否還會存在?而後來那些戰爭、那些艱苦求得的和平又將如何?還有,眾多的發現與發明、裝配線和網際網路等等又會怎樣?而他自己呢,又會怎樣?

也許根本不會有你這個人,波士頓。沒有人發現美洲,就永遠不會有你,因爲一六二〇年,「五月花號」如果不曾在目的不明確的情況下駛離英國海岸的話,就連你爸爸,那個對自己家族譜系可以追溯到「五月花號」引以爲傲的美國人也不會存在了。

村裡安靜下來了,月亮隱身在一朵雲後方,非常非常緩慢的移動。此刻,波士頓才感覺到涼意。

而波士頓,就算有你——雖然機會很渺茫——你無意中發現那片瓷磚的阿爾卡賽利市集區也會存在嗎?在沒有從西方掠奪難以估量的珍寶的西班牙,格拉納達又會如何發展?摩爾人會回來嗎?有著今日各條街道、廣場,有著圖侃、卡迪爾和瑟吉現在入睡,一點也不想念他的青年旅舍的格拉納達還會存在嗎?那個他所從來,回得去的同一個地方究竟會存在嗎?

波士頓喟嘆了一聲。他怎會這麼粗心呢!

儘管幾天前他就知道,不會有人發現美洲了,這些因果爲什麼他直到此刻才恍然大悟呢?發生太多太多別的事了,那些更重要的,更令人驚恐的事。再說,他也身不由己呀!

波士頓閉上眼睛。即使他真能找到那片瓷磚也沒用,因爲未來並沒有他這個人,因爲他的未來不會存在。他只能永遠待在格拉納達,永遠待在這個時代。不再上學,不再上那所他上課時感到無聊,下課踢足球時沒有人要他,用媽媽給他買營養的一品鍋吃的餐費在福利社買巧克力棒的學校;再也不必下午送報存零用錢;再也不會在看電視足球賽時因爲媽媽緊張得直咬指甲而發笑；再也回不了家了。

他開始啜泣。這種事絕不能發生，現在他要睡場覺，頭靠著岩石；當他醒來時，希望會發現一切只是夢一場。

接著他聽到了呼喝聲。村裡的人還想繼續慶祝嗎？這麼晚的時候？馬兒驚恐嘶鳴，有人高聲下令，接著傳來了木頭碎裂聲。

就算現在他睡著了，醒來時這也不會只是一場夢。他得弄清楚這是怎麼回事。

百夫長盡量要他的手下了解，絕對不能釀成戰爭。經過一番趕路，途中他只讓他們稍事休息，幾乎沒睡，因爲女王擔心會有反抗行動。現在，他們都累壞了。

百夫長宣布：「目前摩爾人還沒有反抗我們的跡象，把你們的刀劍插在腰帶裡。我們光榮的任務在於以和平的方式避免事情走到這種地步！」

但他的手下都是些頭腦簡單的漢子，加上大家都累壞了。如果現在不能有點樂子，他們幹嘛大老遠的趕路？第一道大門破了。

「住手！」百夫長大吼：「全都退下，我們不是來和他們作對的！」

士兵們望著他，有點不知所措。廣場周圍的門戶，一扇扇小心的開啓了一條縫。「我們不是來作對的，我們是陛下，卡斯提爾女王派來的！」百夫長高喊：「我希望能和埃米爾談談！」

「在夜裡這麼晚的時候，百夫長？」在他背後傳來了這句話，語氣非常平和。埃米爾交出格拉納達時，就讓百夫長大感訝異了。戰敗者何以會散發比勝利者更多的尊嚴呢？

他極力克制自己不要想到國王費迪南。

「埃米爾！」百夫長欠身致意，說：「請原諒我手下魯莽的行爲，他們累了，也有許多不了解的事。壞掉的門我們會賠償，陛下重視的是友好的關係。」

埃米爾微微一笑，語帶嘲諷的說：「這我大可相信。」說著，他望了望那名依舊站在破掉的門邊，驚慌的瞧瞧埃米爾，又瞧瞧百夫長的士兵。「累了？我看是喝多了酒，醉了吧。」

「埃米爾，我的手下是禁止喝酒的，」百夫長冷冷的答道：「唯有在他們家鄉村裡……」

周圍的門戶一扇扇怯怯的開啓了，但人們依然留在屋內。

埃米爾點點頭，再次露出微笑，說：「睿智的阿拉只賦予地上人類短暫的生命，我們的時間又何必浪費在無用的唇槍舌戰上，」他問：「您爲何前來？女王派您前來，是爲了何種任務呢？」

百夫長心想，這一刻，他這名統治者統領的土地，雖然比這片豐饒的河谷平原上某些農莊還小、還更崎嶇，但他依然保有元首風範；而我，只要身爲百夫長一天，就會待他如元首。

「陛下擔心，」百夫長答：「一名密探似乎混進了阿爾漢布拉宮最核心之處，女王擔心，密探可能……」他遲疑了一下，改口說：「埃米爾，我必須請您諒解，我們一定得找到他。在格拉納達，人們對反抗活動的擔心日益高漲，因此兩位陛下派我前來，讓我們暫時在您領地路徑上……」他停頓了一下，心裡思忖著，該如何開口說出不得不說的話，又不會給埃米爾帶來更深的屈辱呢？在進入山區的路上，他們並未發現聚集的男丁；而這座小得可憐的村子，只要望一眼就可以確定，這裡也沒有藏著軍隊。女王的懷疑太可笑了，她之所以將這塊位於山區，輕易就可控制少數幾個出入口的彈丸之地封給埃米爾，並非沒有理由。

埃米爾默然不語。百夫長心想，他並沒有對我假以辭色，但他也沒有理由善待我。我們在入夜時分前來，打破了這彈丸之地的一扇大門。最遲在這個時刻，所謂他與女王、國王都是享有同等權利的元首，而阿普哈拉斯享有真正侯國地位的神話終於破滅了。這次我率兵前來，重新加諸於他的屈辱，實在太殘忍了。

「埃米爾，是這樣的：您統治著這處阿普哈拉斯的領地，」說著，百夫長努力裝作沒發現對方臉上嘲諷的微笑，繼續說：「而您可輕易聚集武裝丁勇。」

埃米爾欠了欠身，說：「煩請告知貴陛下，兩位陛下至今還視我爲危險人物，實在太看得起我了。雖然他們應該已經費盡苦心，永遠杜絕這種可能了。百夫長，您身經百戰，想必已經見過通往這裡的路徑，如果我有軍隊，該把他們藏在哪裡呢？」百夫長正想開口，他立刻揚手阻止，說：「至於山區的隘口？百夫長，您大可親自看看。請派您的手下前往，而且馬上就去，以免明天萬一他們什麼都找不到，還會懷疑我們利用夜晚這區區數小時將某些物品或人員藏起來。請仔細搜查每棟屋子、每個倉庫、每個空間，但百夫長，請務必尊重這裡的人。還有，」聽到這裡，百夫長感到自己體內湧起了一股羞愧之意。埃米爾接著說：「可能的話，也請善待這裡的門。」

埃米爾轉身望著廣場，那裡越來越多的門戶陸續開啓。接著他高聲宣布：「阿爾樸德撒拉斯的摩爾人聽著，因為我的緣故讓你們受到了這種冤枉，這一點我要請大家原諒。現在請各位打開家門，讓女王的士兵在各位的箱籠裡和每一片簾幕後方搜查；他們經過了一番長途跋涉，也請給他們飲水喝，並且待他們如同友人，這樣，他們也會，」這時，他目光從女王的士兵身上掃視而過，這一刻這些士兵看起來疲倦得不得了，彷彿當場就可以倒下睡覺了。「待你們如同友人。」

從一間間的屋子裡傳來了竊竊私語聲。

「至於您，百夫長，」埃米爾說：「請進來我屋裡喝杯茶吧。或者，如果您認為您的手下需要充裕的時間搜索，而您又願意的話，我們也可以下盤棋。」

「感謝您的盛情招待，」百夫長有點手足無措，說：「埃米爾，不論下一盤或好幾盤棋，我們都有足夠的時間，因為女王下令，從現在起，我的手下負責在您的領地上守衛並監督這裡的出入口，讓阿普哈拉斯不再成為我們天主教國度的危險源頭。」

埃米爾轉頭望著他處。百夫長心想，女王該派其他人來的。但那樣也許不妥，誰曉得換成是另一個人，他會怎麼做呢？

「那麼現在我們彼此都知道，這兩王對峙的棋戲，我們的時間相當充裕了，」埃米爾目光依然望著河谷。百夫長心想，打從一開始他就清楚，這領地不過是個笑話，但他也合演這齣戲，並且在這一刻證實了原有的想法。

「我派人把棋巾送過來。」

從南方海上湧過來越來越多的雲，將月亮遮蔽，讓觀察下方村裡的動靜更加艱難。但黑暗同時也讓他可以躲藏。這裡有足夠的岩石和被風颳彎的樹木。

木片的碎裂聲過後，接著是一陣靜寂。波士頓聽到了一些話語聲，其中之一是埃米爾的。村裡一陣慌亂，人們匆忙來去，但沒有打鬥聲，也沒有毀壞物品或哭喊的聲音。

士兵？波士頓大惑不解。兩名君王的士兵？他們前來這裡的目的不正是爲了作戰嗎？就算埃米爾命他的子民不戰而自願交出這座村子，下頭的聲息也會不同的。並非每個摩爾人都願意投降，也不是每個人都願意乖乖把武器交給女王的士兵。

他小心翼翼的溜下山，在他不知道下頭出了什麼事之前，他連逗留在路上都不行。只要稍一不慎，村裡的士兵就會發現他的。他盡量沿著路邊，以岩石掩護並努力不讓腳下的碎石發出聲響。

波士頓心想，我得弄清楚出了什麼事了；在還沒弄清楚以前，我絕不能回到所羅門和塔立克身邊。

現在，下頭各處都點起了油燈。月亮此刻幾乎完全躲在雲後，而月光照射不到的每一個角落，都被燈火照亮了。

他們在找東西。波士頓心想，他們在村裡找的是什麼東西還是什麼人？他們該不會在找我吧？我值得女王派兵前來阿普哈拉斯嗎？我在阿爾漢布拉宮所聽到的，有什麼好洩漏的呢？

波士頓將頭上的頭巾綁緊，他的金髮會是最大的危險。如果他們在找的真是他，他們該如何從這身摩爾服飾裡認出他呢？他不過是個和這山區裡其他少年沒什麼不同的少年。

啊，波士頓，他們根本不是來找你的，你少無聊了，別自以為很重要！他們的目標是埃米爾！不論來的人是誰，絕對都是衝著埃米爾的；畢竟，這裡是他的新領地啊！

他就快抵達第一群屋子了，下方的人群仍然帶著油燈和火把匆忙奔走，他望著一團團跳動的光暈移動，這些光暈照亮了房舍，跳動的光照亮的一小片地方讓牆、窗在短暫的幾秒隱約可見，接著又沒入了黑暗中。人影也隱約可辨，倏忽即逝又模糊不清。現在他行進的路線前方出現了最後一塊外凸的岩石，之後路面就變得較爲寬闊，並且往下直通村莊了。

他該停在這裡等候的，他該留神傾聽有沒有人朝他過來的。雖然他並不大意，終究還是不夠謹慎。

他剛察覺到一股撞擊的力道，立刻便聽見了呼喊，接著肩頭就被兩隻手揪住了。

就算下頭的目標不是他，就算他們要找的不是他：這下子他們還是發現他了。

第二十六章

一切都來得太快了，波士頓還來不及思考，就聽到了呼喊聲：痛楚的呼喊、驚嚇的呼喊，同時感到腦裡轟然一響，自己的額頭和另一個人的猛然撞上；察覺到對方手指攫住他的手臂，指甲也深深嵌進了他皮肉裡，還聽見對方因爲匆匆往上爬而氣喘吁吁的呼吸。

他無法思考，只能乖乖服從。來者只有一人，沒有眾多的呼叫聲，在他背後也沒有爬上山來的雜沓腳步聲。除了他沉重的呼吸聲以外，只有一片寂靜。

思想又回來了。剎那間，似乎有一部分的他站在自己身畔，非常平靜，以澄澈的目光彷彿從外觀望著猶如慢動作的上演剛才經歷的事。光一個對手就夠嚴重了，但他還可以勉強應付。在真實生活中他向來不是個強者，總是遭人訕笑。他不曾和人打過架，柔道課後來也不上了。而這一瞬間，這些全都不重要了，畢竟在他的真實生活中他從不曾遇到生死交關的時刻。

不知哪裡來的力氣，波士頓奮力想掙脫；他一聲不吭，在黑暗中朝那名看不到的對手的脛骨用力踹下去，同時狠咬，直到對方差點失去平衡。這時他聽見了上氣不接下氣的喘氣聲，令波士頓驚訝的是，那居然是驚慌的喘氣聲。

他踹到了，一次，兩次，同時不斷掙扎，直到他發覺右手臂瞬間重獲自由了。他揮舞拳頭，毫不猶豫的朝對方臉上猛打，一拳又一拳。這一瞬間波士頓心想：這一幕該讓圖侃瞧瞧的。但他同時也很訝異，在這生死交關的時刻自己怎麼會想到這種事？瑟吉啊，卡迪爾啊，還敢笑我是媽寶嗎？他的思緒冷靜又清晰。

到了第三下時，對方忽然叫嚷起來。

「喔嗚嗚嗚！」隨著這聲哀號，剛剛還抓住波士頓手臂的手也鬆開來了。對方步履搖晃，又叫了聲「喔嗚嗚嗚！」

波士頓愣住了。他仍然看不到對方的臉孔，但沒看到也沒關係了。

「所羅門！」他低聲呼喚，幾乎不敢相信。清晰的思緒瞬間消逝，他又變回原來的他了。波士頓開始顫抖。「你嚇死我了！別再這麼嚷嚷好嗎？這樣連村裡的人都會聽見的！」號啕大哭轉成了啜泣。「你打斷我的鼻梁了！」所羅門泣訴著：「波士頓，你幹嘛把我的鼻梁打斷？」

波士頓感到全身都放鬆了。真怪，剛才他還那麼強悍，而現在，危險過去了，他卻抖得像片楊樹葉。「我哪知道是你呢，所羅門！」他低聲說：「真高興是你！」說著，他急忙將所羅門拉到一塊岩石後方。剛才那幾聲哀號萬一讓村裡人聽見就糟了！「但我哪會知道呢！」他摸了摸所羅門的臉，問：「你就像個摔角選手那樣抓著我呢！血流很多嗎？」

所羅門手掩著臉點點頭，輕聲說：「痛死我了！」

「還好揍你鼻子的人是我！」波士頓壓低了聲音，說：「快過來，彎身！仔細想想，是我總比是那個你認定的人要好！」他把手伸進牛仔褲袋裡，想找面紙給所羅門用，但接著他就想起，這麼做實在太可笑了。「所羅門，老實說，你真的滿會打架的！我真以為你是別的人，真該讓塔立克見識一下的。」

所羅門小心翼翼的仰起鼻頭，說：「我不知道這樣到底值不值得！我的鼻子摸起來至少變成了兩倍大，還好疼痛稍微減輕了，也許我的鼻梁並沒有被你打斷。」

「那真的很慶幸！」波士頓說：「流鼻血就夠慘了，真的非常抱歉！不過，所羅門，現在你坐下來，告訴我，下頭到底出什麼事了？」

所羅門的呼吸逐漸和緩，月亮又從雲層裡鑽了出來，這時波士頓才見到所羅門臉頰上因爲痛苦而殘留的淚痕。血滴到了他那件帶有頭罩的斗篷上。「來的是女王的士兵，」說著，所羅門又摸了摸自己的鼻子，似乎想確定鼻子還在不在。「我沒仔細算，但人數很多！他們才剛到，就把一扇大門打破了。」

「所以你就跑掉了？」波士頓低聲問：「你爲什麼跑掉？你怕打仗嗎？」

所羅門仍舊輕按著臉孔，說：「腫得好厲害。你們想打就自己去打吧！波士頓，你想想看，萬一有士兵認出我來會怎樣？」

波士頓靜待他往下說。所羅門低聲說：「萬一下頭的士兵裡有燒掉我們家的人；萬一那些知道我父親的貨倉，還有貨倉用途的人也在！」

「沒錯！」波士頓喃喃說道：「沒錯！我都忘了，他們也在找你！」

所羅門把口水吐在斗篷邊緣，拿來抹臉。波士頓心想，幸好這裡一片漆黑，我只能隱約辨識黑、白和灰色輪廓。如果夠亮的話，他滿臉是血的模樣看起來一定很嚇人。

所羅門又吐了一口水，輕輕抹著臉頰，低聲說：「原因不只這樣，我還聽到了百夫長對埃米爾說的話。」

「怎樣？」波士頓問：「他說了什麼？他們想幹嘛？」

所羅門說：「他們要監視埃米爾。」他淡淡的說：「以免他──以免摩爾人反抗。」

「而萬一他們發現了你……」波士頓低聲說：「既然他們已經猜到，你父親想交給摩爾人錢的用途是什麼……」

所羅門點點頭，說：「沒錯！萬一他們發現我在這裡，可能就會當成證據，證明確實有人圖謀造反。目前他們還沒有證據，而埃米爾也矢口否認。」

波士頓問：「塔立克呢？他也聽見了嗎？聽見他們猜測有人想造反？」他知道，這對塔立克意味著什麼。

所羅門點點頭，說：「但他堅持要留下，他說，他不會丟下埃米爾不管的，他不是那種一見苗頭不對就逃走的膽小鬼。」

「真是個白痴！」波士頓說：「萬一他們發現他怎麼辦？他們不也認得他嗎！這樣只會讓事情更糟！」

「塔立克才不會考慮這些！」所羅門說：「對他來說，最重要的就是證明他不是懦夫。」雖然會痛，他還是深深吸了一口氣；似乎沒那麼痛了。接著，所羅門又說：「現在他們正在搜查整個村子，想找出武器、找出埃米爾藏起來準備開戰的士兵。」

下頭的燈火原來是這麼回事，他們想找的原來是這個。波士頓忿忿不平的說：「每個人都看得出來，在這麼小的村子裡根本不可能藏有軍隊的，真是豈有此理！」

所羅門沒吭聲。

「所羅門？」波士頓問：「你不這麼想嗎？你不覺得想在下頭找出軍隊實在太荒謬了嗎？」

所羅門沒吭聲。

「所羅門，你怎麼都不說話？」

「因爲，」才低聲說了這兩個字，所羅門又閉口不說了。

「嗯，因爲什麼？」波士頓說：「你說呀，所羅門！你這樣會讓我開始害怕的！」

所羅門囁嚅的說：「因爲他們搜查村子，不只爲了找出士兵和武器，他們也想找出埃米爾授命、潛入阿爾漢布拉宮的金髮密探。波士頓，他們在找你呀！」

波士頓呆住了。他不是早就料到了嗎，爲什麼還這麼震驚呢？他只是不想相信罷了。

「你得逃走，波士頓！」所羅門低聲說：「等天一亮，等我們可以冒險穿過隘口時就行動，這裡你不能久留！」

村裡，在離他們只有幾步遠的地方，響起一匹驢子的叫聲。火把的光在一間倉庫的木壁上晃了晃，接著轉向了下一間房舍。

「你會跟我一起走吧？」波士頓問：「我們一起走好嗎？」他忽然醒悟，這是此刻最重要的，他不想獨自離去。

「你早就知道的，」所羅門低聲說：「我們一起走。」

驢子又嘶鳴了一聲，把他們嚇了一跳。叫聲很近，是從剛才士兵用火把照過的倉庫裡發出來的。驢子叫了又叫，彷彿要把整座村子的怒氣都宣洩出來。

波士頓揮手示意所羅門過來，接著他頭也不回，直接朝那座倉庫跑了幾步過去，身體緊貼著倉庫外牆的木板，伸手揭起臨時用來遮掩門口的布簾。驢子仍然叫著，村子裡沒有任何人理會牠。

「安靜，別出聲！」波士頓低聲安撫。這裡瀰漫著牲口、肥料的氣味與熱氣——是那種被關在塵埃密布的空間裡，即使在夜裡也找不到出口宣洩的熱氣。地面上兩隻驚醒的雞咯咯叫著。「安靜，別出聲！」他輕輕撫摸沒有光澤的驢毛，拍了拍牠的脅腹並且在牠兩眼間輕輕搔了搔。驢子又嘶鳴了一聲，接著就安靜下來了。驢子只是被人用條麻繩綁在一個環圈上，雞隻在牠四蹄間啄食。波士頓朝驢子溫暖的身軀靠過去。

所羅門也進來，聽任遮擋門口的布簾垂落，低聲問：「你覺得，他們不會來這裡找我們？」不久前士兵們才剛搜查過這座倉庫，他們也許能在這裡平安度過一夜。

「安靜，別出聲！」波士頓壓低了嗓門說。在波士頓的撫摸、輕拍下，驢子看來似乎睡著了。

也許我們能在這裡平安度過一夜。在這個時刻、在這座村子裡，這裡可能是最安全的地方了。

「我們先睡個覺吧，所羅門！不論明天得面對什麼，我們都需要體力。」

第二十七章

一聽到木板碎裂的聲音，塔立克馬上跳起來往路上跑，而在聽過百夫長與埃米爾的談話後，他就了悟起義的希望已經破滅了。如果士兵們不分晝夜的監視，他們又該如何反抗兩名君王呢？又該如何購置武器並集結人馬呢？

埃米爾猶豫太久了。他如果馬上聽從塔立克的建議……

「塔立克！」所羅門低聲呼喚：「來吧，我們得逃離這裡！絕不能讓他們發現我們！你知道的，萬一他們找到我們，後果會怎樣！」

但所羅門是個膽小鬼，從來不曾勇敢過，未來也不會變得勇敢。

「那你就逃吧！」塔立克說：「那就救你自己一命吧，膽小鬼！我不會扔下埃米爾不管的！」

「塔立克，求求你！」所羅門低聲勸他同行：「你幫不了埃米爾的！」

塔立克甩開他，說：「我可不是膽小鬼！」

就這樣，所羅門只好離開，獨自一人，往山上，朝著隘口的方向，像個影子般無聲無息。

而同一時間裡，士兵們開始在村裡展開搜索，他們打開每扇門，搜查每個箱籠，用火把照亮每個角落，但他們不再將門踹破，也不再敲壞任何一扇窗了。塔立克躲在山坡上兩棟房舍之間望著他們。

如果埃米爾聽他的話，如果埃米爾馬上進行塔立克給他的建議……

那又怎樣呢？塔立克心想，來自未來的波士頓說過，他不知道任何摩爾人反抗勝利的事。萬一他說的是實話，全都是實話呢？如果他真的來自未來，所以也知道未來我們會發生的事呢？

他執拗的在胸前交叉雙臂。這是不可能的，現在就是現在，只有現在發生的，才會決定未來。再說，又有誰聽過，人能穿越時光旅行呢？

這時，埃米爾已經和百夫長下棋去了。他禮數周到，彷彿百夫長是一名嘉賓。塔立克目送著他們，心想，埃米爾怎麼能毫不反抗聽任他們愛怎麼做就怎麼做呢？他爲什麼沒有呼籲村民反抗，反而下令要村民聽任士兵執行兩名君王要求的事呢？阿拉呀，爲什麼自己依然不願相信埃米爾是個膽小鬼呢？

一名士兵手執火把往他所在的位置搖搖晃晃的過來，手扶著牆面，走得跌跌撞撞的。在火把光線的照耀下，塔立克見到他臉上的疤痕，嚇得屏住呼吸。阿拉助我！千萬別是這個人啊！千萬別讓這個人發現我！千萬別是這個在格拉納達見過我的人！千萬別是這個燒掉以撒屋子的人。

他躲進陰影深處。火把的光映照在房舍牆面，映照在小小的門上。在濃濃的酒意下，這士兵對別的事毫不注意，只是一肚子火的踹著木板，高嚷：

「開門，你們這些穆斯林！」他氣沖沖的呼叫：「沒聽見你們那個埃米爾，那個膽小鬼對你們下的命令嗎?」他踹得更兇猛，嚷著：「幫老子把門打開，不然我就用火把燒出一條路來！」

你們那個埃米爾，膽小鬼。塔立克氣得咬牙切齒，但隨即嚇得屏住呼吸。別出聲，此時此刻千萬別出聲。

有人怯怯的打開一條門縫，在火把光線映照下，塔立克看到一張長期經過風吹日晒的農民臉孔。農民聲音顫抖，說：「城裡來的士兵，歡迎你來!你渴了嗎?想不想休息一下?就如同你們所聽見的，埃米爾要我們像對待客人一般問候你們；而如果你們要求，就得好好款待。」

臉上帶疤的士兵朝他胸口一推，叫嚷著：「閃開，你這個穆斯林！」他這態度塔立克記憶猶新。那士兵說：「誰想喝你那餿掉的水?我們想要的，自己會帶，哪需要你們請！」

農夫呆呆站著。

「你這穆斯林，你擋到大爺的路了！」士兵高嚷：「讓開門!你想要我們用對付格拉納達宮殿的法子對付你們這些破房子嗎?」他手探到腰際，說：「穆斯林，你該感謝我只是來搜查你箱籠的!就算在格拉納達！」他得意洋洋的把手伸給農夫看，在火把的映照下，塔立克認出他手上的東西。「只要擋住我們去路的，我們馬上就把它毀掉！」

農夫嚇得往旁邊一跳，但士兵並沒有踏進屋裡，他發現嚇這個農夫樂子可大了。「毀掉！」他高喊：「毀掉阿爾漢布拉宮!毀掉不信主的人褻瀆神的裝飾!Wa-la ghaliba illa'llah!難道你們的神才是勝利者嗎?穆斯林，現在你該知道誰才是勝利者吧!我才是勝利者！穆斯林，你那反抗我的神又算什麼屁?閃開別擋路！」說完，他就擠進門口，手裡還握著火把。

農夫大喊一聲。塔立克看不清楚，究竟是士兵的火把燒到他了，或者只是燒到了他屋裡的物品。農夫從藏身的地方跳出來，拔腿就跑。那名在夜裡侵入以撒貨倉的士兵，不論對摩爾人或猶太人，態度都同樣粗暴。塔立克心想，誰曉得，幾杯黃湯下肚後，那人對待自己的天主教徒弟兄是否也這般德性。那人是個毫無尊嚴的大老粗。

前方是村裡的廣場，他止步站住，心臟怦怦跳。那裡聚集了一群摩爾人，他們相互緊靠，好像希望彼此守護，塔立克也混了進去。在那棟他和埃米爾下過棋的大屋子前方毯子上，如今坐著阿布·阿博達拉和百夫長，他們相對而坐，在一盞油燈的映照下，若有所思的望著棋巾，看來彷彿一心只想著該下哪著棋，而廣場上的人都自認比他們更清楚。

塔立克躲在人群裡望著他們，但心不在焉。也許，也許一切都改觀，變得和他曾經夢想過的不一樣了。也許那名陌生男孩說的是真的，他在喝醉酒的士兵手中看到的那樣東西，難道只是個巧合？士兵給農夫看的，無疑正是一片瓷磚，一片和波士頓描述的一模一樣的瓷磚。

「您真是高手呀，百夫長，」說著，埃米爾將手上的馬移了一步，說：「沒想到，在您辛勞工作之餘，您還有時間精進棋藝。」

百夫長望著棋巾，他的下一步棋顯示，他已看透了埃米爾的心思。「夜晚。埃米爾，是漫長夜啊！在阿爾漢布拉宮的這幾個月，除了下棋，我還有什麼好做的？」

埃米爾的手在棋巾上輕輕拂過。面對這樣的對手，他可能很快就居下風了。他仔細傾聽這一帶的聲息，村民似乎照著他的請求做了，而更讓他訝異的是，兩名君王的士兵也一樣。埃米爾勉強自己的思緒重新回到棋局上。

如果現在他讓象倒走三格，而百夫長沒發現他的計謀，那麼下一步棋他就可以選擇馬或后，這對百夫長相當不利。

「哦！」百夫長驚呼一聲，兩手托著腮邊。

事情這麼平靜進行，幾乎令人感到害怕。除了兩名君王允許他為了防止匪徒襲擊的守衛之外，在村子裡他們找不到任何其他武裝的男子。再過不了幾個鐘頭，這些士兵就會停止搜索，一無所獲；而從此之後，他們就會在他的阿爾樸德撒拉斯四處布下崗哨。他們會監視所有的出入口，而每個想進入屬於他的村落的人，都會被搜身。在他同意兩名君王的提議，遷往他位於山區的領地時，他就知道情況不妙，沒想到結果還要更糟。

「您這麼做，表示這一棋就這麼下了！」埃米爾說。

百夫長趕緊抽回手。碰到了就表示這一子這麼下了。他也同樣心不在焉。

在他這裡，士兵們是找不到武裝男子的；可是，如果他們發現了那名少年會怎樣呢？打從第一刻起，埃米爾就知道真正的危險在這裡。兩名君王認為那少年是他的密探，為他混進了阿爾漢布拉宮。如果他們真在這裡發現了那名少年，後果會怎樣呢？

「您容許我再考慮一下這一著棋嗎？」百夫長問。

埃米爾笑了笑，說：「在下子之前仔細考慮，總是比較明智的。可是，百夫長，您不認為發現自己多笨的時候如果能反悔重來，將會大有幫助嗎？」

但他們還沒發現那男孩。

「既然要下棋，我們就別孩子氣了！」百夫長說：「我犯了個愚蠢的錯誤，這一局您贏了。」

埃米爾欠了欠身，說：「依我看來，再不久您的手下就搜遍每間屋子了。這裡地方很小，就讓他們歇息吧。」

「埃米爾，我的手下還有任務在身，」百夫長說：「在村子裡每間屋子、每個畜圈都搜查過之前……」說到這裡，他忽然停了下來，訝異的轉過身去。

一名騎馬的人飛馳到了廣場上，直闖入等候的摩爾人群裡，嚇得他們尖叫著彼此推擠。馬兒鼻孔噴著泡沫，汗水從亮晶晶的皮毛上滴落下來。

「那名少年和魔鬼結盟喲！」信差高喊：「有證據顯示，金髮少年和魔鬼結盟！兩位陛下有急令，一定要找出那名少年！找出撒旦的幫兇！必須將少年燒死！」說完，他便癱倒在馬鞍上。

第二十八章

群聚的摩爾人之中響起了竊竊私語聲。塔立克大氣不敢喘一下。正如他所擔心的，終於東窗事發了，而且更糟。

「和魔鬼結盟！」一名摩爾人喃喃唸著，一隻手嚇得胡亂揉著身上的斗篷，說：「阿拉呀，我可不想跟這件事有任何瓜葛。」

「可是我們埃米爾並不會……」另一人說：「我們埃米爾萬萬不會跟撒旦攜手做任何事的！」

「他知道嗎？」第三個人質問：「你不覺得，撒旦也能矇騙我們埃米爾嗎？既然信差都說了，有證據證明這和魔鬼結盟有關？」

「奇怪的器物！」信差接著呼喊：「從來沒有任何人看過的！」他在胸前劃了個十字，說：「全國都在找他，以免魔鬼藉由他取得統治權！這名少年必須被燒死！」

塔立克發現，百夫長身子震了一下。他說：「我們已經搜遍整個村子，也找過這名在這之前我們以爲只是個密探的少年；不過，不論哪裡都沒有找到他。」

而我們的行蹤也不能讓你們發現。心念才這麼一動，塔立克馬上醒悟並且嚇出一身冷汗。所羅門和我，才一轉眼我們就成了眾人眼中魔鬼盟友的夥伴。魔鬼盟友的朋友，不也和魔鬼同流合汙嗎？他們一定會這麼想，萬一他們逮到我們了，所羅門和我同樣休想逃過宗教審判。

百夫長緩緩點頭，問：「埃米爾，您呢？您是不是見過那名我們在搜尋的少年呢？現在您是否想起來了？剛才我們的談話正好被打斷了。」

塔立克見到埃米爾目光不安的顫動，百夫長想必也注意到了。

「我從沒見過這少年，」這一次，埃米爾用堅定的目光直視百夫長的眼睛，說：「或是魔鬼派來的人，」他露出真摯的神情，說：「百夫長，您該不會以爲，我會把這種人藏在我這裡吧？這樣的少年從來不曾來過我的阿爾樸德撒拉斯。」

「那就好，」百夫長喃喃說了這麼一句，接著匆匆朝已經站起身，但腳步依然不穩的信差望了一眼，說：「我很願意相信您的話，埃米爾。沒有人會想跟撒旦有瓜葛的。」

塔立克心想，可是全村的人都看過波士頓和我們。只要一個不留神，很快就會有人洩漏；可能是個小孩，或是一個希望拿到賞金的膽小鬼。

他沒有等太久。他悄悄從人群裡抽身，悄悄的，彷彿只是久候不耐想回家。接著，他溜出廣場，消失在下一條巷子裡。這裡幾乎一片漆黑。

兩名士兵迎面而來，一點也沒有留意他，只是忙著說笑，邊用一把木匙敲打一個黃銅做成的缽，聲音傳得很遠。塔立克感到自己的心臟都跳到喉嚨裡了。信差帶來的消息讓一切都不一樣了。

看到士兵手中的瓷磚時，他不僅訝異，還感到驚慌失措：說不定波士頓所說，什麼時空旅行之類的，雖然令人難以置信，卻依然是實情？果真這樣，也許剛才他恰好發現了，爲波士頓開啓穿越時光返鄉的大門？

雖然萬般不願意，他腦筋依然忍不住開始轉動。在這種危險的情況下，他幹嘛還爲波士頓操心呀，目前最重要的是埃米爾、是格拉納達的命運；至於那個經歷令人難以相信的陌生男孩，大可再等一等。

而現在，打從幾天前波士頓打開那個古怪的袋子之後，他一直擔心的事終於發生了。信差口中撒旦盟友的證據，信差宣稱的邪器，除了那顆古怪的黑蛋、那些波士頓在投宿客棧那一晚給他看的物品之外，還會有別的嗎？當時塔立克就意識到，這些物品會帶來什麼危險了；而現在，宗教法庭的人果真發現它們了。

塔立克在黑暗中漫無目的的亂逛，假裝鎮定，彷彿這一晚他的計畫並沒有全盤皆毀。悄悄的，不要引人注目，踏著輕輕鬆鬆、尋常的步伐，千萬不能引人注意。

如果他們認爲，波士頓和魔鬼結盟，而且是埃米爾的密探，就不能讓他們找到波士頓：如此一來，在他們眼中，埃米爾以及所有曾和波士頓共同現身被人見過的所有人都有嫌疑，包括所羅門，包括他自己。

絕對不能讓他們找到波士頓，不能在這裡找到。塔立克呼吸沉重，他逐漸接近村莊外圍最後幾棟房屋了。兩名君王向來不在乎有沒有證據，他們和宗教法庭都一樣，只相信他們想相信的。他百分百確定，一旦逮到了波士頓這個和魔鬼串通的少年，他們一定會將他帶到托奎馬達面前的。而且不只波士頓一人，而是他和所有認識他的，而最後被燒死的也不單只是波士頓一人而已。

塔立克倚著一面牆，背部感受到石塊的涼意。感謝阿拉賜給我冷靜的頭腦，我大可逃走，誰攔得了我？我可以趁著黑夜離開村子，明天就遠離這裡，隱身在遍布這片土地上的摩爾人之中，直到連臉上帶疤的士兵再也想不起我的容貌，想不起我曾經和魔鬼的盟友一起出現過。我能確保自己安然無恙。

雖然腦子裡轉著這些念頭，他卻很清楚，自己絕不會這麼做的。他可不是膽小鬼，他不能為了救自己，卻讓所羅門和波士頓落入士兵手中。他得先找到那個異邦來的小子，協助他逃命，這同時也是為了保護埃米爾、保護他自己和所羅門。

阿拉以及所有先知呀，這種事有誰聽過！但波士頓說的如果是實情，那我或許能幫他找到穿越時光回去的法子，而這同時也是幫助我們自己。如果波士頓回到未來，宗教法庭的狗腿子就再也找不到他了。

他離開藏身的地方來到巷子裡。如今波士頓到底躲在哪裡？他會逃到哪裡去？也許他正在穿過隘口的路上吧，那條路他是知道的，只是在黑暗中這會相當辛苦，到處都是碎石，一個不留神就會跌落下去。可是除此之外再沒有辦法了，塔立克不得不跟著他走。

巷子逐漸變寬，村子外圍矗立著最後一座房舍，從某個畜欄裡傳來了驢子的叫聲。接著，他聽到了輕輕的低語聲，塔立克感到喉嚨裡湧起一股放下心來的笑意。這個猶太人和那個時光旅人，這兩人真不機靈，都大難臨頭了他們居然還這麼粗心、這麼缺乏經驗。但另一方面，眼下這樣對他正好，他不必冒著黑夜勉強自己走那條穿越隘口的路徑了。

塔立克揭開遮擋畜欄入口的粗麻布。驢子發出尖叫聲。

「難道你們沒聽過，魚群被鯊魚追趕時要安靜無聲嗎？」他壓低了嗓門，說：「結果呢，你們卻像太陽宣告新的一天來臨時的鳥兒般，吱吱喳喳的！」

「塔立克！」所羅門低聲驚呼。

粗麻布在他背後落下，遮蔽入口。

此刻依然是夜晚，他們得開始行動。

第二十九章

波士頓倚著倉庫的牆壁。此刻，雞隻已經把頭縮在翅膀下睡著了，而睡覺也是波士頓唯一的願望。

塔立克卻說個不停。

「你見到那片瓷磚了？你確定嗎？」所羅門問：「波士頓有沒有可能……」

「在沒有親手拿到以前，沒有人能百分百確定。」塔立克說：「在沒有用腳試過以前，就急著過橋的人，會墜落到深淵裡。我認爲那是波士頓的瓷磚，但願如此。」

「波士頓！」所羅門搖著他，說：「塔立克找到你的瓷磚了，而你卻快睡著了！你相信這麼快就有結果了嗎？波士頓，開心一點！你沒聽見嗎？」

波士頓老大不樂意的睜開雙眼。如果是昨天，他大概會開心得跳起來；如果是昨天，他會大聲歡呼、充滿希望。瓷磚，塔立克發現那片瓷磚，發現返鄉的道路了！

但現在，他一點也不想聽到這樣的消息，聽到這樣的消息令人心痛。他只想睡覺，什麼都不用多想。管他什麼的都不用想。

「所羅門，我搞錯了。」他喃喃說道：「即使有那片瓷磚，我也回不去了。」

「搞錯了？」所羅門提高音量。塔立克跳了起來，用手掩住他的嘴。所羅門意外的說：

「你不是告訴我們說，你得找到那片瓷磚才能回到你的時代嗎？現在，塔立克幫你找到那片瓷磚了，你為什麼一點也不開心呢？」

波士頓絕望的望著他。這難道不是他的希望嗎？這兩個人終於相信他的話，想幫他了；他們甚至還找到了瓷磚，而且對他不離不棄。他一定得向他們說個明白。

「我想，我再也回不去了！」他低聲說：「就算有瓷磚也不行，這是我不久前才了解的，如果沒有人發現美洲，」他抽噎了一下，說：「如果所有事情的發展都和我們歷史書上說的不一樣，那麼未來我所在的時代也會截然不同！你們還不懂嗎？這樣就不會有我爸爸，也就不會有我了。既然這樣，我該回哪裡呢？如果這世界上根本沒有我？」

塔立克呆呆望著他，說：「可是之前你是這麼說的呀！」

所羅門雙眼睜得大大的，接著他緩緩點頭，喃喃說著：「如果一切真的都不同了，當然，你說的沒錯，波士頓！那就沒你這個人了！」

波士頓疲憊的點點頭，說：「塔立克，所以現在就連這片瓷磚對我也沒有用了！當我告訴你們這件事時，我還相信，那片瓷磚可以帶我回到我未來的生活，可是那個生活如果根本不曾存在……」

塔立克手掌朝灰塵滿布的地面用力一拍，嚇得一隻雞抬起頭來，翅膀一陣亂拍，接著又睡著了。「當時你說，你只需要那片瓷磚就行了！」他悻悻的說：「現在我找到了，結果卻沒用了？」

波士頓搖搖頭，低聲說：「你還不懂嗎？未來根本沒有我！如果哥倫布沒有發現美洲，一切的發展就完全不同了，那片瓷磚對我還有什麼用處呢？」

塔立克怒斥：「膽小鬼！你放棄了嗎？」

這段時間裡，所羅門來回望著波士頓和塔立克，這時他終於點點頭，說：「塔立克，波士頓說的沒錯。而波士頓，塔立克也有道理。沒有那片瓷磚，波士頓就無法回他未來的世界；可是哥倫布如果沒有航行，就不會有波士頓的未來。但爲了這個原因，我們就該不理會瓷磚的事嗎？如果女王回心轉意，會怎樣呢？如果可隆真的能獲得船隻和裝備呢？」

波士頓腦海裡浮現了那名衣衫襤褸、激動的男子，想起他提出的條件，那些條件高得荒謬，惹得眾人對他訕笑。而這些條件他是不可能調降的，這個人瘋了。

「女王不會給他船的，」他疲憊的說：「哥倫布的要求太過分了。」

所羅門把手擱在波士頓的手臂上，安慰他說：「你已經失去希望了，波士頓！相信我，我了解你的感受！可是我們一旦喪失了希望……」他望了塔立克一眼，說：「那麼，我們所害怕的就會出現。永遠別喪失希望，波士頓！永遠、永遠不要放棄！」

「阿門！」波士頓喃喃唸著。「有什麼用？我明明知道，那個熱那亞人不會出航的。偷那片瓷磚有什麼用呢？幹嘛要白白惹禍上身？」

塔立克身子一震，似乎非常氣憤。

「哼，我本來不想告訴你的！」他說：「如果幾個小時以後你就能回到家鄉了，我幹嘛告訴你，你在格拉納達會有什麼遭遇，讓你不安呢！可是，既然你現在決定要留在這裡……」

「我並沒有決定！」波士頓高呼：「你要了解我！」

塔立克氣沖沖的比劃了個手勢，彷彿要將波士頓的話抹掉。「如果你想留下來，」彷彿波士頓從來沒表示過抗議，塔立克接著說：「那麼你就該知道，剛才從格拉納達來了一名信差，他帶來了兩名君王的指示，是關於你的。」

「他們幹嘛還派第二個信差來？」所羅門不解的問：「百夫長不是早就帶來了兩名君王的指示了嗎？」

塔立克瞧也不瞧他，說：「波士頓，一名農夫發現了你的袋子，之後的發展就跟我先前對你講的一樣。他們見到了你的器械，而信差帶來的指示是這麼說的：**有證據顯示，金髮少年和魔鬼結盟！兩位陛下有急令，一定要找出那名少年！找出撒旦的幫兇！必須將少年燒死！**」他注視著波士頓，說：「**必須將少年燒死！**來自未來的波士頓，現在你是不是也覺得如果你想辦法用那片瓷磚離開，對你會比較好？」

「撒旦的幫兇！」所羅門喃喃說道：「波士頓，你知道這是什麼意思嗎？這下子，所有這片土地上的人都在找你，在格拉納達再也沒有人會對你伸出援手，連摩爾人都不會！波士頓，就連我們的人都怕魔鬼！在整個格拉納達，再也沒有任何人像你那樣是兩位陛下急著要通緝的對象了。」

波士頓望著地面。此刻他如果開口，聲音一定會卡在喉嚨裡的。淚水從他的眼眶裡湧出來。

「現在我們得想辦法偷那片瓷磚，我們沒有其他選擇了。」所羅門急切的說：「除了這個辦法，我再也想不出別的可以幫你忙的了。塔立克，你同意我的說法嗎？不論有多危險，這至少都值得試一試？」

塔立克悻悻的說：「來自未來的波士頓，像你這麼快就放棄的人，哪會有成功的人生呢？在你那個未來世界的路徑想必非常平坦，所以光是路上的一顆小石子就能阻攔你，不讓你繼續前進了。」他朝所羅門點點頭，說：「我們去偷那片瓷磚。管它什麼危險？在晨曦將內華達山脈的峰頂染成金色以前，我們就得行動。」

雖然心裡不以為然，波士頓在迷惘之中，依然感受到了一絲希望。他明明知道，那片瓷磚對他一無用處；既然他的家園根本不存在，他就回不了家了。雖然目前對塔立克和所羅門而言，再沒有比跟他一起更危險的了，他們卻還想幫他。為了偷取那片瓷磚，他們寧願晚一點再逃亡。他們跟他是同一國的，他不再孤單了。

「反正一切都無所謂了，」波士頓喃喃說道：「可是如果你們想試試……」

塔立克起身，說：「趁著士兵們在睡覺，該動手了。我會多開心呀！奉阿拉之名，先知與勇者同在！那個士兵醒來後一定會找那片瓷磚的，他會想：**瓷磚跑到哪裡去了？瓷磚怎麼會平白無故不見了？**而波士頓，那時你早就逃得遠遠了。」他放聲大笑，說：「波士頓、所羅門，我這就要上路了，在喚禮員召喚晨禱以前，你們就等我回來吧。」

所羅門遲疑了一下，問：「不需要我跟著去嗎？」波士頓看得出來，對他，要提出這個問題實在非常不容易。

「其實應該我去的，」波士頓低聲說。

但塔立克只是笑了笑。

「能夠至少愚弄一下女王的士兵，讓我開心極了！」他低聲說：「阿拉會守護我！」粗麻布簾在他背後回復原狀。波士頓心想：他們跟我是同一國的，我不再孤單了。

格拉納達，四月，現代

「馬努埃爾！」隔壁的商販在呼喚他。阿爾卡賽利市集區各處的商家早就將貨籃、水煙斗、黃銅缽碗、首飾陳列架和上頭有各種人名的杯子收進店裡，放下鐵捲門了。

「馬努埃爾．寇拉松！」

馬努埃爾怯怯抬起頭來。這幾天以來，他後腦昏昏脹脹的感覺一直沒消退，他不喜歡這種感覺。不論他盡力保持頭部挺直或是頭倚著牆，搞得那台灣製的耳環都鈎住他頭髮了，還是沒改善。腦袋悶脹、暈眩、噁心的感覺一點也沒有消退。他用指尖在附近的地板上摸索著找他的酒瓶，卻沒找到；不管他找的是什麼都找不到。他手臂無力下垂；這手臂可真沉重，手臂可真沉重啊！飄飄然，什麼都無所謂了。

「馬努埃爾，市集要打烊了！你得關好你的店！」

哦，哦，這聲音，這聲音又來了。從早到晚他聽到的，不就是這個聲音嗎？**馬努埃爾．寇拉松，你沒看到嗎？有小偷！馬努埃爾．寇拉松，有人要付錢啦！如果再喝口酒，也許連這個聲音也會消失吧。**

「馬努埃爾，你若不放下你的鐵捲門，夜裡他們就會像烏鴉來偷你的東西了！」有隻手擱在他的肩頭上。這隻手是怎麼擱到他肩頭上的？一切都好沉重，難以理解。「馬努埃爾？來，我幫你！」

那是個他認得的身影，他很確定自己認識，但這身影爲什麼這麼模糊呢？這身影幫他把貨籃抬進店裡。一直都是這樣的嗎？一定得這樣嗎？影像在溶解，模糊不清。那個身影將鐵捲門拉下，把鑰匙塞到他手裡。

「馬努埃爾，你得回家了！來，站起來，我帶你回去！」

他得站起來，爲什麼他得站起來？他大可坐在這裡，直到隔天早上觀光客來呀！幹嘛中間還要走一段路，一段漫長的路回家呢？

「不要！」馬努埃爾不高興的叫嚷著，想反抗那雙揪住他，努力想將他拉起來的手。但他的手臂不聽使喚，怪呀，真怪。什麼都無所謂啦！

「你不能在這裡睡，馬努埃爾，市集……」

接著加入了另一個聲音。爲什麼每個人都要煩他呢？他們到底想幹嘛？他不過想靜一靜，再喝一口。「從什麼時候起，他每天都喝得醉醺醺的？」一條手臂穿過他腋下搭在他背上扶住他。「平常他不是不會這樣的嗎？」

別起來，哦，站起來好吃力，這兩條腿在身體下方拖行著，就像兩個不屬於自己的包袱。

「我想，是從他開始找那個少年開始的，」馬努埃爾熟悉的聲音如此回答。這聲音在哪裡聽過，在哪裡？「那少年平白無故就消失了，把他氣壞了。」

他們在鋪石路面上拖著他。太過分了，他想告訴他們，這樣太過分了，頭卻抬不起來，嘴唇也不聽使喚。

「你知道，爲什麼嗎？」

千萬別說，別說，別說。

「我想過，」現在兩人都停下腳步站著，他癱軟在地，而他們也不再硬拉扯他了。「你可別笑我：不是一直流傳著關於那片瓷磚的故事……」

別說，別說，別說。再喝一口。別說，別說，別說。

第三十章

塔立克不必花太多時間尋找士兵的宿營地點，因為遠在幾哩外就聽得到了。村子下方盡頭通往河谷的下坡路附近，士兵們在一處小台地上升火。雖然夜晚即將結束，依然持續傳送著酒壺，他還聽到骰子在皮碗裡相互撞擊的聲音。經過一天的跋涉和村裡騷動的夜晚，這些士兵還無法靜下來。

而戰士要的就是這樣！塔立克不屑的這麼想著，同時幾乎悄無聲息的利用樹木掩護，朝火堆接近。

他們已經完成任務，把整座村子都搜遍了，現在終於可以休息、嚼著油脂滴落到炭火上的豬肉、唱著怪腔怪調的歌曲。現在他們覺得安全無虞，連崗哨都沒安排，只派出兩名疲憊的士兵沿著往上朝向村裡的小徑走著，彷彿現在除了上頭以外，再沒有其他地方會有危險了。

塔立克隱身在一棵奇形怪狀的樹木枝幹後方。疲憊的感覺一掃而空，總是這樣的，現在只剩緊張的等待，這幾乎是一種喜悅，因為終於有事可做了。無聲無息又迅速，不會有人發現他的。

在一群士兵之中，他馬上就認出那個臉上帶疤的。那人已經將包袱擱在一旁的草地上，閉起眼睛，而他四周的夥伴們也逐漸安靜下來了。要不是他一再伸手去拿穩穩豎立在他身旁凹坑裡的酒壺，你幾乎要以爲他已經睡著了。

火焰閃爍。火堆在熄滅以前還發出響亮的嘶嘶聲，再次迸出一陣金色的火雨。在炭火映照下，士兵們都成了泛紅的身影，他們相繼在石地上躺臥下來，把上衣和包袱擱在腦袋下。最後一陣骰子的叮鈴噹啷聲混雜著第一批入睡者的聲息。歌聲歇止，只剩逐漸熄滅的火堆兀自傳來霹靂啪啪聲。

雖然如此，塔立克還是繼續等候。臉上帶疤的士兵蜷縮著身子躺臥在地上，彷彿想把身體縮小，縮得很小很小。從他嘴裡傳出一陣一陣的呼吸聲，腰帶裡的瓷磚也泛著光。

塔立克心想，真簡單，簡單得不得了。只要再等上幾分鐘，確定連最後一個吃豬肉的都睡著了就行了。再耐心等候一下就行了。

營地外圍，一名士兵在睡夢中呼喊，兩手胡亂揮舞，接著又安靜下來。雲層散開，夜空中，藍白色斗大的月亮讓行走人相當順利，星星有如數以百萬計的螢火蟲，閃閃爍爍；不久，它們就會逐漸黯淡。時間到了。

塔立克小心翼翼的挺起上半身，身子仍然貼著樹幹豎耳傾聽，過了一會兒才開始行動，無聲無息又迅速，沒有誰會發現他的。他緊盯著雙腳前方的地面，可不能有任何石子滾動，絕不能發出任何聲響。再幾步就到了。月光下，士兵腰帶裡的瓷磚清晰可辨，這絕對是波士頓的瓷磚，這絕不是巧合！他就要伸手去拿了，小心翼翼的。那名士兵醉意正濃，塔立克一點也不怕，反而感到一股熾熱的勝利快感。很快，他就可以爲波士頓開啓通往未來的大門了。

一根樹枝在他腳下喀嚓響了一聲，塔立克嚇得定住了。還好營地裡沒有任何動靜，這一聲實在太輕微了。臉上帶疤的士兵躺在那裡一動也不動，腳邊的酒壺往一側傾斜，早就空了。只要再兩步，再一步。

塔立克小心翼翼的朝睡覺的士兵彎下腰，酒氣混著幾天沒洗澡的汗臭味朝他撲襲；這些吃豬肉的本身就是豬。他屏住呼吸，手一吋一吋的往腰帶移動。再一下下，拿到了。通往未來的大門。

他的手指頭碰觸到了那片瓷磚，那股熾熱的勝利快感流貫全身。這下子，波士頓終於可以回去，再也不會有人發現魔鬼的盟友了。兩名君王呀，你們根本沒料到還有我塔立克！他收攏手心。

就在這一瞬間，士兵忽然一躍而起撲過去，將塔立克按倒在石地上。薰人的酒氣直衝塔立克的鼻孔。

那人一聲不響，什麼都沒說。當他的拳頭往塔立克身上落下時，塔立克還不清楚是怎麼回事。

臉上帶疤的士兵伸手抓取酒壺，周圍夥伴們唱著歌，玩著禁止他們玩的骰子戲，有些人則像他一樣偷偷喝著酒。百夫長睜一隻眼閉一隻眼，大家都知道他總是裝出一無所知的樣子，他向來都這樣。如果他對摩爾人不是他媽的那麼客氣，士兵們就會誇他是條好漢。

他把酒壺舉到唇邊，他得省著點喝，壺裡的酒快不夠讓他潤唇了。他不該喝得那麼急、那麼多的，這樣，現在酒壺就不會空了。

他漫不經心的聽任酒壺在凹坑裡滾動。但話說回來，不喝酒，他又該做什麼呢？怒火令人無法忍受。他們不是戰勝了摩爾人嗎？結果現在他們對待摩爾人，倒好像連傷了這些人一根汗毛，童貞聖母都會禁止。**我們不是來作對的！請原諒我手下魯莽的行為！壞掉的門我們會賠償！**

他蜷起身子。當年我還是個少年，摩爾人在耶誕夜襲擊薩阿拉[57]時，這些穆斯林也是這麼對待天主教徒的嗎？他們有請求我們寬恕並且賠我們一扇門嗎？

這是戰爭，百夫長難道還不懂嗎？戰爭是不會因為兩位君主簽下的協議就停止的，戰爭會持續再持續，直到對死者、對殘廢者、對燒毀的房屋和田地的記憶，在雙方腦海裡連最後的一絲影像都消逝時才終止。只要仇恨、回憶以及復仇的願望存在一日，戰爭就不會終止。

感謝您的盛情招待。真是一大諷刺啊！當年，摩爾人趁著黑夜在我們的人準備踏進教堂時襲擊薩阿拉，當時他們也說過這種話嗎？他們只是屠殺、屠殺，他們才不問自己是否受歡迎呢。這是戰爭，百夫長難道還不懂嗎？

營地裡一片寧靜，他聽見同伴們的鼾聲以及偶爾響起的呼喊。他身旁的人輾轉反側，雙臂胡亂揮舞。戰爭並不會因為簽訂了某個協議就遭人遺忘，戰爭盤據在人們的腦海裡，潛入睡眠裡、摧毀夢想。他呼喚母親、他躲藏起來，等待、等待，當時他還只是個少年，他呼喚父親。戰爭結束後，父親要教他犁田。父親說，現在你年紀夠大了。但直到現在，他還沒學過犁田。

我們不是來作對的！壞掉的門我們會賠償！摩爾人連一扇門都沒賠，也沒有祈求寬恕。在被摧毀殆盡的薩阿拉只剩一片廢墟、瓦礫和灰燼；就在主誕生的夜晚，他終於了解了。如今父親在何方？母親在何方？誰有權利要求他，要他接受戰爭已經結束了呢？酒壺空了，再沒有能撫慰他的東西，而他也無法入眠。一根樹枝喀嚓響。經過了這麼一天，他怎麼還這麼清醒，腦子還這麼清楚？連鳥兒都還在睡夢中，村子裡、田地上完全沒有任何動靜。怎麼會有樹枝斷裂呢？

一隻耳朵貼著地面，他只約略察覺到朝他踏近的腳步聲。也許他搞錯了。他張開眼睛，只開了一絲細縫。他要感謝在薩阿拉可恥遺棄他的主賜給他這月光。朝他接近，警覺的像頭野獸的，是個孩子，幾乎還只是個孩子。他沒有攜帶任何武器，也沒有穿著皮短衫，不像要戰鬥。這個穿著摩爾服裝的少年悄悄朝他接近，彷彿只是想趁黑夜潛入他的營地。

士兵全身肌肉上緊了發條，少年沒有攜帶武器，他伸過來的手空空如也。直到距離夠近了，士兵才一躍而起，揮拳打到少年的頭顱。怎麼會有人相信，戰爭已經結束了呢？

---

57 薩阿拉：西元一四八一年馬奎斯．馮．加的斯突襲摩爾小城維拉盧雁嘎並成功占領，後來摩爾人在耶誕夜攻擊卡斯提爾的軍事要塞薩阿拉，駐紮該地的軍士被殺，居民則充當為奴。

第三十一章

波士頓不願多想，一切都是因他而起的。塔立克絕對不能出事。

「他應該早就回來的！」所羅門低聲說：「再不久，太陽就會從地平線上升起了，塔立克到底在哪裡？」

「他說，在喚禮員呼喚晨禱以前就得行動，」波士頓說：「而現在還是夜晚，也許他只是給自己多一點的時間？」

所羅門沒吭聲，只是雙手在胸前交叉，靠著木板牆。這間倉庫太小了，不方便在裡頭來回踱步。沉睡的雞隻看來像沒了頭，真古怪，而驢子則在睡夢裡呼呼噴氣。

所羅門說：「他怎麼需要這麼多時間？等到摩爾人開始晨禱就太遲了！在其他人還沒發現你以前你就得離開！塔立克到底在哪裡？」

「也許那個士兵一直還沒睡？」波士頓低聲說：「也許塔立克還沒辦法偷他的瓷磚？所羅門，不會太糟的！就算他沒把瓷磚拿到手，對我來說也沒那麼糟！你不是已經知道了，如果沒有人發現美洲，那片瓷磚也無法帶我回到我的時代。」

所羅門定定望著他，說：「可是，它說不定能帶你到其他地方，至少可以離開這裡！既然你說，它曾帶你來到這裡。這才是現在的重點！波士頓，之前你要求我們要相信你那番令人難以置信的話，而等到我們願意相信，你可能是從未來來到我們這裡的，並且想幫你回去，你卻又老提那個沒人聽過的地方：美洲！好像那片瓷磚忽然變得毫無意義了。」

「不是這樣的！」波士頓低聲說：「對我，它當然很重要！」

「那塔立克呢？」所羅門問：「萬一塔立克出事了？你有沒有想過？」他手指敲打著木板，說：「我還是去看看他是否需要幫助吧。而你，波士頓，你不能去，萬一他們看到你的金髮，焚刑柱就逃不掉了。」

「哦不，求求你，所羅門，求你留在這裡！」波士頓說：「萬一塔立克出事了……」他停了一下，接著低聲說：「我不想再孤孤單單一個人了！所羅門，求你留在我身邊！」

所羅門朝他跨近一步，聲音顫抖，說：「爲了不讓你孤單，我就可以不顧塔立克了嗎？他說不定需要我幫忙呢！塔立克是爲了你才冒這個險的，而說出這種話的居然是你！波士頓，要不是我很清楚你這幾天來承受了多大的恐懼，多麼驚慌失措，我就會瞧不起你。純粹因爲你的遭遇我才不計較你剛才講過的話。」

波士頓默默不語。這時候如果他開口，淚水就壓抑不住了。

所羅門說：「我要走了，波士頓！祝我成功吧！」

波士頓點點頭，淚水已經湧上眼眶了。他低聲叮嚀：「要小心，所羅門！」

所羅門不可以出事，塔立克不可以出事。一切都是因他而起的，萬一出事了，他在這個可怕的世界裡又得孤單一人了。

埃米爾醒過來，因為外頭有人怯怯的敲了敲他的門。目前還是夜裡。

「穆萊！」僕役低聲說：「抱歉將您吵醒，但百夫長想和您談談，他在屋子前方等候。」

埃米爾在睡袍上加披了一件外衣。屋前廣場上再度亮起火把，又是什麼事？他們不是都去睡了嗎？地平線一帶已經露出曙光了。

「百夫長？」埃米爾問：「您派人找我？」

百夫長看來也像剛剛才醒來。他指了指兩名面露得意，各自抓緊一名少年的士兵。其中一名少年低垂著頭。埃米爾大驚，但第三名少年並不在其中。

「百夫長，就是他們！」其中一名士兵高喊。他豈不正是之前打壞大門的那個人嗎？他臉上橫著一條疤痕，猶新的疤痕泛著紅色。被他用膝蓋往前推的少年是那個年幼的猶太人，他父親試圖規避諭令。他們找到他的客人了。「瞧，我們逮到誰啦！」

百夫長的目光從這兩名少年身上掃過。「那又怎樣？」他瞧也沒瞧埃米爾，只是問：「密探呢？魔鬼的盟友呢？我還以為，你們要把撒旦的使者帶來給我，所以才將埃米爾喚醒的！可是這兩人都不是金髮呀！」

只有兩人，不是三人，這意味著什麼？金髮少年不在其中。

「百夫長，您知道的，這裡的人我們都把他們的頭巾扯下來看過，」第二名士兵說。他將塔立克雙手反剪，而塔立克則沉著臉望著地面。「村子裡沒有任何人有金髮。有三個人把頭髮剃掉了，可是頭皮上長出來的是黑髮。欺騙女王的少年並沒有躲在這個村子裡呀，百夫長，否則他一定小得像隻老鼠。」

埃米爾盡量表現出鎮靜的模樣。也許還沒有全盤皆輸？搜村時他就一直在想，淡黃頭髮的少年到底躲在哪裡？村子裡有哪個地方那麼安全，安全到連這些士兵都沒找到？絕對不能讓他們在他這裡找到他們認爲是密探，又和魔鬼結盟的金髮少年。萬一他們發現了金髮少年，就是他和整座村子的末路了。那名少年究竟躲到哪裡去了？

「你們幹嘛把他們帶到我這裡呢？」百夫長說：「夜都這麼深了！兩名摩爾少年跟我有什麼相干！」百夫長看來非常不悅，他們把他從睡夢中吵醒、驚動了他，而他還要求要見埃米爾，結果只是這種芝麻小事。

押著所羅門的士兵踏步向前，步履踉蹌。現在，埃米爾也聞到他呼吸裡的酒氣了。這士兵稟報：「因爲他們趁著黑夜偷溜過來，想偷襲我們的營地！而這一個，」他用拳頭捅著塔立克，說：「手已經伸到我腰帶上了！他們想偷我們的武器，趁著我們睡著的時候把我們殺死！」接著，他用洋洋得意的語氣說：「而這個，百夫長！」他高聲說：「還是在格拉納達被我們用煙燻出來的猶太人的兒子！他也是違反兩位君王的諭令，想偷偷將他們齷齪的猶太財物運出境的壞胚子！他自稱是恐畏而縮，但骨子裡，他就跟其他人一樣，全都是臭烘烘的馬邋懦！」說著，拳頭便朝所羅門用力一捅。

啊，塔立克！埃米爾在心中哀嘆：你怎麼能失去所有的理智，這麼逞兇鬥狠呢？你怎麼會認爲，靠你一人就能做出什麼大事呢？在我們生命中，有時我們就得自滿於渺小。爲什麼你就是不聽我的話，不肯相信大膽可能是愚蠢，而謹慎則是明智呢？

百夫長猶豫著。埃米爾很清楚，他對自己的手下感到羞愧。「你確定嗎？他真是那個人嗎？」

「百夫長，當天晚上我也在猶太區！」第二名士兵說：「我這夥伴說的沒錯，我們在那個猶太人的屋子裡見過他們：這兩人——還有金髮少年、撒旦的盟友！」

「逮到他的時候，這傢伙嚇得差點尿褲子了！」帶疤的士兵高聲嚷著，同時朝所羅門一推。

所羅門忽然啜泣起來。

「當天夜裡我們在利雅雷棱初次見到那個金髮少年，後來就沒有再見過他了，百夫長！」塔立克說：「沒有人知道他是誰，是從哪裡來的！他莫名其妙的就出現在我們旁邊了，百夫長！而這應該證明了，」埃米爾看得出塔立克經過了一番掙扎才說出了這番話；看得出他有多瞧不起自己。「從格拉納達來的信差向您報告的：事情一定和地獄派來的使者有關，那少年說現身就現身，說消失就消失，我們跟他一點關係都沒有！」

「嗯，」百夫長不知如何是好，而埃米爾也了解，事情出現了連百夫長都不樂見的變化。「再怎麼說，你們都入侵了我手下的營地，這一點是無可反駁的。我原本可以當場懲罰你們——可是我兩名手下認出了這兩名少年……」他望著埃米爾，彷彿想請求他諒解。

埃米爾心想，這下他非得將他們送往宗教法庭不可了。確定的是，這兩個孩子，我看得很清楚，就算百夫長不願意，我也救不了他們。接下來呢？我爲他們提供了棲身之處，百夫長是否連我都要押送到格拉納達呢？我可以宣稱什麼都不知道，而且什麼都無法證明——如果對托奎馬達而言，證據還算重要的話。

百夫長朝兩名士兵點點頭，說：「就由你們將這兩名少年帶往格拉納達，而且馬上動身，別浪費時間。他們說的是不是實情，不是由我決定的。如果托奎馬達用他的刑具……」他忽然停住不說。

「百夫長，」埃米爾說。明天他就要命匠人停止他們的工作。明天就要；如果到時他還是自由之身的話。阿爾樸德撒拉斯他再也待不下去了，一個不屬於他的領地，要它又有何用呢？他將前往摩洛哥，摩洛哥的蘇丹會以王侯之禮接待他。

「百夫長，這兩人——是我的客人。」他是幫不上他們忙的。

百夫長若有所思的點點頭，說：「雖然如此，埃米爾，請您見諒，我非得帶他們到格拉納達不可。我想，猶太人的計畫您應該一無所知吧；而您也不知道，這兩人是我們要找的人的同伴。」

他在替我找下台階，雖然我不知道爲什麼。埃米爾心想，也許是因爲他很清楚，我這裡不會有任何危險吧，真是一大恥辱呀。如果我趁機脫身，是否代表懦弱呢？我是否該承認我明知這兩名少年的計畫，卻還是收留他們，而不管自身的後果如何呢？

塔立克定定望著他。

埃米爾有氣無力的說：「您該不會要押走我的客人吧？」

百夫長默然靜候。如果我宣稱什麼都不知道，是懦弱還是明智呢？我非得渡過海峽遠去不可，這片土地只會帶給我屈從和羞辱，甚至死亡。

「我想，」百夫長再次開口，這一次語氣聽起來較爲嚴厲：「猶太人卑鄙的計畫您一無所知，而您也會用名譽擔保吧，埃米爾？對與魔鬼結盟的事您什麼都不知道吧？高貴的人士口中的一句話，不論他是摩爾人，是天主教徒，對我，就夠了。」

這是明智還是懦弱。明天我就可以渡海遠去了。

百夫長靜靜等候。埃米爾知道他了解的。士兵們已經將少年帶走，只剩他們兩人了。

「埃米爾，」百夫長疲憊的說：「我就對您實話實說吧。如果我沒誤解信差的話，即使事已至今，女王並沒有下令將您帶往格拉納達，這片領地依然屬於您。但埃米爾，我們還是會留在這裡。」他望著埃米爾，說：「對下棋我已經失去興趣了。晚安。」

第三十二章

格拉納達，四月，現代

青年旅舍裡空氣滯悶，幾名少年躺在被汗水濡溼的床榻上輾轉反側。早餐糟透了，何必急著起床？再說，就算遲到了，希爾貝特老師也早就不再責備他們了。希爾貝特老師看來憔悴又消瘦，彷彿打從她來到這裡，就再也沒睡好覺。

「老天，都星期四了！」圖侃說：「欸，連個鬼都還沒醒來嗎？還是怎麼了？各位，我們在這裡已經一個星期了！」

瑟吉回說：「你以為我們不知道啊！我跟你們說，我在這裡睡得很差，我在這裡簡直睡得爛透了，一醒來就想到那小子，好像是我們沒有把他照顧好。」

「你滿腦子胡思亂想，」卡迪爾說：「難道我們都成了他老媽了嗎？」

圖侃坐起身來。說：

「我也睡得糟透了。如果能飛回去，我一定樂死的，不騙你。」

到了星期六中午波士頓依然沒回來，希爾貝特老師報警後，他們——他們這一團所有的人——就接受訊問，其中最重要的是他們三人，因為他們是最後見到波士頓的。一切就像偵探小說。

希爾貝特老師打算帶大家飛回德國，學生們卻一致抗議，因爲爲了這次旅行他們存了好久的錢。

希爾貝特老師和學生家長、校長都通過電話，最後決定留下來。但格拉納達已經不再是原來的格拉納達了，點名時如果少了一人，希爾貝特老師馬上驚慌失措，大聲叫嚷。之前，希爾貝特老師從來不會大聲說話的。

接著她又什麼都不管，宣稱現在是自由活動時間——一整天，他們愛做什麼就做什麼。她甚至還斥責靦腆的西班牙文實習老師，罵得他很少露面。

波士頓的媽媽也到了，她問了些問題、哭了一場，看來像具行屍走肉，最後也搬進他們的青年旅舍，後來警方又向大家問了一些問題。過了快一個星期了，波士頓還是下落不明。

「不知道你們有什麼打算，」圖侃說：「我呢，我要好好找他一找。」

「哇噻！」卡迪爾興奮的呼喊：「簡直是007詹姆士・龐德嘛。」

「我要自己去找他！」圖侃說：「誰不知道，那些警察都又瞎又蠢；德國的又瞎又蠢，這裡的也又瞎又蠢。打死我也要去找他，你們要不要一起來，隨你們便。」說著，他便跳下床去。

卡迪爾說：「兄弟，別那麼快就生氣了！我跟你去。」

「我也去，」瑟吉說：「那小子衰斃了，他其實沒那麼笨的，不過，他那麼聰明，他自己也無可奈何。」

卡迪爾說：「瑟吉，你也很聰明呀！」

圖侃扣上腰帶，說：「可是瑟吉還滿正常的，差別就在這裡。」

「那小子不正常，這一點他自己可能也無可奈何。」瑟吉說：「好，我們再去找找看。」

安達魯斯，一四九二年

所羅門離開後，波士頓就再也沒睡了。村裡又是一陣騷動，從士兵進駐到黎明這段時間，沒有誰能安穩休息。

擔憂慢慢成真了，兩人一去不回。當然他們也可能遠走高飛，丟下他不管，只顧自身的安危：誰能因此責怪他們呢？但波士頓很清楚，事情並不是這樣的。

不論塔立克或所羅門，都絕不會丟下他不管。如果他們沒回來，就只有一種可能。

波士頓躺著但沒睡，耳裡聽著驢子的噴氣聲，不完全孤單真令人感到欣慰。

士兵們一定逮住他們兩人了，除了這一點，再沒有什麼能解釋他們爲何一去不回了。他們逮到了塔立克，也逮到了所羅門，而原因是，他們想拿回那片瓷磚——爲了他。要不是爲了他，他們早就安然逃離了。

在半睡半醒和恐懼之下他做了一個決定。他別無其他選擇，他得重回格拉納達。

他得離開這座村莊，趁著黎明來臨前即刻動身，而且要冒充準備前往河谷的趕驢人逃過士兵的監視離去。山區這裡他們會翻遍每一顆石頭，在山區這裡有太多人見過他，他得想辦法脫身，目的地則是格拉納達。他們一定將塔立克和所羅門押往格拉納達了，就算他不知道該怎麼幫他們——波士頓呀波士頓，你這個魔鬼的盟友當然幫不了忙啦——但他知道，絕對不能棄他們於不顧，他得盡所有的力量把他們救出來。在格拉納達還可以尋找那片瓷磚，但目前最重要的是，竭盡力量幫助這兩個爲了他而賭上性命的朋友——不管希望有多渺茫。

永遠，永遠別喪失希望。

趁著太陽尚未升起，波士頓將綁著驢子的麻繩從牆上的圈環裡解開；晨禱前他就得離開村子。

第一批鳥兒開始唱起牠們的黎明之歌，四周也不再漆黑一片，而是泛著藍灰色，月亮已經不見了。

波士頓小心翼翼的拉著麻繩，帶領驢子沿著陡峭的礫石路往下走。此時此刻，這座村莊彷彿要利用呼喚晨禱前的最後幾分鐘，把整晚的睡眠補回來。波士頓拍拍驢子的脅腹安撫牠，低聲說：「安靜，別出聲！」驢子幾乎邊睡邊跟著他。千萬別叫啊，安靜，別出聲！

行經埃米爾居住的低矮建築群時，他真想瞧一眼高窗內的景況。士兵們倚著將廣場伸向河谷的一側隔開的矮牆上，有的頭顱已經忘了職守擱在手臂上，雙眼也閉上了。一名守衛發出呻吟聲，在睡夢中挪動了一下，接著頭又靠回手臂上了。

在喚禮員呼喚晨禱前我得離開這座村子，等到眾人都醒時，就太遲了。

村莊出口處有條崎嶇多石的道路伸向下方河谷，那裡坐著一名士兵，背倚著一棵柏樹，一隻手擱在軍刀柄上，眼皮子已經合上，呼吸均勻。

「安靜，別出聲！」波士頓拍拍驢子的脅腹低聲哄牠。

士兵雙腿占據了大半路面，他得讓驢子從上方跨過。波士頓察覺自己心跳加速。千萬不能犯錯，安靜！驢子，別出聲。

驢子可能踩到了一顆石子，石子滑動，驢子絆了一下，嚇得猛然一躍，在破曉時分，驢子的叫聲聽來響亮又哀淒。

波士頓心裡驚呼：糟糕！

士兵猛然抬起頭，一躍而起並且拔出刀來。

「喂，你！」他訶斥：「你偷偷摸摸從我這裡經過想幹嘛！」他腳步有點踉蹌，人還沒完全清醒。

波士頓將驢子的麻繩握得更牢，驢子發出最後一聲吶喊，接著就止住了。

「大人，我不想吵醒您！」波士頓說。最好讓這名士兵把他的恐懼當成謙卑。「可是我得把我們的驢子帶到河谷那裡去。您看，我們沒帶什麼違禁物品！沒有袋子、沒有包袱。如果您要的話，大可以搜我的身，我什麼都沒藏。」

士兵搔了搔腦袋，睡眼惺忪的望著波士頓。

接著他自言自語的說：「我負責監視這個出入口，」也許這一刻，在半睡半醒中，他才開始考慮，這個任務意味著什麼。如果來的是攜帶武器的摩爾人，那倒好，不管是誰都知道該怎麼做。但如果是農夫要下田，或是從田裡要返家呢？每個摩爾人都得搜身嗎？每個摩爾人都是敵人嗎？他說：「看來，你確實沒攜帶任何兩位君主不允許的東西。」

波士頓哈腰行禮，說：「大人，我只帶著我們的驢子。」

士兵點點頭，依舊搔著頭，接著露出狡獪的神色，說：「摩爾人，可是你還沒禱告呢！晨禱還沒開始，你怎麼能動身呢？我一直以爲，你們穆斯林認爲晨禱神聖得不得了呢！」

波士頓輕輕拍著驢子的脅腹。安靜，別慌。越來越多鳥兒唱起了牠們的晨光之歌，不久，第一道曙光就會穿射地平線，將天空染色了。在喚禮員宣喚之前，在整座村子甦醒前，他一定得脫身。

「在廊哈龍有人等我，只等到傍晚，」波士頓說：「所以這麼一大早我就得動身了。大人，等太陽升起，我就在路旁晨禱了。」

「哼，」士兵哼了一聲。波士頓看得出他正在傷腦筋。「其實我站在這裡是爲了不讓埃米爾聚集兵力。」他喃喃自語，眼神還充滿睡意。「而每有一個摩爾人離開這裡，見他的鬼咧，這裡就少了一個摩爾人。」他的邏輯似乎讓他安心。「小夥子，你可以走了！百夫長說過，我們來這裡是要當警覺的朋友的。」

波士頓再次哈腰行禮，接著拉著麻繩帶著驢子往下走。在坡度陡峭的路面上，驢子不時滑跤，還好這條路牠熟得很，知道怎麼小心尋找安全的落腳點。

波士頓轉身回望上方的屋宇群，他的心跳比較和緩了。他心想，暫時沒有危險了。只要讓自己看來像個摩爾少年，舉止像個摩爾少年，我就不會遇到比任何摩爾少年更大的危險了。

來到第二個轉彎處時，他聽見了喚禮員的呼喚，誦唸聲遠遠飄過河谷，驢子也再次嘶鳴，波士頓拉著牠繼續向前走。

但暫時沒有危險又有什麼用呢？他的朋友被捕，瓷磚依然在士兵腰帶裡，哥倫布無法出航，新世界不會有人發現，而他也將不會存在。

第三十三章

科馬雷斯塔下地牢裡日夜難辨，即使天空上豔陽高掛，也只有些許光線能擠進地牢溼冷的黑暗中。

帕布羅直起上半身屈著膝，接著將腿伸直、縮起。也許他已經太習慣一跛一跛走路了，至少他得趁著沒有人留意，沒有風險時，讓自己的腿了解有朝一日它還是可以派上用場的。

他小心翼翼的起身走了幾步。背後牢房裡的犯人正在睡覺，呼吸均勻。到目前爲止，他們還不曾拘提他訊問，這片土地上這種人太多了，想來大審判官光要處理其他異教徒的事就忙得不可開交了。

帕布羅發出一聲喟嘆。在地牢裡夜以繼日過著離群索居的生活真糟，他已經控制不了自己的思緒了，一直以來，這都是他的弱點。唯有在家鄉他那姑娘的懷裡、在長途行軍或混亂的戰場上他才能不讓自己胡思亂想。

他望了自己的囚徒一眼。猶太人爲什麼得因此受罰呢？如果他們已經被迫離開家園，那麼至少該讓他們攜帶自己的財物才對呀，至少部分的財物不是嗎？

啊，帕布羅，因爲他冥頑不靈，不肯皈依正信呀！因爲諭令禁止，而諭令是女王宣示的。而女王呢，由於她是女王，她不只永遠是對的，聖教會和上帝也都站在她那一邊呢，這是每個人都知道的。

只有他才不知道。他這笨腦袋到底有什麼用呢？

帕布羅用額頭輕輕撞擊牆上泛著溼氣的石子，一次，兩次，彷彿這樣就能將這些念頭從腦袋裡撞出來。他爲什麼不能直接承認自己只是個什麼都不懂的蠢農民呢？他爲什麼不把思考這件事留給上帝揀選的人，交給兩位君王和教會呢？

帕布羅心想，我得想辦法重回太陽光底下，回到夥伴身邊、重回我身爲士兵的任務，這樣就可以轉移我的注意了。

他屈膝跪下，接著起身。兩次……十次。下次向百夫長報告時，他要請百夫長解去自己看守牢房的職務，就說自己的膝蓋復元，可以作戰了。只是，目前百夫長人在阿普哈拉斯監視埃米爾並準備逮捕那名現在已知不僅是密探，還是和魔鬼結盟的少年。

帕布羅嘆了一口氣。既然他們都這麼說，他也不得不信。雖然他並不了解，怎麼會有這麼多魔鬼的幫兇混在人群裡，到處都有，而且一天比一天多。既然大審判官這麼說，既然女王這麼說，應該就錯不了了。上帝揀選他們治理我們、讓他們擁有智識。而自己呢？上帝只讓自己當個農民，而當士兵也已經太久太久了。

牢房裡的囚犯動了一下，帕布羅透過門上裝有柵欄的窗口看了他一眼。水壺倒了，地板卻是乾的。其他夥伴都說，就讓他們從牆上舔水吧。

他得想辦法拿水給這個囚犯。

山頂上方太陽的位置越高，波士頓的倦意就越濃。他越過一座橄欖樹林，梯田一路伸展直到河谷，有時路旁便是溪流，這時波士頓就會讓驢子喝喝水，自己也喝上幾口。一路走來，他都沒有坐下休息，他知道，一坐下他就會睡著。

他已經從村子裡脫身了，但每個地方都有士兵，而這些士兵也四處找他。而他既然被當成了撒旦的同夥，那頭金髮也會讓每個摩爾人起疑。他伸手抓抓頭巾。

驢子在路旁止步，垂頭啃著幾株沾染塵土的草，波士頓聽任牠這麼做。到了格拉納達我該怎麼辦呢？我該如何援助塔立克和所羅門？

就算他們兩人脫身了，危險依然還存在。焚刑柱在等著我，我得回到未來。可是，女王拒絕了哥倫布的計畫，美洲不會有人發現，而一六二〇年也不會有臉色慘澹的貴格會教徒帶著妻子與三名子女從普利茅斯出發，航向新大陸，期待在當地為自己和家人建設新的家園了；因為，也許，也許直到那個時候還沒有人瘋狂到探尋前往印度的西方航道。這麼一來，那個貴格會教徒就不會知道有個美洲，就會在故鄉度過一生。這麼一來，數百年後在波士頓也就不會有個後來成為我爸爸的男嬰誕生了。

所有這一切都太複雜了。塔立克和所羅門被捕，瓷磚在那名士兵的腰帶裡，而美洲可能永遠不會被人發現。前途茫茫。

驢子舉頭，倒退一步重回路上。也許牠和主人經常走這條路，也許牠比波士頓更熟悉這條路。

但我仍然得重回格拉納達，格拉納達是決定一切的地方。所羅門不是說了嗎：我們一旦喪失了希望，那麼我們所害怕的就會出現。我得回到未來，我絕不放棄。

他挺直肩膀。一定要說服女王。

由「你」來嗎，波士頓？你瘋了嗎？再怎樣也輪不到你說服女王讓哥倫布前往印度呀！你到底想幹嘛？偏偏是你，這個密探、摩爾人的間諜、魔鬼的盟友？目前格拉納達的士兵比平時整個國家的都要多！

驢子停下腳步號叫，接著轉身緩緩沿著原路回頭往上走。

「驢子驢子，我們得去格拉納達啊！」波士頓試著拉扯麻繩，要將驢子往下拉。「你是我最好的掩護。」

驢子的腳用力抵著碎石路，打定主意要回牠的畜欄裡。

波士頓嘆了口氣，說：「好吧，祝你一路順風！」說著，朝驢子屁股一拍，算是告別。少了這頭驢子，農人會很思念的，看來他得獨自前進了。在錯綜複雜的摩爾人村落群裡他不會特別引人注意，而頭巾底下的金髮，即使帶著驢子，也還是金髮。

他繼續朝下方河谷的方向前進，來到第三座村莊時，耳畔傳來了喚禮員宣喚午禱的聲音。村莊入口處，洗衣的婦女們跪在河邊，另一些人則忙著綳掛晒衣物用的白色麻繩，下游不遠的地方則有印染工在浣洗布巾。河谷到了此處變得開闊，這裡的屋宇和山上的同爲白色，但更高大些。清真寺和市集廣場、來往的商販和驢拉的車等等，使這個地方熱鬧得像座小城市。井邊站著一群帶著陶壺、皮桶和水瓶的婦女。波士頓倒退一步，躲進屋舍的陰影裡。他累得不能再累了，眼前的影像甚至變得模糊起來。

一名婦女加入井邊的婦女群，說：「聽說昨晚女王的士兵來搜村了，但據說，他們是爲了和平的目的去埃米爾那裡的。你們誰有更多消息嗎？」

「他們在找魔鬼的盟友！」一名駝著背，拄著拐杖，站在稍遠處一直聽著大家說話的老婦人這麼說。波士頓身子一震。「士兵抵達後不久，就有阿爾漢布拉宮的信差騎馬趕到，他的馬全身汗水淋漓！據說那名他們原本認爲只是密探，要找的金髮少年，其實跟魔鬼結盟！而我們埃米爾卻提供他藏身的地方！我們這裡所有的人可都是他忠誠的子民呀，阿拉明鑑！至於那兩名天主教君王，」她露出充滿蔑視的神情，比劃了割斷脖子的手勢，說：「阿拉呀！如果真像信差所說的，那少年和魔鬼結盟了，那麼就連我也願他被火燒死！」人群裡響起了一陣附和聲。

水井開始搖晃了嗎？波士頓察覺額頭上汗水正在聚集。

「啊，胡說，老太太！」第三名婦女高喊。這時，好奇的群眾已經圍著水井形成更密的圈圈了。「那些吃豬肉的老說每個人都跟魔鬼結盟了！該慶幸你和你家人沒遇上這種事！」

「可是他們有證據！」老婦提高音量說：「對這個少年他們有確鑿的證據！他身上帶著人類雙手做不出來的器械！」附和聲再次響起。就連摩爾人也怕魔鬼。

水井果真搖晃起來了，話語聲從遠處傳來。波士頓感到喉嚨彷彿被人掐緊。

「老太太，這是你親眼看到的嗎？」站在波士頓前方隊伍裡的婦女問：「打從什麼時候起你居然相信那些吃豬肉的人說的謊了？」

波士頓發現，現在連他腳底下的地面也開始旋轉了。他不能倒下，他不能失去頭巾，他得確保自己脫身。

他拔腿就跑，腦袋裡空蕩蕩的，腳底下的地面似乎晃得越來越厲害。他聽到背後傳來婦女們的呼喚聲，但沒有人追過來。

直到將最後幾棟屋子都拋在腦後，來到前往廊哈龍，較為平坦、同時和溪流平行的路上了，他才在一棵橄欖樹下癱倒在地上。他感到體內又湧起了一股噁心感。

正如塔立克對他的警告，從現在起，舉國上下都認為他是魔鬼的爪牙；從現在起，連摩爾人也不會保護他了。

第三十四章

格拉納達，四月，現代

一見到這幾名少年，馬努埃爾馬上就想起來了。打從上午，巷子裡就越來越熱鬧，他盡力保持警覺。最近這幾天他太不留神，有太多東西被偷了。他不時離開店面跑去喝口酒。總有一天一切都會過去，而久而久之他就能忘卻那名金髮少年和那片瓷磚，到時他就不需要借酒澆愁了。偏偏現在，這三個傢伙又來了。

「先生，是您吧，是不是？」第一個少年這麼說。馬努埃爾記得這個人，雖然他個子最高大，看起來也像年紀最大的，因爲他上唇已經長出淡淡的鬍子了，但上次這少年什麼話都沒說。

「你說我是誰？」馬努埃爾問，同時用眼角餘光瞅了瞅隔壁的商販。只要他不要插手，一切可能很快就熬過去了。我什麼都不知道，我不認識他。沒見過，你們在說誰呀？

「他一直不見蹤影！」最小的說。他說話結巴，西班牙語爛透了，說得很吃力：「求求你！如果你有任何消息，先生，求求你！」

一名晒紅了臉的年輕婦女將一條五顏六色、亮晶晶的項鍊在圓領衫低低的胸口前比來比去，腦袋同時在門框上髒兮兮的小鏡前左顧右盼，問：「多少錢？」

馬努埃爾去結帳，這幾名少年仍然站在堆積如山的皮質地墊前靜靜等待。

「我什麼都不知道！」馬努埃爾說：「甚至連你們在說什麼，我都一頭霧水！警察也來過我這裡，可是我什麼都不知道！」

「求求你，先生！」最矮小的又說：「求求你，先生！」他那少少的幾個字、他那辭彙貧瘠、支離破碎的西班牙語，讓他像個比實際年齡小多了的孩童那樣無助。「請你幫幫忙，求求你，先生！」

馬努埃爾瞧見隔壁的商販朝他這裡望了一眼，他心想：那傢伙什麼都知道。可是，能知道什麼呢？光猜測還不夠向警方檢舉，這樣的猜測更是說不通。

「我幫不上忙！」他作出想把一群鵝趕開的動作，說：「天曉得，你們怎麼會有這種怪念頭！」

「問他瓷磚的事！」隔壁商販扭頭說：「嘿，馬努埃爾，怎麼樣？年輕人，問他瓷磚的事！」說完，那攤販就忙著從沉重的錢包裡掏錢找給一名觀光客了。

一輛遊覽車上下來了一群上了年紀的旅客，他們一古腦兒的衝進巷子，四名婦女忙著試戴戒指、拿起展示架上的絲巾，搞笑的往臀部一繞，嘻嘻哈哈的搖著很有分量的屁股。看到他們什麼都沒買就離去時，馬努埃爾鬆了一口氣。那幾名少年已經不見蹤影，隔壁攤販替一隻玩具機械狗上好發條，狗兒汪汪叫著，搖擺著尾巴在巷子裡跳著舞。

馬努埃爾朝昏暗的店裡踏進一步，心想：熬過去了。但我還能撐多久，繼續否認呢？我已經快受不了，想把一切都說出來了。伸手抓取酒瓶時，他的手忍不住顫抖。這一次光喝一口還不夠，得喝更多。

他察覺到別人望著自己的目光。他喝著酒，感到可以再享受幾分鐘那種美妙無比，這幾天來給他莫大幫助的飄飄然之感在體內擴散。遺憾的是，這種感覺也會奪走他的警覺心，而且消逝得很快，徒留空虛、沉重和哀傷。

「求求你，先生，求求你！」最矮小的少年從店裡最深處，貨架上還堆滿沒人想買的冷門貨的地方突然現身。

「這裡面沒你們想找的！」馬努埃爾嘀咕了一聲。他輕輕放下酒瓶。啊，這種美妙的飄飄然！他何不乾脆談談呢？難道會出什麼事嗎？

「先生，請您把那片瓷磚的事告訴我們吧！」上唇上方已經冒出柔細髭鬚的少年請求。

「這純粹是傳說、是童話故事，」馬努埃爾喃喃說著，同時一屁股坐到駱駝凳上。幾名少年的目光則在他頭頂上方游移，並沒有望向他。「迷信！全都是傳說、是童話故事。」話才說到這裡，他就察覺一股輕鬆的感覺湧了上來。

這下子，這幾天來他一直在等待的，終於發生了：他把故事說出來，聽到的人則哈哈大笑。正是為了這個目的他才開口的，就讓他們笑吧！當他把話說完時，就讓他們嘲笑他吧。

這麼一來，他就知道什麼都沒發生過，事情不是他的錯。

安達魯斯，一四九二年

波士頓只在樹下稍微歇息，噁心的感覺一波波襲來又退去，他仍然感到疲憊萬分，但他很清楚，「睡覺」是想都不能想的。

來了兩名孩童，他們靦腆的望了他一眼，接著在樹底下鋪上一塊布，滿心期盼的用根棍子擊打樹冠，可惜連顆橄欖都沒有落到布上。波士頓勉強打起精神朝他們笑了笑。

他繞過廊哈龍走遠路，走城鎮太危險了，眼下草木皆兵。當天夜裡他在一處空蕩蕩的綿羊圈裡過夜，但沒睡著。

現在，舉國上下都在找他。和魔鬼結盟的人，就連摩爾人也不會保護他躲開宗教審判的；而猶太人，雖然痛恨兩名君主，也不會保護他。現在，他確信無疑，他擁有神祕莫名物品的消息，肯定傳得比光速還快。背包，尤其他的手機，都是他們手上的證據。

怎麼能冀望人們相信這麼個完全陌生、令人膽戰心驚的器械：螢幕後方的光、內部的音樂，甚至它那奇特的材質等等來自何方呢？既然這些人到處想找出魔鬼的蹤跡，又怎能冀望他們相信？除了魔鬼，他們哪還能想到其他解釋呢？

波士頓心想：萬一被人認出來，我就完蛋了。從這一刻起，這片土地上每個人都是我的一大威脅。這件事會到處傳播，直達最小的摩爾村莊；而他們如果見到我的金髮，就會把我押到阿爾漢布拉宮。話說回來，死亡有沒有可能是我返家的辦法呢？我憑什麼認定，是那片瓷磚把我帶到這裡的？他揉了揉眼睛。也許我大可不必懼怕死亡的。我不願多想酷刑、焚刑柱的事。

我們一旦喪失了希望，那麼我們所害怕的就會出現。

喚禮員的聲音傳來時，波士頓再次上路，他的腳似乎不需使喚就會走了。他得留神，免得自己走著走著眼皮就合上了。我太累了，累得無法思考。

路徑變寬，幾乎算得上是條石街了。太陽高掛天上，左右各有岔路延伸，直到沒入山區。一路走來，他遇到過一名驅趕山羊的男孩、帶著水壺的婦女以及一群背著背簍的孩童。沒有任何人特別注意他。

我太累了，累得無法思考；我太累了，累得走不動了。只要小睡一下，讓我恢復思考能力，讓我又走得動就好了。只要小睡一下，一下下。

波士頓跌跌撞撞的。

「唷唷唷！」傳來一個友善的聲音。一輛騾車停在他前方等候。「這裡有個筋疲力盡的摩爾少年呢！」

車夫座上坐著一名修士，他那雙被陽光晒成褐色的手、鬆鬆的握著一條韁繩。

波士頓想逃，修士要比任何其他人更可怕，他們可是服侍教會，豎立焚刑柱，摩拳擦掌等著迫害每個不信者的人。他們會來找他，因爲他跟魔鬼結盟了。爲什麼不是被別的人，偏偏是被個修士找到呢？他想逃，雙腿卻不聽使喚。

「唷唷唷！」修士邊說邊吃力的從他那小車的車夫座上滑下來。他的教袍緊緊繃住圓滾滾的肚皮，胸前的木十字架隨著每個動作蹦蹦跳跳。「你快累倒了，摩爾少年！我們大概走同一條路吧？來，到我車上坐吧！」

陽光照射在平原上，遠處幾乎被煙霧吞噬的地方已經看得到格拉納達的輪廓了。波士頓低聲說：「我走得動！」話才說完，就發現自己兩腿發軟。

在一切變得模糊前的短短幾秒，他幾乎鬆了一口氣。心想：一切都結束了，真好。他被他們發現了，他不必再逃亡了。

第三十五章

士兵們匆匆趕路，想趕回格拉納達，人犯也在馬上，只是雙手被綁縛。

「大審判官會很高興的！」臉上帶疤的士兵高聲說：「女王也會很高興的！」他已經等不及了，不斷催促同伴騎快些。即使夜裡他們也只能稍事休息，大審判官在等，焚刑柱在等，還有一筆賞金等著他們。

半路上，塔立克僵滯的目光呆呆盯著馬匹雙耳之間，他聽到後方所羅門的啜泣聲。那片瓷磚仍然插在士兵的腰帶間，但此刻，這已經毫不重要了。有那麼一瞬間塔立克想過，是否該向百夫長說出真相，但他隨即發現，這是不可能的。到目前爲止他們還可以堅稱一點也不知道波士頓的事，堅稱他和所羅門只在利雅雷梭見過他一次。如果談到瓷磚，就等於承認自己認識波士頓，甚至想幫他忙了。就讓他們以爲他蠢到想趁夜晚偷取他們的武器，以爲他莽撞得像個小孩吧。

但他並不相信這些謊言足夠保護自己和所羅門。大審判官一定會認爲他們是魔鬼盟友的友人，會要求他們招供，哪裡可以找到波士頓。在嚴刑拷打下，所羅門會出賣波士頓嗎？他自己會出賣他嗎？如果招認波士頓藏身在埃米爾的村子裡，就等於同時也出賣了埃米爾。

偶爾，塔立克會淺睡過去，但他一直察覺得到下方馬兒的步伐。他頭朝前一偏，碰到馬鬣，嚇得他驚醒過來。

塔立克心想，我絕不會出賣埃米爾，也不會出賣波士頓說他擁有魔鬼器械的。就讓他們自己去找他吧，天曉得，他是否還藏在村子裡。我會堅持我從一開始就說的：我根本不認識那個金髮少年。

只是，誰曉得在嚴刑拷打下，他會供出什麼呢！

破曉時分，喚禮員的吟唱響徹屋頂上方，他們也抵達了格拉納達外圍。一路上，臉上帶疤的士兵都禁止他們禱告。塔立克無所謂，阿拉會了解，這是誰的錯。

「喂喂喂，醒來，開門！」士兵高聲呼喊，邊從城牆外狠狠敲著包覆鐵皮的木門。一名守衛從城垛上探出疲憊的腦袋。「讓我們進去！女王和大審判官已經在等候我們了！」

塔立克聽到手搖柄轉動的聲音，城門緩緩升起。城門守衛睡眼惺忪的放他們進城。

在登上阿爾漢布拉宮途中，那名士兵不斷撣撣身上的短衫、摸摸頭髮；臉上的笑容顯示，他有多期待那筆賞金。雖然他押送來的不是魔鬼的盟友，不是密探本人，卻也是他的朋友。只要讓他們嘗嘗刑具的厲害，時間一久，他們一定會供出他的行蹤。

在正義門，一名守衛攔住他們。守門的士兵說：「我們會通報的！兩位陛下還在熟睡，你們來得太早了。」

「這可是攸關打敗撒旦的事，怎麼會太早呢？」臉上帶疤的士兵嚷著：「讓我們進去！」

但還是等了一會兒，門才打開。塔立克眼皮合上又驚醒，接著又睡了過去。他見到所羅門身體掛在馬鞍上，頭貼著所騎馬兒的頸背。

「把你們關到地牢裡！」臉上帶疤的士兵叫嚷著，邊趕著他們穿過庭院前往宮殿。之前塔立克從來不曾獲准進入這些建築群。科馬雷斯塔下頭，梅蘇亞爾正下方，就是地牢所在之處。每往下一個階梯就變得越冷，腳步聲也響起了回音。這裡摩爾人並沒有使用賦予這座城堡之名（譯註：阿爾漢布拉宮「Alhambra」，阿拉伯文的意思是「紅堡」）的紅色砂岩，沉重的灰色方石泛著溼氣。塔立克忽然覺得好渴。

階梯底部一名士兵疲憊的倚牆站立。地牢裡昏昏暗暗的，稍後他才認出來人。「新來的嗎？」他走向來人。塔立克發現那士兵走路一跛一跛的。「又來了幾個？這裡已經沒地方關他們了！」

「嘿，帕布羅，我告訴你，這個涼差讓你錯過了一些好戲。」臉上帶疤的士兵說：「想個辦法收容他們吧！這兩個傢伙是我們在阿普哈拉斯逮到的，他們跟那個和魔鬼結盟的少年曾經在一起！」他捅了捅塔立克的背，說：「等大審判官讓他們嘗嘗刑具的滋味，他們就會乖乖招出他的行蹤的。」

塔立克心跳加速，高聲說：「我們不是說了嘛，我們不認識那個魔鬼的盟友！」這正是事情的關鍵，這才是關鍵。凡是認識魔鬼盟友的人，在托奎馬達眼裡，那個人本身就是魔鬼的盟友。說所羅門和自己並不認識波士頓，這樣自己算不算膽小鬼？

看守的士兵拿起他的鑰匙串，發出金屬互撞的噹啷聲。「我還可以把他們跟這個關在一起，」他邊說邊忙著在多得數不清的鑰匙裡找出正確的那支。

「等大審判官讓他們嘗嘗刑具的滋味，」臉上帶疤的士兵整張臉都洋溢著笑意，說：「有些人就會想起，之前他們假裝不知道的事了！等著瞧吧，這些刑具又會在你們身上顯現奇蹟的！第一關：拶指和烙刑。第二關：拉肢刑架，之後是輪刑。第三關：頭箍和……」

「嘗過頭箍的苦頭以後，你們就半死不活，不知道接下來是什麼了。」說著，那名守衛便從鑰匙串裡取出一支大得嚇人的鑰匙，插進一扇陰沉的木門鎖孔裡。那扇木門在人頭高的位置上，開了一扇裝有柵欄的小窗。「用頭箍逼問一點意義也沒有！我真搞不懂，這一點大審判官大人怎麼想不到。」

隨著沉重的轉軸轉動，門也嘎嘎開啓了。狹小的牢房裡僅靠門上裝有柵欄的小窗射入微光照明，那裡有個男人坐在地板上，他頭靠在膝蓋上，用兩條手臂撐著。牢房裡散發著霉腐味、好幾個星期的汗臭及排泄物等混雜的氣味。

「老頭兒，有人作伴了！」臉上帶疤的士兵大聲喳呼，塔立克感到背部被人用膝蓋一撞，但他仍努力保持身子挺直。

地板上的男人緩緩抬起頭來，看起來疲憊、迷惘又絕望。接著，他睜大了雙眼，低聲呼喚：

「所羅門！」

所羅門也抬起頭來。

塔立克心想，在山區時他真勇敢；在阿爾樸德撒拉斯時他和我一樣並不怯懦。我能了解，眼前這一刻就足以讓他再也忍不住哭出來了。

「帕布羅，你這小子在這裡真清閒！」帶疤的士兵說。人犯已經遵照命令押送過來，這下子他終於可以休息一下了。科馬雷斯塔底下地牢的階梯就在他前方，一種他永遠走不到階梯盡頭的感覺忽然襲來。這階梯高得沒有盡頭，階梯數目多得沒完沒了。「好好睡個覺！」他感慨的說：「你懂我的意思嗎？從前我總認爲戰爭是最慘的；可是現在，我向聖母起誓，才是慘呢。」

在階梯底部他倚著牆面。休息一下再爬上去吧。

「他們讓人不得安寧，」他咕噥著說：「那些摩爾人！我們打贏他們，他們就該乖乖聽話！」他腦袋靠在石牆上，問：「夥伴，你還有酒嗎？這次行軍，我們酒都喝光啦。行軍太多次啦！那些摩爾人就乖乖聽話吧！」

「地牢都滿了，」帕布羅說：「現在你們居然連小孩子都送來了！戰爭結束得越久，地牢就越滿，有這種道理嗎？」

我不是問過帕布羅，他能不能給我一壺酒，至少讓我喝上一口嗎？

「你們這些城堡裡的人總該有酒喝吧！」臉上帶疤的士兵說：「帕布羅，在我還沒睡著以前……」

帕布羅搖搖頭。士兵心想：想來也是。在這下頭幹他的閒差，哪需要酒來麻醉自己。在這底下他甚至可以睡得安安穩穩。生活真不公平，戰爭時期不公平，戰爭結束後也不公平。他開始步上蜿蜒向上的階梯。長得沒有盡頭，長得沒有盡頭。他靠牆撐著身子。睡吧。

有個東西從他腰帶裡掉了下來，他聽見那東西撞擊階梯的聲音。不必多瞧，士兵就知道那是什麼。這玩意兒他為什麼帶在身上這麼久？這是戰利品也是累贅。在阿普哈拉斯靠著這個總算嚇了他們一跳，看到他們眼神裡的恐懼，可真令人開心。

階梯真多，真疲憊。

他沒發現帕布羅彎下腰，迅速將那片瓷磚藏到衣服裡。他滿腦子想的都是：階梯真多，真疲憊。

第三十六章

醒來時，波士頓最先察覺的，是背部底下上下起伏、箜隆作響。不知是誰把他放到墊子上，那墊子散發著濃烈的氣味。雙眼還沒睜開，他就知道自己置身何處了。他們找到他了，逃亡生涯結束了。

騾車車夫座上傳來了一個老漢單薄又單調的歌聲，聽來像聖歌。波士頓小心翼翼的坐起上半身。

柔和的天光昭告著薄暮的到來，田裡的人忙著用葉片和草清潔鞋後跟和大鐮刀，準備回家了。他們走在人煙稀少的路上。

波士頓心想，只要往下一跳，我就自由了！波士頓怯怯的摸了一下自己的手腕，卻大感意外：爲什麼他沒有被綁縛在騾車上？這個修士真粗心！他的雙手、雙腳爲什麼都沒有被綁起來？難道這個修士真以爲他是摩爾人？果真如此，想從他那裡逃脫就更加容易了。

波士頓兩腳悄悄跨出騾車護板。車夫座上傳來的歌聲越發響亮，到達某個高音時，聲音忽然變得刺耳，接著曲調一變。波士頓雙手撐住騾車邊緣想穩住身體跳下去。

「這種事……摩爾小夥子最好別做，」從車夫座上傳來的響亮聲音這麼警告。

波士頓當場愣住。

「他輕輕鬆鬆就能從我這裡脫逃，易如反掌！」那聲音嘀咕著。修士眼睛仍然直視道路前方，波士頓只看得到他那剃光了頭頂，只剩一圈的稀疏髮毛。修士彷彿自言自語的說：「上帝以深不可測的智慧讓少年人的腿比騾車，甚至比年邁修士的老腿都要快！而某些……摩爾人在教會的懷抱裡還比其他地方更安全哪。喝，老灰騾，停！」

車身頓了一下，接著停了下來。波士頓猶豫不決，心想：跳吧！跳呀，波士頓，你還等什麼！

但兩夜沒合眼，他仍然筋疲力盡，想坐著不動的慾望占了上風。

「但有時呀，」那聲音繼續叨唸著：「上帝深不可測的智慧也會讓侍奉他的僕人之中，最卑微的見識他一點也不樂見的，意想不到的事物。」修士笨拙的爬下車夫座，把手伸進糧草袋裡，騾子的牙齒吧嗒吧嗒均勻的磨嚼著。「聖母瑪麗亞，您那難以估量的悲憫，將透露給您虔誠的子民什麼訊息？是不是有可能：您教會最卑微的這個僕人，並沒有看到他所看到的？雖然在那個……摩爾少年摔倒在地，頭巾被風吹落時，他故意瞧著別處？」修士舉頭望天，彷彿在傾聽著什麼，接著他點點頭。波士頓的心臟停了一下。「仁慈的童貞聖母，這也是我的想法。」修士滿意的說：「正如您說過的，也有過金髮的摩爾人，為什麼這名少年就不該是他們其中之一呢？他不過是一名摩爾少年，一名沒任何危險的摩爾少年！而這段時間我們天主教徒中遍布的猜疑，原本就令上帝不悅，是不是呢，童貞聖母？求您明示。」他撓搔著騾子兩耳之間這麼說，而波士頓也隨時準備往下跳。接著那名修士又說：「聖母瑪麗亞，話說回來，您也很清楚，在信眾之中想法和我們相同的少之又少！我不想稱他們失去理智了，我不過是個可憐的、渺小的，對怎麼製作乳酪略知一二的修士，哪有資格懷疑我們聖教會的智慧所化身的大審判官呢！但聖母呀，您和我，我們兩人，對這個問題看法應該是一致的吧？」他再次舉頭望天，神情肅穆的點點頭，說：「我不會忘了頌唸聖母經表示感謝的。但童貞聖母，您也了解，眼下我不能為了這件事停下腳步，乳酪得送進城，最最仁慈的兩位陛下已經渴望很久了。」他嘆了口氣，接著朝波士頓望過來，彷彿他剛剛才注意到這名少年醒過來了。

他友善的說：「好好好，我們的摩爾小友醒來了！我遇到你的時候，你累壞了。我把你抬到我的騾車上，你不會反對吧？你也要前往格拉納達嗎？」

波士頓點點頭，努力想搞清楚狀況。

「我想也是，」修士滿意的說：「上帝難以估量的慈恩總是安排得如此巧妙，讓我們在正確的時刻遇到正確的人。」他露出微笑，說了聲：「小夥子。」同時警覺又迅速的打量了波士頓一眼，似乎想讓自己的語調得體，接著說：「到了下一條溪，我們兩人就得休息一下了。說個讓你開心的消息：童貞聖母的看法也和我相同。如果你願意繼續坐在我這些裝著女王在她的紅堡上迫不及待想要嘗鮮的乳酪簍子中間，我們就能繼續上路。」

騾車猛然起動。波士頓心想，這個矮小的怪修士說得沒錯，一旦我休息夠了，輕輕鬆鬆就可以從他那裡逃脫。憑他那雙倦怠無力的老腿和破爛的騾車，他哪追得上我？躲在他的乳酪簍子之間，就和在這片土地的其他地方同樣安全，說不定更安全；我隨時可以跳車。我有什麼理由不坐他的車呢？前往格拉納達路上的每一哩，只要我不需要用自己的腿走，都能讓我更快抵達目的地。我只要確保不論多累都不可以睡著。我得保持警覺。

雖然如此，一直到騾車猛然停下時，他才驚醒。在寂靜的夜裡，路邊清楚傳來了潺潺的溪水聲。

「小夥子，你該下車了。」修士的聲音顯露倦意，他說：「在溪邊跪下。」

波士頓猶豫不決。如果他想把我交出去，他大可把我綁起來。難道他不知道我是誰嗎？誰要能將和魔鬼結盟、遭到緝拿的異教徒帶給大審判官，一定能獲得一筆賞金的！但這個修士並沒這麼做。我隨時都可以逃跑，但他並沒有採取預防措施。這一次，我有什麼理由不信任他呢。

溪流比波士頓想像得還要寬。溪水潺潺流過溪石，溪水碰撞到岩塊的地方，山裡融化的雪水泛起白沫，水花四濺。

「小夥子，你得跪下去才行，」修士嘆著氣，說：「否則對我這個可憐的老頭子，你就太高了。」波士頓不解的望著他，修士的目光卻沒有和他的交會，只是叨唸著：「我知道，穆斯林不喜歡這樣的，但摩爾少年，相信我，把你腦袋上的頭巾拿掉吧！」

波士頓把腦袋上的頭巾按得更緊。修士的目光仍然沒有和他的交會，繼續叨唸：「童貞聖母也知道，世上也是有金髮摩爾人的。納斯里德王朝[58]的末代蘇丹波伯迪爾不就有著一頭金髮嗎？解開頭巾，小夥子。」

波士頓猶豫了一下，最後還是把頭巾擺到一旁的草叢裡。

「小夥子，可能會有點痛，」說著，修士便用雙手從溪中掬水，澆淋到波士頓腦袋上，打濕的髮綹落到他眼睛上。「我可是練了好幾年了，別怕。」

波士頓迷惘的想著：一場洗禮。難道這是洗禮嗎？

接著他驚見刀子就在頭頂上。

自從宮廷遷到格拉納達以來，每天清晨胡安娜都會被喚禮員的叫喚聲吵醒。

「你就翻個身繼續睡吧，我的小鴿子！」保姆說：「那些異教徒的晨禱跟你又有什麼關係呢？繼續睡吧，我的小鹿，你那漂亮的眼睛下頭已經出現眼圈了！」

但每天清晨胡安娜依然悄悄起床。如果她誠實的話，她就不得不承認，這段時間已經成了她一天之中最愛的時刻了：除了摩爾人以外，整座城，她母親、父親以及整個宮廷都還在睡夢中。在這拂曉的時辰裡，這座城堡只屬於她一人。

胡安娜輕輕將被子往一邊掀開。保姆躺在門前的鋪位上，鼾聲大作，情況還一天比一天糟。胡安娜心想，真難想像我能像她睡得那麼熟！想叫醒我，根本不需要喚禮員；再不久，我就可以將保姆放到某座宣禮塔上，讓她的鼾聲叫醒摩爾人了！她嘻嘻笑了起來。

每天清晨她做的第一件事，就是找找被褥底下腳端的地方，那個小袋子依然還在。夜裡半睡半醒之間，在睡意回來前，偶爾她會用腳趾頭碰觸那個玩意兒，感到一陣輕微的震顫。

城堡所在的山丘下方一座清真寺的喚禮員音色特別渾厚動人。她坐在窗口上，手裡轉動著那個奇特的小袋子靜靜聆聽。在格拉納達每天清晨她都感受到，當曙光將各處屋頂染成金色的美妙時辰裡，這座城市是如何充滿了希望，彷彿每一天，每個尋常的一天，都會為格拉納達帶來奇蹟，並且一再如此，永不改變。唯有當其他人從睡夢中清醒，巷弄開始熱鬧起來時，這種承諾才會消失。但她感受得到，日復一日她一再感受得到。

她指間的小袋子並沒有失去那種陌生的光彩。偶爾，當袋子在她胸間變得黯淡時，她會用口水濡濕食指，在上頭塗抹。如今她已經非常熟悉小袋子柔韌、奇特的玻璃材質了。

胡安娜心想，但我依然不了解他的祕密。那個不是我未婚夫的未婚夫究竟是何人？這個小袋子裡藏有什麼魔法？大審判官如果知道我藏了一件魔鬼的妖物，還隨身攜帶，他會怎麼辦？如果母親知道的話，她會嚇死的。她會認爲，我的靈魂已經無藥可救了。

胡安娜的嘴角露出嘲諷的笑意。見到大審判官拿出那本書、那顆古怪的蛋，還有裝著錢幣的皮包時，她也大吃一驚。但所有古怪、陌生、令人激動、美妙的物品，一定屬於魔鬼嗎？塔拉維拉說，這些東西也可能來自馬可波羅探訪過的遙遠的契丹國，這說法她喜歡多了。如果遙遠的契丹國人民做得出這些古怪的器物會怎樣？如果她能親自前往當地——或許穿著小夥子的服裝，沒有保姆陪伴——見識那些東西，究竟會如何？

也許，母親不該將那個熱那亞佬打發掉的，這些器物除了證實魔鬼的勢力，豈不也可能在昭示我們，前往契丹和神祕萬分的日本國確實有條比目前所有大儒、學者所知道的更迅捷的道路嗎？虔誠的母親和大審判官如果不要老疑心每個人背後都有魔鬼作祟，該有多好！她轉動著指間的小袋子。總之，她自己寧可相信這玩意兒來自契丹。

喚禮員的呼喚終止，在她背後，睡夢中，保姆發出呼哧呼哧聲，沉重的身軀吃力的轉向另一側，接著彷彿輕鬆不少，又繼續打鼾。

胡安娜心想，如果我知道這是什麼；如果我知道，他想用這個幹嘛就好了。他肯定懷有祕密，但誰說這一定和魔鬼有關聯呢？也許這不過表示他跋涉了千山萬水！也許他確實見識過其他人從未見過的國度；也許因爲他走了這麼遠的路，才如此疲憊！很慶幸我讓他逃過一劫，我可不希望他被他們逮到！只是話說回來，我再也無法向他求證了。什麼都不知情，幾乎快讓我受不了了。

窗外一隻蒼蠅飛進屋裡，在保姆臉孔上方瘋狂盤旋，嗡嗡的聲音在靜寂的早晨裡分外分明。接著，牠降落在保姆的額頭上。

保姆大吃一驚，雙臂胡亂揮動。

「哎哎哎！」她驚呼：「我的小鴿子，我的小鹿！每天早晨都這樣，每個、每個、每個早晨都這個樣子！你會從窗口摔下去的，快點回來！」

胡安娜哈哈大笑，身子向前傾，彷彿想讓自己墜落到深處，心中暢快的想著：她一點也不知道我擁有最最危險的物品，任何人都不知情。

哦，我終於擁有自己的祕密了，我終於能期待會遇到美妙的事情了。

58 納斯里德王朝：摩爾人創建的王朝，自西元一二三七至一四九二年統治格拉納達。

第三十七章

第一刀落下時波士頓抖得很厲害，頭皮被刀刃劃了一下，但接著他便察覺修士的意圖了。他低聲說：「你想幫我剃頭，把我的頭髮剪掉！」

髮絲掉落到左右兩側的肩頭上，黏在耳後，接著隨他眼前的溪水打轉漂流，在河口匯入另一條河裡。波士頓盡可能保持緘默。

「感謝造物主讓我這乳酪修士擁有整座修道院最鋒利的剃刀！」說著，修士又「咔嚓」一聲，將指間的一綹頭髮剃掉。「小夥子，因爲乳酪修士不只是乳酪修士，靠著上帝的幫助，還是個剃頭師傅！」他手背拂過波士頓的頭頂，不滿意的唉嘆著：「只是，只是，光用這水……這一次，光是剃光頭頂一小塊還不夠呀，年輕的朋友！」他發出咯咯咯的笑聲埋怨著。

見到修士用一束草抹著剃刀，波士頓知道自己的頭頂已經光禿禿的了。他想趁著月光瞧瞧自己溪裡的倒影，可惜就算光線夠亮，溪水也太急了。

波士頓心想，這樣也好。知道自己光頭的模樣又怎樣？知道了我反而不敢見人！只是，這位修士何必這麼做呢？

「當然，很快你又會長出新的金色髮毛來，你可得當心呀。」說著，修士哼哼唉唉的站起身來，緩緩將腰間束緊教袍的細繩解開。接著波士頓驚駭的看著他不嫌麻煩的將褐色粗布教袍從頭頂上拉扯下來，說：「小夥子，把頭別開呀，你該不會想瞧我這老頭子……」教袍飛了過來，落在波士頓前方地面上，差點就掉進溪裡了。

「你還在等什麼？」修士不耐的問：「你不打算把你的帶帽袍子給我替換嗎？你要我這疲憊的老修士在星空下像亞當那樣赤身露體，像被上帝創造出來時那般等候你多久？」他又嘆了口氣，同時在胸前劃了個十字架，說：「幸好天色昏暗！可是誰曉得，某些動物就連夜裡視力也非常敏銳！看來我得爲自己的傷風敗俗告解一番才行，所幸主會赦免我的。」

波士頓不敢看他，他手指顫抖，將身上的袍子拉過頭頂扔給修士。他只隱約見到修士粗壯的白色背影輪廓，下方的雙腿卻又瘦又彎。

「怎麼樣，我的教袍你穿得下嗎？」修士費了好大的勁終於把波士頓的袍子套了進去，聲音聽來也輕鬆了些。接著，他開始將頭巾往頭上包。

波士頓起身，將腰腹上的細繩打好結，教袍在他身上鬆垮垮的，細繩一收，就皺攏在一起。這件教袍散發著濃烈的男人體味和乳酪的氣味，換成是往日，他會覺得好噁心。

波士頓嘴角忍不住拉出一條微笑曲線。他告訴自己：「我成了修士了！現在我這模樣就像個修士！」

修士吃力的跨上車夫座，身上的袍服就和之前的教袍一樣繃裹住他的腰腹，木十字架在他胸前晃蕩。他說：「這下，誰能拒絕童貞聖母，耶穌的母親呢？」他敲了敲騾車，催促著：「上來，我們浪費掉的時間夠多了，女王還在等她的乳酪呢！」

波士頓躍上騾車，將一個簍子往旁邊推開，在車板上坐下。接著他問：「你爲什麼幫我？」

修士咂了咂嘴發出響聲，韁繩一拉催騾子上路。正當波士頓以爲他要不是不想回答，就是沒聽見自己的問題時，修士卻不疾不徐的開口了。

「我這卑微的小修士哪會棄童貞聖母的願望不顧呢？」他說：「小夥子，你知道嗎，童貞聖母也和我一樣憂心已久，祂不可能同意有這麼多的犧牲者、酷刑和焚刑！我認爲，祂不樂見祂的愛子白白死去。童貞聖母不希望你被人燒死，所以我才讓你成爲修士的呀。」

波士頓怔怔望著他。黑暗中無法分辨這位修士是否真相信他自己的話，再怎麼說，他總是個修士呀。

波士頓低聲問：「這是在騙人。像你這樣的修士可以撒謊嗎？」

修士用疲憊的眼神瞧了他一眼，說：「小夥子，就算你是多神教徒，甚至是……」他目光又轉向前方望著道路，說：「異教徒，我都不想跟你的死有任何牽連。人是上帝依照祂的形象創造出來的，一個人的死，要比一個謊言更有分量。我認爲，撒謊靠告解很容易就解決了：拿著念珠禱告、誦念兩遍聖母經就行了。我不過是個平凡的修士，每天我都感謝上帝讓我除了製作乳酪和理髮以外別的都一無所知。身在修道院，外面的世界究竟發生了什麼事不勞我操心！我起身參加重大慶典、前往教堂禮讚，進行晨禱與晚禱，行禮如儀的過日子。我在乳酪房裡用各種香草爲乳酪添加風味，你聞到香氣了嗎？」他嘆了口氣，說：「而現在，就連女王也想要我們的乳酪，彷彿她的國度裡乳酪還不夠似的！無論如何，她要定了修道院的乳酪，非修道院的乳酪不可，這是受祝福的山羊乳酪，是由祈禱的雙手在籃子裡壓製而成的！」他氣喘吁吁的說：「真是胡鬧，我真服了這些人！就連我們的主不也曾在聖地，津津有味的享用異教徒從自家綿羊和山羊乳做成的乳酪嗎？《聖經》難道不是這麼說的嗎？難道《聖經》禁止食用異教徒的乳酪嗎？」他咂嘴作聲催促騾子走快些，接著高呼：「受到祝福的乳酪喲！虔誠也可能讓人超過分際的；聖母呀，您認為呢？」

波士頓靜候。瑪麗亞和這名修士的看法顯然一致，修士滿意的點點頭，說：「我知道，我知道！陛下並沒有惡意！她想要我們的乳酪完全出於一片善意！童貞聖母呀，只不過我不得不萬分謙卑的告訴您，我非常懷念摩爾人統治著阿爾漢布拉宮，而我不必趕在每次月圓前趕抵格拉納達的時光！」

波士頓坐起身來，說：「修士，我倒非常慶幸呢。」

他們抵達城門時，各處街道上已經非常熱鬧了。而一如當日他與所羅門共同動身前往山區時，波士頓也見到了猶太人長不見盡頭的隊伍，這些準備離開格拉納達的人們，除了身上所穿的服裝之外一無所有。

修士嘆了口氣，低聲唸著：「童貞聖母呀童貞聖母！我知道您也認為這種驅逐是一種罪孽！但充滿慈愛的瑪麗亞，那麼您就該有反對措施呀，難道您不行？我不過是個知道怎麼做乳酪，修道院裡可憐的老修士；而您，童貞聖母，您必得至高無上的造物主支持，您難道不該多費點心力嗎？難道您依然不肯原諒以色列的子民，因為當日他們將您的愛子釘上了十字架？果真如此，請想想，那些人並不是這些人，而是他們好幾百年前的祖先呀！還有，童貞聖母，請想想，」他的語氣幾乎有點嚴厲了：「當日您和您的愛子也都屬於這個族裔呢！您讓如此悲慘的事發生，想必有您的理由；但慈愛萬分的天主之母瑪麗亞，如果您這卑微的僕人無法理解這些原因，請您務必諒解。」

騾子猛然停下腳步，修士迅速朝波士頓打量了一下，接著目光轉向城門，那裡的守衛已經不耐煩的示意騾車靠近了。

他不客氣的問：「你們在搞什麼把戲？」波士頓一眼就認出，他正是一個星期不到前，侮辱他和所羅門的守衛。一股恐懼湧了上來，但這名每天都得讓數以百千計的人出出入入的士兵，見到剃著光頭坐在乳酪車上想進城的修士，他真想得到這修士就是當日穿著絲綢的猶太少年嗎？

「你們兩個是什麼古怪的搭檔？」

修士笨拙的下了車，身上的袍子都撩到小腿肚上頭了。

「好兄弟，問得好！」他高聲抗辯：「你不認得我了嗎？每個月我都爲女王送來她要的乳酪，有山羊乳酪、綿羊乳酪、牛乳酪；有原味的，有添加各式香草的；有鮮乳酪，也有在鹽水裡熟成的！女王最愛我們修道院的乳酪了，而上帝在上，如果你有幸享用到，一定也會覺得美味無比！爲了讓我們爲她提供這些美味的乳酪，女王可是給了我們修道院豐厚的獎賞的，只是我不知道，這會不會是最後一次了！」

守衛問：「怎麼說？」同時緩緩繞著騾車走動，邊敲打著木輪的輪輻檢視，還伸手探進這個那個乳酪簍裡。瞧他那神色，似乎慢慢想起什麼來了。接著他問：「你說你是修道院的修士，那你爲什麼穿得像個摩爾人？」

修士原本奮力移動彎拐的雙腿追趕他，這時站定，說：「問得好，真的，這確實是個好問題啊！而這個問題的答案正好也說明了，儘管兩位君主如此期待，今天爲何是我最後一次爲兩位君主獻上他們讚不絕口的乳酪的原因，因爲我再也不想穿著這身令人羞愧的異教徒袍子上路前來這裡了，就算我們修道院院長命令我一定得來，我也不幹！」

「修道院院長？」守衛搔搔頭不解的問：「你們院長爲什麼要求虔誠的修士穿得像個穆斯林？」

「因爲他擔心哪，好兄弟，因爲他擔心哪！」修士說：「我們修道院院長是這麼想的：我們得經過摩爾人的土地，但摩爾人萬一見到我們裝載著天主教徒乳酪的騾車，誰曉得會怎樣？他們難道不會搶奪我們的物品嗎？而他們如果見到坐在車夫座上的是他們自己人，那他們是否就會放過我們呢？」

守衛若有所思的點點頭，說：「沒錯，更惡劣的事這些摩爾人都幹得出來！你們修道院院長這麼擔心確實有他的理由。可是，在這身摩爾人的袍子上頭，你幹嘛還戴個十字架呢？」

修士露出狡猾的神情，示意守衛過去，低聲說：「這不過是個障眼法！袍子和頭巾給摩爾人看，十字架給天主教徒看！至於猶太人我就不特別穿戴什麼了，因爲正如你們每天在城門這裡親眼所見，猶太人一點也不構成危險。但就算我裝扮成了摩爾人，就能保證不會有哪個我們天主教君王的虔誠擁護者，因爲錯認這些是摩爾人的乳酪，而將它們奪走嗎？身爲正信的天主教徒，這麼做難道不正是他們的義務嗎？摩爾人可以有乳酪嗎？好兄弟，在這種時代沒有人能百分百確定，該提防誰才是！最保險的作法是防範所有的人！除此之外，還能有更穩當的作法嗎？」

守衛似乎都搞糊塗了，咕噥著說：「也許你說得對，這種事我倒還沒想過。」

「好兄弟，這你大可不必，這你大可不必！」修士說：「我們豈不是有聖教會替我們思考？聖教會豈不是為你、為我，為我們所有的人思考？而你瞧，我們院長想出來的計謀多妙呀！」他嘆了口氣，說：「但我可不希望下次還得這麼跋涉，主會原諒我的。唉，穿著異教徒的袍子！一路上這身衣服扎得我皮膚發癢，彷彿在提醒我，我是我們教團服裝的叛徒！而我這年少的兄弟，」他轉身指了指波士頓，說：「再也無法忍受了，因此又穿回了他的教袍。我說的對不對？」

波士頓嚇了一跳，趕緊點頭。

「他說：**我寧願被摩爾人搶劫，也不願背叛我教團的服裝**；他是這麼說的。這才是真正的天主教徒呀！寧可讓人搶走他的乳酪，也不願穿摩爾人的袍子！」

守衛點點頭，肅然起敬的說：「虔誠的弟兄呀，你們背負著重擔，真的，願主耶穌保護你們。」

接著他示意騾車進城。

波士頓靜靜坐在乳酪簍子之間，過了一會兒才說：「修士，你又撒謊了。」

修士在車夫座上感傷的點點頭，說：「等時機到了，我會請求童貞聖母原諒的。這個當你想為上帝做點善事時，只能在各種罪孽之間作抉擇的時代，究竟是怎樣的時代呀！」

第三十八章

伊莎貝拉步出宮殿穿越練兵場來到碉堡[59]，這一天的清晨就如這段日子以來一樣，陽光照耀。太陽豈不該吹散她心頭的陰影嗎？她想，我必須承擔的實在太多太多了，所有這些可怕的決定都由我肩負起。我原以爲，只要將這片國土從摩爾人手中解放出來，就能一切平順；結果一波未平一波又起，我肩頭上的重擔依然還在，而這次則是猶太人。另外，還有我那個一點也幫不了我忙的夫婿，他成天忙著和那些小情婦鬼混，簡直一無是處。塔拉維拉不是早就警告過我了嗎？他說，君王最沉重的包袱是孤單。我原本盼望，有了費迪南可以不再忍受孤獨，結果多年下來卻落得如此下場。

她緊抿雙唇，今天一定得採取行動了。她刻意等到上午：今天一早時她還能勸自己，利雅雷梭上方天空清朗絲毫不足爲奇。可是這個時辰呢？今天是禮拜六，城裡所有天主教徒、摩爾人家灶腳爐子上都擱著午餐，此時此刻再也不容她不信了。只是，她仍然難以作出決定。

「陛下！」桑坦傑爾深深欠身行禮，他幾乎巧無聲息的穿過酒門抵達廣場。「您派人找我？」

爲什麼她別的人不找，卻找了他這個恐畏而縮？

話說回來，不找他，要找誰？如果和我同登塔頂的是塔拉維拉呢？他會怎麼說，我早就知道了：孩子，這絲毫不足為奇，下去吧，孩子，忘了你所看到的，全能的天主自會掌管這些事，如果祂要求你作出這種犧牲，祂自會降下旨意給你的。在這之前你只需堅信主並且步下塔去。

伊莎貝拉憤懣的想著，接著呢？接著我又會夜復一夜在臥榻上輾轉反側，考慮依照托奎馬達的要求，是否才是我的職責；考慮那些冥頑不靈的可憐靈魂是否唯有烈火才能拯救，而下令執行的人除了我再沒有別人了！塔拉維拉幫不了我，塔拉維拉向來主張溫和手段，所有他的意見正好都和大審判官的相反，而這種矛盾只會讓我更加無所適從。

那麼，我爲什麼不找托奎馬達呢？爲什麼我沒讓大審判官再次陪我登塔？因爲正如對塔拉維拉，對大審判官的回答我也事先就知道了：他向來想把這些人全都燒死；而夾在這兩人之間的我則必須作出抉擇。童貞聖母，求您幫助我，幫助我！如果主教會的僕人意見如此分歧，我又如何能得知主的旨意呢？

由於這個緣故我才找來桑坦傑爾的嗎？如果其他人不行，桑坦傑爾這個人又能給我怎樣的建議呢？

伊莎貝拉心想：我不需要他任何建議，我只想了解，在塔頂上見到猶太區沒有任何炊煙升起時，他會露出怎樣的眼神。他拋棄猶太信仰已久，在我們國土上再沒有比他更虔誠的信徒了。而我，如果和一名恐畏而縮在猶太人的安息日觀望利雅雷梭的煙囪，我就有定論了。從他臉上我就看得出，這樣我就知道該採取什麼行動了。

「桑坦傑爾先生，我們一起登上貝拉塔吧，」女王說：「您能幫我解決一樁難題。」

桑坦傑爾再次微微欠身行禮。伊莎貝拉心想，他知道是怎麼回事，登塔幾乎是多餘的了。從他此刻閃爍的眼神，我就知道在那裡會看到什麼景象了。

接著，伊莎貝拉說：「先生，一個禮拜前我就來過塔上了——和大審判官一起。桑坦傑爾先生，他想證明給我看，格拉納達的恐畏而縮並不在乎他們改奉的信仰，他們仍然是馬邋噡，是過安息日的猶太人，在安息日前夕他們的屋頂上是看不到炊煙的！」她目光如利刃，直刺桑坦傑爾眼中。

他答道：「陛下，我不知道是否該將您這番話視爲羞辱！您的意思該不是，我……」

女王擺擺手，說：「當然不是，桑坦傑爾先生，當然不是！多年來您一直輔弼我夫君的家族，而您總是提供明智的意見！作彌撒時再沒有人歌詠得像您這般熱情澎湃了。」

桑坦傑爾靜候不語。「然而其他那些，在四個月不到前，我們抵達格拉納達時依然信守您先祖信仰的人呢？」女王說：「桑坦傑爾先生，太快了，太多太多您昔日的教友在我下令要求時立刻捐棄他們的信仰，我能信得過他們嗎？所有這些人是真心接納我們聖天主教教義的嗎？他們的靈魂確實獲救了嗎？或者他們不過想避免雙手空空離開這片土地的悲慘命運呢？」

「陛下，是您只給他們這兩條路的，」桑坦傑爾冷冷答道：「如今您怎能抱怨，宣稱他們純粹爲了逃避悲慘的命運，才接納我們唯一的正信呢？」

女王不耐的搖搖頭，說：「我並沒有抱怨！我和塔拉維拉主教不同，他認爲唯有自願受洗的天主教徒才是主所樂見的！而我認爲，只要猶太人受洗並且作彌撒、告解，奉行我們聖天主教會的儀式就夠了。只要這是主的旨意，其他一切就會水到渠成。可是，桑坦傑爾先生呀，」

她定定望著他，彷彿她剛在他額頭後方發現了最後一絲猶太特質，「如果這些猶太人同時還奉行他們的猶太儀式呢？難道他們該奉行安息日？爐裡不能有火？」

桑坦傑爾沉吟不語。

練兵場另一頭，胡安娜正步出宮殿走過來，神情恍惚，一隻手還按在胸部上。她在那裡幹嘛？她胸部裡藏了什麼？伊莎貝拉驚訝的想著：難道她那裡藏了哈布斯堡王子的迷你人像，就像我當年藏著費迪南的迷你人像那樣？難道見到了那名與魔鬼結盟卻又衣衫襤褸的不祥少年，終於讓她發現，菲利浦王子能帶給她何等的幸福？難道她忽然對他懷抱夢幻，在胸口上按著他的影像？難道我這倔強的孩子有希望回心轉意？

她深深吸了一口氣，呼喚：「胡安娜！」

胡安娜身子震了一下，彷彿做壞事被逮到般，放開擱在胸前的手。

女王露出微笑，心想，果真如此，果真如此。她果然在那裡藏了那個，又不希望被我發現。除了這個理由還會有什麼呢？瞧她那恍惚的眼神！我確定，她不會再拒絕哈布斯堡王子了，主早就安排好一切了。

「胡安娜，跟我們一起登上貝拉塔吧！」伊莎貝拉溫柔的撫摸著女兒的手臂，胡安娜瑟縮了一下。女王說：「有朝一日你說不定會成爲女王，必須像我現在作出許多重大的決策。如果你能早點了解將來會遇到什麼事，總是好的。」

胡安娜雙唇緊閉，低垂著頭不發一語，但沒有反抗。

登塔時，三人都默默不語。胡安娜走在最前頭。

「怎樣？」伊莎貝拉問。她幾乎不敢正視桑坦傑爾的眼睛。

她與托奎馬達站在塔頂平台上時是黃昏時刻，安息日前夕。黃昏時煙囪上沒有炊煙升起，這意味著什麼？這個問題她忍不住苦想了一整個星期。她太快就屈從大審判官了；利雅雷梭在安息日前夕冷爐冷灶的究竟意味著什麼？這豈不也可能表示，所有恐畏而縮要等到安息日這一天才生火做飯，以此證明他們已經堅決改變信仰了？

這正是一整個星期來她總是惴惴不安的原因。不論托奎馬達如何催促，光是安息日前夕屋頂上不見炊煙這一點，是無法證明什麼的。

而現在，只有利雅雷梭上空天色湛藍如童貞聖母的服裝。

「怎樣，桑坦傑爾先生？」

桑坦傑爾沒吭聲。

伊莎貝拉低聲說：「在利雅雷梭沒有人生火。」她幾乎感到痛心了，她多希望不是這麼回事呀。「雖然格拉納達每個人都等著要吃午餐了，那裡卻不見任何爐火。您看到炊煙了嗎？桑坦傑爾先生，您看到炊煙了嗎？」

向來不輕易顯露情感的桑坦傑爾，此刻臉上露出了痛苦的神情。他緩緩搖頭。

「桑坦傑爾先生，這該怎麼解釋呢？」伊莎貝拉問。費迪南會很開心的，她總擔心他在意的不是靈魂而是錢財；這下子，他將能獲得豐厚的財富了。「先生，請您幫我！這該怎麼解釋呢？」

桑坦傑爾沒吭聲。

就在這一刻，胡安娜展開雙臂，身子遠遠探出塔上的護牆，高喊：「我在飛！我在飛！」她等候了一下，但保姆的驚呼聲並沒出現。接著她轉身面向母親，說：「我不懂你們覺得哪裡怪！不是到處都流傳說，猶太人把天主教徒殺了喝他們的血當作安息日大餐嗎？你們難道沒聽過在塞哥維亞[60]流傳的故事嗎？」她放聲大笑，說：「猶太區的人何必生火作飯？天主教徒的鮮血反正還溫熱呢！」說完，她更是笑得前仰後合。

「胡安娜！」女王訶斥，用幾近懇求的眼神望著桑坦傑爾。

桑坦傑爾默然不語。

---

[59] 碉堡：此處指阿爾漢布拉宮範圍內的堡壘。

[60] 塞哥維亞：西元一四九〇年一名塞哥維亞的猶太人，在嚴刑拷打下被迫承認曾將一名天主教孩童釘在十字架上並將心臟挖出。類此被逼作出的供詞導致數百年來廣泛傳說猶太人有殺人祭拜的儀式。

第三十九章

在城門後方不遠處，修士讓騾車停下。

他說：「小夥子，格拉納達到了。我不懂你爲什麼要來這裡，依我看來，再沒有比這裡對你更危險的地方了。」

有那麼一瞬間，波士頓恨不得讓這名修士知道一切。自己連一刻也忘不了的實情悶著不說真難過；再說，這名修士自己不也瘋瘋癲癲的？說不定這修士真會相信他的話呢。

但接著他戒心又起，只是囁嚅著說：「修士弟兄，非常謝謝你！感謝你沒把我……」

修士問：「你是想跟我上阿爾漢布拉宮呢，或者你的目的地就在山下這座城裡？」

波士頓搖搖頭，說：「我要上阿爾漢布拉宮！」

騾車啓動。塔立克與所羅門一定在阿爾漢布拉宮，因爲地牢就在那裡，而說不定他也能在那裡找到那片該死的瓷磚，只是這片瓷磚已經派不上用場了。話說回來，女王也在上頭，只要哥倫布有機會展開旅程，他的機會就在山上的城堡裡。

修士吆喝：「哈哈！」在山下入口守衛問了他一些話，這次花去的時間不像在城門口那麼久。

「我撒的謊慢慢都可以堆積成山，高得像亞拉臘山了！」修士咕噥著說：「哦，我真想告解呀！」

也許我可以跟著這位修士回他們修道院，只要我每次都能及時剃掉頭髮，他們一定會收留我的。想逃離宗教法庭的魔掌，還有哪裡比直接在它眼皮子底下更安全的呢？再說，幾年後，關於魔鬼盟友的傳說也許就會被人淡忘了。我可以學習製作乳酪，從早到晚誦念祈禱，再也不必擔驚受怕了。

人稱麥迪那的市集區逐漸接近，笑語喧譁，洋溢著市井生活的聲息。

美洲呢？你把美洲給忘了！

不會有人發現美洲了，而我如果老死在修道院裡，也就無所謂了。我爲什麼妄想，如果我敢去見女王，美洲就能被人發現了？在修道院裡我可以安然度日，直到我接受臨終敷油，在弟兄們的誦禱中安息；沒有酷刑，沒有焚刑。

騾車停在市集區廚房前。修士問：「小夥子，你怎麼啦？你不覺得該幫我把乳酪從車上卸下來嗎？」

波士頓點點頭。可是塔立克呢？所羅門呢？

他抬起一個簍子，裡頭裝有綿羊乳酪、山羊乳酪、鮮乳酪、用鹽水熟成的乳酪。修士打算在城堡上歇息一天，這段時間他可以尋找朋友的下落。但另一方面他也很清楚這麼做沒什麼用，他該怎麼救出他們呢？

找不到他們的話，不如就跟著修士回修道院，就這麼定了。只等乳酪都送進了廚房，他就要告訴他。他不能痴等回到原本的生活，純粹只是爲了塔立克和所羅門，他才滯留在這裡。既然知道他們是爲了他才得忍受宗教法庭的折磨，他又怎能過自己的安逸日子呢？

我們一旦喪失了希望，那麼，我們所害怕的就會出現。

他握住兩側把手提起簍子，簍裡的東西沉甸甸的。淚水快湧出來，又被他忍了回去。絕望與放鬆以古怪的方式交雜。在修道院裡，他至少可以不擔驚不受怕的度過這個突如其來的人生。

可是塔立克呢？所羅門呢？

就在這一刻，他聽見了她的呼喚。

「菲利浦！」有個聲音如此呼喚著，聲音不大，剛好夠嚇他一跳。「管他你是誰，魔鬼的盟友！放下簍子過來我這裡，不然我就叫守衛囉！」

胡安娜是最後一個步下貝拉塔階梯的。哼，猶太區上方不就是不見任何炊煙嗎，母親何必那麼激動？那些冥頑不靈的猶太人不肯皈信天主教，難道是她的錯嗎？誰能要求女王連那些不肯接受救贖的靈魂都得拯救呢？就算是她的錯，只要她多唸上一遍或十遍《玫瑰經》，主就會赦免她的錯的！與其把猶太人送上焚刑柱，好解救這些靈魂上天堂，還不如讓他們受煉獄之苦。每天都是一樣的事，無聊，無聊，無聊，無聊透頂了。

就連她胸脯間的小袋子也沒有兌現諾言，什麼都沒發生。她幾乎開始希望這個小袋子當真是魔鬼的邪物了，那樣該有多刺激呀！

她步出城門來到市集區，園丁們在花壇上工作，廚房小廝忙著從井裡取水，邊吹著口哨。就連那些僕役都過得比她快活。

一輛修道院的騾車停在廚房前，這車她之前就見過好幾次了，最後一次大約是一個月前吧。車上的乳酪臭氣熏天，車夫座上的修士大腹便便，肯定也一樣臭。真搞不懂，母親何以愛這樣的人甚於那些有教養又乾淨的猶太人或摩爾人呢？每走一步，修士的肥肚就在他單薄的摩爾人袍服底下晃動。這些教士如何醜態畢露，母親難道看不見嗎？

接著她猛然停下腳步。摩爾人的袍服、頭巾。這個修士幹嘛穿著袍子、戴著頭巾？她匆匆朝他的同伴瞧了一眼。在這之前，這修士總是隻身前來阿爾漢布拉宮的。還好，另一個至少穿著修士該穿的教袍，他還很年輕，剃光了頭，看來笨手笨腳的，而且看起來像……

胡安娜深深吸了一口氣，壓低了嗓門喊了聲：「菲利浦！管他你是誰，魔鬼的盟友！放下簍子過來我這裡，不然我就叫守衛囉！」

她其實沒多少把握。這少年如果只是露出不解的神情緩緩朝她轉過頭來，或者根本不知道她叫的是誰，平靜的繼續做他的事，那她就會認為兩人不過長得相像而已。

但他毫不遲疑。一聽到她的聲音，他身體馬上發抖。魔鬼的盟友會顫抖嗎？他嚇得放下手上的簍子。

胡安娜朝他揮手示意，接著走進洗衣間。浣衣女們都抬起頭來大感意外。

「噓，噓，噓！」胡安娜示意他們別聲張，同時像趕蒼蠅那樣，把他們趕到外面，說：「你們可以走了！」

其中一名婦女愣愣的抓起一條正在圓木桶裡刷洗的床單，但手背馬上被胡安娜用扇子敲了一記。

她高聲命令：「我都說了，難道你們要賴到明天才走？」

最後離開的浣衣女在門口撞到了年輕的修士。胡安娜一點也不認爲他會抗命。夠聰明的話，他就知道沒她幫忙，他是不可能再次逃命的。但話說回來，他真打算逃命嗎？他爲什麼又回來了？

少年低垂著腦袋，彷彿不想讓人看到他的模樣，寬大的教袍在他瘦削的身軀上晃蕩。她果然沒搞錯，這下子，她一切都可以弄清楚了。

「說！」胡安娜問。

少年緩緩抬起頭來望著她。這一次，他看來不像一個星期前那麼落魄，也許是因爲剃光了頭，也可能是因爲她所知道的關於他的事。

「你爲什麼又溜上阿爾漢布拉宮了？之前你不是拚命想逃離這裡嗎？魔鬼的盟友，我要你把所有的事情都告訴我。」

終於有些振奮人心的事了。

第四十章

波士頓只遲疑了一下，就乖乖跟著公主走進那座建築裡。既然被她認出來了，就休想脫逃。

婦女們和他擦身而過，不論老的、少的，都用緊張又不解的眼神回頭張望。她們頭巾底下露出溼答答黏成一綹綹的頭髮，身上的服裝和圍裙從脖子到腳邊全都溼透了。波士頓很訝異，自己居然連這些細節都注意到了。

室內溫度相當高，地板上擺著一個個木桶，泡在桶裡的衣物冒出蒸氣，把空氣變得又溼又黏滯，木桶間則散放著汲井水用的水桶；石灶裡閃著火焰，用來將爐子上銅釜裡的水加熱。

「說！」公主下令。

波士頓抬起頭來。一個星期前她曾幫他脫逃。

「幾天前你不是才拚命想逃離這裡嗎？這會兒爲什麼又穿著這身服裝溜進宮了？魔鬼的盟友，每件事你都得一五一十的告訴我。」

波士頓疲憊的想著，我只想當個修士。這幾天我經歷了這麼多事，甚至已經不會真的被嚇壞了。他倚著牆，洗衣間裡的蒸氣讓公主的臉色顯得較爲柔和。

他問：「你爲什麼要幫我脫逃？」

公主氣呼呼的說：「是我在問你問題吧？魔鬼的盟友，我想知道你究竟是誰。」

波士頓點點頭，心想，如果她不是那麼焦躁，如果她不是那麼快就動怒，如果她不是那麼不開心，以至於長年的不開心和焦躁都刻畫在她臉上的話，她其實挺漂亮的。他很訝異，此刻自己還有心思想這些事，他最好還是快點決定該怎麼跟她說。

波士頓欠身行禮，雙手交握，說：「之前我到格拉納達，是爲了要——成爲修士！」他堅定的說：「你們在客棧把我攔下時，我正準備前往……我正想前往修道院，但你們卻把我當成是……」

公主怒斥：「胡扯，住口！」她眼裡閃著怒火，說：「這些話你就留著說給我那虔誠的母親聽吧，可惜就連她也不會相信的！我們已經找到你的邪物了。」

波士頓問：「邪物？」再怎麼辯解都沒用。

「那顆蛋！」公主說：「那個有著齒牙交錯的鐵鏈的皮包，那本提到格拉納達、提到我母親甚至還提到波伯迪爾的妖書！如果你不是魔鬼的盟友，就告訴我這些東西是怎麼回事！」

波士頓說：「我不懂你在說……」這下子，公主更是怒火大發，她的耐心又用完了。

「我可以叫守衛來！」她厲聲警告：「魔鬼的盟友，你最好考慮清楚該怎麼做！」

波士頓點點頭，說：「連我說我是個修士你都不信，實情你是更加不會相信的。」他東張西望，彷彿想找什麼。蒸氣不斷朝窗外竄，窗口下方牆邊擺著一把磨得油亮亮的長板凳，上頭擺著浣衣婦盛放衣物的籃子。他先把第一個籃子放到地上，接著是第二個，最後才在板凳上坐下，用懇切的眼神望著公主，說：「說來話長。」

他見到在她心中好奇和憤怒正在交戰，最後好奇心勝了。

「我沒辦法離開你們的國家，」波士頓謹慎的挑選字眼，公主並沒打斷他的話，令波士頓大感意外，心想，如果實話實說，她說不定會滿意。再說，除了這個辦法以外，還有別的辦法說明手機和背包的由來，讓她相信讓他擁有這些東西的並不是魔鬼嗎？「我甚至沒辦法離開你們的時代。」

公主身體震了一下，還是沒開口說話。看來這令人難以置信的實情並不像他之前撒的謊惹她發火。也許她真覺得實情更令人信服，至少更刺激吧！他反正別無選擇了。

「我所生活的時代在未來五百多年後，」波士頓仔細觀察她的眼神反應，說：「我知道，這聽起來像神話，但實情就是這樣。」

他靜靜等候，公主則默默不說話，緊抓著板凳邊角的手指節骨因為緊張用力都泛白了。

「我自己也不曉得，我是怎麼來到這裡的——我莫名其妙就到了這裡；該怎麼回去，我更是毫無頭緒。」

「那些邪物，」公主想讓聲音聽起來兇狠，卻顯得虛軟無力。「那些邪物你得解釋清楚。」

「那本書就是一本書，」波士頓說：「不過只是一本書。在我的時代，事物的模樣是不同的，這一點你應該也想得到。五百多年來人類發明、發現了許多事物。」他頓時想到了美洲！如果我能讓公主相信我的話，那她說不定就能說服她母親讓哥倫布啓航？「至於你叫做蛋的那個東西，其實是個讓你用來和別處的人說話的機器；而那個皮包……」

「呸呸呸！」公主說：「那是光！那顆蛋是光！」

「是，沒錯，當然也是！」波士頓急忙附和，但願她別又生氣了！「但其實……」

「你該怎麼證明呢？」胡安娜問：「證明你來自未來？證明這些器物是未來的器物而不是魔鬼的？這些你要怎麼證明？」

波士頓什麼都沒說。

「五百年！」胡安娜驚嘆：「我早就死了！」

波士頓點點頭，心裡怯怯揣測：但這一次她沒那麼生氣了。她也許有點惱怒，更有點懷疑，但不像開頭我騙她我想當修士時那麼氣呼呼的了。她似乎比較相信實情，雖然聽來瘋狂，因爲實情就是最瘋狂的。

接著他忽然想到，胡安娜可以怎麼幫他。沒錯！她可是公主哪，如果他能說服她……

首先是美洲，再來是塔立克和所羅門。「你了解嗎，正因爲這樣，」他語氣急切，同時逼自己正視她的目光，「因爲我來自未來，所以我知道許多你們這個時代的事！我知道未來五百年會發生的事！所以我也知道——你在聽我說嗎？」

胡安娜的頭往一旁偏了偏，避開他的目光。波士頓心想，她在考慮到底該相信我的話，或是把我當成魔鬼的盟友。「你在聽我說嗎？」

公主點點頭，老不客氣的說：「說下去。」

波士頓努力讓自己保持平靜的語氣，說：「所以我也知道，你母親就快鑄下大錯了！」

「你居然敢說女王做錯了？」胡安娜提高音調，哼了一聲。

波士頓擺擺手，說：「她一定得讓那個熱那亞人可隆出海！他會爲你們發現美洲大陸，你懂嗎？這會讓西班牙坐擁難以數計的財富！」

公主答：「我母親才不在乎財富。」但波士頓察覺，她自己其實也不太相信。「她的所作所爲都只是爲了人類的靈魂。再說，可隆要去的地方是印度。美洲，我聽都沒聽過。」

「當然沒有！」波士頓高聲說：「美洲根本還沒被人發現呀！那是個所有人都還不知道的大陸，對這塊大陸，你們還一點概念都沒有！可是胡安娜，請相信我，這塊大陸確實存在！美洲確實存在，而它將會帶給西班牙難以數計的財富！」

胡安娜起身，說：「你說你來自未來！你說，會有人發現一塊我們從沒聽過的大陸！換句話說，你跟我講了一大堆沒有哪個天主教徒會相信的話。你的證據到底在哪裡？」

波士頓身子癱軟。有那麼一瞬間他覺得就算公主還沒真正相信他說的話，但至少願意相信。只是，他沒有任何可以給她看的證據。

「請試著相信這是真的！難道你認爲相信魔鬼的存在更容易嗎？」

胡安娜非常非常緩慢的搖搖頭，兩眼緊盯著他，自言自語的說：「我不知道該相信什麼才對。」一隻手遲疑的移到胸前領口上，雙眼深深凝視著他，彷彿要對他施法。「還有這個，這是什麼？」

她遲疑的縮回手，接著像要威脅他那般，朝他伸了過去。波士頓認出她手裡握著的正是某家漢堡店的番茄醬包。

「這個？」他大感意外，同時察覺一股笑意拚命想湧上來。原先期待會有什麼驚天動地的東西，結果卻是：一個番茄醬包。「這個，」想笑的衝動再也壓抑不住了，「不過是番茄醬！」

公主勃然大怒，她的情緒總是大起大落。她縮回握著醬包的那隻手，伸到眼前，問：「番——什麼？」絕不能讓她認爲自己在耍她，我需要她，我需要她。

波士頓答：「番茄醬！這不過是番茄醬！不過你們可能也不知道這個東西，這是用番茄做成的。」見到胡安娜疑惑的表情他才想起，她也不知道番茄是什麼。番茄原本生長在美洲，而美洲還沒被人發現呢！

波士頓說：「番茄是從美洲來的！胡安娜，瞧，我不是說了嗎，你們得讓可隆上路！」

他一把從她手中拿過那個醬包。醬包摸起來有點黏，還沾了點汗水溼溼的。「從這裡可以撕開！」

胡安娜愣愣的望著他的手，嚇得倒退一步，彷彿擔心他要給她看的會非常恐怖。

波士頓說：「從這裡撕開，看到了嗎？好了。」他用指尖捏住醬包上方一角，撕開封口處。他很小心，番茄醬汁會留下噁心的汙漬，還是小心別讓它噴出來的好。「你看！」波士頓說。

公主雙腳一動也不動，只有身體微微前傾。她伸長了脖子，接著悶呼一聲，伸手掩住嘴巴。

「不過是番茄醬！」波士頓趕緊安撫她。他壓了壓醬包，醬汁從邊緣擠了出來。他把醬汁舔掉，手一伸，遞給公主，說：「嘗嘗看！」

這時他才發現公主在顫抖，她抖得非常厲害，看得他都開始擔心了。她眼球外凸、兩眼發直。波士頓又說了一次：「這不過是番茄醬啊！」爲了證明給他看，他又從醬包裡壓出一點濃稠的醬汁舔掉，說：「很好吃呢！」

就在這一瞬間，公主發出驚天動地的呼喊。

第四十一章

桑坦傑爾只有一個願望：立刻讓人送回城裡。他得好好思考，塔上的對話意味著什麼。直到現在，他的妹妹及妹夫依然和子女住在格拉納達，他們還沒決定在女王的諭令頒布後該採取怎樣的行動；現在他終於知道，不論哪種決定都爲時已晚。

或者，他該建議他們：跟我一樣受洗吧？

方才他不是已見到，即使這麼做，下場會如何嗎？不管怎樣，就算他們在十字架前下跪，大審判官也不會相信他們是真心誠意的，托奎馬達永遠不會停止暗中偵查與迫害，身爲格拉納達的恐畏而縮，你得有心理準備隨時得上焚刑柱。

雖然女王對他破例沒有懷疑他，這仍可能瞬間改變。在財富一事上，對費迪南而言他仍然比他其他的臣僚重要，國王需要他；對費迪南而言，讓他活著還比讓他死有用。

那麼，他該建議妹妹離開這片土地嗎？遵從諭令，留下他們的財產，像其他數以千萬計的猶太人找艘船離去？即使生活困頓，異邦安然的生活豈不勝於格拉納達的生命威脅嗎？

如果在異邦真能安然度日的話，但想到近百年來他的教友們在法蘭克、在奧格斯堡、在雷根斯堡、紐倫堡等地的遭遇，他就不寒而慄。這麼多奇特不熟悉的地名、這麼多數以千計的受難者。儘管如此，他還是想藉由摩爾人，藉由以撒的協助，稍微減輕格拉納達猶太人顛沛流離的折磨，讓他們有機會帶走自己的財物。無論在哪裡，富裕的猶太人總是比必須求人施捨的猶太人更受歡迎的。

然而，一旦百年前從隆河口橫掃遠方的巴伐利亞，襲捲馬札兒人的草原，穿越整片哈布斯堡屬地的大滅絕[61]再次發生；一旦瘟疫再次肆虐歐洲任何一處地方，猶太人就會成爲代罪羔羊，因爲是他們在井水裡下毒的：每次都如此，說他們褻瀆聖體、他們喝天主教徒的血。只要有可怕的災難發生，天主教徒就會將罪名加諸於猶太人身上。不論我們逃往哪裡，即使抵達了目的地，總有一天我們還是會被人燒死。

那麼，他該建議妹妹怎麼做呢？此地你留不得，但你也走不得；不論你人在何方，都容不得你苟活，其他地方也不行。

一名僕役穿過練兵場匆匆朝他走來。

我該求女王再次考慮她的諭令嗎？如果我相信這麼做有用的話，我早就做了。女王的虔誠信仰，托奎馬達的急於表現，二者都不可能容忍我的族人平安度日的。至於費迪南呢，再沒有人比我更清楚他的財務狀況了。想到有機會發大財，他眼中閃現的光采唯有在他想到情婦時才會出現。費迪南是最不可能同意的人了，他早就垂涎驅離猶太人能帶給他的財富了。畢竟，與摩爾人的戰爭花費龐大。

「先生，」僕役充滿敬意的朝他欠身行禮，說：「陛下請您前往使節廳，大審判官閣下正準備訊問魔鬼盟友的夥伴。」

胡安娜在板凳上少年身畔坐下。他居然想用這種瘋話騙她，他把自己當成了怎樣的大笨蛋？說他是修士？笑死人了！任何其他身分都比修士更有說服力！

她靜靜等候。他的故事太荒謬了，比任何她想得到的都要荒謬。來自未來！沒有人能從未來來到我們的時代。她手指使勁抓著板凳。果真沒有人能來自未來嗎？他的故事既精彩又高潮迭起。

「證據呢？」胡安娜問。他絕對沒辦法證明的；那麼，她是否仍該相信他的話呢？雖然荒誕不稽，萬一他說的真是實情呢？如果他確實是從一個……那大審判官得意洋洋當成與魔鬼結盟之物展示的器械一點也不稀奇，而人們能透過像那顆小黑蛋般可笑的玩意兒和別地方的人通話的時代來的人又該如何？萬一在西班牙與印度海岸之間，真有一塊尚未被人發現，而且距離這麼近，近到乘船只需幾星期就能抵達的大陸的話，又該如何？

她揪著衣領胸口。這個玩意兒他也得說個明白！這個神奇又神祕的小袋子如果他也有話說，她就願意相信他的話。「還有這個，這是什麼？」她察覺他的笑意。他真放肆，居然敢嘲笑她的祕密。

他說：「這不過是番茄醬。」他果真笑了出來。

胡安娜察覺一股怒氣湧了上來，他以爲他是誰？先是說了一番沒有誰會相信，得受焚刑的鬼話，沒錯，活該被人燒死！接著居然還嘲笑她的祕密！她問：「番──什麼？」

接著他提到了美洲，他又提起美洲了。但最最驚人的還是他做的事。

他把小袋子撕開，將她的小袋子撕開。

胡安娜大吃一驚，她伸長了脖子，但沒有跨步接近。少年將小袋子撕開的邊角，閃著紅光。

她悶呼一聲。從那裡湧出紅色，殷紅如血的液體。她伸手掩住嘴巴。

「番茄醬！」少年又說了一遍，捏了捏那個小袋子，血立刻從邊緣湧出來。他把血舔掉，接著把小袋子伸向她，說：「嘗嘗看！」

胡安娜感到兩腿癱軟。據說，在塞哥維亞，猶太人為了喝天主教徒的血而殺害他們：魔鬼垂涎天主教徒的鮮血。

她想逃開，身體卻動彈不得。她怎會不信這少年與魔鬼結盟呢？這下子，她的固執和反抗終於嘗到惡果了。聖母瑪麗亞，請原諒我愚昧的懷疑！

她顫抖得非常厲害，想呼喊卻喊不出來。少年又說了一遍：「這不過是番茄醬！」說完，就吃了一大口。從他眼神，她看得出他吃得津津有味。

她終於叫喊出來了。

---

61 大滅絕：當時人對瘟疫的說法（後來改稱為黑死病）。十四世紀時瘟疫幾乎肆虐整個歐洲地區，當時的醫學知識無法解釋瘟疫成因，因此委罪於猶太人，認為是他們在井水裡下毒所致，導致許多城市都對猶太人進行大規模的迫害，上千名猶太人因而喪命。

第四十二章

他們被縛綁起來帶往宮裡，在微涼的暮色中塔立克認出了女王和格拉納達大主教，中間則是大審判官。據說，只要情勢許可，大主教總是力求柔治。在大審判官一旁的果真還有桑坦傑爾，他假裝從未見過他們三人。

目光掃過這名財政大臣時，塔立克馬上將目光放空，同時盼望所羅門和以撒千萬別露出破綻。唯一沒現身的是國王，這到底是好兆頭還是壞兆頭，或者在不在都沒差別？

「跪下接受審訊！」大審判官下令。

塔立克慢吞吞的跪了下去。他心想：就當作在朝拜麥加，當作朝拜麥加吧。我絕不會向活生生的人下跪，決不會向吃豬肉的人下跪。

「哼！」大審判官說。塔立克驚見大審判官右側一張矮几上居然擺著波士頓那個古怪的袋子，從袋裡突然傳出令人喪膽、短暫的「嗶─」願阿拉保佑我們三人！

大審判官彎身向前，對這聲「嗶─」充耳不聞，似乎一點也不害怕。從他眼中，塔立克看得出托奎馬達對這場審訊如何迫不及待。大審判官右手顫抖著在身旁的矮几上摸索。「哼！」

塔立克心想，我不能直視他的眼睛，這會讓他大發怒火，我得恭順，得垂下目光。我們三人統統都得恭順謙卑。

「這下你們三個人又湊在一起了！」

塔立克見到，以撒幾乎跪不下去，他問：「對我們有什麼指控呢？我是這座城裡有名望的商人，同時也跟你們一樣，是虔誠的天主教徒！得知兩位君主，」他朝伊莎貝拉欠了欠身，卻差點摔倒，還好他及時撐住身體。「進駐這座城堡時，我們是多麼欣喜呀！摩爾人的統治終於結束了！然而現在卻……」

大審判官訶斥：「住口！猶太人，想知道你究竟犯了何罪嗎？對你的控訴罄竹難書，像我這樣的老頭子非常吃力才能在我這倦怠的腦裡一一記住！」他發出乾冷的笑聲，塔立克察覺自己開始發抖了。不管他們表現得有多恭順，不管他們說什麼，大審判官早就決定這場審訊的結局了：和他主持的所有審訊一樣，宗教法庭的審訊最後總難逃一死。

「你們不是想聯手違抗兩位君王爲防範不知悔改的猶太人將財產偷偷運出格拉納達，在三月頒布的諭令嗎——儘管這些財物依法本就歸屬王室？難道你們不是爲了達成這個目的，與摩爾水手結盟，讓他們用船將你們猶太人的錢財運往國外嗎？摩爾人不是能因而獲得鉅額酬金，而酬金的數目龐大到足夠讓波伯迪爾在他的阿普哈拉斯山區成立軍隊，與兩位君王作戰嗎？而這一切，不都是撒旦在協助嗎？」

塔立克心想，他呼吸時胸口窣窣作響，他老邁多病，爲什麼還不死？阿拉爲什麼不讓他遭閃電擊中，好庇護真正的信徒呢？

在他身邊，以撒身軀再次搖晃，但塔立克知道，他不是因爲懼怕，而是過於疲累身體不支。所羅門呆呆跪著，塔立克深感意外，心想：他居然沒哭！這本是讓人不得不哭泣的時刻，看來他果真不是膽小鬼。但此刻這些都已經不重要了。

塔拉維拉問：「你們承認神聖宗教法庭對你們的譴責嗎？」說著，他起身朝他們跨近一步，彷彿想攙扶身軀搖晃的以撒。「以撒，或者對於士兵們在一個禮拜前的安息日前夕，在你家中找到的物品，你有完全不同的解釋？像你這樣的商人，擁有貨品滿滿的庫房本來就不足爲奇。」

「別說了！」大審判官大喝一聲，拳頭往沙發扶手敲了下去，說：「打從什麼時候起，格拉納達大主教居然獲得宗教法庭授權了？決定這些人——」他手指顫巍巍的指向以撒，說：「是老實認罪，或者需要先用刑，是由我一個人決定的，塔拉維拉弟兄！別忘了，有人見到魔鬼的盟友出現在他們身邊！」

塔拉維拉微微欠身。

桑坦傑爾呢？塔立克心想，此時此刻桑坦傑爾的想法究竟怎樣？他看來非常冷靜，難道他不怕我們指控他嗎？他怎能如此篤定，即使大審判官命人把奪魂喪魄的拶指、拉肢刑架、輪刑、頭箍等刑具帶過來，我們還能堅持不透露他的角色嗎？

「可是眼下，」托奎馬達把那個袋子舉到面前，說：「牽涉的是另一樁事！這次的指控要比所有我剛才指出來的嚴重多了！因爲陛下的士兵作證，當天夜晚你們三人都和我們百分百確定是——魔鬼盟友的少年在一起！」他動手想將袋子裡的東西抽出來，卻辦不到，只好焦躁的示意一名僕役過來。那名僕役驚懼又猶豫的左顧右盼，希望大審判官在找的人不是他。「百分百確定！」大審判官又重複了一遍，接著不由分說，就把那個袋子遞給那名僕役。

將那顆黑蛋呈給托奎馬達時，僕役嚇得雙手發抖。黑蛋再次傳出令人喪膽、短暫的「嗶—」這一次，大審判官依然不為所動，他問：「怎樣？怎樣？難道這不正是魔鬼親自授意你們的計畫，魔鬼化身為那名陌生少年或者與他結盟，煽動猶太人與摩爾人共謀的嗎？這難道不是撒旦親自策動摩爾君王奪回對安達魯斯的統治權，意圖將天主教信仰驅趕出去嗎？」

「不是！」儘管這是白費力氣，儘管他們再怎麼說都沒用，塔立克還是忍不住反駁：「我們絕不會和魔鬼……」

「住口，摩爾少年！」大審判官厲聲說：「難道要我們先讓你們嘗嘗刑具的威力嗎？鐵證如山，你們還拒絕俯首認罪嗎？瞧，我對你們多仁慈呀！我不想用刑，沒有任何人比我這大審判官更痛恨酷刑的了！而這，全看罪人的表現了，全都得看罪人的表現；全看你們，全都得看你們了！如果你們三人統統都認罪，那麼死亡的烈火將會潔淨你們的靈魂，我就不必讓你們先受那些折磨。那些折磨，」他兩眼泛光，說：「那些吶喊、那些呻吟，還有指節斷裂的喀嚓聲、脊椎和顱骨的碎裂聲，我自己並不想一見再見！」他發出一聲喟嘆，圓睜的雙眼散發出光芒。

女王輕聲提醒：「孩子除外，大審判官閣下！」在這之前，她並沒發表任何意見，這時終於開口了：「大審判官閣下，孩子除外！以焚刑拯救他們的靈魂對你應該就夠了。」

托奎馬達萬分鄙視的望了她一眼，說：「陛下，他們一定會認罪的！而這兩個孩子……」

就在此刻，門忽然開了。

「抓到了！」一名士兵高喊，聲音激揚高亢。「我們抓到魔鬼的盟友了！」

士兵和夥伴合力把波士頓拖進來。

第四十三章

守衛們朝他撲上來時，波士頓腦中閃現的第一個念頭是：正當他以爲事情或許能轉危爲安時，居然會因爲一個可笑的番茄醬包落入宗教法庭的魔掌，實在太荒謬了。在他來到這段人生之前，他和圖侃、卡迪爾、瑟吉和兩名女生在參觀過阿爾漢布拉宮後用餐時，他要是沒拿走這個醬包；或者他根本沒跟他們一起上速食店，就不會出現這種事了；難怪老媽老說漢堡店的食物吃多了有害健康。

波士頓心想，的確非常有害健康，再沒有比這個更有害健康的了。啊，我爲什麼老想這些有的沒有的?上個星期讓我恐懼的事情實在太多了，多到恐懼感覺上早已不再是恐懼了。

大審判官高呼：「魔鬼的盟友！」他雙手撐著座椅扶手，奮力想起身，卻又頹然坐了回去。

坐在大審判官身畔的有女王和兩名男子，其中一人波士頓想起來，就是和熱那亞人爭辯的桑坦傑爾。塔立克、以撒和所羅門三人跪在這幾人面前，並沒有抬起頭來。

「這下子，所有的罪人全都到齊了！」

波士頓心想，這個人臉色已經嚴重變紫，他就要腦溢血了。他想朝塔立克三人微笑，卻警覺到他們極力避免朝他望過來，他馬上了解了。

「魔鬼的盟友，你不想和你的同謀打聲招呼嗎？他們三人宣稱不認識你！」

「我才不是魔鬼的盟友！」波士頓直視大審判官的眼睛，說：「這實在太荒唐了！」

「這三個人你認識，還是不認識？」大審判官說：「我問的是這個。」

波士頓心想，這個人臉色漲得越來越紫，只要情緒稍微再激動些，他就會倒下死掉。

他答說：「我沒見過他們。」他發現塔立克的肩膀放鬆了下來，以撒身軀晃動。接著他說：「而我，也不是魔鬼的盟友！」

「我們是在公主身邊找到他的！」將波士頓的手臂反剪，弄得他痛苦不堪的士兵說：「他喝了血，血啊，大審判官閣下！而公主……」

「我女兒？」女王驚呼：「他對胡安娜……」

此時，胡安娜也在保姆攙扶下進來了。她悻悻的朝波士頓拋過來一眼，兩頰的淚痕還清晰可見，但在她緩緩在僕役匆匆推給她的沙發上坐下時，卻挺直了身軀。

女王呼喚：「胡安娜！」她沒起身，也沒有走向女兒。「他沒有……」女王用疑惑的眼神望著公主。

「一切馬上就能澄清了！」大審判官拍打著沙發椅扶手，說：「噓！噓！大審判官正在主持審訊！」他瞪著波士頓，問：「你辯稱自己不是魔鬼的盟友？哼，你們這些人，這些異教徒總是矢口否認！**我不是女巫，我不是馬邋慵！我沒有褻瀆聖體！**少年，你以爲我遇過坦承自己罪行的罪人嗎？但最後，每個人都認罪了，每一個人！這正證明了神聖宗教法庭是在聖靈的帶領下執行其指認異教徒的艱鉅任務！因爲只要讓他們嘗到刑具的厲害，每個人，毫無例外，最後都會俯首認罪。」

波士頓朗聲答說：「可是我能證明！那根本不是血，那不過是番茄醬！我可以證明！」

大審判官放聲大笑，下令：「把拶子拿來！」

波士頓再次高呼：「我可以證明呀！」哦，恐懼感覺起來依然是恐懼。「你們不是有我的背包嗎？裡頭有……」

大審判官再次示意僕役，僕役欠身行禮，接著將希爾貝特老師的旅遊指南交給波士頓。

「怎樣？」大審判官問：「這本書你要怎麼跟我們解釋？」

波士頓鬆了一口氣。一四九二年，人類當然已經有書籍了，這一點他清楚得很；印刷術也發明了。

「這不過是一本書！」他說：「這種書我們叫做旅遊指南。當我們飛到格拉納達，準備……」

「飛？」大審判官激動的問：「人，會飛的人？」

波士頓發現，每個人都瞪著他。

「他說自己來自未來，」公主用微弱、平板的聲音說：「來自人類能飛，還能在某個地方和別地方的人交談的未來。」保姆將她攙得更緊了。

「哈！」大審判官厲聲說：「這是褻瀆上帝，褻瀆上帝呀！唯有主的天使才能飛翔！」

「求求您！」說著，波士頓試著想朝他跨出一步，反剪在背部的手臂痛死了，彷彿早就被人硬生生從肩頭上扯下來。「請您仔細看看這本書！一切都在書裡頭！」他望著翻開的頁面，唸著：「格拉納達（居民二十七萬人），是朝氣蓬勃的大學城及守護者……」

「住口！」大審判官制止：「住口，住口，給我住口！展示你對這本書中魔鬼語言的知識，除了證明你精通魔鬼的語言，還能證明什麼？」他得意洋洋的朝在場人士望了一眼，說：「不是嗎？不是嗎？我們的學者大儒，沒有哪個人看得懂這種文字的！但你，這個少年，卻自稱看得懂！這除了能證明你和魔鬼結盟之外，還能證明什麼？」

「不是這樣的！」波士頓高喊：「求求您，只要您把番茄醬包拿過來，我就能向您證明……」

一名信差汗流浹背的進入室內，欠身行禮，用驚懼的語氣報告：「陛下，給您的消息！」

「你膽敢干擾我們的審訊？」大審判官責問：「你想報告的事，難道不能等一等？」

信差驚恐的搖搖頭，說：「是可隆先生派我來的！他要我向您稟報，今天他就要離開格拉納達，前往法蘭克王國了。他接到兄長的消息，說在巴黎的法蘭克國王願意為他準備船隻，讓他前往印度、日本國和契丹了！」

女王興致缺缺的瞧了他一眼，說：「那好，那他就去吧，願上帝保佑他。你就這麼轉告可隆先生吧！格拉納達是不會想念他的，我們祝法蘭克國王好運！」說著，她笑出聲來。

信差欠身行禮，接著身子倒退，匆匆離開大廳。

「空想之徒！」說完，伊莎貝拉再度轉向大審判官，說：「大審判官閣下，繼續，抱歉打斷審訊了。」

波士頓心想：不會有人發現美洲了，這一點現在已經確定了。女王聽任哥倫布離去，我再也回不去了。我的生命將不會存在，而我更不想死在焚刑柱上，尤其是現在。

「只要你們把那個小醬包拿給我，」他急切的望著女王，說：「我就能證明……」

「他說，那血是由某種未知的果實做成的，」公主面無表情的說：「一種生長在叫作美洲的果實，而美洲位於我們和印度之間，是一片廣大、現在還沒被人發現的土地，而可隆先生將會為我們找到它。」

公主的語氣依然平平板板。波士頓心想，她怕、怕死了。她不知該怎麼辦才好，我把她嚇壞了，真蠢，我蠢死了。她不知道該相信什麼才好，這實情就跟其他實情同樣駭人。「他說……」

大審判官的眼球幾乎要暴凸出來了。他再次斥喝：「褻瀆上帝，褻瀆上帝呀！像天使一樣飛翔的凡人，還有上帝在祂那難以言喻的、萬分和諧的創世階段忘了創造的一片土地！西班牙與遙遠的印度之間什麼都沒有，完全沒有！這是有憑有據，所有學者都知道的！聖經裡難道提過在上帝以六天創造了世界後好幾千年，大海中會突然冒出一片陸地嗎？難道上帝創造的世界還不完整？難道這少年想說，上帝忘了某件事嗎？這麼說來，上帝不就跟個老嫗一樣健忘了？」他又一連吸了幾口大氣，胸腔裡的呼嚕聲聽來令人擔心極了。「褻瀆上帝！《聖經》經文對這塊陸地一無所知！那是否是撒旦扔進洪水裡，想誘惑我們的？你這異教徒，你在鬼扯什麼？」

「閣下，《聖經》在〈創世紀〉裡也沒有提到我們西班牙王國，」一名穿著大主教袍服的人說：「但沒有人會主張，西班牙王國不存在。並非所有《聖經》裡沒有提到的，都一定不存在。」

「大主教難道不能停止反駁大審判官的說法？」托奎馬達厲聲說：「這少年……」

「我們何不讓他展示並說明他所謂的證物呢？」大主教一點也不為所動，說：「我們所有人都無法解釋他包袱裡的物品，這一點，大審判官閣下，您該不會否認吧？只因為如此，我們才認定這是魔鬼的邪器，不是嗎？那麼，如果這少年知道這一切該如何解釋呢？」

「我手機上有照片！」波士頓低聲說了這麼一句，同時指了指最後幾分鐘悄悄擱到托奎馬達腿上的東西。他打算讓他們見識見識摩天大樓，見識見識自由女神像。萬幸，他對美國一直無限嚮往可真是萬幸呀。還有，他也要替他們所有人拍張相片，這麼一來，他們還會不信他的話嗎？

大審判官重重喘著氣，下令：「那顆蛋！」並且朝僕役示意，接著雙眼瞇成了一條縫，說：「這下子，你就可以把你說的證明給我們看了！神聖宗教法庭向來寬大為懷，這一點沒有人能否認！只要你有本事讓宗教法庭信服，我們就會重新考慮該如何處置你！可是，你的證據如果失敗了，」大審判官露出冷笑，說：「那麼等待你的，就不只是焚刑而已。」

他一示意，士兵們立刻將波士頓放開，一名僕役把手機遞給他。記憶中，波士頓的手指頭從不曾像這一刻抖得這麼厲害。

「這個機器讓我們可以隔空和別地方的人通話，」他說：「即使距離遙遠也行。還有，用這個也可以拍攝圖片，等一下我就要這麼做。另外，這也能顯示圖片，我在這裡存了美國的圖片，晚一點你們也會看到的。陛下，您將會發現美洲，而這會帶給西班牙巨大的財富，用也用不完的黃金和白銀！」在場人士面無表情，沒有驚詫，沒有喜色，連懷疑的神情都沒有。「那裡有摩天大樓和……」

「摩天大樓！」托奎馬達呵斥：「天空是上帝的國度！誰要敢說可以碰觸雲端……」

費了好大一番勁，波士頓才將手機滑蓋掀開；螢幕一片黑。

「怎樣？」大審判官質問：「怎麼樣？」

女王坐在座位上，上身大幅前傾，公主則鑽進保姆懷裡，把臉埋在她的肩頭上。

但螢幕依然一片黑。波士頓手指顫抖，他一試再試，想開啓手機，但螢幕依然一片黑。

「電池，」波士頓囁嚅的說：「電池沒電了！」

「什麼？」大審判官厲聲問：「年輕人，你在說什麼？你不是要證明給我們……」

「電池沒電了，」波士頓又怯怯說了一遍。「有電才行，電池沒電了。」

「哈！」大審判官高呼一聲，示意僕役把手機拿給他。僕役嚇得發抖。

波士頓心想，這裡每個人都怕，只有托奎馬達不怕。大審判官連他相信存在的魔鬼都不怕，這個人真是可怕。

「電池！電！年輕人，你究竟在胡扯什麼？」他那顫動、老邁的手也像波士頓方才那樣，試著要開啓手機。螢幕依然一片黑。

「這下，我們終於有最終的證據了！」說著，他一遍又一遍按著按鍵，說：「之前我不是一再讓這個魔鬼邪器裡的光亮起來嗎？我不是讓這邪器發出聲響嗎？可是現在，它不亮又不出聲！爲了不讓我們發現魔鬼藏在這玩意兒裡的祕密，不讓我們發現魔鬼想用這玩意兒達成什麼目的，這個少年對這邪器施法了。我們還需要什麼證據呢？」

「開機太久，就會發生這種事！」波士頓高呼：「求求您，發生這種事不過是因……」

大審判官對波士頓的請求充耳不聞，下令：「把他們帶回地牢裡！」他指著以撒、塔立克和所羅門說：「這三名罪人必須接受焚刑，因爲他們違抗了女王的諭令。至於另一個，」他雙眼瞇成了一條縫，朝波士頓陰冷的笑了笑，說：「先讓他嘗嘗每個刑具的苦頭。先把一切都準備好，到時我要親自在場！明天，明天就開始，先試試拶子吧！這個罪人的靈魂絲毫不知悔改，想拯救他，光是將他燒死是不夠的。把他體內的魔鬼趕出去吧！」

「不要！」波士頓哀號：「不要！」

他的恐懼感覺起來依然百分百像恐懼。

第四十四章

桑坦傑爾站在貝拉塔頂俯瞰格拉納達。這一次，他獨自登塔，想一個人好好思考。

利雅雷梭上方天色依然澄藍，安息日尚未結束。那名少年，那名被他們視爲魔鬼盟友的奇特少年，所說的話確實有耐人尋味之處。他講的事令人絲毫無法相信，難怪他們又把他打入地牢裡。這一切實在令人無法相信。

但話說回來，還有比他的話更能令人信服的解釋嗎？魔鬼，魔鬼！桑坦傑爾唇角牽扯出譏諷的笑容。對大審判官來說，任何情況都能推給魔鬼，這法子可真好用呀！如果我是魔鬼——光這個想法，托奎馬達就會把我送入火堆了——我會選派這麼笨拙的少年擔任我的盟友，和兩位君王對抗，和權勢最強大的教會對抗嗎？難道再沒有更合適的盟友了？如果我是魔鬼，而策動摩爾人起義是我的目的，我何不採用更明智的手法呢？撒旦的表現如果這麼拙劣，想來他應該是個大笨蛋！

而將那些器物，將那顆沒有人知道功能何在的怪蛋交給少年的如果不是魔鬼，那這些東西又是從哪裡來的呢？

利雅雷梭這個猶太區有支煙囪升起了第一縷炊煙，接著其他煙囪陸續跟進，安息日結束了。在格拉納達守安息日的時間還有多久？還有幾天，還有幾星期？

儘管有疑問，我們爲什麼不能相信那名少年說的確實是實情呢？那難道不是能將前因後果串聯起來的唯一解釋嗎？對時間的本質我們究竟知道多少？時間的流轉也只遵從主的旨意，如果祂希望依照自己的意思處理時間，又有何不可呢？

如果那少年確實來自未來：那他所說，位於大海中的那片神祕陸地，那片人類的眼睛從沒見過的陸地「美洲」不也可能確實存在？如果少年說的是實話又如何呢？如果西班牙與遠方的印度之間，果真有著一片未知、滿布數量難以估計的財富的世界又如何呢？

而且，沒有宗教法庭。

桑坦傑爾俯瞰著格拉納達，當地上空逐漸失去了白日的色彩。兩位君王需要錢財，他們急需錢財。與摩爾人作戰虧空了他們的庫房，債台高築，費迪南甚至開始傷腦筋了。而唯一能爲他們帶來財富的，就是猶太人了。

因爲這樣，他的族人：他的妹妹和她所有家人，以及所有住在下方利雅雷梭，此刻結束安息日，升起爐火的猶太人，才會連一絲一毫的希望也沒有。所有這些人全都不得不死，如此王室才能掠奪他們的財富。就算他們逃往他處，一切也會歸王室所有；諭令裡是這麼規定的。

他感到體內的騷動越來越強烈。但美洲這塊陸地如果真的存在，又會如何呢？如果那裡真如少年所說，有著難以估量的黃金、能讓兩位君王發財的黃金源源不絕的輸往西班牙，又會如何呢？

那麼，他們就不需要猶太人的財富了。

桑坦傑爾點點頭。美洲，如果這個美洲，這個沒有宗教審判的大陸確實存在，它就可能解救猶太人。一定要讓可隆成行才行。

他朝暮色中的格拉納達望了最後一眼。現在他知道該如何說服女王了。他相信，自己一點也不會感到愧疚的。

桑坦傑爾匆匆穿過宮中的院落。此刻，女王已經依照老習慣返回她的處所了。

格拉納達，四月，現代

他們沒有笑出來，沒有任何一個人笑他。

「哇噻，哇，」矮冬瓜說：「真驚悚。」

馬努埃爾心想，他在說什麼?他們講的語言，語調生硬又讓人聽不懂。上唇開始冒出細細髭鬚的少年和另一名初次來時負責發言的少年都默默不語，看來若有所思。馬努埃爾伸手拿取酒瓶。

「你說，他作了時空旅行?」上唇長細髭鬚的少年問。至少他還勉強自己說西班牙語。

馬努埃爾心想：笑吧!你們幹嘛不笑?跟我說這全都是瞎掰，世界上根本沒有時空旅行這回事!跟我說，害那少年失蹤的不是我!

「因爲他發現了那片瓷磚?」西班牙語最好的少年問。

馬努埃爾疲憊的點點頭。「在我還小的時候，我聽人說，瓷磚被人撬下來的那一刻——直到現在，阿爾卡賽利市集區每個人都還知道——時光之門就會開啓。但我們永遠無法知道，如果摸了這片瓷磚，把它拿在手上會發生什麼事。」他又伸手拿取酒瓶，但沒喝。「我們都很小心，非常非常小心；每個人一直都很小心。」

少年們愣愣的看著他。因爲聽不懂他的話，他們才沒笑的嗎？

「而這一次，您特地把瓷磚擺在前頭，希望有人把它拿走？」唇上冒出髭鬚的少年這麼問——或者大概是這麼問的。「因爲您想擺脫它？」

馬努埃爾點頭。

「哇噻，哇！」年紀最輕的又說了一遍。

「我爺爺告訴過我——在關於這片瓷磚的傳說還沸沸揚揚時，雖然都是私底下偷偷說的——只有靠著這片瓷磚，才能再次把時光之門關上，」馬努埃爾自言自語的說：「只是詳細的辦法……」

「那麼，穿越時光的人會怎樣？」唇上冒出髭鬚的少年追問：「還有關閉時光之門的人呢，他會到哪一邊？」

「是呀，會到哪一邊？」矮冬瓜問：「現在還是過去？」看來他還是聽得懂。

馬努埃爾答：「沒有人知道。」這一次他把酒喝了，說：「你們想想，知道的話，之前會沒有人試過嗎？你們以爲，小時候我們不會好奇得想試試看嗎？」他感到微微暈眩，放下酒瓶，說：「可是我們卻不知道……」

「……不知道他們是不是回得來，」西班牙語說得最好的少年替他把話說完。「哼，太過分了！您怎麼可以把瓷磚攏出來引誘人拿？」

馬努埃爾垂下頭，語氣急切的說：「也許你們朋友失蹤了跟這片瓷磚沒關係，也許那不過是巧合，一場奇特的巧合！」

「呸！」矮冬瓜說。

接著，他們再次用那種鴂舌的語言嘰嘰喳喳交談，把他當成了空氣。

唇上冒出髭鬚的說：「可是這件事我們連對警察都不能講。我們還是回去吧，不然希爾貝特老師又會心慌了。」

他們沒跟他告別就走了，瞧都沒瞧他一眼，就消失在巷子裡的人潮中。

馬努埃爾心想，接下來呢？也許他們會報警，也許不會。即使警察相信他們的話……他嘆了口氣。把一片古瓷磚攏出去賣又沒什麼好罰的。

反正，警察是不會相信那幾個少年說的。

再說，罰不罰一點也不重要了。如今那個金髮少年已經置身在過去的某個地方，回不來了。

第四十五章

安達魯斯，一四九二年

「胡安娜！」女王呼喚了一聲。僕役們點燃獅苑的火把，火光投射在水盆的水面上，獅頭跳躍不定的暗影投射在卵石地面上。「你一定嚇壞了吧！但話說回來，這對格拉納達和整個天主教會又何其大幸呢！要不是你在他喝下鮮血時驚恐大叫，這魔鬼派來的少年就會永遠逍遙法外了。」

她幾乎得扯著嗓門說話，才壓得過噴泉的水聲。這一次，胡安娜又遠遠坐在水盆另一頭。這孩子脾氣真倔強，多虧保姆像母雞帶小雞的盯著她，否則真不知道她這個最難纏的孩子會鬧出什麼事，發生什麼意外。這次胡安娜再次見到魔鬼的使者，幸好最後幸運收場了，身為女王，她哪有時間事事顧到呢？費迪南要是能稍微幫點忙就好了。

女王又呼喚了一聲：「胡安娜！」

今天下午審訊罪人時，費迪南又沒到場。需要商討的事這麼多，他居然又沒來。在麥迪那僕役們的房間裡、在格拉納達城裡，眾人已經議論紛紛了，而她依然得獨自承擔決策的重責大任，只有大審判官和大主教可以商量，偏偏這兩人老是意見相左。她是如此迫切需要他的協助。

當年，十七歲的費迪南吊兒郎當的向她求愛時，他們是這麼說定的嗎？費迪南的把戲該有個了結了，再怎麼說，他都是這些地方的統治者；只是她越來越覺得，對費迪南來說，征服年輕的女人比征服其他國家更加重要；而財富又比靈魂更重要。

桑坦傑爾步出大門，進入獅苑時，她才察覺。「陛下，請恕我打擾了您的黃昏時光。」說著，他深深行禮。

她不信任他，他是個恐畏而縮。但此人極端聰明，再沒有人比他更熟諳財務了，費迪南絕對少不了他。

「桑坦傑爾先生，過來這裡坐吧！」伊莎貝拉說：「我了解，如果有事讓您在這個時候找我，絕對是相當重要的事。應該是耽擱不得的事吧？」

桑坦傑爾欠身行禮，說：「確實如此，陛下，這件事確實無法多等！也許我已經猶豫過久，再不稟報，我可能就得背負對上帝、對人類的沉重罪孽了。」

伊莎貝拉身體向前傾，說：「桑坦傑爾先生，那就說吧！我很想知道，您要對我說什麼。」

桑坦傑爾摸了摸下巴，接著才開口：「陛下，我來，是爲了向您稟報一個夢。夢裡我……」他頓住不語。

「怎樣？」女王不耐的問：「桑坦傑爾先生，怎樣？」

「請陛下鑒諒，但我之所以猶豫了這麼久才向您稟報，是有原因的。」桑坦傑爾說：「因爲我擔心、因爲我害怕您不會相信我的話，甚至會像大審判官那樣，指控我褻瀆上帝。但陛下，事到如今，沉默帶給我靈魂的負擔已經太大了！請您自行決定，你是否要相信！請您自行決定，您要怎麼做！」

「這個，桑坦傑爾先生，是我向來的作風。」女王冷冷答說：「我不需要您的許可。我，可是一國之君。」

桑坦傑爾再次深深行禮，說：「陛下，請恕我斗膽！我擔心西班牙正要鑄下大錯，而我也難辭其咎！」

伊莎貝拉感到自己的不耐正逐漸高漲，她不悅的說：「您的開場白說夠了，謝罪也謝夠了，請直接說出您的夢吧！」

桑坦傑爾依然保持欠身行禮的姿勢，說：「陛下，您還記得不過數日前，您與可隆先生的談話吧？當時假扮哈布斯堡王子菲利浦的魔鬼盟友也在場，而您也作出了最後的決定，決定終止對那個熱那亞佬往西航行前往遙遠印度的資助。」

伊莎貝拉點頭的動作輕微得令人難以察覺。

「還有，您是否也還記得，受您之命審查可隆計畫的委員會主席，大主教塔拉維拉閣下在那次談話時恰好不在，因此當天由我接替他的任務，並且在和可隆先生辯論時提出促使委員會決議他的計畫不可行的理由。」

伊莎貝拉點頭。

「陛下，當時我確實是這麼想的！」桑坦傑爾激動的說：「請您見諒！但當天夜裡在我夢中出現了……」他再次猶豫不決。

胡安娜問：「誰？」見到女兒重燃對人生的興趣，伊莎貝拉也鬆了一口氣。她說：「桑坦傑爾先生，您說得拐彎抹角的，幾乎要讓人失去耐心了！」

「當天夜裡在睡夢中，那個——童貞聖母向我示現了！」說著，桑坦傑爾在胸前比劃了個十字。「祂坐在雲端上，光芒照耀，清晰的向我示現。祂周遭光芒萬丈，恍如上千個太陽照耀著！接著祂指示我，陛下，祂指示我這個就連在夢中都快承受不了祂那強光的卑微僕人！」他又欠身行他那幾乎已經行了上百次的大禮，這才又說：「祂命我向您稟報，那些學者的見識不過是俗世的小知小見，信賴這些見解就是違反正信之道，誤入歧途了！而您的學者不也說過：唯有正信才能帶領您走向正途！」

女王不悅的答說：「桑坦傑爾先生，這樣的道理我不需要您向我多說。」

「那並不是我自己的話，陛下，我在此誠惶誠恐向您稟報的，是童貞聖母的金言。」桑坦傑爾匆匆瞄了女王一眼，說：「陛下，警示我們切切不可相信傲慢、虛假的科學知識並因此而輕慢信仰的，是童貞聖母，不是我。」

伊莎貝拉問：「桑坦傑爾先生，請仔細明說，引發聖母怒火的究竟是何種科學知識？」她自己也不清楚，爲什麼自己就是不信任他。當然，他是個恐畏而縮。「難道祂想告訴您，地球其實是個圓盤？」

桑坦傑爾重重搖了搖頭，高聲說：「恰好相反啊，陛下！不是，不是這樣的！上帝將地球造成球體，好讓人類能從自己所在的地方前往任何一個地方而不會墜落邊緣！陛下，這也包括從您的西班牙前往遠方的印度！」

「這原本就沒有任何爭議，」伊莎貝拉不耐的說：「不需勞動童貞聖母。至於這趟探險爲什麼無法實現，桑坦傑爾先生，理由正如您自己向我們說明過的，在於需要的時間。途中他們就會餓死，沒有任何一名船員能活著抵達印度的。」

桑坦傑爾扭絞著雙手，說：「正是這個，陛下，正是這個激起了童貞聖母的怒火！祂曉諭我，既然上帝賜予亞當的後裔球體的世界，讓人類能從任何一個地方前往任何其他地方，而不會從邊緣墜落，人類爲什麼膽敢不接受上帝的恩賜，相信在漫長的旅途中，主會對這些船員伸手庇護呢？人類爲什麼不相信只要有人有勇氣航往印度，他就不會餓死、渴死呢？虔誠的天主教徒，難道相信科學更甚於相信上帝的恩慈嗎？」

胡安娜在噴泉的另一頭不屑的說：「胡扯！」她從保姆身邊掙脫，呼嚷著：「桑坦傑爾先生，您說的可真是鬼扯淡！」

女王惱怒的搖搖頭，厲聲斥喝：「胡安娜，孩子，安靜！」接著她轉向桑坦傑爾：「桑坦傑爾先生，繼續往下說，童貞聖母還曉諭了您什麼？」

「祂命我向您稟報，好讓您悲憫萬分的協助能夠拯救遠在日本國、契丹和遠在印度那些尚未獲得救贖的靈魂！」桑坦傑爾繼續說：「祂命我向您稟報，您該爲可隆先生備好船隻，如此——這無疑原本便是您的虔誠願望——才能讓海洋另一端遙遠土地上的人們皈依我們的正信。陛下，您是被揀選來完成這個任務的，請接受任務，相信上帝的恩慈吧！」

伊莎貝拉默默不語。

「陛下，請聽我的請求！」桑坦傑爾急切的說：「遵從童貞聖母的要求，會有什麼災厄呢？您會有任何損失嗎？」

伊莎貝拉噘著嘴說：「您應該也知道，可隆先生的要求實在太過分了。您還記得吧，他想成爲海軍元帥、想成爲總督！還有，他要求的那些權限！難道才一轉眼，這些就該全都給他了？」

桑坦傑爾開始來回踱步，鞋底下的卵石也沙沙作響。接著他說：「但也只有在他確實抵達印度時，他才能得到他所要求的呀！」他懇求說：「陛下，請您鑒察！答應他的條件，您一點也沒有損失！因爲他和他的船隻如果在中途沉沒，他就什麼都得不到了！他要是無法安然抵達印度海岸，就連一個馬拉維特都拿不到！而他的船隊如果一如童貞聖母對我的許諾，抵達了對岸，那麼這條前往印度的航道難道不値這些條件嗎？請您想想那些靈魂！陛下，還有也請您想想那些黃金！」

伊莎貝拉慍怒的望著他，說：「童貞聖母絕不會爲了財富向您示現的！而我，心意也和祂一樣，關心的只是靈魂。」

桑坦傑爾站立在她的座椅旁不動，垂頭望著她，說：「陛下，這一點在您的王國裡沒有任何人會懷疑的。」他急切的說：「但請您鑒察：您唯一可能會失去的，是爲可隆先生備妥船隻的兩百萬馬拉維特，其他的，唯有在他確實完成任務時才能得到！所以，召回可隆先生吧！現在派出信差，還來得及趕上他。」

伊莎貝拉遲疑的點了點頭，喃喃說道：「再說吧。」

「還有，爲了讓您相信我，陛下，爲了讓您相信我多信任這個預示，我決定賭上我所有的財富，不會讓皇室獨自資助可隆的旅程。陛下，既然童貞聖母向我示現，我認爲這就表示祂要我承擔我該付的額度。」

女王厲聲問他：「桑坦傑爾先生，您這是什麼意思？」

桑坦傑爾答道：「我願承擔船隊裝備的部分費用，陛下！我會獻出我所有的財產，剩下的再由皇室支付。」

沒有人注意到，在桑坦傑爾說出最後幾個字時，國王也悠哉悠哉來到了庭院裡。他親吻伊莎貝拉的頸子，說：「伊莎貝拉，看來你有訪客呢！是黃昏時分的閒聊嗎？」

伊莎貝拉身子瑟縮了一下，質問：「你去哪裡了？費迪南，你人究竟在哪裡？有重要的事情要處理，多虧你女兒，終於逮到魔鬼的盟友，交由大審判官審訊了，而你這個國王又再次缺席了！你到底去哪裡了，費迪南？」

費迪南面帶淺笑，匆匆送了女兒一個飛吻，說：「有要事呀，伊莎貝拉，有要事呀！」接著，他在她的座椅旁跪下，撫摸著她的手臂，說：「讓人這麼想念，真令我愧疚無比呀！」

伊莎貝拉將他擱在她手臂上的手揮開，厲聲說：「沒人想念你，誰也不想念你！在這個國家裡，大家早就習慣了重大事件都是國王不在場時決定的。」

費迪南露出吊兒郎當的淺笑，說：「哦哦！我親愛的妻子，這番話裡似乎帶著一股怒氣呢！就是因爲等不到我，你才把我的財政大臣叫來，讓他協助你做決定的嗎？」

伊莎貝拉冷冷答道：「桑坦傑爾先生過來，是爲了敦促我讓那個熱那亞佬出航的。童貞聖母向他示現了。」

「童貞聖母向他示現了！」費迪南抬高語調，說：「哦，真是奇蹟中的奇蹟呀！你說童貞聖母希望可隆先生能出航？童貞聖母難道沒有其他事要傷腦筋嗎？」

「費迪南！」伊莎貝拉怒斥：「瞧你談論聖母的語氣！」

「不管怎樣，可隆先生的旅行都休想動用到我的錢。」說著，費迪南便起身，拍了拍膝蓋，說：「前往印度的道路已經有了，我親愛的妻子，就是經過地中海。既然如此，我們哪還需要第二條呢？那個熱那亞佬休想出海。」

「那個熱那亞佬休想出海？」伊莎貝拉拉高分貝，說：「你可真過分！商議事情時你從來不在，現在倒想作決定？桑坦傑爾先生的意見你聽都沒聽過，卻妄下定論。可隆先生休想出海？」她猛然起身，說：「費迪南，夠了！老天，我真的受夠了！你這種行爲該結束了！費迪南，你可是國王呀！你必須爲我們國家所有的靈魂負責，而現在，上帝更將大海彼岸靈魂的重責大任交付給我們，而你，卻想放任他們不予拯救？你不願順從上帝的旨意？」

費迪南伸手想抓她的手臂，卻被她甩開了。「費迪南，夠了！只要你的行爲舉止不像個人君，你就休想像個國君下決定！那個熱那亞人要出海！那個熱那亞人要出海！」她深深吸了一口氣。

「桑坦傑爾先生，召他回來吧！」她語氣稍微和緩，說：「您說得對，如果他無法抵達印度，我們也沒什麼好損失的。而一旦他發現了那條航道，我們會有多大的豐收呀！對我，這些代價豈不是非常値得？」她緩緩點頭，說：「桑坦傑爾先生，所有那些尙未獲得拯救的靈魂，所有那些尚未獲得拯救的靈魂呀！感謝您，感謝您爲了他們願意也獻出您的財富。」

桑坦傑爾深深欠身行禮，說：「這是童貞聖母的旨意。」

人在噴泉另一頭的胡安娜笑了笑。

第四十六章

格拉納達，四月，現代

在返回青年旅舍途中他們一語不發，步履快速，彷彿大家都掛念著別讓希爾貝特老師再爲學生失蹤而擔心了。但實際上，他們才不在乎希爾貝特老師的反應呢。經過阿爾卡賽利市集區那場談話後，他們不得不快步行走，他們不得不做點事，否則那些故事就會讓他們發狂。

直到晚餐過後他們才談起那件事，彷彿大家說定了般，沒有任何人向其他人提起他們在阿爾卡賽利市集區聽到的事，接下來是自由活動的時間，但大家只是默默回房關起房門，各自坐在床上。從敞開的窗口傳來了格蘭維亞大道的喧囂聲。

「那些話你信嗎？」瑟吉望著圖侃，說：「鬼話連篇嘛，對不對？」

夕陽染紅了對街一扇窗戶，圖侃望著窗外，頭抬也不抬，說：「不知道，真的不知道。」

大家又靜默了一會兒。夕陽沉落了一公厘，接著消失不見了。

「我相信他說的，」卡迪爾打破沉默果斷的說：「他那麼淒慘，那傢伙！那件事真的把他整慘了，那個人自己是絕對相信的。」

另外兩人點點頭。

「可是怎麼會有這種事呢，嗯？」瑟吉問：「要說有個人把瓷磚撬下來，說是一千年前或者……」

「應該是五百年前。」圖侃糾正。

瑟吉擺擺手，說：「好好，五百年前，就算這樣好了，那麼瓷磚原來所在的地方，應該會有個洞的，對吧？在使節廳還是叫什麼的那個地方？反正就是他們把它撬出來的地方！」

「可是並沒有，」卡迪爾說：「至少我們在上頭的時候沒有。」

圖侃搖搖頭，說：「那又怎樣？這能證明什麼？難不成你們以爲他們會留著那個洞五百年不管？真是的，如果這麼亂七八糟的，就沒觀光客想來了！那個缺口應該已經修好了！」

「那麼，那裡就沒有缺口了，」瑟吉說：「再也沒地方可以把真的嵌回去了，也就是說，已經沒辦法關閉通往過去的那扇門了。」

圖侃比了個「阿達阿達」的手勢，說：「在過去的時代還行，你這笨蛋，當時那個缺口還在。」

大家又不吭聲。

接著卡迪爾嘀咕著說：「可是說來說去，這些根本就不合邏輯，對吧？我的意思是，這五百年來或是現在發生的這些事都沒那片瓷磚；如果當時有人補了瓷磚進去，那麼這段時間的歷史就是在有瓷磚的情況下發生的，這怎麼可能呢，啊？要不是一就是二，時間是不可能同時跑兩條線的嘛！」

「哇噻！」瑟吉低呼：「老兄，你可真會想耶！意思就是說，」他朝另外兩人望了望，說：「發生過的事可以再發生一次，是吧？而且事情還可能變得不同，是吧？那麼就可能……」

「夠了！」圖侃說：「真是鬼話連篇，我都快吐了。」他望著窗外，對面建築的外牆已經沒入陰影了。「過去的事，事後再也不能改變了，這不是很合邏輯嘛！如果過去能改變，那現在就會完全不同了；但願你們的豆腐腦聽得懂我的話。」

「哇嗚！」瑟吉鞠了個躬，說：「將來你打算上大學吧？你想得可真不賴！」

「那又怎樣？」圖侃說：「那又怎樣？不是很合邏輯嗎？時間只能跑一遍。」

「上物理課的時候可別忘了說！」瑟吉說：「你會拿高分的，他們會在你的證書上寫說：圖侃是個有思想的人！打個賭？」

圖侃一躍而起，搥了瑟吉的手臂一下，說：「閉嘴，小子，馬上給我閉上狗嘴！」

接著三人又靜靜坐著。

接著卡迪爾說：「這種事反正沒人能懂。因爲，說一個人可以回到過去，這就表示時間可以跑兩次，對不對？而在第二次的時候，事情可能跟第一次不一樣。」

「那我們這個現在是哪個過去的現在？」瑟吉問：「瘋子，你有沒有想過？是第一個的還是第二個的？」

圖侃說：「哇噻，小子！」

「這些屁事我一點也沒興趣，」瑟吉說：「那傢伙腦筋根本就不對勁，他根本就是個酒鬼，酒精早就把他的腦子都燒空了，他才會說出那些鬼話。」

卡迪爾點點頭，鬆了口氣。

「那小子肯定出事了，」瑟吉說：「這一點也不怪。我真替他感到遺憾，可是事情發生了就是發生了，我媽媽會爲他禱告的。」

圖侃起身。

「我們再出去一趟吧？」瑟吉也從床上一躍而下，說：「欣賞漂亮的美眉，順便來杯塞了微颯？」

卡迪爾嘿嘿笑。到頭來喝的還不是只有可樂。此時此刻這是他們最需要的。

安達魯斯，一四九二年

胡安娜躺著，一動也不動。保姆在門前臥鋪上呼哧呼哧噴著鼻息，鼾聲如雷，這叫人哪睡得著呢！

她的心狂跳，轉動著手上的小袋子，袋子黏黏的，藏起它時在胡安娜的胸口上留下了一抹紅色痕跡。

她爲什麼這麼做？守衛聽見她的尖叫聲趕過來，逮捕那名少年時，她爲什麼不直接讓那個小袋子留在院子裡？

胡安娜心想：當作證物嗎？也許我想拿給大審判官、拿給女王陛下我母親看？或者，根本不是這回事，我壓根兒什麼都沒多想。

小袋子撕破的封口處如今已成了紅褐色，原先的液體顏色變深了，就跟血液的變化一模一樣，爲什麼她毫無來由的又相信那少年說的是實話了呢？

保姆在臥鋪上嘟噥著：「不要！」接著雙臂亂揮，說：「不要，饒了我吧！撒旦，不要呀！」

胡安娜心想：提防著點呀，保姆，提防著點，萬一被托奎馬達聽到了，就會把你綁上輪子。有時胡安娜聽出保姆夜裡的夢話，隔天早晨笑著說給保姆聽，保姆就會臉色一變，又驚又愧的嚷著：「我的小鴿子，別胡說！你到底在胡說些什麼呀！」

胡安娜心想，不論她說了什麼，我都不會舉發她的。再說，我另有自己的煩惱。

她又開始相信少年的話了，因爲她不相信桑坦傑爾的那番鬼話。她心臟爲什麼跳動得這麼厲害呢？因爲桑坦傑爾如果對女王撒謊……

她坐起身來望著泛著藍光的白色月牙。水手們知道如何利用月亮尋找他們的航道，前往印度。

桑坦傑爾那番話當然是他捏造出來的，童貞聖母幹嘛不找別人，偏偏向個恐畏而縮示現呢？胡安娜緊抿雙唇。她反正不相信聖人們動不動就向虔誠的信眾示現，正如她同樣不相信魔鬼會將西班牙半數以上的土地籠罩在他的魔魅下。好吧好吧，就算童貞聖母非得向某人顯靈不可，爲什麼偏偏挑上了桑坦傑爾先生呢？如果祂對女王有所求，那祂幹嘛不直接向女王示現呢？既然可能存在女王不信桑坦傑爾說法的風險，而聖母如果直接向女王示現，伊莎貝拉必定毫不猶豫的執行祂的命令，那又何必繞個大彎呢？爲什麼？就算祂要人傳達旨意，爲何獨獨挑上這個恐畏而縮呢？

桑坦傑爾撒了謊，他實在聰明透頂，知道得跟女王說什麼，哪些誘惑是她抗拒不了的。但直到短短數日前一直是那個熱那亞佬頭號對手的父親的財政大臣，爲什麼突然迫切希望可隆出航？直到一個禮拜以前，他還向眾人說明，這樣的冒險何以必然會失敗；那麼，才一轉眼，他爲什麼又急著要女王爲可隆籌備他要的船隊呢？還有，究竟究竟爲了什麼，他甚至願意賭上個人的財富呢？

胡安娜的手指頭在絲被上敲著，心想，如果我有談心的對象該有多好。母親只管她的國土和虔敬的心，父親有他的情人，而我那些妹妹年紀都還小，保姆則太蠢了。我沒有任何人可談心，總是孤孤單單的。如果在院子時我沒舉發那個少年……

因爲桑坦傑爾先生忽然回心轉意的理由只有一個：他相信那名少年。

胡安娜心想，財政大臣在意的不是前往印度的航道，海路太遙遠抵達不了，這一點他再清楚不過了。他在意的是少年所說的神祕大陸——美洲，那塊位於已知的海岸之間，近到人類抵達得了的未知土地。只有這樣才足以解釋，桑坦傑爾先生何以忽然急著要爲可隆籌備船隊。

胡安娜望著那個小袋子發愣。如果這個爲人謹慎的桑坦傑爾先生相信少年口中的美洲大陸，那是否也表示他相信時光旅行，相信少年不是魔鬼的盟友，相信他確實以某種神祕莫名的方式從某個遙遠的未來而來？

她手指開始發抖。一名來自遙遠未來的信使，而她卻向托奎馬達舉發他。

胡安娜怯怯的將那個小袋子舉到唇邊。如果他說的是實話，那麼他喝的就不是血，而真的是只有在遙遠的美洲才有的，那種未知果實的汁液。

她舌尖輕觸了一下褐色的液體，用力壓擠著那層富有彈性的白色薄膜，直到連最後一滴紅色液體都從開口滲出來。甜。甘甜中微辣，如同某種她從未嘗過的果實風味。

胡安娜聽任那個小袋子往下掉，在絲被上留下了一抹汙漬。不是血，不是血。血帶著金屬的味道，血帶著鹹味。少年說的是實話。

她的心臟瘋狂跳動，幾乎讓她喘不過氣了。她喜歡自己的心臟快速跳動，這讓她感到生氣勃勃，什麼都變得不無聊了。桑坦傑爾先生相信少年是從另一個時代來到他們時代的人；而現在，她也相信了。

胡安娜喃喃說道：「聖母，感謝祢！」

不久，大審判官就會命人替那少年上拶子，命人將他綁上輪子。托奎馬達爲什麼從沒想過，那麼多那些他指控與撒旦結盟的人，那些女巫、異教徒和魔鬼的盟友，所有這些人爲什麼都沒有在撒旦的協助下逃離地牢？爲什麼撒旦從不曾對他的幫兇伸出援手？對地獄之王來說，這豈不是件輕而易舉的事？

胡安娜都快喘不過氣來了。大審判官這麼蠢又這麼容易受蒙蔽，如果少年是魔鬼派來的，爲什麼魔鬼沒有早就解救他呢？

正是因爲那少年並沒有和魔鬼結盟，因爲他不過是個從遙遠的未來來到他們這裡的旅人，他才不得不在科馬雷斯塔下的牢獄裡等待托奎馬達的劊子手先讓他遍嘗各種刑具的厲害，最後再將他送上焚刑柱。

而這都是她的錯。要是她沒尖叫，要是她相信他的話就不會發生這種事了。都是她的錯。最可怕的是，當他死後，一切又會如初，每天一成不變，永永遠遠一成不變。她生命裡好不容易遇到了一件美妙的事，卻被她毀了。

胡安娜緩緩點頭。月亮已經消失在地平線下了。是她將少年送進了地牢，現在她要將他從地牢裡救出來。

第四十七章

將近中午，信差還沒返回阿爾漢布拉宮，伊莎貝拉命人將馬上鞍。

他爲什麼還沒回來？難道他趕不上可隆？或者，可隆無法原諒這幾年她加諸於他的屈辱，因此持續朝著前往巴黎朝見國王的道路前進？

她再也受不了這些不知答案的問題了。桑坦傑爾之所以能穩坐費迪南財政大臣之位，就在於他對財務精明又有一套，如今桑坦傑爾居然願意押上他的財富，那她大可相信可隆真能達成目的，相信那裡有著豐富的寶藏，當然還有眾多的靈魂。可是，可隆並沒回頭，那麼，就由她去見他吧。

一路追趕到了聖塔菲，這處她在圍攻格拉納達時，命人建造的十字形軍事營地，他們才終於見到面。她認爲這是個預兆。

「可隆先生！」伊莎貝拉說：「真高興您又回來了。」

這熱那亞人只是微微欠身，這一次，他臉上並沒有露出伊莎貝拉向來不吃那一套的諂媚謙卑。

「先生，昨天您的信息傳到，」伊莎貝拉說：「說您決定永遠離開這片土地時，我們正在商議要事，是關於宗教法庭的審訊；可隆先生，撒旦送入我們宮裡的少年遭到逮捕了。」

這熱那亞人再次欠身，動作輕微得讓人幾乎察覺不到。他看來疲憊不堪，襤褸的外套也風塵僕僕，身上散發著汗水與倦怠的氣味。

「當時實在抽不出時間留住您，邀您再次討論。」她說：「因爲，正如您所知，宗教審判高於一切。」

這一次，可隆連欠身行禮都省了。

「總之呢，」伊莎貝拉說。怎麼搞的，每次和這個浪蕩子交手，她總覺得自己似乎被他看透了。「審訊一結束，我們立刻派人請您過來，可隆先生，因爲我們決定了，」說著，她朝僕役示意，僕役手捧一捲羊皮紙上前。「爲您前往印度的旅程配備三艘三桅帆船。」

這熱那亞人一動也不動，說：「在我們最後一次談話時，我的感覺是，您認爲我稟報的是瘋話。」

伊莎貝拉擺擺手，說：「經過深思熟慮後，我們卻決定同意您這次的旅程。」

可隆緩緩點頭，直視她的眼睛，冷冷說道：「這樣還不夠。」

哦，真是厚顏無恥，他總是這麼厚顏無恥。有勇氣航往印度的，爲什麼不是其他更佳人選呢？主何以偏偏選中了這名羊毛織工的兒子呢？

「還有，可隆先生，您的要求，」伊莎貝拉勉強擠出笑容，說：「我們也統統同意。」她接過僕役遞給她的羊皮紙，說：「您瞧，我們已經用了璽印了。可隆先生，再沒有什麼能阻擋您的行程了。」

她見到他眼中嘲諷的神色，而這傢伙居然一點也不想多費工夫隱藏。「可喜呀，可喜！」

說著，他仔細端詳璽印。他絲毫無意親吻她的手，他沒下跪，一點也沒有感謝之意。

「我和我所有後裔子孫都擁有『Don』這個貴族頭銜？擔任您艦隊的海軍將軍並賦予我比擬海軍元帥的權利？在新取得的土地上什一的收入歸我所有，還有，我有權參與當地八分之一的商業活動？」

女王說：「全都答應。」

「在所有新取得的土地上擁有裁決權，在我所發現的地區賜我總督與地方總長的頭銜並可自行挑選、任用當地官員？同時擔保，以上各項權限與經濟收入均可世襲，傳予我子女？」

伊莎貝拉再次重申：「全都答應。」這簡直是投降。

「那好，」可隆終於露出笑容了。她恨死他了。她對他的感覺不再是鄙視，而是痛恨了。

「那麼我們就來討論這趟旅程我需要的所有物品。」

他臉上的灰暗與疲憊一掃而空，雙眼充滿傲氣。主啊，爲何偏偏是這個人呢？

這是童貞聖母對她的要求。這一切全都是爲了遠在契丹的眾多靈魂。

地牢裡又冷又暗，波士頓背倚著牆，頭埋在胸前。對酷刑的恐懼那麼強大，打從審訊後被他們帶到牢房裡起，他滿腦子想的都是這件事。經過這些折磨後，他就感受不到焚刑的痛苦了。嘗過拉肢刑架、頭箍苦頭的人，哪還察覺得到痛苦呢！

重返家園對他真有那麼重要嗎？什麼都不重要，眼下再沒有比對這種痛楚的，令他呆若木雞，讓所有思考都終止，令人喪膽的恐懼更重要的了！

「波士頓！」塔立克說：「波士頓，你在哭呢！」波士頓自己甚至沒察覺呢；除了恐懼再沒別的了。塔立克說：「別讓他們稱心如意！別當個膽小鬼！很快你就會在天堂的第七座花園了。」

「塔立克，」以撒笑了出來，問：「你成了天主教徒啦？」

塔立克朗聲說：「我們不都是『滌迷』[62]，獨一無二的神的子民嗎？在天堂的第七座花園裡，我們都會飲用同一個水泉的水！」

波士頓搖搖頭，囁嚅著說：「我怕死了，塔立克！難道你一點也不怕嗎？不怕焚刑？我並不怕死，早就不怕了，可是那會痛死人的！會痛死人的！」

塔立克望著他，說：「你得要求自己不去想這件事。」說著，他起身在小小的牢房裡來回踱步。「別當個懦夫！想想你父親那熟悉的屋子，以及春天時鳥兒如何以啼鳴喚醒你！想想你度過的愉快的節慶，想想那些音樂，還有你吃吃喝喝，直到你脹飽的站在美食前，肚子撐得都可以打鼓了！想想在夢中尋訪你的姑娘！想想所有這些事，就是別想即將到來的事。」

波士頓低聲問：「你會這麼做嗎？」他很訝異，自己居然還有心情說話。恐懼依然緊緊攫住他，讓他幾乎動彈不得，但令人意外的是，說話竟然是種慰藉。「真的很抱歉，塔立克！你會在這裡都是我害的！還有所羅門你也是！要是你們沒幫我偷那片瓷磚……」他深深吸了一口氣，接著說：「以撒，還有您，我也要請您原諒。」

以撒也和他一樣，閉著眼倚著牆，一隻手臂搭在兒子肩頭上。所羅門看來像在睡覺。

「這是你也無可奈何的，少年人。」以撒睜開眼睛，說：「就算沒有你，他們也會把我抓起來，說不定也會抓我兒子，說不定也會抓塔立克。哦，也許他們無法指控我們和撒旦勾結，但就算沒有你，我們依然違反了兩位君主的律法，招來懲罰！宗教法庭永遠不會允許任何一個像我們那樣試圖欺騙他們的人活命的。在我們之後不是很快就有人前仆後繼嗎？少年人，就算沒有你，他們也會命人把我們燒死的，而整個格拉納達的人會睜眼觀望，高聲譴責：他們就是想幫馬邋儒把財產運出這片土地的人！他們就是想幫摩爾人奪回格拉納達的人！瞧，烈火正焚燒著他們！他們這是罪有應得！」

波士頓囁嚅著說：「謝謝！」開口說話是一種慰藉，提醒你，自己並不孤獨。「只是我讓情況變得更糟。要是沒有我，塔立克和所羅門可能不會失去自由。」

塔立克一躍而起，砰砰砰敲著牢門。小小的窗口上柵條後方出現了守衛的臉孔。波士頓覺得這臉孔似曾相識。

「嘿，吃豬肉的！」塔立克嚷著：「為什麼你不替我們開門？既然我們和魔鬼結盟，難道你不怕有一天他會在地獄裡給你嚴酷的懲罰嗎？」

窗外的臉龐表情依然平靜，「誰的懲罰會比大審判官的更嚴酷？」接著守衛問：「你們想喝水嗎？」

以撒說話時所羅門醒過來了，這時他也開口說：「守衛，你可以說是魔鬼把我們放走的！而你，哪有能力反抗魔鬼呢？你可以說，是魔鬼把門撞開的，他用一把焰火劍脅迫你……」

「你們想喝水嗎？」守衛又問了一遍。波士頓發現守衛眼中帶著同情。

「放我們出去！」塔立克大聲咆哮，拳頭用力擊打用鐵加固的木門，嚷著：「放我們出去！」

「塔立克！」所羅門扯著他的袖子將他拉回，說：「別怕，你並不孤單！」

塔立克的肩膀繃得緊緊的，喃喃唸著：「我不是懦夫。」

「這裡沒有懦夫。」以撒說。

62 滌迷：（dhimmi）伊斯蘭教以「滌迷」指稱和穆斯林一樣，相信世上只有獨一無二的神者，主要是指猶太人和基督徒，也就是所謂的「聖典民族」（聖典指《托拉》或《聖經》）。滌迷可獲伊斯蘭國家保護，但必須納稅，擁有的權利也有限。

第四十八章

她不想在御苑裡、在噴泉旁以幾近友好、無拘無束的氣氛舉行這場會談。她要的是一切都顯示她是女王的場所。她的椅背是特別加高的，金色的扶手與椅腳讓這把椅子像個君王的寶座。第二把椅子相較之下顯得渺小多了，上頭坐的是桑坦傑爾，他手上拿著列有數字的清單。第三把椅子還空著。可隆不過是個地圖測繪員、是羊毛織工之子，她何必如此忐忑不安呢？

「啊，可隆先生！」熱那亞佬步入使節廳時，伊莎貝拉出聲招呼。他鬍子修過，散發著玫瑰油的香氣，看來他也挺懂「哈漫」，摩爾人澡堂獨具的魅力；唯獨他的外衣依舊襤褸不堪。

「那麼，我們就來談談，您的旅程該如何進行吧。」

「唐‧克里斯托瓦爾，」這熱那亞人冷冷糾正：「陛下，對您也一樣，我已不是可隆先生了。」他沒親吻她的手，逕自在第三把椅子上坐下。「陛下，不再是『先生』了。您的璽印已經將我擢升爲貴族了。」

伊莎貝拉瞪著他。從來沒有任何一個人像他那般對待她的。「那好，唐‧克里斯托瓦爾。」她真希望能撤回成命。

可隆說：「兩百萬馬拉維特，爲了船艦的建造和裝備我需要這麼多錢；再說，這般危險的旅程想募集足夠的船員可不容易，爲了這件事，錢也必須準備好。」

桑坦傑爾低頭望著羊皮紙，說：「五千個金幣，陛下，我認為很合理，也符合我自己的計算。唐．克里斯托瓦爾，為了船艦，將提供兩百萬馬拉維特。」

女王說：「我同意給您。」她沒正眼瞧可隆。

可隆說：「另外還得決定，這次旅程從何處出發。後世的聲名將會與這座港口繫連在一起。」

哦，真傲慢。伊莎貝拉問：「馬拉加如何？就從當地出發如何？那裡距離當前皇室所在的格拉納達不遠。」

可隆擺手表示反對，說：「陛下，那一帶的海岸，各處碼頭和街道上都擠滿了逃難的人群！您的猶太子民遵照您的命令數以千計的離開國土，而且幾乎都渡海而去。如果賺馬遜懦的錢輕鬆得多又沒風險，只要這種情況存在一天，我們就找不到人願意擔任我這兇險旅程的船長。」

桑坦傑爾抬起頭來，說：「您的意思是，可隆先生，」接著他露出嘲諷的笑容，欠身說道：「請見諒，應該說是唐．克里斯托瓦爾！您的意思是，這段期間無法出航？那您何必急著要兩位君主支持您的計畫呢？」

可隆擺手說：「猶太人經由地中海逃亡，前往西西里島，前往君士坦丁堡！地中海岸的港口全都亂成了一團，但西邊呢，」他面露微笑，說：「我的旅程反正會到那裡，而當地的港口卻很平靜。陛下，我認為巴羅斯港正合適。三艘三桅帆船，請命巴羅斯城為我備妥三艘帆船。」

女王冷冷說道：「唐．克里斯托瓦爾，您可真清楚自己要的是什麼呀。」

「還需要一名譯員，」可隆說：「我還需要一名譯員，這個人通曉的眾多語言中，最好也包括契丹可汗了解的語言，比如東方的語言，像是阿拉伯語、希伯來語，或許還加上科普特語。這些語言都要比我們的更接近契丹語。」

「我也認爲確實有這必要，陛下，」桑坦傑爾說：「一旦他抵達了西部大陸的東海岸，他聳了聳肩，說：「沒有譯員的話，他又該如何與當地的異教徒溝通？如何了解當地人民想表達的呢？還有他們的靈魂，陛下，唯有以他們了解的語言向他們宣揚我們聖天主教的教義，才能贏得他們的靈魂。」

「你知道在格拉納達有這樣的人嗎？」伊莎貝拉問：「通曉所有這些語言的人？」

桑坦傑爾遲疑了一下，說：「我能向您舉薦的唯有路易斯．德．托雷斯63，此人另外還通曉希臘語以及亞美尼亞語，只是……」他停頓不語。

女王問：「只是怎樣？」

可隆說：「他是猶太人，甚至還不是恐畏而縮。也曾有人向我舉薦過他，他阿拉伯語、希伯來語、希臘語、亞美尼亞語和科普特語都跟卡斯提爾語同樣精通；只不過，他是個猶太人。陛下，您願意委任一名猶太人隨行嗎？」

女王低頭想了想，低聲問：「出發前皈信正教，他可以嗎？」

桑坦傑爾和可隆不約而同搖了搖頭。

女王低聲問：「如果讓他嘗嘗刑具的苦頭？」說這話時她誰也沒瞧。

桑坦傑爾說：「陛下，他寧死也不肯改變信仰。就我所知，此人不只學養豐富，爲人也極度頑固。」

女王若有所思的點點頭，毅然決然的說：「既然主如此安排，讓一名猶太人使遠在印度的靈魂接納我們的信仰，那麼這名猶太人就該隨行。主的道路寬廣難測。」

在這次的會談中可隆首次欠身行禮，說：「陛下，等您的書記備好給巴羅斯城的御令並加蓋您的璽印，明日我會再次前來商議。」說著，他也不等答覆，便逕自離去了。

接著是一片沉寂。

之後女王說：「桑坦傑爾先生，這可是您的意思哪。」

桑坦傑爾面帶微笑望著她說：「陛下，這是童貞聖母的旨意。」

伊莎貝拉心想：他知道此刻我內心的想法。他很清楚，我有多厭惡可隆。

桑坦傑爾接著說：「請您也下令，同意猶太人托雷斯跟隨唐・克里斯托瓦爾的船隊出航，並以皇室的名義任命他爲譯員。陛下，此時此刻，」他臉上的笑容消失，肅然說道：「一名猶太人要想不受阻撓在您的國土上行走並不容易呢。」

「如果您可以稍等，」伊莎貝拉說：「御令即將完成。」

接著她傳喚書記。

一名僕役奉上一壺水，水上漂著檸檬片。

眾人靜靜等候。

63 路易斯・德・托雷斯：猶太翻譯家，在哥倫布首次出航時受女王委任隨行。托雷斯精通多種語言，眾人希望其中一種在印度也通行。雖然哥倫布最先停靠的地方在古巴，當地居民既不說阿拉伯語、西伯來語，也不說托雷斯懂的任何一種語言，托雷斯依然能和他們溝通。後來他自願留在當地，再也沒有返回西班牙。

第四十九章

在桑坦傑爾準備返回格拉納達城的半路上，胡安娜在正義門後方等候他。她就像個盜匪般埋伏在路旁的灌木叢裡。啊，棒呆了。

「叫馬車夫走開！」她說。

桑坦傑爾揚了揚眉毛，從車窗探出身，說：「公主，沒想到是您。」他示意車夫：「別離太遠！」

「桑坦傑爾先生，我讓您沒想到的事說不定還更多呢。」說著，胡安娜便坐進他的車裡。當她把話說完時，桑坦傑爾低垂著頭，說：「我確實知道一個辦法。公主，您果真令我大大意想不到。至於您的理由我並不想多問。」

「您本來就不必多問，這又不干您的事。」胡安娜說：「既然您同意了，我可以信得過您嗎？桑坦傑爾先生，萬一這件事失敗了，您可是要賠上項上人頭的。」

桑坦傑爾欠了欠身，嘲諷的說：「在這片國土上，一個恐畏而縮的人頭本來就沒什麼價值。誰曉得，就算沒這件事我這可憐的腦袋會怎樣。但殿下您，可也是以項上人頭作賭注的。」

胡安娜哈哈大笑，說：「我？我的頭？我哪會出什麼事？我可是女王的女兒，宗教法庭是不會找我麻煩的。萬一計畫失敗了，先生，萬一我所做的事被人發現了，他們也只會說我瘋了。**Juana la Loca**！瘋女胡安娜！財政大臣，這就是他們會說的話，再沒別的了。所以，我哪會出什麼事呢？」

「公主，您果真是您母親的女兒！」桑坦傑爾說：「雖然她還不了解這一點。再沒有哪兩個女人比你們更相像的了。」

他吹哨呼喚車夫，胡安娜下車，說：「破曉時分，您只需出門來到巷子裡把這個給他們就行了，需要的時間不多，其他就不需要了。」

桑坦傑爾欠身行禮，說：「那麼我們就向童貞聖母祈求此事成功吧。還有，公主，但願將來不會有人稱您是『瘋女』。」

車夫登上車夫座，胡安娜笑了出來。一切不再無聊，一切都很完美。

霧氣籠罩著群山，即使太陽升得更高，霧氣也沒消散，山影只能隱約見到。

阿布・阿博達拉心想，阿爾樸德撒拉斯上空再也不會有太陽了，也許陽光只照耀遠方我的格拉納達城依舊在、並且等候著我的地方。啊，這內華達山脈之花！

他眺望著河谷，兩名君王的士兵動靜如常，晚上可以見到他們玩著原本禁止的骰子戲。百夫長一直彬彬有禮，擺出一副彷彿這只是友好的造訪的模樣，彷彿總有一天，他和手下們會離去，並且會像告別朋友那般，回頭揮手。

埃米爾心想：但我卻是他們的俘虜，我是在他們慈悲施捨給我的領地上的俘虜，真令人羞愧呀。

「埃米爾？」在他背後傳來了百夫長的聲音。「我來找您下盤棋。」

阿布・阿博達拉朝河谷望了最後一眼。見不到太陽了。

他微笑著說：「百夫長，我馬上來。」

他準備離去。海峽彼岸摩洛哥的蘇丹會率領友人迎接他。

你拋棄了你的城市？這一次永永遠遠拋棄了你的王國？你拋棄了一切的希望？

他哪有能力和這兩名君主對抗？他們會利用從猶太人強取豪奪來的錢財鞏固軍備，他們早就不需要怕他了。他將渡海而去，失去了王侯的地位，卻擁有了自由。

你棄你的子民不顧。

他哪有能力和這兩名君主對抗？心意已決。

「誰先下？」埃米爾問。

在前往麥迪那市集區的路上胡安娜想破了頭，哪裡有車？這才是最艱難的任務，其他在她和桑坦傑爾談過話後忽然都變得輕而易舉了。第一步、最後一步。只是絞盡了腦汁，她就是想不出哪裡可以找到車。

廚房所在的位置距離宮殿夠遠，那裡守衛也相當精簡，這是個好處。僕人們一見到她，立刻匆匆垂下眼簾。她的衣服在灌木叢裡鉤破了一處，便帽下髮絲凌亂，糾結著樹葉。胡安娜倔強的想著：他們要敢多看我一眼，我就讓人把他們全都扔進牢裡，沒有人會多問他們去向的。這些賤民、這些壞蛋。

在倉庫前方鋪石的廣場上她訝異的停下腳步。一頭騾子發出尖叫，或許是蒙童貞聖母伸手庇佑了這次的冒險。

胡安娜問：「你還沒走？」矮小的修士欠身行禮。現在他又穿上一件不知哪來的教袍，袍子在他腹部上方繃得緊緊的，他每呼吸一次，上頭的十字架就跳呀跳的。

「殿下，我得接受訊問，」修士說：「是我活該，全是我活該！您想想看，把魔鬼盟友送上您這碉堡的人正是我哪！」說著，他急忙用手掩嘴，驚駭的望著她，說：「想想看，這會惹出多大的事呀，我成了撒旦的工具了！」他在胸前比劃了個十字。

胡安娜用懷疑的目光打量著他。當她出聲尖叫時，她根本沒想到還有這名矮修士，因為那少年居然當著她的面喝下鮮血。當然，她哪會注意到這個修士呢，但他居然還活著，而且沒有遭遇任何阻撓，就這麼站在那輛仍舊散發著濃烈乳酪味的騾車旁——雖然所有的簍子早就送進倉庫裡了——這可真是奇蹟哪。

「撒旦的工具哪！」修士高聲呼喊，同時睜大了雙眼望著她。「殿下，我們該如何感謝童貞聖母呀，感謝祂再次保佑我們免受災難！」

「你想說的是，祂保佑你免受焚刑之災吧？」胡安娜說：「依我看呀，這會兒童貞聖母在這碉堡上要做的事可多著呢！」

「感謝祂加持讓少年被逮到，」修士高呼：「感謝他被公主您識破了真實的身分！感謝神聖的宗教法庭保護我們免受他危害！」

「修士弟兄，而你呢，你倒好，神聖的宗教法庭顯然沒找你算帳，」胡安娜說：「否則你就不會站在這裡了。」

修士嘆了口氣，說：「他們把我帶到塔拉維拉神父，也就是格拉納達主教本人面前！他想知道我爲什麼把那名少年裝扮成修士，帶上碉堡來。」

胡安娜問：「那你怎麼說？」

修士圓睜著大眼熱切的望著她。胡安娜心想：一個孩子，他裝出孩童的模樣，而這些笨蛋，全都信他這一套！「殿下，我說了實情，不然還能說什麼？除了神聖的實情再沒別的了！修士哪能說謊呢？我答說是地獄之王蒙蔽了我的雙眼。我駕車出了修道院門時，魔鬼少年忽然站在前方，化身成修士的模樣，說：修道院院長命他隨行，說他才剛來我們修道院不久，打算學習製作乳酪的手藝，而這一次他得和我同行。」說著，修士雙眼睜得更圓更大，高聲疾呼：「殿下呀，而我這笨蛋居然相信他的話！我被撒旦蒙蔽了，連問都沒問！請您想想，我差點就給我們大家帶來莫大災難啦！」

「這我也想過了，乳酪修士弟兄，」胡安娜說：「另外我還想，你可真走運哪，訊問你的還好是塔拉維拉主教而不是托奎馬達閣下，」她撇撇嘴，說：「或者是我。乳酪修士弟兄，或者是我。如果有人想騙我，我可是會大發雷霆的。再說，我也不相信有魔鬼。」

說完，胡安娜心想，他的眼神改變了，他在盤算，我究竟是什麼意思。現在，我要跟他講個明白。

「乳酪修士弟兄，跟我一起到庫房去，」她說：「也許我們可以來筆交易，只有你和我，和魔鬼完全不相干；在這片土地上，這種事可是越來越難得了。」

她發現他現出警覺的神色，所有的稚氣都消失了。修士喃喃說道：「我想，我開始懂了。」

成功有望了，這下子，什麼都變得簡單了。她要是像母親那樣，認為聖人們老插手管人類的事，那她可能就會猜想，是童貞聖母差遣這名修士來的。

「我命你把那些簍子搬回騾車上；乳酪都壞掉了。」

第五十章

夜最深沉時波士頓醒了過來，牢房前傳來兩個人的爭論聲。

「既然我命你把牢門打開，你就乖乖聽我的！」公主氣呼呼的說。這聲音他聽得夠多次了，錯不了，絕對是公主的聲音。

「恕我不能遵命，殿下！」守衛壓低了嗓門，說：「求求您！如果我幫您打開牢門，而這些人犯趁機逃跑，您母親會毫不猶豫，馬上要了我的命！」

「大膽，你這笨蛋！」公主高聲訓斥。波士頓察覺其他三人也都醒了。「我可是公主哪，你應該非常清楚，違抗我的命令會有什麼下場！你以爲，把你送上焚刑柱我就會猶豫了嗎？你該怕的不只我母親，還有我！開門！」

「女王有令……！」守衛囁嚅著說。

「開門！」胡安娜怒喊，一點也不擔心會把整座碉堡上的人都吵醒！還好，牢裡厚實的牆壁會把所有聲音都吞噬掉。

「殿下，他們可是四個人哪！」守衛急切的低聲規勸，但波士頓已經聽到鑰匙串叮叮噹噹的聲響了。「萬一他們將您制服了怎麼辦？萬一他們趁機逃走怎麼辦？尤其現在又是午夜時分。」

公主說：「我都說了，我有事要找這些罪犯談！」沉甸甸的鑰匙在鎖孔裡轉動。「你這小兵就別阻撓我！等我一進去，你立刻把門鎖上，去階梯那裡注意有沒有人跟蹤我！如果聽到有人來了，就回來通報。」

門開了一條縫，胡安娜踏進去。接著，門就被人從外頭鎖上了。

波士頓坐起身。

「噓！」公主示意他們別出聲，扭頭傾聽動靜，說：「等等，等到他聽不見我們說的話。」

「她瘋了！」塔立克揉著眼睛，說：「你來這裡做什麼？公主，我們可能殺了你！我們可能……」

所羅門打斷他的話，壓低了嗓門說：「我們可以挾持她當人質！我們拿她當人質，逼女王放我們走！」說著，他一躍而起。

「你們最好別輕舉妄動！」胡安娜警告。塔立克抓住她的手臂，公主想掙脫卻掙脫不開。她喘著氣，說：「你們以爲自己可以跑多遠？你們得殺了我才能避免我呼救。可是如果我死了，就失去人質的價值了，別傻了！」

她用力擊打塔立克的手，但塔立克一點也沒鬆手。「你們以爲我來是爲了什麼？爲了什麼？是爲了放你們走啊，你們這些笨蛋！」

以撒問：「放我們走？」現在連他也站起身來，問：「您，殿下？放我們走？」

「噤聲，猶太人！」胡安娜說：「我有允許你跟我說話嗎？我有允許你向我提出問題嗎？

你，你的兒子還有這個摩爾少年，」她又拚命想掙脫手臂，同時怒氣沖沖的瞪了塔立克一眼，說：「如果能脫身，全是因爲我要讓這個來自未來的少年，」她朝波士頓笑了笑，說：「逃離焚刑，而唯有跟著你們他才能成功逃走。」

波士頓愣愣望著她，低聲問：「讓我逃離焚刑？」他雙手發抖，心臟怦怦跳，氣都快喘不過來了。「爲什麼？」

胡安娜不理會他的問題。

她說：「等一下我會萬分驚恐的呼叫守衛。你們聽好，一切都得按照我跟你們說的進行！外頭那個笨蛋會把門打開，在他抽出軍刀前你們就要聯手把他制服，然後拖著我逃離地牢。我會高聲叫罵，我會高喊救命，事後其他囚徒會向女王稟告這種情況。」

「殿下，我不懂，」雖然不久前才遭公主斥責，以撒還是開口問：「萬一他向其他守衛求援，那我們要怎麼脫逃呢？」

公主哈哈大笑，說：「現在，在這午夜的時候？他哪能這麼快就找到其他人手呢？再說：萬一女王知道是他放我進入牢房找你們的，他得擔心哪些懲罰？他只會一個人嚇得發抖，傻傻等著，你們大可放心！所有的人都會告訴母親說我瘋了，才會進入牢房找你們。但我自己會說，每天晚上我都會夢遊。這麼一來，那些大夫就會熬藥給我喝，實在太好玩，太好玩了！」

她的笑聲聽來非常刺耳。波士頓吃驚的想著，她真的瘋了，要還沒瘋，至少也是個怪胎。以撒喃喃說道：「在格拉納達已經沒有多少大夫了，所有的大夫都是猶太人。」

公主沒理他。

「這個守衛會被砍頭的！」所羅門說：「如果我們照她說的做，這個守衛絕對會被砍頭的。請您再想想別的辦法吧！」

「守衛干我什麼事？」胡安娜說：「聽我說！你們會離開碉堡……」

「怎麼離開？」塔立克不屑的問。波士頓發現，不知何時他已經鬆開公主的手臂了。「怎麼做？」

公主擺擺手，說：「一切都安排好了！」接著她壓低了嗓門，說：「等進了城，你們就先到財政大臣家……」

「桑坦傑爾？」塔立克大驚，低聲問：「怎麼去？」

走道上有腳步聲逼近。守衛低聲問：「公主殿下？」他聲音緊繃、恐慌。「公主殿下，我擔心……」

「我不是要你在樓梯那裡等嗎？」胡安娜怒斥：「你想要我讓人砍掉你的腦袋嗎？」

腳步聲又匆匆離去。波士頓心想，他腿一點也沒瘸。自己居然連這一點都注意到了，波士頓自己也很驚訝。他腿爲什麼不瘸了？

「到了那裡，財政大臣會給這個猶太人一紙文書，證明他是路易斯・德・托雷斯，他受女王任命，擔任可隆先生的譯員，隨行前往印度，負責在那裡翻譯可汗的語言。猶太人，你會說希伯來語吧？阿拉伯語也會吧？這三個少年分別充當你的僕役、兒子和趕驢人隨同前往，這樣，你們就可以安然動身了。」

「可隆要出海了？」波士頓激動的問：「終究要去了？他要出海了？」

胡安娜笑了起來，幾乎是開心的笑。「你不是告訴過我們，他會爲我們發現一片新的土地嗎？而桑坦傑爾先生和我母親不同，他相信你的話，也成功說服我母親相信可隆一定會找到印度的。她爲可隆準備了三艘三桅帆船。」

「從哪裡出發？」以撒問：「所有港口都擠滿人了。」

「從西邊的巴羅斯。等發現了那片土地，」胡安娜的聲音聽來相當激動，她說：「那個陌生的美洲，我也要出發前往，誰攔得了我！哇，一個嶄新的世界，我們就要發現一個嶄新的世界了！」

波士頓握住所羅門的手臂，覺得地板又開始搖晃了。他就要重獲自由了，不再有酷刑，沒有焚刑，而美洲也會被人發現了。

公主低聲問：「你們準備好了嗎？」

現在只缺那片瓷磚了。

「你們都準備好了嗎？」

波士頓心想，對公主，這一切只是一場遊戲；對我們卻攸關生死。

他和其他三人都點點頭。他多希望有朝一日能前往美洲，而這夢想即將成真了，只不過，是在另一段原不屬於他的人生裡。

胡安娜呼叫：「守衛！」聲音高亢刺耳。「救命呀！快來呀！守衛，救命呀！」

塔立克與所羅門站在門邊，兩人對望了一眼，靜靜等候。

格拉納達，四月，現代

「馬努埃爾．寇拉松，夠了；老天，你夠了沒！」隔壁攤販呼喊。

黑暗籠罩著阿爾卡賽利市集區，巷弄裡一片寂靜，觀光客早就離開市集，返回位在海邊的飯店享用晚餐，喝著桑格里亞、塞了微颯，邊觀賞免費的表演節目了；商家也已放下店裡的鐵捲門，抱枕、瓷磚和耳環等各色貨品都從路邊消失了。

唯有馬努埃爾什麼都沒收回店裡。

「你以爲我還想拖你回家到什麼時候？你以爲，好幾天以來我進家門時我老婆早就把孩子哄上床睡了，她不會抱怨嗎？現在我受夠了，馬努埃爾．寇拉松，老天，真的夠了！」

馬努埃爾呻吟了幾聲，他蜷縮著身子躺臥在巷弄裡的鋪石路面上已經幾個小時了。那把長板凳那麼高，又那麼不舒服，還搖搖晃晃動個不停。

「馬努埃爾．寇拉松！」隔壁攤販輕輕用鞋尖踢了踢他，問：「你聽到我說的話了嗎？」

他告訴他們那個傳說時，那幾位少年絲毫沒有嘲笑他，沒有人笑得出來。失蹤了，那名少年失蹤了。

那片瓷磚在哪裡？誰老踢他，別踢了啦。瓷磚在哪裡？

馬努埃爾叫嚷著：「別再踢我了。」他下巴抵在膝蓋上，問：「我的酒呢？」

「啊，馬努埃爾．寇拉松！」隔壁攤販說：「我不能就這麼讓你躺在這裡，可是往後該怎麼辦呢？祝你平安無事，馬努埃爾・寇拉松！等那些颮地衙（註：guardia，類似巡守隊員）巡邏時，他們會把你帶走的。這樣說不定可以讓你恢復理智。」

腳步聲漸去漸遠，那個人拿走了他的酒瓶。他怎麼可以那樣呢？怎麼可以！

馬努埃爾察覺兩頰溼溼暖暖的。

接著，他就睡著了。

安達魯斯，一四九二年

才一出手他們就將守衛制服了，胡安娜持續尖叫著，塔立克抓住她一邊的手臂，波士頓抓住另一邊，拖扯著她沿著走廊前進。守衛躺臥在牢門邊呻吟。

「小聲點！」胡安娜邊低聲警告，邊甩開波士頓和塔立克，說：「快點快點，我走前面！」

晨曦中，練兵場顯得灰撲撲地，天邊星光黯淡，月亮也躲在厚厚的雲層後方，時機再好不過了。不久第一道曙光就會將地平線上方的天空染成金色，而山丘上，各處城門也將開啓。

胡安娜吩咐：「到廚房去！」波士頓察覺她的聲音裡夾雜著興奮和笑意。對她來說，這一切不過是場遊戲，在我們卻是生死關頭。「你們沒把守衛打死，真是白痴！趁他還沒醒過來把整座宮廷的人都叫醒前，走快一點！」

波士頓馬上認出了停在庫房前的騾車，低喚了一聲：「乳酪修士弟兄！」

在星光黯淡的暗夜裡，那些乳酪簍幾乎難以辨識，公主匆匆比劃了一個手勢。換成是白天的話，旁人輕易就會發現藏身在乳酪簍間的他們，所幸現在一片漆黑，或許可以蒙混過去。

公主說：「乳酪修士，我命你即刻出發並執行我們說好的事！」

接著她再次朝騾車彎下腰，說：「還有，你這個少年，多保重了！願你的命運將你送回你來的地方。」她一隻手擱在波士頓的手臂上。對方如果不是胡安娜的話，他大概會以爲對方輕輕摸了他一下。接著她低聲說：「還有，少年，別忘了我，別忘了我！」同時縮回手。

波士頓也低聲說：「胡安娜，謝謝你！如果沒有你……」騾車開始啓動，輪子在沙地上嘎嘎輾過。

波士頓揚手揮別，黑暗早就將公主吞噬掉了。她真是個怪胎，也滿殘忍的，波士頓不懂自己爲什麼覺得她可憐。

波士頓問：「乳酪修士弟兄，你打算怎麼向下頭城門的守衛解釋呢？」他依然感到恐懼，但那是一種不同於在牢房時的恐懼。此刻的恐懼更加有生命力，混雜著勇氣並充滿著希望。這世上恐懼的類型可真多呀！

修士沒轉頭，一逕對著騾子的頸脖說：「我會跟守衛這麼說：聖母饒恕，真羞死人了，我居然把臭氣薰天、腐壞的乳酪送來給女王，實在羞死人啦！你們沒聞到嗎？你們沒聞到嗎？爲了這件事，女王差點就要人把我鞭打一頓了！她下令我馬上把這些發臭的乳酪運出碉堡，把新鮮的帶來給她。實在羞死人啦！」

波士頓笑了起來，說：「乳酪修士弟兄，你一再說謊，難道不擔心你那永恆的靈魂了嗎？」

騾子忽然停下腳步，也許是被什麼聲音嚇到了。

「阿拉呀，他的靈魂不會有事的！」塔立克說：「修士弟兄，你也會跟我們一同在天堂的第七座花園裡漫步的，阿拉重視一個人的作爲更甚於他說的話。」

「這聽來挺像猶太人說的，」以撒說。

胖修士下了騾車摩挲著騾子的頸子，說：「老灰騾，繼續走吧！你拉的貨可是非常珍貴呢。」

他抓著騾子的圈嚼子，說：「我們馬上就抵達城門了，你們趕快躲到簍子的縫隙裡吧。」

騾子執拗的站定不動。

塔立克碰了碰波士頓的手臂，輕聲說：「來自未來的波士頓，再不久我們就要分手了。」他把波士頓抓得更緊，說：「如果我們能逃出碉堡，在抵達格拉納達城之前我就要離開你們了。我不打算跟你們一同前往新世界，我要坐修士的騾車回阿爾樸德撒拉斯。」

波士頓心想：「一切又會重回原狀，真令人難以置信呀，該發生的終究會發生。如果哥倫布獲准出航，如果新大陸可以因爲他而被世人所知，那麼其他事也會像書裡所記載的，這一點我現在明白了，只是和這些事我不會再有瓜葛了。現在我終於知道，在山區時塔立克和所羅門不顧我的怯懦，執意想偷走那名士兵的瓷磚，他們是對的。可惜那次行動並沒成功，而現在也已經太遲了。」

波士頓低聲說：「埃米爾不會在他山區的領地待太久的。塔立克，我真為你感到難過，跟我們一起走吧！最後你們還是無法替摩爾人奪回安達魯斯的，這一點，現在我已經非常確定了。萬事都會遵照原有的路線進行，最後埃米爾會逃往非洲，格拉納達再也無法收復了。」

騾子遲疑的踏出了第一步，雙耳依然往後豎起，彷彿傾聽什麼動靜。

塔立克默然不語，接著說：「也許你告訴我們的未來事件都是真的，但阿拉請保佑我，我依然要跟隨他，追隨埃米爾！」

波士頓點點頭，說：「謝謝你為我所做的這些事，從第一晚起，還有在山區時都多虧有你幫忙——塔立克，謝謝你。你為了我賭上自己的性命，真希望我們不必分離。」

「我也希望！」所羅門低聲說：「再考慮看看吧，塔立克！我們共同經歷了這麼多的困境，跟我們一起去美洲吧！」

塔立克卻搖搖頭，他喃喃說道：「現在我是摩爾人，將來也還是摩爾人，而在兩名君王的國度裡，即使這國度遠在大海的另一端，一個摩爾人哪有容身之處？今天你們這些以色列的子民得逃離西班牙；明天就輪到摩爾人了。我的朋友波士頓，既然你熟知未來：請問在聖典民族，也就是所謂的滌迷之間，可會出現安達魯斯黃金盛世時的和平？波士頓，在你們未來的時代裡，情況怎麼樣呢？」

波士頓彷彿見到自家客廳，媽媽坐在沙發上啜飲著一杯茶，電視上播映他不關心的各種新聞。這些原都遠在天邊，如今卻變得近在咫尺。他囁嚅著說：「到那時也沒有，即使到了那個時候也還差得非常非常遠。」接著他就默默不說話了。

就在這時，騾子忽然發出一聲尖叫，有人跳到馬路中間，張開雙臂擋在騾車前。「帶我走，求求你們！」地牢的守衛低聲懇求：「女王如果發現你們逃走了，一定會把我殺死的！」

修士拉住韁繩，騾子立定。

「不行！」塔立克說。

修士說：「守衛弟兄，上來吧。」他沒回頭徵詢任何人的同意，就擅自作主：「如果在我的簍子之間還有地方，那就是給你的。」

波士頓猛然想起他是在哪裡第一次見到這名士兵的，於是他說：「我們靠緊一點。」

第五十一章

「他會出賣我們的！」塔立克低聲抗議：「波士頓，你瘋了嗎？阿拉和所有的先知呀！到了下頭城門那裡，這個吃豬肉的一定會向城門守衛舉發我們的！」

波士頓望了縮著身子蹲在簍間空隙的守衛一眼，說：「女王發現我不是勃艮地的菲利浦時，是他放我逃命的。這位士兵，你為什麼這麼做呢？還有，我們被關在地牢時是他給我們水喝的。塔立克，我相信，他確實真心想和我們一起逃亡！如果他想告密，早就可以大聲呼救了！」

守衛打斷他的話，說：「聽我說！想想看，如果女王發現你們是因為我的過失才逃出地牢的，我的下場會怎樣呢？就算現在我再把你們關起來，對之前的事公主又會怎麼說呢？而她的說法如果和我的矛盾，你們想女王會相信誰的？」黑暗中看不清他的臉龐。

「他的話我連一個字都不信，」塔立克冷冷說道：「他又何必……」

「求求你們！」士兵低聲懇求：「如果你們把我留在這裡，我就完蛋了！再說，我再也受不了這種生活了：酷刑與殘殺，不論哪裡都只是酷刑與殘殺！帶我走吧！」他嘆了口氣，說：「在我們村子裡，還有個姑娘在等著我呢。」

「連這種理由都搬出來了！」塔立克嘲諷的說。

守衛把手探進上衣裡，說：「不過這個，我是不會帶走的。想遺忘的人，就不該帶走任何東西。」

「住手！」波士頓大喊一聲，太大聲，太大聲了，屋頂上方天色漸亮，依然泛著各種灰色調，而這名守衛從腰帶裡抽出的物品，波士頓也還看不真切，只能隱約辨識，但……「住手，別扔！」他聲音變得高亢刺耳。

守衛手中拿著阿爾卡賽利市集區的那片瓷磚。

「安靜！」塔立克嚇得噓他：「波士頓，安靜！」

看不真切，只能隱約辨識：邊角磕壞了，表面的圖案在灰塵覆蓋下顯得灰撲撲的，但上頭的圖案不像普通的瓷磚，倒比較接近阿爾漢布拉宮的阿拉伯風紋飾。如果完好無損的話，這片瓷磚或許算得上相當別致，表面上的紋飾看來就像阿拉伯文。這一瞬間波士頓忽然非常篤定，穿越時空返回現代的大門就在那裡。

「別扔！」

但守衛根本不理會，他手臂用力一揮，將瓷磚甩了出去，掠起一股風拂過波士頓臉孔，波士頓聽見騾車後方某處傳來了瓷磚砸在沙地上的聲音。

「哦，慘了，我的瓷磚！」

他想都沒想就跳下騾車。有那麼短短一瞬間，他以爲返家有望，而現在，他的希望卻隨著那片瓷磚隱沒在黑暗中了。

「慘了，哦，慘了！我還需要它！我……」他回頭向上奔跑。這些朋友會不會等他呢？什麼都無所謂，完全無所謂了，現在唯一重要的就是把它，他的救星，他返家的大門找回來。車輪在崎嶇的路上發出的聲響往下走，漸行漸遠。

接著他見到它了。在這拂曉時分，路面上瓷磚的輪廓幾乎難以辨識，只是灰濛濛中的一個黑點，但那肯定就是它了。在他朝瓷磚伸出手時，心臟猛然縮了一下。就是現在了。回到未來，就如幾天前的碰觸將他帶到過去，發生過的都會再來過一遍。就是現在了。結果，什麼都沒發生。

失望流貫了波士頓全身，那麼猛烈，他呼吸都停住了，彷彿所有的生命力都隨著希望離他而去了。

瓷磚沒有帶他返回現代，全都搞錯了，這根本不是開啓、關閉時光之門的瓷磚，塔立克試圖從臉上帶疤的士兵那裡偷取這片瓷磚，還有自己為美洲所作的努力，這些全都白忙一場，就連這片瓷磚也無法帶他回去。

一名喚禮員在宣禮塔上唱喚，接著第二、第三人陸續加入。這片邊角缺損，沒有任何神力的老玩意兒，波士頓拿在手上翻來覆去，一遍又一遍，這才了悟，他這次的逃亡行動也完蛋了，他再也趕不上騾車了。

他聽到一群守衛的喧嚷，他人依然在山上，依然置身兩名君主的格拉納達。瓷磚並未帶他返家，但他的驚叫聲卻吵醒了阿爾漢布拉宮的守衛。

波士頓大驚，現在連騾子的蹄聲都聽不見了。騾車持續前進，彷彿什麼都沒發生過，很可能早就通過下方城門離去了；而山上這裡，此刻守衛們正聚攏過來，吹起警哨，叫醒同伴。

一名士兵高呼：「魔鬼盟友的聲音！」嚇得波士頓奔向路旁的矮林裡。「我發誓，那是他的聲音！地牢也空了！是撒旦救他出來的！他就在附近！」

接下來是腳步踩踏在沙地上的聲音。波士頓身體緊貼著一棵柏樹幹。聲響往山下遠去，他們又在找他了。

恐懼的類型何其多呀，而這次的恐懼卻讓他變得鎮靜，這下子一切都無所謂了。他找到瓷磚了，沉甸甸的瓷磚就在手上，而有那麼一瞬間他是那麼篤定；現在，即使有了瓷磚，也沒有返鄉的道路了，一切都太多，太多了，什麼都無所謂了。

波士頓離開矮林重回路上，晨曦撫觸著樹梢，格拉納達上方回響著宣禮員的唱喚，他沒多想，就沿著這條偏僻的路徑朝上方前進，前往阿爾漢布拉宮，下方守衛們叫嚷著忙著搜找他的蹤跡。這一次所有的希望都破滅了。

該來的既然躲不掉，就快點來吧。重返未來的道路不存在，逃亡也無望，他再也不要過這種日子了，該是作個了結的時候了。

公主佇立在練兵場中央。

「年輕人！」她伸手掩住自己的嘴，問：「你怎麼沒跟他們一起逃？」

保姆從宮殿裡跑過來，到處都是吵嚷聲，阿爾漢布拉宮醒過來了；囚犯逃走的消息已經四處傳播，每個人都忙著找他們。

「跟我來！」胡安娜說：「到我房間去！」她抓住他的手臂，保姆低聲驚呼。追兵馬上就到了。

「走這裡，穿過使節廳！」

狹窄的窗口位在高處，陽光已經抵達那裡了，光之手指在牆上摸索，照得牆上金藍雙色的阿蘇雷侯閃著光，四周的牆面綴滿了同樣的文字：wa-la ghaliba illa'llah，一遍又一遍，接著，是那個宛如傷口的醜陋缺口。

「快出來到庭院裡！」公主低聲催促：「快點！」

他不想趕了，什麼都無所謂了。再也不要逃亡，再也不要東躲西藏，該作個了結了。公主呼喚他，保姆尖聲叫喊，第一批士兵也衝進了使節廳；最前頭的是臉上帶疤的那一個，刀已經出鞘了。

他高喊：「攔住他！攔住他！攔住魔鬼的盟友！」一隻手已經接近波士頓肩頭了。

波士頓毫不理會，他小心翼翼的舉起那片瓷磚。再試一次，最後一搏。瓷磚邊角正好嵌進牆上的缺口，遮住傷口。

第五十二章

格拉納達，四月，現代

和數日前一模一樣，波士頓最先注意到的是光線的變化。山頭上阿爾漢布拉宮的清晨已經開始了，阿爾卡賽利市集區的巷弄卻還幾近漆黑。

驚慌升到了極點。照理說此刻該感到喜悅、幸運的，但波士頓最先的感受卻是懷疑和不真實。

回來了，重新回來了。

沒有焚刑、沒有酷刑，重返自己的時代了。

「我回來了！」波士頓喃喃自語。和數日前一模一樣，他腳下的地面開始搖晃；和數日前一模一樣，他的心跳都快停止了。唯一的差別是，這一次他知道是怎麼回事。驚駭、訝異，但這一次沒有恐懼。

「我回來了！」

腳邊地面上有人發出呻吟聲，波士頓嚇得往後一跳。

此刻，第一批陽光也射進了巷弄裡，染紅了對面的牆壁，接著往下游移，在店面的窗戶上閃爍著光。

波士頓彎下腰，馬上就認出那個男子是誰了。

「哈囉！」波士頓打了聲招呼，推著那人的肩膀。「哦—啦？」真怪，他的心跳馬上變得和緩了，彷彿那張臉是他確實回來了的證據；彷彿他從沒離開過。

「需要我幫忙嗎？」

男子翻了個身正面朝上，布滿血絲的雙眼困惑的望著波士頓，口齒不清的說：「不需要！我不要……」接著他倒抽一口氣，急促又夾帶著雜音，最後轉成驚呼。「聖母呀，你回來了！」他比劃了個十字，雙手顫抖。

「聖母呀！」波士頓感到喉頭湧起了一股笑意：「阿拉呀，真主呀，穆罕默德的鬍子作證！我真的離開過嗎？」

話才說完，他就見到腰腹上的教袍，用細繩繫綁在一起，被汗水浸透了，而且遍布著汗漬。在另一個世界裡這不算什麼。

「你回來了！」男人又低聲說了一遍。他吃力的坐起身來，醉意似乎一掃而空。「哦，慈恩滿滿的瑪麗亞，主耶穌的母親，感謝祢！」說完，他目光落到波士頓手上，問：「瓷磚在哪裡？」

「您知道……」笑意霎時轉成了怒氣。「而您還讓我拿那片該死的瓷磚？瓷磚已經回到阿爾漢布拉宮原來的地方了。」

男子再次比劃了個十字，說：「謝天謝地外加所有的聖人！那麼前往過去的大門終於關閉，再也沒有人會擔心迷失在時光裡了。」

「因爲這樣所以我得……」波士頓問：「因爲這樣所以您將瓷磚……」如果是幾分鐘前，他絕對會毫不猶豫的一拳打過去，但這裡是另一個世界。

從畢巴蘭布拉廣場傳來的腳步聲逐漸逼近。男子說：「快來！」他抓著鑰匙串的手在發抖。「別讓他們見到你這模樣！我們得想個辦法！」

波士頓撞到店門，門沒鎖，地上一個酒瓶滾動。

「酒，」男子喃喃說道：「哎，是酒。到後面去吧。感謝主，事情終於過去了。」

「咦，馬努埃爾．寇拉松，這麼早就起來了？」有人在門口說。波士頓身體緊貼著商店後頭某個角落，在他前方滿是坐墊和水煙管。「你想搶頭香賺錢呀？馬努埃爾．寇拉松，可惜天濛濛亮你就起來也是白費力氣，觀光客可是睡到很晚才會起床的。」說著，那人哈哈大笑。

馬努埃爾．寇拉松也跟著他笑，說：「早起的鳥兒有蟲吃啊！趁著客人還沒上門，我想稍微收拾收拾。這一陣子我情況很糟。」

「大家都這麼說，」那人說：「很高興事情過去了，馬努埃爾．寇拉松，祝你今天走好運、祝你今天生意興隆！」

「你也是，同樣祝福你！」馬努埃爾高聲說。波士頓見他步入店裡，他說：「那是個颩地侕，我不想讓他們見到你。現在，先來杯濃濃的科塔多吧。」他從角落裡拿出一個鍋子，倒進咖啡粉，接著把瓶子裡的水加進去，將鍋子擱到一個髒兮兮的爐板上，說：「我們得想個辦法。」

波士頓在一把駱駝凳上坐下，又說了一遍：「您早就知道了，結果您還是讓我拿了那片瓷磚。」

馬努埃爾．寇拉松搖搖頭，忙著找杯子。「不是知道，是擔心！」他說：「你曾經穿越時光，從你的裝扮我看得出來。沒有人知道，幾百年來關於那片瓷磚的傳說是否只是虛構的。」

「所以您想試個水落石出？」波士頓簡直不敢相信：「不管會發生什麼事？您能想像我的境遇嗎？我恨不得狠狠揍您一頓！」

馬努埃爾．寇拉松瞄了他一眼，說：「相信我，我非常了解你的心情！也請相信我，我自己也痛苦得要命！現在你回到這裡了，你很開心，但我絕對比你更開心。」爐板上鍋裡的水開始滾沸煮起了咖啡，空氣中飄散著早餐和清晨的氣味。

波士頓說：「我可以到警局報案！我可以控告您！」

馬努埃爾．寇拉松笑了起來，說：「你以為他們會相信你的話？告訴你，他們會送你去檢查，你越是反抗，你越是堅持你說的是真的，他們就會把你拘留得越久。時光之旅！精神不正常的人才會相信這種事。」

「我可以告訴他們我的經歷！」但話才說到一半，波士頓就發覺這根本是白費力氣，沒有任何人會相信他的，而他也沒有證據。「我可以讓他們驗我的教袍，有辦法可以檢測東西的年代！」

馬努埃爾把咖啡倒進兩個小巧的杯子裡，加了糖，說：「你認為，他們會這麼做嗎？年輕人，這種檢測方法貴得很，光憑有人說他去了一趟過去，他們是不會隨便使用的。答案反正清楚得很：這年輕人腦袋有毛病！」

波士頓端起杯子。他恨不得把咖啡潑掉、把杯子往地上摔；但他知道，這個人說的沒錯。就算他把自己的經歷告訴別人，也沒人相信的。伊莎貝拉！胡安娜！哥倫布還有美洲！而媽媽也會傷心欲絕的。

「我們得想個理由，解釋你爲什麼失蹤了這麼久。」馬努埃爾．寇拉松說：「必須是大家很快就相信的理由。先喝你的咖啡，趁著其他人還沒來開店門，我們得快點離開這裡。」

車子在高速公路上行駛。之前馬努埃爾從店裡布滿灰塵的箱子裡找出一條花到不行的短褲、一件俗到爆的繡花襯衫給他穿。

「我這模樣俗斃了！」波士頓抗議，馬努埃爾卻不甩他。波士頓訝異的發現，馬努埃爾的眼睛不再紅腫，現在他就像可以完成所有生命突如其來丟給他的任務。

馬努埃爾說：「你以爲綁匪會給你穿高級時裝？你身上這一套舊衣服少說也有五年了，這樣警方才會相信呀！」

他們的車在小馬路上穿梭，進入山區。車子越爬越高，視野也越加遼闊：歷經數千年歲月經雨水蝕平的山崖，山崖上的盆地、凹處長出的松樹柔嫩、翠綠又透著光；河谷和山脈起伏連綿直到遠方的地平線，僻靜無人煙，偶爾遠處才會閃現一座房舍的白光，也許是農舍吧，此外幾乎不見人煙。

但柏油路面卻新又平整，左右兩側排列著漆成白色、分隔用的輪胎；從小小的路邊停車處眺望出去風光最美。馬努埃爾停下車來。

他說：「離開馬路，往下走一段路到河谷去，但別走太遠！你不知道這幾天自己人在哪裡，只知他們在樹林裡搭了帆布篷，而昨天晚上你才從他們那裡逃脫，在黑暗中奔跑，跑了幾個小時；至於那裡是什麼地方你就不知道了，就讓警察去找吧！那個地方他們是找不到的，荒郊野外的，這一點也不怪。」他笑了笑替波士頓打氣，說：「不久第一批準備前往水庫的觀光客就會經過這裡，讓他們發現你。如果等得太久還沒成功，這個彎道過去不遠的地方有條砂石路岔出去，沿著那條路會走到一間酒吧。天曉得，晚上客人都開車離開後，酒吧老闆怎麼受得了那種孤獨冷清。就這麼說定了，等一切都過去了，就過來找我吧。」說完，他就彎身橫過前座，幫波士頓開門。

波士頓下了車。空氣中飄散著清晨的氣息、夾雜著溼草和松樹的氣味。他心想：要不是有這輛車，要不是這身俗到斃的服裝，這裡看來就像兩名君主統治下的格拉納達。其他人不知怎樣了？但願他們安然逃離城門了。

「還有，很抱歉，」在關上車門前馬努埃爾說：「小夥子，你聽見了嗎？很抱歉，也許我並沒把那個傳說認真當作一回事。」

波士頓在路旁沿著山坡下滑了一段路。襯衫、褲子都得弄髒才行，要沾著汗水、塵土。他沒回頭，只是揚手道別。

奇特、難以置信的感覺和第一次不相上下。

鎂光燈、記者、警察、媽媽——媽媽在哭泣。還有，一問再問，一再重複的問題。不知道，我不知道我人在哪裡。也許你們可以找到我的背包和其他物品。不知道，我不知道他們爲什麼綁架我，我猜，也許是爲了贖金。

啊，他們並沒提出任何條件？那我就不知道了。

在派出所有人提出問題，而更早在警察接他出來的河谷上方那間孤伶伶的酒吧裡，問題就一個接一個了；回到了青年旅舍又是一堆要回答的問題，接著在派出所情況又一樣。我什麼都不知道，我什麼都沒辦法回答。我的西班牙語沒那麼好，我根本聽不懂他們——那些綁匪在說什麼。

年輕人，我們覺得你的西班牙語好得很。

那也許是我這幾天學到的。

「現在，請大家別再煩我這個學生了！」陪伴在他身邊，爲他翻譯的希爾貝特老師說：「各位這種問話的方式，好像他故意要讓人綁架的樣子！各位不覺得這個年輕人吃的苦頭已經夠多了嗎？各位會希望自己的孩子遇到這種事嗎？」希爾貝特老師瞪著那些警察。她的西班牙語真棒，真的很棒，這一點波士頓之前根本不知道。「還有，各位難道希望那些窮追猛打的警察這麼對待他嗎？」

在場的警察聳聳肩，波士頓的媽媽邊哭邊說：「昨天夜裡你在睡夢中不斷尖叫，喊著什麼酷刑、焚刑。」

即使是媽媽他也不能說出真相，對她是最不能說的。

「你們聽到了嗎！」希爾貝特老師拉高分貝說：「你們還需要什麼證據？波士頓，他們是不是威脅你要用刑？」

波士頓點點頭，希爾貝特老師替他翻譯，在場的警察卻露出懷疑的神情。

一名員警說：「整個地區都找遍了，而我們唯一發現的，只是在非常接近發現他的地點一處路邊臨時停車處，有不久前留下的輪胎痕跡。這一點，他有什麼解釋？」

波士頓聳聳肩。我根本什麼都不知道，我沒什麼可說的。

希爾貝特老師大吼：「你們不要再煩他了，我警告你們！德國媒體已經在門前等候了！」

刑警隊長望了波士頓一眼。

最後他說：「如果你想到什麼，請跟我們聯絡！」波士頓終於可以離開了。

波士頓心想：他們並不笨，但他們沒辦法證明我說謊。至於我真正的經歷，他們更是不會相信的。

第五十三章

「哇噻！」圖侃說：「我們終於可以回家了，我實在高興死了，真的！」

卡迪爾說：「真的！」

瑟吉則咒罵：「這鬼天氣！」

大教堂前凹凸不平的花崗石板地、及利雅雷梭黑白間雜的石塊路面上水窪遍布，歷經數百年沖蝕形成的細溝匯聚成河，沿著摩爾人區阿爾拜辛的狹窄巷弄急洩而下；而阿爾拜辛這處夾峙在畢巴蘭布拉廣場與古客棧之間的東方市集，通道上的商販們也急忙支起塑膠遮雨棚，爲鳥嘴鞋、皮坐墊、黃銅燈具和水煙管等貨品擋雨。天主教雙王大道上一名非洲商販短短上午數小時內賣掉廉價摺傘所賺的錢，就比他一年裡其他時間賺到的還多；那些從寒冷多雨的歐洲北部前來此地，滿心以爲這次旅程目的地肯定陽光普照的觀光客，全都急著向他搶購雨傘。

身穿黑服的矮小老婦們鞋子都溼透了，卻仍踩著細碎的步伐在山坡上來來回回購買麵包或魚，對這種天氣彷彿渾然不覺。街道上，空蕩蕩的，老婦們打開家門，朝灰濛濛的雨景望了最後一眼就轉身進屋去了。他們很清楚，明天，陽光會再度將繽紛的色彩歸還給這座城市。水窪會變乾，內華達山脈下也會展現旅遊書上所描述的美景——快的話，說不定下午就可以了。

唯有冬天，才是雨吐真言，而陽光撒謊的時節。有一天，這些人從睡夢中甦醒，會發現與阿爾漢布拉宮遙遙相對的山頭上，最後一批積雪亦已消融，夏日也將從內華達山脈繽紛絢麗的一路延伸到城裡。從古至今向來如此，今年也將不變。

「你不高興嗎？波士頓，老兄、小胖？喂，小鬼，能離開這裡你應該高興得要命吧！」高興嗎？波士頓自己也不清楚。

他心想：再會了，塔立克。所羅門，再會了。還有胡安娜，你也是。這是怎樣的經歷呀！但願你們都過得很好。

巴士前方，媽媽就坐在希爾貝特老師和靦腆的西班牙文實習老師旁邊。

「欸，你知道市集區有個瘋子跟我們說了什麼嗎？就在那個廣場那裡，圖侃跟你說了嗎？」

波士頓搖搖頭。

「你說的是畢巴蘭布拉廣場，阿爾卡賽利市集區嗎？」他問。

瑟吉點點頭，說：「告訴你，小胖，鬼話連篇！他嚇得快尿褲子，說你回到過去了，什麼時光之旅的，沒騙你！那傢伙真的完全相信！」他用力往大腿上一拍。

「我也相信，」波士頓說。

「哇，小胖，你真猛，你知道嗎？」圖侃興奮的說。雨水斷斷續續擊打在窗玻璃上，留下一條條水痕。沉重的雨滴畫出幾近水平的震顫痕跡：先是從前往後，接著呈微微彎曲的弧線，老大不情願的往下流，匯聚在窗玻璃下緣橡膠密封條上，最後在巴士車鈑上消失。偶爾會有一顆雨滴暫時停頓，彷彿猶豫著何去何從，之後才匆匆跟著其他雨滴繼續走。

車窗外是西班牙的太陽海岸：放眼望去，盡是同一副模樣的住宅區、市郊，永無止境。緊臨著高速公路矗立著一座海灣酒店，在一座巨大的看板上以西班牙文、德文和英文自誇地點絕無僅有。在兩座山丘間高密度的房屋群後方，有時會閃現短短一線冷灰，但瞬間就消逝：那就是地中海。

「大家都聽到了嗎？他也相信耶！」

巴士裡的人全都笑了。西薇雅朝他嫣然一笑，波士頓也跟著大夥兒笑了起來。

同一國的。他心想：我們是同一國的。

「鬼話連篇！」圖侃說：「沒騙你！回到過去，老兄！回到過去要幹嘛，是不是呢？是不是？回到過去有什麼好的，是不是，是不是？」

波士頓點點頭，說：「也許這樣才會有人發現美洲？」

圖侃不解的望著他；卡迪爾、瑟吉也望著他。看到大夥兒爆笑出來，波士頓也跟著笑了起來。

就連巴士前頭的希爾貝特老師和靦腆的西班牙文實習老師也都笑了；過了一會兒，媽媽也笑了起來。

當飛機穿過雲層時，陽光把波士頓的眼睛都照花了。

安達魯斯，一四九二年八月

浪花拍打著巴羅斯城的海岸，這是個星光清朗的夜晚，銀河閃爍，通透得彷如一條白紗，看來非常不真實。

「那裡！」所羅門高喊：「一顆流星！我看到了一顆流星！」

以撒說：「時間到了。」他們到這裡向故鄉道別，故鄉將永遠見不到了。

所羅門說：「塔立克呢？那個修士是否真的信守自己對他的承諾，將他帶往阿爾樸德撒拉斯呢？還有波士頓，現在他怎樣了？他們抓到他了嗎？」

以撒不吭聲，接著他搖搖頭，說：「如果魔鬼的盟友被他們逮到了，我們一定會聽到風聲的。但我們沒有，這表示，你的朋友已經回到家了，我們就別多煩惱了。」

「又來了一個！」說著，所羅門朝星空指了指，說：「還有那裡！那裡也有！」他仰起頭來，頭都碰到後頸了。「你相信，流星會帶給我們好運嗎，托雷斯先生？」他腳來回推動著白色卵石，問：「明天我們就要出海了，接下來會怎樣呢？」

兩人不約而同望向碼頭，那裡三艘三桅帆船正緩緩隨著海浪擺動，桅杆高高指向天空。以撒說：「接下來我們大概會發現新大陸吧？」他笑了笑。兩顆流星，接著是第三顆，它們交叉掠過，接著漸漸熄滅。「或者你不相信？我們會發現新大陸的。」

後記

基爾絲汀・波伊

在撰寫本書前我閱讀了大量資料：摩爾人統治下的西班牙、收復失地運動（指信奉天主教的君主收復摩爾人占領地區）、宗教審判、哥倫布與新大陸的發現等等。我盡可能忠於史實——或者該說是忠於歷史記載告訴我們的事實，但也有幾處例外，這些例外之處不久我就會詳加說明。

在西班牙確實有過一個摩爾人建立的阿拉伯穆斯林王國安達魯斯，為時超過七百年，幅員則大約包含整個西班牙，但隨著歷代身為基督徒的君主奪回越來越多的城市和地區，最後只剩格拉納達王國。七百年是一段漫長的歲月，以美國為例，建國不過才兩百多年，怪不得摩爾人的統治在西班牙甚至整個歐洲都留下了深刻的痕跡，因為當中世紀歐洲其他地區還處於「黑暗時代」時，摩爾人統治下的西班牙已經發展出高度文明了，摩爾人非常注重科學、藝術、建築學與醫學。當時不論信仰為何，阿拉伯文都是飽學之士必備的語言，歐洲各地的學者也都前往安達魯斯閱覽當地圖書館的藏書。

當時安達魯斯各地文化交流也非常興盛，由於穆斯林的聖典《古蘭經》視猶太與基督信仰為兄弟宗教，對基督徒與猶太人既沒有迫害也不要求他們改信伊斯蘭教，只要求他們繳納特別稅。摩爾宮廷中（宗教審判前西班牙天主教宮廷也如此）延攬了許多猶太幕僚，同時也有猶太大夫與科學家。當時穆斯林與基督徒的共同生活少有衝突，這一點就連今日我們都要大感意外了。許多天主教徒也為摩爾人服務：例如艾維拉的主教拉瑟蒙多就曾任摩爾哈里發的使節駐任在信奉基督教的奧托一世宮廷裡。即使我們不應過度理想化（例如：一〇六六年時，格拉納達就曾有過對猶太人的大規模迫害，原因不詳），摩爾時期的西班牙仍堪稱是歐洲最前進的國家。當然安達魯斯境內各宗教之間也不是完全沒有衝突的，但當時彼此通婚是非常普遍的事，而為了共同的利益大家也都和平相處。後來信奉天主教的君主在征服了摩爾人的城市後，也接納許多當地的傳統，數百年之久，他們甚至由摩爾工匠為他們建造摩爾風的宮殿，此外，他們當然也精通阿拉伯語這種學者的語言。有一段時期，在基督徒統治的城市裡，不同的宗教彼此也能共存共容。

西元一四九二年卡斯提爾女王伊莎貝拉與亞拉岡國王費迪南這兩位「天主教雙王」征服格拉納達時，最後一個摩爾王國已經在伊比利亞半島上統治達兩百年之久。我們大可推論，伊莎貝拉收復失地是基於幾近狂熱的虔誠信仰，而費迪南則主要是窺伺這片長三百公里、寬一百公里的王國擁有的財富。但話說回來，本書這些角色的性格當然是我杜撰的，他們的想法、他們說的話，是我根據自己閱讀過的，關於他們的資料加以鋪陳的。

在伊莎貝拉與費迪南統治下，西班牙確實展開了宗教審判，最先只針對猶太人中的恐畏而縮，後來演變為所有猶太人，再後來更針對摩爾人，最後甚至針對每一個人。最先遭到驅逐的是猶太人，接著是摩爾人，成了純粹天主教國家的西班牙在隨後數百年也籠罩著恐懼的氣氛，本書提到的各種酷刑當時確實存在，而我對托奎馬達性格的描述也以我在史料中所讀到，關於他的資料爲本。

這本書裡各種資料都是有史實依據的，但我也動了些手腳，比如：伊莎貝拉的女兒胡安娜下嫁勃艮地的菲利浦王子是在一四九六年時，兩人訂婚則是在一四九三年她十四歲時的事，本書提到菲利浦預定在訂婚前一年，也就是一四九二年時探訪胡安娜之事史料上並沒有提及，純粹是我認爲正好適合而如此設定的。至於胡安娜，她後來確實被人稱爲「瘋女」，時間則是在相傳她摯愛的夫婿菲利浦死（一五〇六年）後。但也有史書懷疑胡安娜並沒發瘋：一五〇四年伊莎貝拉女王過世後胡安娜和父親獲得共治權，但費迪南與胡安娜的長子都覬覦這個大位，設法以她發瘋爲由，宣稱她無法治理國家。

最戲劇化的或許是哥倫布的事蹟，對此今日史料上的記載相對一致，他這個自大狂出身熱那亞，是羊毛織工之子，執意要找出西向航往印度的航道。他抱持著同時代學者眼中瘋狂至極的世界觀。學者們經過正確的計算，認爲想靠帆船向西航行前往印度路程太遠，沒有人能活著達成任務——當時的學者早就普遍接受地球是球體的觀點了。反之，哥倫布的信念並非以科學的計算爲依據，主要是像書中所引用的，以《聖經》經文爲依據。看來他顯然還懷著宗教的執念，因此葡萄牙國王、西班牙女王都沒有同意讓他出航。後來伊莎貝拉之所以回心轉意，命人爲他準備了兩艘卡拉維爾帆船與一艘克拉克帆船，確實與亞拉岡的財政大臣，身爲恐畏而縮的桑坦傑爾有關，而直到今日各種研究依然不了解他何以爲這項大膽的行動投入個人的資產，更何況這項探險計畫還違反了他所服侍的亞拉岡王國的政治興趣——亞拉岡王國對前往印度的新航道興趣缺缺，坐擁巴塞隆納港的亞拉岡王國心之所屬是地中海。那麼，費迪南的財政大臣何以忽然押寶哥倫布的計畫？究竟爲了什麼？還有爲何這麼突然？因爲哥倫布在盛怒下離開格拉納達前往法國，中途卻被伊莎貝拉派出的信差截回一事，歷史上確實有過記載，但這些問題，相關的歷史研究並沒有得到任何答案。

總之，這本書裡描述的歷史資料大體上都可以視爲史實，就連猶太人路易斯・德・托雷斯隨行擔任哥倫布譯員一事，也是有憑有據的；至於另有人代替他出航，則是我杜撰的。其他次要角色諸如塔立克、所羅門、以撒、矮修士、農夫、帕布羅、百夫長、保姆以及臉上帶疤終日喝得醉醺醺的士兵等人，還有波士頓和所有現代的角色等也都是我虛構出來的，但類似他們的人物確實可能存在過：這一點，我個人堅信無疑。

奇幻文學

阿爾漢布拉宮

2011年6月初版　　定價：新臺幣390元

著者 Kirsten Boie
譯者 賴雅靜
發行人 林載爵

出版者 聯經出版事業股份有限公司
地址 台北市基隆路一段180號4樓
編輯部地址 台北市基隆路一段180號4樓
叢書主編電話 (02)87876242轉213、216
台北忠孝門市：台北市忠孝東路四段561號1樓
電話：(02)27683708
台北新生門市：台北市新生南路三段94號
電話：(02)23620308
台中分公司：台中市健行路321號
暨門市電話：(04)22371234ext.5
高雄辦事處：高雄市成功一路363號2樓
電話：(07)2211234ext.5
郵政劃撥帳戶第0100559-3號
郵撥電話：27683708
印刷者 文聯彩色製版印刷有限公司
總經銷 聯合發行股份有限公司
發行所：台北縣新店市寶橋路235巷6弄6號2樓
電話：(02)29178022

叢書主編 黃惠鈴
編輯 王盈婷
校對 趙蓓芬
封面設計 唐壽南

行政院新聞局出版事業登記證局版臺業字第0130號

本書如有缺頁，破損，倒裝請寄回聯經忠孝門市更換。　　ISBN 978-957-08-3817-6 (平裝)
聯經網址：www.linkingbooks.com.tw
電子信箱：linking@udngroup.com

感謝歌德學院(台北)德國文化中心 協助
歌德學院(台北)德國文化中心是德國歌德學院(Goethe-Institut)在台灣的代表機構，四十餘年來致力於德語教學、德國圖書資訊及藝術文化的推廣與交流，不定期與台灣、德國的藝文工作者攜手合作，介紹德國當代的藝文活動。

歌德學院(台北)德國文化中心
Goethe-Institut Taipei
地址：100 臺北市和平西路一段 20 號 6/11/12 樓
電話：02-23657294
傳真：02-23687542
網址：http://www.goethe.de/taipei
電子郵件信箱：info@taipei.goethe.org

國家圖書館出版品預行編目資料

阿爾漢布拉宮/ Kirsten Boie著．賴雅靜譯．
初版．臺北市．聯經．2011年6月（民100年）．
416面．14.8×21公分
譯自：Alhambra

ISBN 978-957-08-3817-6（平裝）

875.57 100009272

聯經出版事業公司

信用卡訂購單

信 用 卡 號：☐VISA CARD ☐MASTER CARD ☐聯合信用卡
訂購人姓名：________________
訂 購 日 期：________年________月________日 (卡片後三碼)
信 用 卡 號：________ ________ ________ ________ ________
信用卡簽名：________________(與信用卡上簽名同)
信用卡有效期限：________年________月
聯 絡 電 話：日(O)：________夜(H)：________
聯 絡 地 址：☐☐☐ ________________
____
訂 購 金 額：新台幣________________元整
（訂購金額 **500** 元以下,請加付掛號郵資 **50** 元）
資 訊 來 源：☐網路 ☐報紙 ☐電台 ☐DM ☐朋友介紹
☐其他________________
發　　　票：☐二聯式 ☐三聯式
發 票 抬 頭：________________
統 一 編 號：________________
※ 如收件人或收件地址不同時，請填：
收件人姓名：________________ ☐先生 ☐小姐
收件人地址：________________
收件人電話：日(O)________夜(H)________
※茲訂購下列書種,帳款由本人信用卡帳戶支付

書　　　　　　　名	數量	單價	合　計
	總	計	

訂購辦法填妥後

1. 直接傳真 FAX(02)27493734
2. 寄台北市忠孝東路四段 561 號 1 樓
3. 本人親筆簽名並附上卡片後三碼(95 年 8 月 1 日正式實施)

電 話：(02)27627429
聯絡人:王淑蕙小姐(約需 7 個工作天)

AL-PUDXARRAS
SIERRA NEVADA
2.
1.
REALEJO
6.

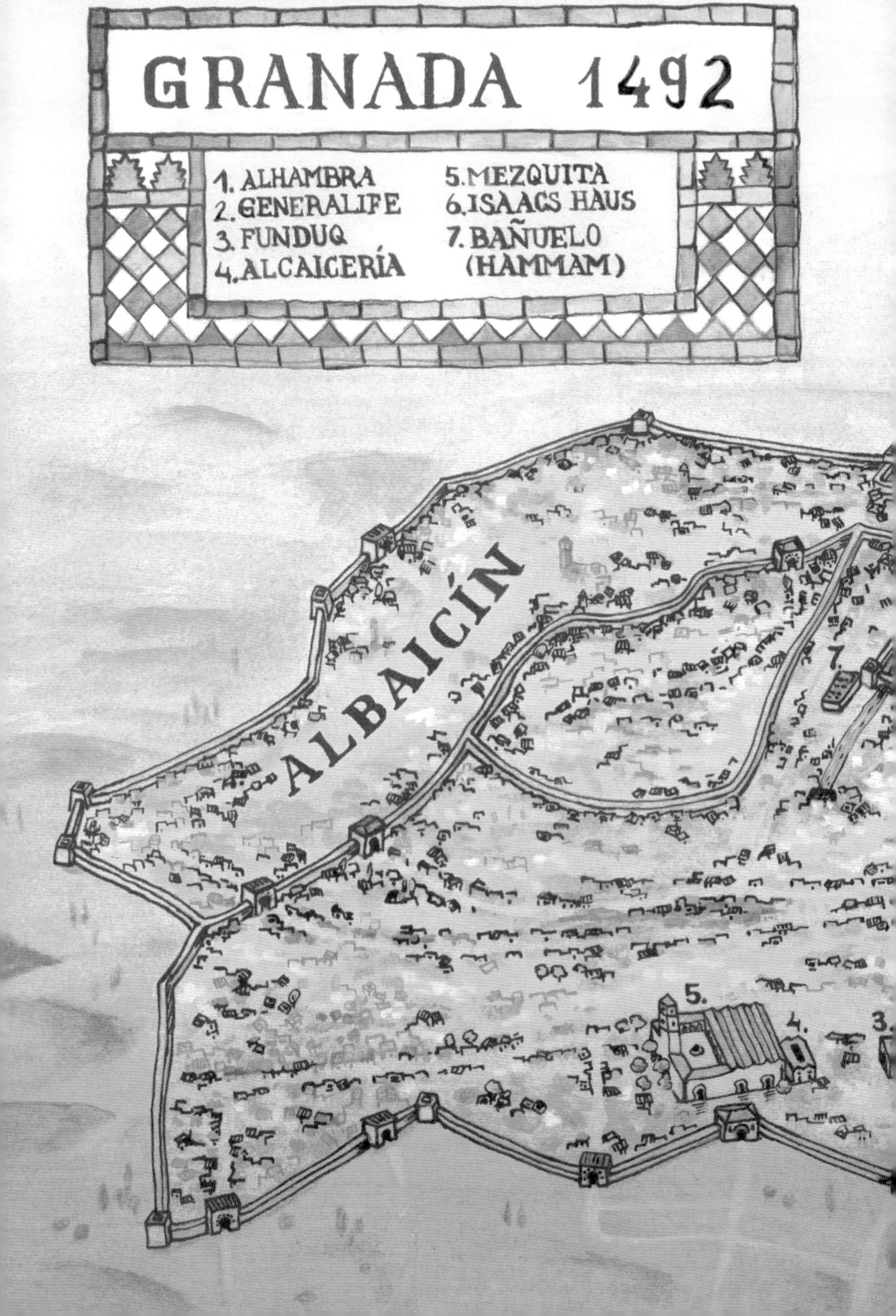
GRANADA 1492
1. ALHAMBRA
2. GENERALIFE
3. FUNDUQ
4. ALCAICERÍA
5. MEZQUITA
6. ISAACS HAUS
7. BAÑUELO (HAMMAM)
ALBAICÍN
7.
5.
4.
3.